Schwarzbubenland

Christof Gasser, geboren 1960 in Zuchwil bei Solothurn, war lange in der Uhrenindustrie tätig und leitete mehrere Jahre einen Produktionsbetrieb in Südostasien. Heute ist er selbstständig und unterrichtet neben seiner Tätigkeit als freier Autor in Teilzeit als Dozent an der Fachhochschule Nordwestschweiz. Seine beiden Solothurn-Kriminalromane standen mehrere Wochen auf den schweizerischen Bestsellerlisten.
www.christofgasser.ch
www.facebook.com/solothurnkrimi

CHRISTOF GASSER

Schwarzbubenland

KRIMINALROMAN

emons:

Bibliografische Information der Deutschen Nationalbibliothek
Die Deutsche Nationalbibliothek verzeichnet diese Publikation
in der Deutschen Nationalbibliografie; detaillierte bibliografische
Daten sind im Internet über http://dnb.d-nb.de abrufbar.

© Emons Verlag GmbH
Alle Rechte vorbehalten
Umschlagmotiv: trojana1712/photocase.de
Umschlaggestaltung: Nina Schäfer, nach einem Konzept
von Leonardo Magrelli und Nina Schäfer
Gestaltung Innenteil: César Satz & Grafik GmbH, Köln
Lektorat: Irène Kost, Biel/Bienne (CH)
Druck und Bindung: CPI – Clausen & Bosse, Leck
Printed in Germany 2018
ISBN 978-3-7408-0178-6
3. Auflage

Unser Newsletter informiert Sie
regelmässig über Neues von emons:
Kostenlos bestellen unter
www.emons-verlag.de

Dieses Werk wurde vermittelt durch die Agentur Editio Dialog,
Dr. Michael Wenzel (www.editio-dialog.com).

The sorrow for the dead is the only sorrow from which we refuse to be divorced. Every other wound we seek to heal – every other affliction to forget; but this wound we consider it a duty to keep open – this affliction we cherish and brood over in solitude.

Der Kummer um die Toten ist der einzige Kummer, von dem wir nicht getrennt werden können. Jede andere Wunde suchen wir zu heilen – jedes andere Leid zu vergessen; doch diese Wunde offen zu halten, sehen wir als unsere Pflicht an – dieses Leid nähren wir und brüten darüber in der Einsamkeit.

Washington Irving (1783–1859),
amerikanischer Schriftsteller

Prolog

Sie küssten sich leidenschaftlich. Ihre Lippen schmeckten süss nach Met, dem Honigwein, von dem sie beide zu viel getrunken hatten. Das kam seinen – und scheinbar auch ihren – Absichten entgegen. Sie stöhnte leise, als sie ihren Unterleib gegen seinen Oberschenkel zwischen ihren Beinen presste. Ihr Verlangen vermischte sich mit seinem.

Vom Festplatz drang der Schein der Feuer zu ihnen herauf. Der appetitanregende Geruch von Spiessen mit gebratenem Poulet und Spanferkel verteilte sich über der Talenge. Sogar ein ganzes Wildschwein hatten sich die Organisatoren des Mittelalterfestes geleistet. «Die Barden», eine eigens für den Anlass engagierte Gruppe junger Musiker, die sich auf mittelalterliche Weisen spezialisiert hatte, spielte in traditionellen Kostümen jener Epoche auf. Die Musik hing wie akustisch-sphärischer Dunst über der ausgelassenen Fröhlichkeit der Festbesucher. Weiter oben, passend zum Festthema, hob sich der Palas der Burgruine gegen den Nachthimmel ab. Der flackernde Feuerschein zwischen den Bäumen brach sich am groben Mauerwerk.

Als ihre Zunge fordernder wurde, wusste er, dass das schönste Mädchen zwischen Landesgrenze und Passwang, die Schönheitskönigin des Schwarzbubenlandes und heisse Anwärterin für den Titel der «Miss Solothurn», für diese Nacht ihm gehören würde. Seine Hände schoben sich unter ihr T-Shirt. Sie musste seine Reaktion an berufener Körperstelle gespürt haben, als er zu seiner grössten Erregung und Zufriedenheit merkte, dass er anstelle des spitzenbesetzten Stoffes eines Büstenhalters nackte Haut ertastete.

Mit einem ergebenen Seufzer drängte sie ihren Mund härter auf seinen und begann mit einer Hand den Bund seiner Hose zu streicheln, in der sich ein beinahe unerträglich beengendes Gefühl ausbreitete. Im Gegenzug versuchte er, mit der Hand unter den Saum ihrer ultrakurzen Jeanspants zu gleiten. Die

Hose sass zu satt für ein komfortables Weiterkommen. Seine Finger begannen geschickt, ihren Hosenbund zu öffnen. Bald glitt seine Hand unter den glatten Stoff ihres Slips. Ein kehliges Aufstöhnen verriet ihm, dass sein Vorgehen mehr als gebilligt wurde. So war er umso überraschter, dass sich ihre Hand auf seine legte und sich ihr Mund von seinem löste.

«Warte», flüsterte sie und knabberte kurz an seinem Ohrläppchen, was einen elektrisierenden Schauer in seinem ganzen Körper auslöste. «Nicht hier, es könnte jemand kommen.»

«Sollen wir hoch zur Burg?» Seine andere Hand streichelte ihre Brust. «Dort ist sicher keiner.»

Sie schüttelte den Kopf, während sie nun auch sanft seine Hand unter ihrem T-Shirt hervorzog. «Nicht zur Burg», sagte sie bestimmt. «Blöd, wenn im dümmsten Moment jemand kommt. Ich hasse es, beim Orgasmus gestört zu werden. – Ausserdem fängt es bald an zu regnen.» Sie zeigte zu einer Wolke, die sich vor den Sternenhimmel geschoben hatte, und ergriff seine Hand und zog ihn hinauf. «Ich weiss etwas Besseres, komm.»

Sie liefen empor zur Burgruine, die auf einem Felsvorsprung der Geissflue lag.

«Was jetzt?», fragte er, als sie auf dem kleinen Vorplatz standen, von wo man über eine Holzbrücke in den Innenhof des Palas gelangte.

«Ich weiss einen Platz», sagte die junge Frau. «Da kommt sicher keiner hin.» Sie ging voraus. Der Pfad war schmal und schwierig und in der Dunkelheit schwer erkennbar. Nach wenigen Metern stolperte er und wäre in den Abgrund gestürzt, wenn sie ihn nicht gehalten hätte. «Hast du dir wehgetan?»

«Bist du sicher, dass du mit mir vögeln willst und mich nicht vorher umbringst?», fragte er nach Luft ringend vor Schreck.

«Entschuldige», sagte sie. «Ich kenne den Weg in- und auswendig.» Sie zog ihr Smartphone hervor und aktivierte die Taschenlampenfunktion. Der von heimtückischen Baumwurzeln durchzogene Pfad wurde auf einige Meter deutlich sichtbar.

«Schon besser», sagte er und versuchte, seine Stimme gelassen klingen zu lassen. Nach einem kurzen Aufstieg verflachte sich der Pfad und führte einen bewaldeten Hang entlang. Mit Hilfe der Taschenlampe rannten beide mehr, als sie gingen. Zwischendurch hielten sie an, und sie liess sich von ihm in allen möglichen Posen fotografieren, wobei er sich im Blitzlicht der Kamera überzeugen konnte, dass ihre Brüste tatsächlich das hielten, was sie zuvor unter dem Stoff ihres Leibchens versprochen hatten. Als sie das T-Shirt ganz auszog und die Silhouette ihrer schlanken Figur sich im Widerschein der Taschenlampe wie eine tanzende Grazie vor ihm bewegte, fiel ihm das Gehen in seinen Jeans zusehends schwerer.

Sie kamen zu einer grossen Lichtung. Er fragte sich, ob sie sich etwa in der Scheune des Bauerngasthofes oben auf dem Berg mit ihm vergnügen wollte. Er wagte zu bezweifeln, dass es diskreter war als eine Nische im Innern der Burgruine. Sicher war es im Heu komfortabler, als sich den Hintern an einer groben Steinmauer oder auf dem kahlen Waldboden wund zu scheuern. Angesichts der bevorstehenden Misswahl in Solothurn wollte sie das wohl vermeiden. Es würde sich nicht gut machen, wenn sich die Vertreterin des Schwarzbubenlandes den hochnäsigen Hauptstädtern im Tanga-Bikini mit wunden Hinterbacken präsentieren würde. Als er sie darauf ansprach, lachte sie ihn aus. «Was glaubst du eigentlich? Du wärst derjenige, der sich den Hintern abschürfen würde.»

Sie entzog sich ihm, als er sie erneut packen wollte, und verliess den Pfad, um die leicht ansteigende Wiese emporzusteigen. «Wir sind gleich da.»

Kurz darauf standen sie vor einer zweigeschossigen Holzscheune. Das Tor war mit einem Vorhängeschloss verriegelt. Er zog und rüttelte daran, ohne dass der Bügel ein Jota nachgab. «Mist», murrte er. «Willst du etwa, dass ich es aufbreche?»

«Ihr Männer und eure ungehobelten Methoden. Gewalt ist nicht alles.» Lächelnd zog sie eine Haarnadel aus ihrer Gesässtasche und hielt sie ihm grinsend unter die Nase. «Ein Mädchen ist gerüstet für die Unbill des Lebens.»

Er sah ihr verblüfft zu, wie sie innert Sekunden das Schloss geknackt hatte und das Tor lautlos auf Rollen zurückglitt. «Das

Tor ist offen», sagte sie mit einem vielsagenden Blick, «meine Pforte auch.» Sie nahm ihn zärtlich an der Hand und führte ihn hinein. «Hast du genug Kondome dabei?»

Er hatte, und sie bewies ihm, dass die jungen Frauen vom Land ihren urbanen Zeitgenossinnen im Liebesspiel in keiner Weise nachstanden.

Mit geschlossenen Augen spürte er, dass er bald so weit war. Mit Erleichterung stellte er fest, dass auch sie bebend in ihrer Ekstase verharrte. Es würde bei beiden gleichzeitig passieren.

Ein Winkel seines Bewusstseins vernahm einen trockenen Schlag. Gleich darauf erschlaffte sie und sank auf seiner Brust zusammen.

«Mann!», sagte er ausser Atem. «So was habe ich noch nie erlebt, du bist ja ganz schön ...»

Sie lag mit dem Kopf auf seiner Brust und regte sich nicht mehr. «Amanda?» Er fuhr mit den Fingern über ihren Hinterkopf. Ihre Haare fühlten sich feucht und klebrig an.

Er schlug die Augen auf. «Amanda, was hast du ...?» Er betrachtete seine Hände im schwachen Schein der Handylampe. Sie waren feucht und rot. «Amanda!»

Er wollte sich aufrichten und hielt in der Bewegung inne, als er den Schatten sah, der sich auf ihn zubewegte.

EINS

Der dünne Lichtstrahl aus dem Nichts durchschnitt das Schwarz des schmalen, engen Korridors. Die Luft war zum Schneiden dick. Sie atmete mit offenem Mund. Sie hatte das Gefühl, nahe am Ersticken zu sein. Irgendwo vor ihr hörte sie die Angst- und Schmerzensschreie derjenigen, die auf sie zählten. Oder war es hinter ihr? Es kam von überall.

Die Luft hatte sich verändert. Neben staubigem Mief drang der schlammige Geruch modriger Feuchtigkeit in ihre Nase. Da war noch etwas anderes, etwas noch nicht Definierbares. Vor sich sah sie eine mit Stahlbolzen verriegelte Metalltür. Eine unbändige Todesfurcht ergriff von ihr Besitz und nahm ihr Herz in einen Klammergriff. Er drohte es zu zerdrücken und die Lebenskraft bis zum letzten Tropfen aus ihm herauszupressen.

Der Boden war hier feucht und glitschig. Sie rutschte aus und landete stolpernd auf ihren Knien. Eigenartigerweise verspürte sie keinen Schmerz. Der helle Lichtkegel verschwand im Nichts, woher er gekommen war. Lediglich ein schwaches blaues Leuchten schimmerte unter der Kante der Tür hindurch.

Beim Sturz hatte sie sich mit den Händen aufgefangen. Sie fühlten sich an den Innenflächen feucht und klebrig an. Sie hielt sie nahe vor die Augen. Eine träge Flüssigkeit lief in kleinen Rinnsalen über ihre Unterarme. Gleichzeitig begann die Luft zu zittern. Die Vibration vereinigte sich mit einem Geräusch, das sich vom hintersten Winkel ihres Gehirns einen Weg nach vorne bahnte. Es war ein lang gezogener, schriller Schrei. Ihr Schrei.

***

Cora Johannis warf Patrizia Egger einen mahnenden Blick zu und tippte sich auf den Mund. Patrizia leckte sich mit der Zunge den Milchschaumschnauz von der Oberlippe, den ihr

Cappuccino hinterlassen hatte, und biss genüsslich in eine Butterlaugenbretzel.

Die Sonne hatte sich nach den nächtlichen Regenfällen bis in den frühen Morgen über der Solothurner Altstadt etwas hervorgewagt und dem anfänglich trüben Morgen ein spätsommerliches Gefühl verliehen. Unter der Markise auf der Terrasse des Café Hofer am Stalden, wo sie heute ihren Sonntagmorgenkaffee tranken, wurde es bereits angenehm warm. Coras Kinder waren den ganzen Tag beschäftigt; Julian mit einem Uni-Projekt, Mila bestritt einen Volleyballmatch.

Cora sah nicht ohne Neid zu, wie Patrizia genüsslich ihr Gebäck kaute. Nachdem ihr erbarmungsloses Spiegelbild an diesem Morgen einige bisher nie gesehene Hüftröllchen offenbarte, hatte sie sich ein Gebäck versagt und trank anstelle ihres Lieblings-Latte-macchiato einen doppelten Espresso. Immerhin konnte sie sich auf einen Lunch in einem der besten Restaurants der Stadt freuen, den sie nicht bezahlen musste.

«Ich hatte wieder einen dieser Träume», sagte Cora.

«Was meinst du?», fragte Patrizia. «Etwa die Alpträume, die dich lange verfolgt haben, nachdem du aus dieser Hölle zurückgekehrt bist?»

«Ja. Als ich mit Mila schwanger war und bis einige Monate nach ihrer Geburt waren sie verschwunden. Danach kamen sie nur selten wieder. Ich frage mich, warum sie mich ausgerechnet jetzt wieder heimsuchen.»

«Das hat nicht etwa mit deinem bevorstehenden Mittagessen und deinem Gespräch mit Wagner zu tun? Sag mir nicht, dass du mit dem Gedanken spielst, wieder in den Mittleren Osten zu reisen.»

Cora rührte mit dem Löffel in dem erkalteten Rest ihres Espressos. «Mach dir keine Sorgen, bei dieser Reportage, wenn ich sie denn kriege, bleibe ich in Europa. – Obwohl ...», sie führte die Tasse zum Mund, «... Berichte über den Mittleren Osten würden besser bezahlt. Ich könnte das Geld gebrauchen.»

Kurz nachdem Cora vor etwas mehr als vierzehn Jahren eine

Auszeit von ihrer Journalistentätigkeit genommen hatte, war sie schwanger geworden. Nach Milas Geburt hatte sie sich auf das Verfassen einiger aufsehenerregender Sachbücher über Flüchtlingspolitik, Schlepperei und Menschenhandel in den Krisengebieten Afrikas und dem Mittleren Osten konzentriert. Die einzige längere Reise in dieser Zeit hatte sie nach der Scheidung von Matthias unternommen, einen Trip zur Selbstfindung nach Südostasien.

Patrizia sah sie kritisch an. «Julian ist ja jetzt einundzwanzig und draussen. Ihm wird es nichts ausmachen, wenn du wieder herumreist. Mila hingegen –»

Cora schnaubte. «Der ist das doch erst recht wurscht. Die ist wahrscheinlich froh, wenn ich für eine Weile weg bin.»

«Liegt ihr euch etwa schon wieder in den Haaren? Mann, Cora.»

«Was? Ich darf meiner Tochter wohl noch sagen, wenn ich finde, dass es in ihrem Zimmer aussieht wie nach einem Bombenangriff, und dass ich ausserdem finde, dass sie von Matthias und Grazyna zu sehr verwöhnt wurde.»

«Das hast du ihr echt gesagt? Und dann?»

«Hat sie mir an den Kopf geworfen, dass ich eifersüchtig auf Grazyna bin, weil ich eh keinen Kerl mehr abkriege, und dass sie Matthias voll verstehen kann, dass er sich eine neue ... ach!» Beim Wort «voll» zeichnete Cora Anführungszeichen in die Luft und äffte die keifende Stimme eines Teenagers nach.

Patrizia konnte sich ein Schmunzeln nicht verkneifen. «Die Kleine ist um eine Antwort nicht verlegen. Liegt wohl in der Familie.»

«Ich hätte ihr am liebsten eine gelangt.»

«Hast du aber nicht – hoffentlich.»

«Natürlich nicht. Mila ist ein richtiges Papimädchen, Papi hier, Papi da, und überhaupt ist Papi der Beste. Jetzt ist sie wütend auf ihn, weil er sie im Stich lässt. – Und lässt es an mir aus. Ich kann nichts dafür, dass es dort in Argentinien, wo er sein Kraftwerk baut, keine vernünftige Schule gibt und sie für die nächsten fünf Jahre mit mir vorliebnehmen muss.»

«Zahlt Matthias wenigstens für sie, wenn er sie schon bei dir parkiert?»

Cora hatte sich von Matthias Marthaler, Milas Vater, scheiden lassen, nachdem er sich auf einer Geschäftsreise in Lettland in Grazyna, die polnische Assistentin seines Kunden verliebt hatte, als Mila sechs Jahre alt war. Es schmerzte Cora heute noch, dass es nicht mehr als einer blonden Polin mit üppigen Kurven bedurft hatte, damit Matthias seinen Verstand verlor. Immerhin liess er sich nicht lumpen und beteiligte sich nach wie vor an der Amortisation des gemeinsamen Heimes, eines renovierten Bauernhauses im Bucheggberger Dorf Nennigkofen, das Cora zusammen mit ihren Kindern bewohnte. «Geld ist bei Matthias nicht das Problem. Ich will einfach nicht für den Rest meiner Tage von ihm abhängig sein. – Was mir zu denken gibt, ist, dass ich einfach nicht mehr weiss, wie ich an Mila herankomme. Sobald ich einen Schritt auf sie zumache, schnappt sie nach mir. Glücklicherweise hat wenigstens Julian einen guten Draht zu ihr und kann zwischen uns vermitteln.»

«Töchter in der Pubertät», sagte Patrizia mitfühlend. «Kein Wunder hast du wieder Alpträume.»

«Ich hätte mich früher mehr um sie kümmern sollen. Jetzt zahlt sie es mir heim.» Cora fühlte, wie ihre Augen feucht wurden, und wischte vorsorglich mit der Hand darüber.

«Hey», Patrizia legte eine Hand auf ihren Arm, «mach dir deswegen keine Vorwürfe. Du hast damals deiner Karriere Priorität eingeräumt. Mila und Julian waren während dieser Zeit bei deinen Eltern gut versorgt.»

«Trotzdem, die Grosseltern sind kein Elternersatz. Dafür hasst mich meine Tochter heute.»

«Weil dich diese Pubertätserbse anpisst? Da hast du doch Schlimmeres gesehen.»

Cora warf ihrer Freundin einen schmerzvollen Blick zu. «Reden wir nicht davon. Die Alpträume reichen mir.»

«Mensch, Cora!» Patrizias Stimme klang vorwurfsvoll. «Für das, was du gesehen hast, würde man sogar knallharte Elitesoldaten in Therapie schicken. Ich wüsste da einen guten Psychologen.» Sie beugte sich mit verschwörerischer Miene zu Cora hinüber. «Ausserdem ist er Single und sieht verdammt gut aus. Das wäre doch …»

«… eine Sauerei, wenn er sich mit einer Klientin einlassen würde. Danke, Patty, ich schaffe das allein.»

«Gerade habe ich den Eindruck, dass du dich von deiner Tochter schaffen lässt.»

Cora seufzte. «Du hast gut reden, du hast keine Kinder.»

Patrizia hob mit einem milden Lächeln die Augenbrauen. «Ist das dein Killerargument, ja? Wenn du das gegenüber Mila genauso machst, brauchst du dich nicht zu wundern, dass sie dich anfaucht.»

Cora hob resigniert die Arme. «Ja, entschuldige. Jungs aufzuziehen ist halt leichter als eine Göre, die meint, alle über dreissig seien uralt und voll peinlich.»

Patrizia schöpfte mit ihrem Kaffeelöffel die grosszügige, mit Schokopulver bestreute Schaumhaube von ihrem Cappuccino ab. Sie war die jüngste von drei Schwestern, die wiederum fünf Töchter hatten. Patrizia hatte ihre Nichten in allen Entwicklungsphasen begleitet und betreut, wenn ihre berufstätigen Mütter etwas Luft brauchten. «Weisst du, was dein Problem ist?», fragte sie, bevor sie den vollen Löffel in den Mund steckte. «Du lässt Mila zu nahe an dich herankommen.»

«Was soll ich denn deiner Meinung nach tun?», gab Cora zurück. «Sie ignorieren? Da hätte ich sie geradeso gut zu meiner Ex-Schwiegermutter gehen lassen können, wie Matthias vorgeschlagen hat. Somit wäre ich endgültig die unfähige Mutter.»

«Lass die Kirche mal im Dorf», sagte Patrizia einen Zacken energischer. «Mila war bei Matthias, und du hast Julian neben deiner Arbeit aufgezogen. Und Julian ist mehr als super herausgekommen.» Sie umfasste Coras Hände.

Cora dachte an ihren inzwischen verstorbenen Vater Nicolas Johannis, den sie zwischendurch schmerzlich vermisste, auch wenn sie nicht immer ein Herz und eine Seele gewesen waren. Julian hatte glücklicherweise viele der positiven Charakterzüge seines Grossvaters geerbt, dem Grosszügigkeit, Gerechtigkeit und Respekt vor Schwächeren stets wichtig gewesen waren. Julian war das Resultat einer Liebschaft Coras mit Marzuq, einem Maghrebiner, den sie während eines Jobs in Casablanca kennengelernt hatte. Nachdem er erfahren hatte, dass sie schwanger war, hatte er es vorgezogen, sich abzusetzen. Cora würde ihm immer dankbar sein, dass durch ihn Julian entstanden war. Im Übrigen konnte er, soweit es sie betraf, bleiben, wo der Pfeffer wuchs.

«Darf ich dir trotz meiner fehlenden Praxis als Mutter einen Rat geben?», fragte Patrizia.

Cora seufzte. «Du tust es ja ohnehin.»

«Lass Mila mehr Freiheiten. So schonst du euch beide.»

Cora schnaubte abschätzig. «Mila schont sich die ganze Zeit. Du solltest mal den Zustand ihres Zimmers sehen. Würde mich nicht wundern, wenn die UNO es demnächst zum Krisengebiet erklärt und Blauhelme hinschickt.»

«Genau das meine ich. Zwischen dir und deiner Tochter steht zunächst mal dein Ordnungsfimmel. Erinnerst du dich, als wir letztes Jahr zusammen auf Madeira waren, in diesem wunderschönen, sündhaft teuren Hotel, in dem wir uns zusammen eine Suite geleistet haben?»

Cora dachte nicht ungern an die vierzehn Tage, die sie in Funchal verbracht hatten. «Und ob! Du wolltest die Suite anstelle eines Doppelzimmers, damit du ungestört deine Gigolos vernaschen konntest. Ich habe in den zwei Wochen mindestens drei Typen gezählt.»

«Na und?», sagte Patrizia und strich sich mit einer Hand über die mit intensivem Fitness- und Yogatraining gestraffte Figur. Ihre naturroten Haare und die frechen Sommersprossen unter einem Paar graugrüner Augen taten das Übrige, damit sich die Männer nach ihr umdrehten. «Ich bin dreiundvierzig und nicht umsonst ledig. Warum soll ich wie eine Nonne leben, solange ich nicht dafür bezahlen muss? – Und fürs Protokoll: Du hast dich auch nicht gerade wie eine Heilige benommen.»

Cora hatte sich mit nur einem Ferienflirt begnügt, der es wiederum in sich gehabt hatte. Alvaro, ein Spanier Anfang vierzig, der ihr versprochen hatte, dem Ausdruck «Spanische Hofreit-schule» eine neue Bedeutung zu verleihen. Seither war sie im Gegensatz zu ihrer Freundin mit keinem Mann mehr zusammen gewesen. Wenn sie ehrlich zu sich selbst war, fehlte ihr das.

«Die Männer waren nicht der eigentliche Grund, warum ich auf separate Schlafzimmer bestanden habe», fuhr Patrizia fort.

«Was denn sonst?»

«Weil du jedes Mal, wenn du zu mir reingekommen bist, angefangen hast, aufzuräumen. Ich hätte das keine zwei Wochen im gleichen Zimmer mit dir ausgehalten.»

«Willst du mir damit sagen, dass Mila und ich ein Herz und eine Seele werden, wenn ich sie in Frieden in ihrem Saustall hausen lasse?»

«Wenn ich mich an früher erinnere, warst du auch nicht immer ein Ausbund an Zucht und Ordnung, zumindest was dein Zimmer betraf. Jedenfalls hast du dich regelmässig mit deiner Mutter in die Haare gekriegt und −»

«Langsam, das ist was ganz anderes. Die war damals so was von pingelig.»

Patrizia deutete an, in ihren Ohren zu stochern. «Warum habe ich ständig das Gefühl, deine Mutter zu hören, wenn du von Mila sprichst? Ist Sturheit bei euch Johannis-Frauen eine genetische Voraussetzung? Ich wette, in zehn Jahren liegen Milas Kleider mit dem Massstab ausgerichtet im Schrank und ihr Fussboden wird sauberer sein als dein Esstisch.» Sie winkte ab. «Versuch, mit ihr eine Vereinbarung zu treffen. Ansonsten lass sie so sein, wie sie ist, und mäkle nicht ständig an ihr herum. Ich bin sicher, das ist der Grund, warum sie lieber bei ihrem Vater sein möchte.»

Cora zog eine verächtliche Schnute. «Der hat sie nur ver-wöhnt, damit er in Ruhe seine …» Sie machte eine frustrierte Geste. «Grazyna hat sich wegen ihm extra die Brüste machen lassen. Das hat er mir brühwarm unter die Nase gerieben.» Sie blickte an sich herunter. «Womöglich wären wir heute noch verheiratet, wenn ich mir rechtzeitig ein Paar massgeschneiderte Porno-Hupen zugelegt hätte.»

«Wie lange seid ihr beide schon auseinander?»

«Knapp acht Jahre», sagte Cora mürrisch. Sie glaubte zu wissen, worauf Patrizia herauswollte. «Was hat das damit zu tun?»

«Direkt eigentlich nichts. Ich erinnere dich lediglich daran, dass Matthias und Grazyna seit bald sieben Jahren verheiratet sind, fast schon so lange, wie ihr beide es wart. Ich kann ja verstehen, dass es dir schwerfällt, ihm zu verzeihen. Aber dass du die Ehe der beiden immer noch als reine Fickbeziehung abtust, ist unter deiner Würde.»

«Geschenkt.»

«Gib Mila Luft und Raum, lass sie sie selbst sein.»

«Luft und Raum? Patty, sie ist gerade mal vierzehn und dreht sich schon nach den Jungs um.»

«Wenn nicht jetzt, wann dann?» Patrizia sah auf ihre Uhr und sah sich nach der Kellnerin um. «Ich muss noch in die Kanzlei.»

«Am Sonntag?»

«Morgen steht uns ein wichtiger Prozess bevor, und der Mandant will das Dossier mit mir und Daniel noch mal durchgehen.»

Patrizia arbeitete in der Anwaltskanzlei Vom Staal, Strebel & Partner International Lawyers als Juniorpartnerin. Sobald Friedrich Strebel in den Ruhestand ging, würde sie seine Nachfolge antreten.

Für Cora wurde es auch Zeit. Sie zückte ihr Portemonnaie.

«Lass mal, meine Runde», sagte Patrizia. «Dafür, dass du dir von mir einiges hast anhören müssen.» Sie reichte der Kellnerin das Geld. «Apropos. Daniel hat mich gestern angerufen und sich nach dir erkundigt.»

«Daniel vom Staal?»

«Genau.»

«Weshalb denn?»

«Keine Ahnung. Er hat gefragt, was du gerade tust.» Sie lehnte sich mit einem verschwörerischen Gesichtsausdruck zu ihr herüber. «Möglich, dass er an einem politischen Comeback arbeitet und jemanden für seine Kampagne sucht, der sich mit den Medien auskennt.»

«Das würde mich wundern. Der ist doch fertig mit der Politik seit der Geschichte mit seiner Frau damals und nach all dem, was die Medien und seine sogenannten Parteifreunde mit ihm angestellt haben.»

«Dann gibt's nur eine Erklärung. Er sucht eine gute Partie und hat sich die einzig Richtige dafür ausgeguckt: dich.»

Cora verdrehte die Augen. «Hat er sonst noch was gesagt?»

«Dass er dich demnächst anruft. Wart's halt ab.»

«Wie dem auch sei, die nächsten paar Wochen werde ich mich ausschliesslich mit der Reportage befassen, über die Wagner mit mir reden will.»

«Bist du sicher, dass du das wirklich willst, Cora?», fragte Patrizia zweifelnd. «Wieder diese Tragik mit all diesen Flüchtlingen? Damals hast du geschworen, nie wieder –»

«Patty, ich kann mich nicht ewig verstecken. Ausserdem ist es Italien und nicht Kurdistan. Ich muss wieder etwas tun, bevor mir Mila meinen letzten Funken Selbstvertrauen austreibt. Vor allem brauche ich den Zustupf.»

«Du solltest mal versuchen, nicht ständig vor den wirklichen Herausforderungen davonzurennen.» Patrizia hob die Schultern und stand auf. «Vielleicht bringt dich vom Staal auf andere Gedanken.»

★★★

Cora sass Wagner gegenüber und fixierte ihn, bis er seinen Blick senkte und einen imaginären Fleck auf seiner Schreibtischunterlage kontemplierte. Sie war wütend und hatte nicht vor, ihn so schnell vom Wickel zu lassen. Seine Nachricht war kurz vor ihrem Treffen per SMS auf ihr Handy gekommen. Darin hatte er ihr mitgeteilt, dass sie den Lunch verschieben und sich stattdessen in seinem Büro im Medienhaus treffen sollten. Den gediegenen Lunch im «Zum Alten Stephan» mit einem Glas Wasser und einem trockenen Biskuit im Medienhaus eintauschen zu müssen, war jedoch nicht Anlass ihres Zorns gegenüber Wagner.

«Glaub mir, Cora», sagte der Chefredaktor mit verständnisheischendem Dackelblick. «Ich habe wirklich alles versucht. Ich habe ehrlich nicht damit gerechnet, dass die in Langenthal sich so direkt in die Redaktion einmischen.»

Im Grunde wusste sie, dass er es ehrlich meinte und es sich auf keinen Fall mit ihr verderben wollte. Cora Johannis war ein Begriff und eine respektierte Grösse in der Printmedienszene.

«Es sind die Sparmassnahmen. Du bist zu teuer, Cora.»

Sie schnaubte. «Blödsinn, meine Honorare bewegen sich im Rahmen der Kollegen. Das weisst du genau.» Sie beugte sich vor. «Was steckt wirklich dahinter? Welchem Billigschreiberling gebt ihr die Story?»

Wagners Interesse für den vermeintlichen Fleck auf der Tischunterlage wuchs zusehends.

«Wagner, verdammt!» Sie schlug mit der flachen Hand auf den Tisch. «Du hast mir gerade ein finanzielles Problem verpasst. Ich habe wenigstens das Recht zu wissen, wen ihr an meiner Stelle nach Kalabrien schickt.»

Das «Solothurner Tagblatt» hatte mit seinem Portfolio ein Magazin in den Mittelland-Verlag eingebracht. Es trug den klingenden Namen «WP&G», der für Wirtschaft – Politik – Gesellschaft stand. Cora hatte mehrmals aufsehenerregende Artikel für die Publikation veröffentlicht und war trotz ihres Status als Freischaffende gewissermassen zur Hausjournalistin des Blattes avanciert. Die Mittelland-Verlagsgruppe mit Sitz in der Oberaargauer Metropole Langenthal hatte den Tagblatt-Verlag vor einigen Monaten übernommen. Seither schien es, dass in ihrem Geschäft Erbsenzähler eine wesentlichere Rolle spielten als fundierter Journalismus.

Cora machte sich keine Illusionen, dass die Digitalisierung einen Medienmenschen hervorgebracht hatte, der mit ihrer Vorstellung von Journalismus nicht zu vereinbaren war. Facebook, Twitter und YouTube hatten eine neue Qualität der Berichterstattung geschaffen. Eine, die wenig mit dem ausgewogenen und sorgfältig recherchierten Journalismus zu tun hatte, für den sie einstand und dessen hohem Niveau «WP&G» seine hervorragende Marktstellung als Printmagazin zu verdanken hatte. Es ging mit der Zeit und verfügte über eine Online-

Plattform, von der man das ganze Magazin oder einzelne Artikel nach Erscheinen in der Printausgabe gegen Entrichtung einer Gebühr herunterladen konnte.

Die Artikelserie mit Fotos über die Zustände in den Aufnahmezentren für Flüchtlinge, die über das Mittelmeer von Nordafrika nach Südeuropa gelangten, und die Verstrickungen zwischen Behörden, Politikern und der Mafia, welche aus der Schlepperei Profit schlugen, wäre für sie eine echte Herausforderung gewesen. Nach all den Jahren wollte sie sich den Dämonen der Vergangenheit stellen, die sie damals beinahe zerstört hatten. Ausserdem hätte sie zu gerne die Exponenten der nationalen und EU-Institutionen gegrillt und Hintergründe beleuchtet. Menschenhandel war ein Thema, das ihren südosteuropäischen Wurzeln besonders nahestand. Ausserdem brauchte sie das Geld wirklich dringend.

«Sag schon, wer kriegt den Zuschlag?»

Wagner wand sich. «Es ist nicht nur dein Honorar, Cora. In Langenthal wissen sie von … was damals passiert ist. Sie fürchten, dass du den Herausforderungen nicht gewachsen sein wirst. Sie wollen −»

«Das geht sie verdammt noch mal nichts an. Das ist lange her. Ich bin wieder voll da, das weisst du am besten.»

Wagner hielt die Augen gesenkt. Cora glaubte seiner Versicherung, dass er sich für sie eingesetzt hatte. Das mit dem Vorfall von damals konnte nur ein Vorwand sein. «Also, wen schickt ihr?»

«Heizmann», sagte er nach einigen Sekunden Stille.

Cora vergass vor Verblüffung, den Mund zu schliessen.

«Du meinst nicht etwa … *den* Heizmann?»

Der eingebildete Fleck übte nach wie vor eine ungebrochene Anziehungskraft auf Wagner aus.

«Das ist nicht wahr», blaffte Cora. «Ihr schickt tatsächlich diesen aufgeblasenen Schmierfinken vom ‹N.T.› dort hinunter? Du weisst schon, worüber der bisher geschrieben hat, oder?»

Der «NEUE TAG» war eines der grössten Boulevardblätter des Landes und nicht gerade bekannt für sorgfältig recherchierte

Artikel. Reisserische Aufmachungen, bei denen entweder Blut-vergiessen oder neben Sport der Austausch von Körperflüssig-keiten im Vordergrund standen, gehörten zur Stammdomäne des Blattes.

«Er kostet die neuen Bosse weniger als du, Cora», sagte Wag-ner hilflos. «Das hat den Ausschlag gegeben.»

«Und mit dem setzt ihr den guten Ruf von ‹WP&G› aufs Spiel? Ich wusste nicht, dass in eurer Chefetage publizistische Suizidgelüste umgehen. Was war Heizmanns letzter grosser Wurf? Die gefühlt tausendste Busenverkleinerung eines Porno-sternchens oder der neue Toyboy von DJ Rocca, für den sie letzte Woche ihrer Freundin den Laufpass gegeben hat?»

«Heizmann macht auch gute politische Reportagen», sagte Wagner kleinlaut. «Die mit Nationalrat Urner zum Beispiel.»

«Ja richtig, der Urner von der Fortschrittspartei, die am liebs-ten alles, was auch nur im Entferntesten nach Ausland tönt, in der Verfassung verbieten lassen will. Klar, dass es ein Top-Scoop und politisch relevant war, den Urner zusammen mit einer thailän-dischen Nutte am Strand von Phuket fotografieren zu können. Wie viel Spesen hat Heizmann dafür noch mal eingeheimst?»

«Bleib sachlich, Cora. Der neue CEO will alle grossen Ver-gaben an externe Journalisten selbst absegnen. Bei dir hat er Nein gesagt. Tut mir leid, ehrlich.»

Das glaubte sie ihm sogar. «Schon gut, Wagner. Ich weiss, dass du nichts dafür kannst und ich deswegen in einen finan-ziellen Engpass gerate, ausgerechnet jetzt, da Mila vor Kurzem bei mir eingezogen ist.»

Wagner kam hinter seinem Tisch hervor. Mit seinem Schnauz, den wirren Haaren und seiner ganzen Körpermasse wirkte er wie ein Bär, als er sie umarmte. «Kann sein, dass ich bald was anderes habe. Nichts Grosses, aber immerhin etwas.»

«Solange es mehr als null Franken einbringt …» Sie löste sich aus der Umarmung seiner Pranken und kniff ihn in den vorstehenden Bauch. «Ich muss nach Hause – rechnen gehen. Du schuldest mir was, Wagner. Mindestens ein Essen im ‹Alten Stephan›.»

Auf dem Weg zu ihrem Auto erwog Cora, Matthias zu bitten, seine Unterstützung für Mila zu erhöhen, bis sie finanziell wieder Oberwasser hatte. Nach kurzer Zeit verwarf sie den Gedanken. Es war wichtig, zu versuchen, die Krise allein zu meistern. Wichtig für sie – und wegen Mila.

★★★

Ihr Handy klingelte. Sie stand auf dem Parkplatz des Landi-Shops in Lohn, dem einzigen grossen Supermarkt der Region, der weder direkt an einen Bahnhof noch an eine Tankstelle gebunden war und zudem an Sonntagen durchgehend geöffnet hatte. Sobald sie ihre Einkäufe in den Wagen geräumt und die Hände frei hatte, fischte sie den Apparat aus ihrer Tasche. Die Anrufer-ID zeigte lediglich die Nummer, keinen Namen.

«Johannis!»

«Daniel vom Staal, können Sie frei sprechen, Frau Johannis?», antwortete eine angenehm sonore Stimme.

Für einen Moment war Cora baff. Sie hatte Patrizias Ankündigung vom Vormittag komplett vergessen.

«Herr vom Staal, was kann ich für Sie tun?», fragte sie eine Spur zu kühl.

«Haben Sie meinen Anruf nicht erwartet? Ich rechnete damit, dass Patrizia Ihnen gesagt hat, dass wir über Sie gesprochen haben», entgegnete er mit neutraler Stimme.

Warum zum Teufel konnte er davon ausgehen, dass Patrizia ihr alles brühwarm erzählte? «Ich erinnere mich vage, dass Patty etwas in der Art erwähnte», log sie und hoffte, dass sie ihm nicht von ihrem Gespräch am Morgen berichtet hatte.

«Ich würde Sie gerne persönlich sprechen, Frau Johannis. Haben Sie heute Abend Zeit?»

Sie wusste für einen Moment nicht, was sie sagen sollte. Was wollte der alt Regierungsrat von ihr, der trotz seiner zweiundfünfzig Jahre einer der begehrtesten Männer auf dem Solothurner Heiratsmarkt für gehobene und bindungswillige Frauen war?

«Heute Abend?» Cora dachte an das Essen mit ihren Kindern, für das sie soeben eingekauft hatte. «Das kommt etwas unerwartet. Ich hatte eigentlich andere –»

«Bitte!» Vom Staals Stimmlage wurde eindringlich. «Glauben Sie mir, Frau Johannis. Ich würde Sie nicht darum bitten, wenn es nicht wichtig wäre. Es geht um Leben und Tod, und das meine ich genau so. Sie sind die Einzige, die mir weiterhelfen kann.»

«Aha!» Eine geeignetere Replik fiel ihr nicht ein. Jedenfalls machte es nicht den Anschein, dass es sich um einen von Patrizias Versuchen handelte, sie zu verkuppeln. «Dürfte ich wissen, worum es geht? So kann ich mich etwas vorbereiten.»

«Das möchte ich lieber nicht am Telefon besprechen», antwortete er bestimmt. «Sie erfahren alles Nötige heute Abend. Sagen wir um sieben Uhr bei mir?»

Der Mann war zielstrebig, das musste sie ihm lassen. «Bei Ihnen? In der Kanzlei?»

«Nein, bei mir zu Hause.»

Vom Staal bewohnte eine grosse Villa in Oberdorf. Es behagte Cora nicht sonderlich, sich für ein Erstgespräch auf nicht-neutrales Terrain zu begeben.

«Sollten wir uns nicht besser morgen irgendwo in der Stadt –»

«Frau Johannis, es ist besser, wenn wir das in einem diskreten Rahmen machen, einem sehr diskreten Rahmen.»

Cora sagte nichts.

«Ausserdem soll es Ihr Schaden nicht sein», fügte er hinzu.

Das war allerdings etwas anderes. Eine finanzielle Kompensation für die Reportage, die ihr gerade durch die Lappen ging, war höchst willkommen.

«Also gut, Herr vom Staal. Ich bin um sieben Uhr bei Ihnen in Oberdorf.»

Vom Staal klang hörbar erleichtert, als er das Gespräch beendete.

***

Vlady und Austin – erster Chat

Vlady_03: «Mist, sie ist schon zu Hause.»

AustinXXX: «Du hast gesagt, sie kommt später.»

Vlady_03: «Mann, weiss ja auch nicht. Schreib gerade die Entschuldigung für Schleimi-Hirschi, weil ich Fucking-Französisch am Freitag bei ihm schwänzte.»

AustinXXX: «Schleimi-Hirschi?»

Vlady_03: «Unser Franz-Lehrer. Alter Spannersack, guckt den Chicks nie in die Augen, dafür tiefer – du weisst schon.»

AustinXXX: «Sehenswert ☺?»

Vlady_03: «Geht's dich was an?»

AustinXXX: «Komm schon, wir sind doch befreundet.»

Vlady_03: «Sicher, grad mal eine Woche.»

AustinXXX: «Immerhin.»

Vlady_03: «Und du glaubst, du kriegst deshalb gleich alles von mir zu sehen?»

AustinXXX: «Zeig dir auch gerne was von mir.»

Vlady_03: «Will ich das sehen?»

AustinXXX: «Wart's ab. – Warum eigentlich Vlady?»

Vlady_03: «Wegen meiner Grosseltern.»

AustinXXX: «Dein Opa heisst Vladimir ☺?»

Vlady_03: «Idiot! Nein, die kamen damals aus Rumänien in die Schweiz, genauer aus Transsilvanien.»

AustinXXX: «Dracula-Land!»

Vlady_03: «Eben, Vlady – Vampir-Lady.»

AustinXXX: «Böses Mädchen?»

Vlady_03: «Musst du andere fragen.»

AustinXXX: «Tust du das, was böse Mädchen so tun?»

Vlady_03: «Weiss nicht. Was denn?»

AustinXXX: «Die schicken Pix von sich.»

Vlady_03: «Du hast ja mein Profilpic.»

AustinXXX: «Eine Fledermaus mit langen Zähnen?»

Vlady_03: «Okay, kannst mein Passfoto haben.»

AustinXXX: «LOL!»

Vlady_03: «Was?»

AustinXXX: «Ich will mehr.»

Vlady_03: «Mehr was?»

AustinXXX: «Mehr Haut.»

Vlady_03: «Spinnst du? Ich stell mich sicher nicht nackt ins Netz.»

Vlady_03: «Austin?»

AustinXXX: «Ist sicher nicht das erste Mal.»

Vlady_03: «Was? Nicht das erste Mal?»

AustinXXX: «Sag bloss, du hast nie mit einem Jungen rumgemacht?»

AustinXXX: «Sag schon.»

Vlady_03: «Einmal.»

AustinXXX: «Und? War's gut?»

Vlady_03: «Geht so. Hab ihm eine geschmiert, als er an mein Höschen wollte.»

AustinXXX: «Autsch! Ich will nur ein Pic von deinem Höschen.»

Vlady_03: «Ich schick dir eins vom Wäschestapel.»

AustinXXX: «LOL! Mit dir mittendrin?»

Vlady_03: «Ich überleg's mir, okay?»

AustinXXX: «Nicht zu lange.»

AustinXXX: «Hey Vlady?»

Vlady_03: «Sie will rein. Muss Schluss machen. C u!»

ZWEI

Cora hätte schwören können, aus Milas Zimmer ein Geräusch gehört zu haben. Die Zimmertür war verriegelt. Als sie ein Ohr an die Füllung gelegt hatte, drang kein Ton heraus. Der Volleyballmatch müsste zu Ende sein. Cora war sich allerdings nicht mehr sicher, wann genau Mila aus Aarau zurückkehren wollte.

Beim Einräumen der Einkäufe realisierte sie, dass es schon halb fünf war und dass sie sich beeilen musste, wenn sie noch für die Kinder das Abendessen zubereiten wollte. Ausserdem hatte sie sich vorgenommen, im Internet über Daniel vom Staal zu recherchieren, bevor sie ihm gegenüberstand. Während seiner Zeit als Regierungsrat hatte die Solothurner Politik nicht im Fokus ihrer Arbeit gestanden. Der Umstand, dass er eine Osteuropäerin geheiratet hatte, die nach knapp zwei Jahren Ehe spurlos verschwunden war, hatte sie weder beruflich noch privat sonderlich interessiert. Politisch war ihr vom Staal in keiner Weise nahegestanden.

Sie war hungrig. Nach dem ausgefallenen Frühstück, dem Verzicht auf das Kaffeegebäck beim Hofer und dem geplatzten Mittagessen war sie bisher nicht zu einer richtigen Mahlzeit gekommen. Obwohl vom Staal angeblich ein begnadeter Hobbykoch war, erwartete sie nicht unbedingt, dass er ihr einen Dreigänger servieren würde.

Kurz nach sechs war sie nahezu bereit. Sie trug ihr volles dunkles Haar offen. Vorne umrahmten zwei weisse Strähnen ihr ovales Gesicht mit den hohen Wangenknochen. Sie trug Make-up und Lippenstift diskret auf und zog die Lider mit einem Eyeliner fein nach, sodass ihre bernsteinfarbenen Augen zur Geltung kamen. Je nach Lichtverhältnissen nahm in ihrer Iris ein grünlicher Schimmer überhand. Sie hatte sich für einen schwarzen Hosenanzug entschieden, der ihr trotz des gefühlt breiteren Hüftumfangs tadellos sass.

Das Timing war perfekt. Notizblock und das Handy in die Handtasche packen und weg war sie. Ein Blick auf das Display des iPhones zeigte ihr, dass sie es unbedingt aufladen musste, wenn sie nicht mitten am Abend an einem fremden Ort ohne direkte Verbindung zur Aussenwelt dastehen wollte.

Während sie nach dem Ladegerät suchte, trat eine ihr wohlbekannte Situation auf: Man glaubt, vor einer Verabredung oder einer fahrplanmässigen Zugsabfahrt genug Zeit zu haben, wenn das Unvorhergesehene eintritt. Der vermaledeite Lader war unauffindbar. Sie ging nach unten ins Wohnzimmer. Mila lümmelte auf dem Sofa vor dem Fernseher und sah sich eine Folge von «Berlin – Tag & Nacht» im Replay an. Schon auf der Türschwelle stieg Cora der süss-fruchtige Duft des Haarshampoos in die Nase, mit dem sich ihre Tochter ihr dunkelblondes Haar wusch. Die Sonne, die jetzt gerade in den Raum schien, verlieh ihm einen rötlichen Glanz.

Cora umrundete das Sofa, um sich ihr von vorne zu nähern. Mila hasste nichts mehr, als von hinten überrascht zu werden. Erst als Cora vor ihr stand, blickte sie auf und sah ihre Mutter an. Der Ausdruck in ihren grünen Augen schwankte zwischen fragend und gelangweilt. Milas Augenfarbe war die ihrer Grossmutter. Cora hatte die geschwungene Mandelform beigesteuert. Cora ging durch den Kopf, was Patrizia am Vormittag zum Verhältnis zwischen ihrer Mutter und ihr selbst gesagt hatte. Cosima Johannis war unerbittlich gewesen, wenn sie bei ihrer Tochter Ordnung und Disziplin durchsetzen wollte. Als Cora in Milas Alter gewesen war, flogen zwischen den beiden buchstäblich die Fetzen. Cosima war mehr als einmal die Hand ausgerutscht. Was die Johannis-Frauen aus drei Generationen gemeinsam hatten, war das Katzenhafte in ihrem Ausdruck. Coras bernsteinfarbene Augen hatten ihre Schulkameraden in Solothurn oft zu Bemerkungen verleiten lassen, die auf ihre transsilvanische Herkunft und eine mögliche Verwandtschaft mit einem berühmten literarischen Vampir anspielten.

Auf Milas Schoss lag Van Helsing, der sich schnurrend von ihr kraulen liess. Der dreijährige Keltische Kurzhaarkater war

Cora vor einigen Monaten zugelaufen. Julian hatte aus gegebenem Anlass die Idee gehabt, ihm den Namen von Bram Stokers berühmtem Vampirjäger zu geben. Man könne ja nie wissen. Bisher hatte sich Van Helsings feliner Namensvetter bei der Jagd nach vierbeinigen Nagern, Vögeln und Fröschen erfolgreicher gezeigt als nach Untoten mit Fangzähnen. Mila und der grau getigerte Kater hatten sich sofort angefreundet, und zwar derart, dass Van Helsing seine Hauptlagerstätte von der Küche in Milas Zimmer verlegt hatte, dessen Unordnung seinen Bedürfnissen entgegenzukommen schien.

Sie sieht mir so ähnlich, dachte Cora, als sie Mila einen Moment betrachtete, bevor sie sie ansprach. Wenn sie nicht die Haare von Matthias geerbt hätte, könnten wir beide, bis auf den Altersunterschied, als Zwillingsschwestern durchgehen.

«Hey, Mila, wie war euer Spiel? Habt ihr gewonnen?»

Van Helsing hüpfte zu Boden und strich zur Begrüssung zweimal um Coras Beine, bevor er sich wieder auf Milas Schoss niederliess.

Milas Begrüssungsritual erschöpfte sich in einem erhobenen Daumen und einem zufriedenen Grunzen, worauf sie sich wieder dem Drama zuwandte, das sich auf dem Fernsehbildschirm abspielte.

«Gratuliere. Hast du mein Ladegerät gesehen?»

«Was soll ich mit deinem Ladegerät?», fragte Mila, ohne diesmal den Blick von den Freuden und Leiden abzuwenden, denen man sich im fernen Berlin aussetzte.

«Ich habe dich nicht gefragt, ob du es hast, sondern ob du es gesehen hast.»

«Passt nicht auf mein Android. Guck mal bei Julian nach. Der hat das gleiche iPhone wie du.»

Cora erachtete es als einen Akt der Notwehr, durch die Schubladen von Julians Schreibtisch zu gehen. Im Gegensatz zu Mila hatte Julian ihr Ordnungsgen geerbt. Er verabscheute es, seine Sachen auf dem Arbeitstisch liegen zu lassen. In der untersten Schublade wurde sie fündig. Als sie den Lader herausnahm, verhedderte sich ein Ende des lose gewickelten Kabels in einem Stapel Dokumente in der Schublade, sodass sich dieser auf dem Fussboden verteilte. Seufzend sammelte Cora die losen Blätter auf. Um die Papiere fein säuberlich zurückzulegen, musste sie die Schublade ganz herausziehen. Sie stutzte, als sie etwas sah, das offensichtlich nicht dorthin gehörte.

★★★

Coras alter Passat verfügte über kein Navigationsgerät. Sie hatte keine Zeit mehr gehabt, die entsprechende App in ihrem Handy zu programmieren. Ihr war bekannt, dass vom Staal in der Nähe des Seniorenheimes «Bellevue» in Oberdorf wohnte. Sie hatte Glück, als sie den Dorfplatz passierte und den Wegweiser «Altersheim» im letzten Augenblick bemerkte, bevor sie daran vorbei war. Sie bog rechts ab und fuhr die steil ansteigende Nebenstrasse hoch. Fast schon auf der Höhe des Seniorenheimes tauchte auf der rechten Seite eine moderne Villa im Kubusstil auf, die von einem hohen Stahlzaun eingesäumt wurde. Sie stoppte vor dem Tor und stieg aus. Über ihr bewegte sich etwas. Sie blickte hoch und sah eine Videokamera, die umschwenkte und sie mit einem rot blinkenden Auge ins Visier nahm. Cora erwartete eine metallische Stimme aus dem Nichts, die sie aufforderte, ihr Anliegen zu äussern. Stattdessen ertönte ein hohler Klang, als ob jemand einmal mit einem Hammer auf Eisen schlug. Das Tor glitt zur Seite und gab die Einfahrt frei.

Etwas verschämt parkierte Cora ihren klapprigen Passat neben einen silbergrauen Maserati GranTurismo vor einer geräumigen Garage, deren Tor offen stand. Im Abstellraum standen ein Volvo XC90 der aktuellsten Serie und ein funkelnagelneuer roter Mini Cooper. Sie fragte sich, ob vom Staal das grosse Anwesen allein bewohnte. Er konnte unmöglich alle diese Autos selbst fahren. Diese Protzigkeit war einer der Gründe gewesen, weshalb sie damals dem jungen, spritzigen Kantonsrat der Liberalen Partei ihre Stimme für die Regierungsratswahl verweigert hatte. Sie konnte sich nicht vorstellen, dass diese

Menschen in der Lage waren, die Anliegen der Bürger, die sie wählten, zu verstehen, geschweige denn, sie zu vertreten. Solche Politiker machten sie grundsätzlich misstrauisch, wobei sie sich eingestehen musste, dass sie vom Staals Geld nehmen würde, sofern es mit einem einigermassen akzeptablen Auftrag in Verbindung stand.

Als sie ausstieg, trat ein attraktiver Mann aus dem Haus und kam auf sie zu. Sie hatte Daniel vom Staal noch nie persönlich getroffen und kannte ihn nur von Bildern. Er sah in Wirklichkeit noch besser aus, wie sie sich trotz der Klischeehaftigkeit des Gedankens eingestehen musste. Sie wollte ihren Wagen abschliessen, besann sich jedoch eines Besseren. Das Anwesen war besser gesichert als manche Bank in der Region.

«Frau Johannis, herzlich willkommen und danke, dass Sie sich die Mühe machen, zu mir zu kommen.»

Ihr Lächeln blieb professionell distanziert, als sie ihm die Hand gab. «Danke, Herr vom Staal. Ich fühle mich geehrt, dass Sie mich in Ihr Heim einladen. Das ist anscheinend keine Selbstverständlichkeit, wenn ich mich hier so umsehe.»

«Beeindruckend, nicht wahr? Glauben Sie mir, ich leide nicht unter Verfolgungswahn. Die Sicherheitsmassnahmen waren vor Jahren notwendig. Aber das ist eine lange Geschichte und vorbei.» Er liess eine Hand herumschweifen. «Zumindest hält es Einbrecher ab.»

Er ging voraus ins Haus und führte sie in das geschmackvoll eingerichtete Wohnzimmer, an dessen Wänden einige Gemälde hingen. Cora konnte zwei davon Albert Anker zuweisen. Sie liebte den Maler aus dem Seeland mit seinen unvergleichlichen Porträts und Szenen aus der ländlichen Schweiz in der zweiten Hälfte des 19. Jahrhunderts.

«Sind das Originale?», fragte sie bewundernd und sah sich die Bilder näher an. Eines zeigte das Porträt eines Mädchens, das sich die blonden Zöpfe flocht, während das andere einen Schulausflug darstellte. Eine Frau, wahrscheinlich die Lehrerin, ging umringt von einer Kinderschar über einen Feldweg.

Vom Staal machte eine entschuldigende Geste. «Meine

Familie besitzt eine der grössten Anker-Sammlungen der Schweiz. Sie ist über alle Museen des Landes verteilt. Diese Stücke hier habe ich meinem Vater abgeschwatzt, weil Elisabeth sie gerne mochte.» Kaum hatte er den Namen seiner verschollenen Frau ausgesprochen, verdüsterte sich sein Blick.

Cora trat ans Panoramafenster, das einen weiten Garten mit einem grossflächigen Pool überragte. Die Aussicht war atemberaubend. Inzwischen war der Himmel von Wolken reingewaschen. Lediglich ganz im Westen zeigte er Anzeichen neuen Regens, der im Lauf der Nacht über der Gegend niedergehen könnte. Vor dem Hintergrund der in der Abendsonne rot leuchtenden Alpen hob sich der Zwiebelturm der barocken Wallfahrtskirche von Oberdorf ab. Im Westen glaubte sie hinter der ersten Alpenkette die mächtige weisse Kuppel des Mont Blanc zu erkennen. Ihr Blick schweifte über das Aaretal und das Äussere Wasseramt bis zum Oberaargau im Osten. Unten im Tal erhob sich die weisse Fassade der Kathedrale über der Solothurner Altstadt. Sie ertappte sich bei dem bösartigen Gedanken, dass es nicht verwunderlich war, wenn eine Partei, deren Exponenten so lebten, derart inhaltlich perspektivenfrei politisieren konnte. Es musste ein Naturgesetz geben, welches besagte, dass grandiose Aussichten oft den Blick zur Basis verdeckten.

Vom Staal hielt eine weitere Überraschung für sie bereit, als er sie einlud, sich an einen gläsernen Tisch zu setzen, der ohne Weiteres einem Dutzend Gäste Platz bot. Es waren lediglich zwei Gedecke aufgelegt. «Ich habe mir erlaubt, ein kleines Abendessen zu arrangieren, wenn ich Sie schon zu dieser Stunde zu mir bitte. Sie haben nicht etwa schon gegessen?»

«Nein, das trifft sich gut. Ich könnte tatsächlich etwas vertragen.»

«Erwarten Sie bitte nicht, dass ich selbst gekocht habe. Das Essen kommt von einem Catering aus Bern, das oft für mich arbeitet. Es ist ausgezeichnet und das Personal diskret.»

Cora vermutete, dass vom Staal die Diskretion erwähnte, weil er seit Jahren allein lebte. Es konnte sein, dass er oft Mandanten bei sich zu Hause bewirtete. Vielleicht zog er einfach nur das stille Tête-à-Tête mit einer weiblichen Bekanntschaft in den eigenen vier Wänden dem Restaurantbesuch in der tratschfreudigen Stadt vor, erst recht, seit ihm die Medien damals so übel mitgespielt hatten.

Kaum sassen sie einander am Tisch gegenüber, trat ein Sommelier heran und goss Mineralwasser ein. Er verliess den Raum und kam kurz darauf mit einer Flasche Rotwein zurück. Cora warf einen Blick auf das Etikett und stellte anerkennend fest, dass es ein Malbec-Merlot des Weingutes der Solothurner Bürgergemeinde war.

Während vom Staal kostete, musterte sie ihren Gastgeber. Die dunkelblonden Haare waren bisher weitgehend von Silberfäden verschont geblieben. Blaue Augen blickten sie wach aus einem glatt rasierten und scharf geschnittenen Gesicht an. Ein Blick, der zu faszinieren vermochte.

Vorspeise und Hauptgang, bestehend aus einer Solothurner Weinsuppe, gefolgt von einem hervorragenden Kalbsfilet mit Pommes Dauphine und Gemüsebeilage wurden von einer jungen und ausnehmend hübschen blonden Kellnerin serviert. Make-up, Schmuck und der Gang der jungen Frau erregten bei Cora den Verdacht, dass sie neben dem Kellnern anderen, einträglicheren Tätigkeiten nachging. Ihr diskreter, aber scharfer Kontrollblick zwischen vom Staal und der Frau liess keinen Schluss auf eine mögliche intime Beziehung zwischen den beiden zu, was sie irgendwie beruhigte.

Während des Essens sprachen sie über allgemeine Dinge. Es war ihr klar, dass er sie aushorchte, wenn auch in höflicher und zurückhaltender Manier.

Das Dessert bestand aus einer gebrannten Kastaniencrème. Danach wurde auf Wunsch Kaffee oder Espresso serviert. Cora verzichtete im Hinblick auf ihre spätere Heimfahrt und zwecks Vermeidung überflüssiger Kalorien auf den vom Hausherrn angebotenen Grappa. Sie wollte endlich zur Sache kommen.

«Herzlichen Dank für das wirklich hervorragende Essen, Herr vom Staal. Damit hätte ich an einem Sonntagabend nicht gerechnet. Ich brenne darauf zu erfahren, warum ich hier bin.»

Vom Staal leerte seinen Grappa in einem Zug. «Ich brauche jemanden, dem ich vertrauen kann.»

Cora wartete erst, ob dieser Aussage weitere Erklärungen folgten, was aber nicht der Fall war. «Sie schmeicheln mir. Lassen Sie mich in Bezug auf Vertrauen festhalten, dass ich damals die Kandidatin der anderen Partei gewählt habe.»

«Ihre Aufrichtigkeit ehrt Sie, Frau Johannis.»

«Danke, trotzdem möchte ich gerne wissen, was Sie von mir erwarten.»

«Ich möchte, dass Sie meine Frau finden.»

Cora verschluckte sich beinahe an ihrem Kaffee. «Ihre Frau? Sie ist für tot erklärt worden.»

Vom Staal schüttelte energisch den Kopf. «Sie ist nicht tot. Sie gilt als verschollen.»

«Das ist sieben Jahre her. Ihre Frau verschwand fünf Jahre zuvor spurlos.»

«Sie müssen mir das nicht erklären, Frau Johannis.»

«Natürlich, tut mir leid. Ich wollte nicht –»

«Mir ist bewusst, worum ich Sie bitte. Sie sind die einzige Person, der ich zutraue, mir helfen zu können.»

«Ich wüsste nicht, wie –»

«Elisabeth lebt.»

Cora beobachtete seine Mimik. Ihr war nicht klar, ob er nicht trotz seines ruhigen und abgeklärten Verhaltens einer Art Wahnvorstellung erlegen war, einer Negation des Offensichtlichen.

«Ich weiss, was Sie denken», fuhr er fort. «Und ich kann Sie verstehen. Vielleicht würde ich mir an Ihrer Stelle dasselbe überlegen. Sie glauben, dass ich nicht ganz bei Trost sein kann, nach zwölf Jahren darauf zu bestehen, dass meine Frau am Leben sein soll. Ich versichere Ihnen, dass ich im Vollbesitz meiner geistigen Kräfte bin.»

«Ich arbeite mit Fakten, die ich verifizieren kann, Herr vom Staal. Angenommen, Ihre Frau ist noch am Leben, warum hat sie sich nie bei Ihnen gemeldet?»

«Weil sie jemand daran gehindert hat, vielleicht.»

«Gibt es nach all dieser Zeit neue Hinweise, die Ihre Überzeugung unterstützen?»

«Die gibt es, und ich will sie Ihnen nicht vorenthalten. Patrizia hat mir gesagt, wie sehr Sie an Tatsachen glauben.»

«Das hat Patty Ihnen also gesagt. Mir hat sie nichts von Ihrer Absicht erzählt, mich mit der Suche nach einem Phantom zu betrauen.»

Sollte ihn diese Bemerkung getroffen haben, liess er sich nichts anmerken. «Patrizia ahnt nichts von meiner Absicht. Was ich Ihnen jetzt sage, wissen danach nur zwei Personen: Sie und ich.»

«Sie machen mich wirklich neugierig.» Cora sah sich um. «Befürchten Sie nicht, dass wir belauscht werden? Das Cateringpersonal —»

«Ist gegangen, gleich nachdem der Kaffee serviert wurde. Wir sind unter uns.» Als ein besorgter Funke in ihren Augen aufleuchtete, machte er eine beschwichtigende Handbewegung. «Keine Angst, Frau Johannis, ich habe es nicht nötig, eine schöne Frau gegen ihren Willen in meine Höhle zu locken.»

«Das glaube ich Ihnen sogar aufs Wort. Und das will etwas heissen, wenn ich das von einem Politiker sage.»

«Ehemaliger Politiker. Doch wir schweifen ab.» Vom Staal stand auf und ging zu einem antiken Sekretär im Louis-XV-Stil. Er zog einen Umschlag aus dem Geheimfach und reichte ihn Cora.

Auf der Vorderseite des dunkelgelben Umschlags stand in gestochen scharfer Handschrift vom Staals Privatadresse. Der Brief war mit zwei unterschiedlichen Fünfzig-Rappen-Briefmarken frankiert. Eine Marke klebte sorgfältig und in gleichem Abstand zu den Kanten an der rechten oberen Ecke, während die andere die amtliche Frankatur eines Postamtes darstellte, die nachlässig auf den Umschlag gepappt worden war. Cora befühlte den Inhalt. Es war ein kleiner, harter und ovaler Gegenstand. Es konnte eine Damenuhr oder ein Medaillon sein.

«Ich hatte diesen Umschlag vor zwei Tagen in der Post», sagte vom Staal. Auf ihren fragenden Blick nickte er.

Vom Staal hatte den Umschlag mit einem Brieföffner aufgeschlitzt und danach mit Scotchband wieder zugeklebt. Cora löste das Klebeband und liess ein goldenes Medaillon an einem Goldkettchen in ihre Hand fallen. Das Medaillon hatte einen Verschluss. Sie blickte erneut zu vom Staal. Auf seine einladende Handbewegung hin öffnete sie es. Zwei fingerkuppengrosse Porträts strahlten ihr entgegen. Das eine war zweifellos die um einige Jahre jüngere Ausgabe vom Staals. Das andere zeigte eine bezaubernde Frau mit weissblondem Haar und grossen, mandelförmigen blauen Augen. Sie hatte das schönste Lächeln, das Cora je gesehen hatte. «Ist das …?»

«Das ist Elisabeth, meine Frau, ja.»

«Sie ist wirklich wunderschön», entfuhr es Cora. Als sie es merkte, hielt sie beschämt eine Hand vor den Mund. «Bitte entschuldigen Sie, Herr vom Staal. Das ist mir herausgerutscht.»

Er winkte ab. «Schon in Ordnung. Sie sind nicht die Erste. Elisabeth hatte diese Wirkung auf Menschen, nicht nur bei Männern.»

«Inwiefern soll dieses Schmuckstück ein Beweis sein, dass sie noch am Leben ist?»

«Elisabeth hat es immer bei sich getragen. Sie hätte sich nie davon getrennt.»

«Könnte nicht gerade die Tatsache, dass man es Ihnen zugeschickt hat, auf ihren Tod hinweisen? Das kann sonst wer aufgegeben haben.»

«Das habe ich mir natürlich auch gedacht. Andererseits, wenn Elisabeth damals einem Verbrechen zum Opfer gefallen wäre, warum sollte mir jemand das Medaillon ausgerechnet jetzt zukommen lassen?»

«Möglicherweise hat es jemand kürzlich gefunden und Sie oder Ihre Frau darauf erkannt.» Sie zuckte die Achseln. «Es gibt Dutzende Erklärungen. Dass Ihre Frau Ihnen das Medaillon geschickt haben soll, erachte ich als die am wenigsten wahrscheinliche.»

«Ich habe mir diese Überlegungen auch gemacht», sagte er ruhig und zeigte auf den Umschlag. «Elisabeth trug das Medaillon immer auf sich. Ich bin felsenfest davon überzeugt, dass sie es mir geschickt hat, um mir ein Lebenszeichen von sich zu geben.»

«Und wenn sie es nicht war?»

«Heisst das, dass Elisabeth tatsächlich tot ist.» Vom Staals Stimme blieb neutral, während er das sagte.

«Trotzdem glauben Sie daran, dass Ihre Frau noch am Leben ist? – Entschuldigen Sie, dass ich so offen bin und nachhake. Haben Sie nicht das Gefühl, nach all diesen Jahren einem Hirngespinst nachzujagen?»

Diese skeptische Bemerkung beeindruckte ihn ebenso wenig wie die vorangegangenen. «Sie denken, dass ich ein liebesblinder Phantast bin, der der Wahrheit nicht in die Augen sehen kann.»

Cora erwiderte nichts.

«Keine Sorge, ich werde Ihnen keine Ode über die grösste Liebe meines Lebens vorsingen. Elisabeth und ich haben uns ehrlich und aufrichtig geliebt – Punkt.» Er zeigte auf das Medaillon, das Cora immer noch in der Hand hielt. «Dieses Medaillon ist ein Zeichen, dass ich mir Gewissheit verschaffen muss. Elisabeth wird für mich so lange weiterleben, bis ich ihren Leichnam mit eigenen Augen sehe. Bitte helfen Sie mir, diese Gewissheit zu erhalten, Frau Johannis.»

«Warum beauftragen Sie keinen Privatdetektiv oder gehen damit zur Polizei?»

Sie hatte offenbar einen wunden Punkt getroffen, denn ein ungehaltenes Runzeln zerfurchte seine Stirn. «Ich kenne von meiner Arbeit einige Privatdetektive. Wenn ich davon einen als fähig erachtete, würden wir beide dieses Gespräch nicht führen. Ich brauche keinen Schnüffler, der nichts anderes kann, als Männern oder Frauen nachzuspionieren, die es mit dem Stand der Ehe nicht so genau nehmen.» Er stand auf und trat an das grosse Fenster. Die nachtschwarze Glasscheibe reflektierte sein Spiegelbild, sodass sie nicht nur seinen Rücken sah, sondern auch die wechselnde Mimik seiner Gesichtszüge. «Was unsere gute Polizei und die Staatsanwaltschaft betrifft, will ich mir das nicht mehr antun. Wenn ich schon Mühe habe, Sie zu überzeugen, was glauben Sie, wie sie in der Schanzmühle und im Franziskanerhof reagieren werden, wenn ich denen das Medaillon als Beweis dafür vorlege, dass Elisabeth noch lebt?»

Die Erwähnung des Standortes des kantonalen Polizeikommandos sowie des Sitzes der Solothurner Staatsanwaltschaft gaben ihr ein Stichwort. «Sie waren während Ihrer Amtszeit als Regierungsrat immerhin Vorsteher des Innendepartements und damit auch oberster Polizeichef.»

«Genau deshalb will ich die Polizei heraushalten. Sie ist zusammen mit der Staatsanwaltschaft mitschuldig, dass meine Frau verschwunden blieb.»

«Das müssen Sie mir erklären.»

Vom Staal wandte sich vom Fenster ab und setzte sich wieder auf seinen Platz. «Das wird eine lange Geschichte. Sind Sie sicher, dass Sie nichts mehr trinken wollen?»

«Wasser reicht vollauf, danke.» Sie hielt ihm das Glas hin, während er ihr aus der Karaffe einschenkte, die der Sommelier auf dem Tisch hatte stehen lassen.

Vom Staal lehnte sich zurück und begann zu erzählen. «Ich habe Elisabeth unter, sagen wir, ungewöhnlichen Umständen kennengelernt.» Er unterbrach sich, als Cora die Hand hob.

«Ich kenne diesen Teil Ihrer Geschichte aus der einschlägigen Presse. Sie sollen ihr in einem sogenannten ‹Gentlemen's Club› in der Umgebung von Zürich begegnet sein. Das ist die vornehmere Bezeichnung für ein Bordell. Nun würde mich Ihre Version interessieren.»

Ein Ausdruck von tiefer Traurigkeit und Müdigkeit legte sich auf vom Staals Gesicht. «Es wurde viel geschrieben und in allen Medien verbreitet. Je lauter es gerufen wurde, desto mehr wollte man es glauben, bis es für alle der Wahrheit entsprach.» Er fuhr sich mit der Hand über die Augen. «Elisabeth stammt aus Weissrussland und hiess mit ledigem Namen Lisaweta Kostenko. Als sie in die Schweiz kam, wohnte sie bei einer Freundin in Zürich, die ebenfalls aus Weissrussland kam. Diese Freundin verschaffte ihr den Job in diesem Club, wo Elisabeth erst als

Bardame und später als Kassiererin arbeitete. Sie hatte sich nie mit Kunden eingelassen.»

Cora verzichtete darauf, seine Aussage in Frage zu stellen.

«Zu jener Zeit steckte ich in einer persönlichen Krise. Obwohl ich kurz zuvor in den Regierungsrat gewählt worden war, lief es privat nicht so gut. Meine damalige Verlobte wollte von der Politik nichts wissen und hatte mich verlassen. Zudem war kurz zuvor meine Mutter gestorben, die mich immer in allem unterstützt hatte. Ich fühlte mich unvollkommen und allein. Das Amt und die Politik vermochten diese Lücke nicht auszufüllen. Ein Zürcher Parteikollege wollte mich auf andere Ideen bringen. Nach einem Essen und einigen Drinks schleifte er mich in diesen Club. Ich fühlte mich nicht wohl. Ich wollte keine Frau für eine Nacht. Ich brauchte eine Beziehung, einen Menschen, für den ich da sein konnte und der für mich da war.»

Während vom Staal erzählte, war sein Blick ins Leere gerichtet. Jetzt sah er Cora direkt in die Augen. «Ich hatte bald genug und wollte gehen. Mein Freund überredete mich zu einem letzten Drink. Dieser Gin Tonic veränderte mein Leben. Ich hatte nicht mitbekommen, dass sich die Bardamen abgelöst hatten. Elisabeth musste einspringen, weil ihrer Kollegin schlecht geworden war. Sie reichte mir den Drink mit einem Lächeln, das ich noch nie im Leben gesehen hatte. Ich wollte nicht mehr nach Hause.»

Cora kommentierte nicht. Sie sah ihn nur an.

Vom Staal konnte offenbar ihre Gedanken lesen. «Alle anderen haben auch nur den Skandal gesehen. Ich hingegen habe mich in eine wunderbare und schöne Frau verliebt, die darüber hinaus einen Doktortitel in Soziologie und Wirtschaftswissenschaften der Universität Minsk besass. Elisabeth hoffte, einen besseren Job in der Schweiz zu kriegen. In den Augen der Leute zählte das nicht. Für sie und die Medien lag es auf der Hand, warum die Clubhostess aus dem Osten den reichen Regierungsrat heiraten wollte.»

«Soweit ich informiert bin, wurde Ihre Heirat in gewissen Kreisen nicht gut aufgenommen.»

«Das ist diplomatisch ausgedrückt. Wir wurden regelrecht mit Häme überschüttet. Vor allem Lisaweta, die nach der Heirat sogar ihren Namen in der deutschen Schreibweise eintragen liess. Aber wie es in Solothurn so geht: Die Wogen haben sich mit der Zeit geglättet. Als wir dachten, alles wäre überstanden, ist Elisabeth verschwunden.»

«Was geschah?»

«Eigentlich nichts Besonderes. Eines Morgens erwähnte sie, dass sie sich mit einer Freundin in Zürich treffen wollte. Danach habe ich sie nie mehr gesehen.»

«Wurde das nicht untersucht? Diese Freundin, hat man –»

«Es wurde nie herausgefunden, wer sie war. Elisabeth hatte ihren Namen mir gegenüber nicht erwähnt. Ich vertraute ihr und hatte sie deswegen nicht danach gefragt. Ich habe alle Hebel in Bewegung gesetzt. Wenn Sie sich Ihre Gedanken von vorhin durch den Kopf gehen lassen, Frau Johannis, können Sie sich vorstellen, was die Kantonspolizei und der Staatsanwalt von ihrem Verschwinden gehalten haben. Es gab keine Spuren oder Hinweise auf ein Verbrechen. Keiner sagte es mir ins Gesicht. Ich konnte es in ihren Augen lesen: ‹Begreif endlich, dass dich diese Schlampe über den Tisch gezogen und sich aus dem Staub gemacht hat.› Die Tatsache, dass auf unseren gemeinsamen Konten kein Rappen fehlte, sorgte zunächst für Stirnrunzeln und brachte mir für einige Zeit den Verdacht ein, ich hätte etwas mit Elisabeths Verschwinden zu tun. Sonst nichts.»

«Hatten Sie etwas damit zu tun?»

«Nein.» Es war klar und fest ausgesprochen. Sein Blick sagte alles.

Cora nickte.

«Als Elisabeth als verschollen erklärt wurde, schloss der Staatsanwalt das Dossier, und ich trat von meinem Amt zurück. Ich habe mir sogar überlegt, wegzuziehen. Ich hatte die Nase voll von den selbstgefälligen Solothurnern.»

«Und heute?»

«Seit fünf Jahren führe ich eine erfolgreiche Kanzlei und habe mich mit der hiesigen Gesellschaft einigermassen versöhnt.» Er zeigte auf den Umschlag, der vor ihr lag. «Es ging mir gut, bis ich diesen Brief in den Händen hielt.»

Cora blickte abwechselnd auf das Medaillon, auf dem ihr Elisabeth vom Staal entgegenblickte, und zu ihm.

«Werden Sie meine Frau für mich suchen?»

«Ich weiss es ehrlich nicht, Herr vom Staal. Ich finde, es wäre besser, wenn –»

«Ich zahle Ihnen fünfzigtausend.»

Sie brauchte ein paar Sekunden, um sich zu fassen. «Wie bitte?»

«Fünfzigtausend», wiederholte vom Staal, «Franken. Die Hälfte, sobald Sie Ja sagen. Die andere Hälfte, wenn Sie Ihre Recherchen abgeschlossen haben, egal mit welchem Resultat. Sollten Sie meine Frau ausfindig machen, erhalten Sie einen Bonus in derselben Höhe, zuzüglich sämtlicher Spesen und Auslagen.» Er zeigte mit dem Finger in die Richtung des Vorplatzes. «Ich überlasse Ihnen sogar eines meiner Autos, falls Ihr alter Passat den Strapazen nicht gewachsen sein sollte.»

Cora hob abwehrend beide Hände. «Moment, Herr vom Staal. Habe ich Sie richtig verstanden: Sie bezahlen mir hunderttausend Franken, wenn es mir gelingt, Ihre verschollene Frau zu finden?»

«Plus Spesen, plus Fahrzeug, wenn Sie eines benötigen.»

«Und wenn sich herausstellt, dass sie nicht mehr lebt?»

«Der Bonus ist fällig, wenn Sie sie ausfindig machen, Frau Johannis, tot oder lebendig. Ich will endlich wissen, woran ich bin.»

Manche Leute wissen wirklich nicht, was sie mit ihrem Geld anfangen sollen. «Wie viel Zeit habe ich, falls ich annehme?»

«Das habe ich mir nicht so genau überlegt. Sagen wir, dass wir nach einem Monat eine Standortbestimmung machen, wenn sich bis dahin kein Resultat eingestellt hat.»

Coras Gedanken tanzten im Reigen. Hunderttausend Franken! Das würde sie und ihre Familie für einige Zeit sanieren. War es nicht, trotz allem, eine Investigation wie jede andere?

Ihre Gedanken mussten ein offenes Buch für ihn sein. «Im

Vertrag zwischen uns könnten wir festhalten, dass ich Ihnen das Recht übertrage, die Geschichte in der für Sie geeigneten Form zu veröffentlichen, natürlich unter gebührlicher Achtung der Intimsphäre. Die daraus resultierenden Einkünfte kommen allein Ihnen zu. Was könnte sich eine Journalistin und Buchautorin mehr wünschen?»

Er hatte sie an ihrer empfindlichsten Stelle getroffen, ihrem Ehrgeiz. «Das tönt alles sehr verlockend, wirklich. Sie verstehen, dass ich mir das durch den Kopf gehen lassen will. Geben Sie mir vierundzwanzig Stunden.»

Vom Staal streckte ihr die Hand entgegen. «Ich erwarte Ihre Antwort bis morgen Abend, zehn Uhr.»

Cora hatte bereits einen Entschluss gefasst, als sie den Passat über die Ampelkreuzung beim Shoppingcenter Ladendorf steuerte.

DREI

Mit geschlossenen Augen reckte Cora ihre Hand aus der Duschkabine, um ihren Morgenmantel zu greifen, der normalerweise daneben über einer Tuchstange hing. Sie langte ins Leere. Irritiert öffnete sie die Augen. Sie konnte es nicht ausstehen, wenn Wasser in ihre Augen geriet. Genau das passierte. Ihre Augen brannten, und die gute Morgenlaune war im Eimer.

Fluchend trat sie aus der Kabine und tastete sich blind zur Kommode, wo sie ein grosses Badetuch hervorzog und sich darin einwickelte. Sobald sie die Augen mit kaltem Wasser gekühlt hatte, machte sie sich auf zur Strafexpedition zu den Zimmern der Kinder, die um diese Zeit noch in den Federn lagen. Ihr Verdacht fiel sofort auf Mila. Sie war drauf und dran, an ihre Zimmertüre zu pochen, als sie von unten aus der Küche eine weibliche Stimme vernahm. War Mila schon auf? Das wäre ganz was Neues. Sie eilte die Treppe hinunter in die Küche. Bevor sie die Schwelle überschritt, begann sie mit ihrer Tirade.

«Hört mal, ihr zwei, wie oft hab ich euch gesagt, dass mein Bademantel tabu ist und dass ihr euch gefälligst …»

Das weibliche Wesen, das auf Französisch telefonierend am Küchentisch sass, war nicht Mila, sondern eine dunkelhaarige Frau, die sie auf etwa Mitte dreissig schätzte. Soweit sie die sitzende Statur einschätzen konnte, war sie grösser als Cora. Ein grosses, strahlend blaues Augenpaar sah sie erschrocken an, bevor sich ein lachender Funken in den Pupillen ausbreitete. Das alles registrierte Cora nur in zweiter Linie. Die Frau trug ihren Bademantel. Van Helsing, der die Fremde misstrauisch aus einer Ecke beobachtet hatte, steuerte auf Cora zu und gab ihr zu verstehen, dass es Zeit für sein Frühstück war.

Die andere beendete das Gespräch und stand auf. «Sie müssen Frau Johannis sein, hi, ich bin Lara, Lara Grosjean.» Anstelle eines Händedrucks umarmte sie die verblüffte Cora und drückte ihr drei Küsse auf die Wange. Ihre Stimme passte zu ihrem Aussehen. Sie war voll und dunkel mit dem Hauch eines französischen Akzents, der durch das breite Berndeutsch schimmerte.

Mechanisch schüttelte Cora ihre Hand. Die Skurrilität der Situation wurde ihr bewusst. Sie stand in ihrem eigenen Haus halb nackt einer Wildfremden gegenüber, die ebenfalls nicht viel mehr Stoff am Leib hatte als sie.

«Sie tragen meinen Bademantel.»

Lara sah an sich herunter. «Wirklich? Julian hat ihn mir gegeben. Ich wusste nicht ... Tut mir leid.» Sie zeigte auf Coras Badetuch. «Wir tauschen.» Im Nu hatte sie den Gürtel gelöst und den Bademantel ausgezogen. Wäre Cora ein Mann gewesen, hätte ihr der Anblick vermutlich den Atem geraubt. Sie ertappte sich lediglich bei einem neidvollen Gedanken an ihre eigene Oberweite, die sich, wenngleich zögernd, dem nagenden Zahn der Zeit und der Schwerkraft ergab. Der Busen, der ihr gegenüberstand, würde den Bleistifttest ohne Probleme bestehen.

Sie hob abwehrend die Hände, als Lara ihr den Morgenmantel hinhielt. «Nein, nein, schon gut. Behalten Sie ihn, wo Sie ihn schon haben. Darf ich erfahren, was Sie in meinem Haus machen?»

Lara zog den Morgenmantel wieder über und setzte zu einer Antwort an. Sie wurde von Julian unterbrochen, der mit einem Papiersack vom Bäcker durch die Tür stürmte und angesichts der beiden Frauen abrupt stehen blieb. Einmal leer schlucken später hatte er sich gefasst. Er streckte die Hand mit der Tüte in die Höhe. «Hoi, Mam, sorry, ich habe mir rasch dein Auto ausgeliehen, um in der Stadt Gipfeli zu holen. Wir hatten kein Brot mehr im Haus.»

Anstelle einer Antwort sah Cora ihn fragend an.

«Ähm, ihr habt euch schon bekannt gemacht?», fragte er.

Lara ging auf Julian zu und küsste ihn auf den Mund. «Haben wir. Deine Mutter wartet auf eine Erklärung. Ich dachte, du hättest mich angekündigt. Du kannst das nachholen, während ich unter der Dusche bin.» Sie gab ihm erneut einen langen

Kuss, den er mit einem verlegenen Seitenblick auf seine Mutter erwiderte.

Als Lara nach oben verschwunden war, herrschte für einen Moment betretenes Schweigen.

«Machst du mir bitte einen schönen grossen Kaffee?», fragte Cora. «Van Helsing kannst du auch gleich füttern. Ich gehe mich derweil anziehen. Anschliessend hätte ich gerne diese Erklärung.»

★★★

«Wo ist Lana?», fragte Cora wenig später, als sie in Jeans und weisser Baumwollbluse in die Küche zurückkam.

«Lara», korrigierte Julian.

«Okay, Lara, also?»

«Die ist oben und wartet, bis wir geredet haben. Was willst du genau wissen, Mam?», fragte er mit der Gereiztheit des Teenagers, den man beim verbotenen Rauchen erwischte. «Sie ist meine neue Freundin. Bevor du das fragst: Ja, wir haben miteinander geschlafen, nicht zum ersten Mal. – Und wir verhüten.»

Cora lehnte sich mit verschränkten Armen an die Küchenkombination. «So genau wollte ich das nicht wissen. Du hast sicher Verständnis dafür, dass ich etwas überrascht bin, frühmorgens und ohne Vorwarnung in meiner Küche eine fremde Frau in meinem Bademantel anzutreffen.»

«Es ist nicht nur deine Küche, Mam», sagte Julian schwach.

Sie trat auf Julian zu und stupste mit dem Zeigefinger seine Nase an. «Aber es ist mein Bademantel, und ausserdem komme ich für das Ganze hier auf. Da werde ich wohl was dazu sagen dürfen. Ausserdem ist deine … Freundin gut und gerne fünfzehn Jahre älter als du.»

Julian machte eine schmerzliche Grimasse. «Echt, Mam, spielt das eine Rolle? Umgekehrt würde keiner mit der Wimper zucken.»

«Ich schon», sagte Cora bestimmt. «Vor allem, wenn sich ein

Dreissigjähriger in meinem Bademantel von einer verliebten Mila das Frühstück servieren liesse.»

«Wem serviere ich das Frühstück?»

Unbemerkt war Mila in die Küche gekommen und holte sich eine Müeslischale aus dem Geschirrschrank, die sie grosszügig mit Maisflocken, Milch und Zucker füllte. Cora verdrehte die Augen. Es würde Monate dauern, bis sie ihr diesen ungesunden Mist ausgetrieben hatte.

«Deinem dreissigjährigen Freund in Mams Bademantel», sagte Julian schnippisch.

«Echt?», sagte Mila kauend. «Cool. Hatten wir vorher Sex?»

«Mila, iss dein Zeugs und halt dich raus.» Cora machte eine wegwerfende Handbewegung zu Milas Müeslischale. «Und beeil dich. Du bist schon wieder knapp dran.»

Mila stellte die Schale so hart auf dem Tisch ab, dass das restliche Cornflakes-Milch-Mus über den Rand schwappte. «Hallo? Du hast damit angefangen, dass ich mit dreissigjährigen Opis ins Bett gehe. Was blaffst du mich wegen deiner dreckigen Phantasie an. Ich kann nichts dafür, dass du's offenbar schon hinter dir hast.»

Coras Hände krallten sich beinahe in die Tischplatte, damit sie Mila nicht eine langte.

Dieser huschte ein triumphierendes Lächeln über die Lippen. «Na, was ist? Erst erzählst du Stuss, und ich soll schuld daran sein. Komm schon, hau mir eine. Wirst schon sehen, was dann passiert.»

«Das reicht.» Julian war aufgestanden und fasste Mila am Arm. «Mach dich bereit und hau ab in die Schule. Mam und ich haben etwas zu bereden.»

Mila riss sich von ihm los. «Was soll das? Bist du jetzt auf ihrer Seite? Ich dachte, du stehst zu mir.»

«Natürlich stehe ich zu dir. Das gibt dir lange kein Recht, unsere Mutter so anzugehen.» Julian schubste seine Halbschwester sanft zur Küche hinaus. «Dein Bus fährt gleich. Abflug!»

«Okay, okay, jede Minute, die ich nicht länger hier sein muss, ist geschenktes Leben.» Mila rauschte zur Tür hinaus.

Cora setzte sich an den Küchentisch und vergrub den Kopf in den Händen. Julian kauerte neben ihr und streichelte ihren Rücken.

«Hey, Mam. Es tut mir leid. Das hätte sie nicht sagen dürfen. Und das nur wegen mir und –»

Sie fasste seinen Arm. «Danke, Julian. Ich bin froh, dass du da bist, ich hätte sonst die Beherrschung verloren.»

«Wird wohl ein paar Jahre dauern, bis die Kleine aus dieser Phase raus ist.»

«Ich weiss nicht, ob ich so lange Kraft und Nerven aufbringen kann.» Sie wischte sich über die Augen. «Was ist denn nun mit dir und dieser Lara? Wie alt ist sie eigentlich?»

«Vierunddreissig. Und dass du es gleich weisst: Sie ist Dozentin an der Uni, und ich gehe zu ihr in die Vorlesung.»

«Wie bitte? Du und deine Lehrerin, ihr macht … ich meine ihr …?»

«Ja, wir schlafen zusammen», sagte Julian trocken.

«Warum, ich meine, weshalb gerade sie? An der Uni gibt es jüngere …» Cora merkte, wie phrasenhaft sie klang. Sie selbst hatte sich zu ihren besten Zeiten auch nicht gescheut, mit älteren Männern ins Bett zu gehen, die ihr gefielen und oft gleichzeitig von Nutzen waren.

Julian mit seiner Haut im Mokkafarbton, einer athletischen Figur, dem fein geschnittenen Gesicht und den beinahe schwarzen Augen, die er von seinem Erzeuger geerbt hatte, konnte sich sicher nicht über mangelndes Interesse seitens seiner weiblichen Kommilitonen beklagen.

«Wir sind schon einen Monat zusammen», sagte Julian. «Bitte entschuldige, dass ich dir nichts gesagt habe.»

«Wenn sie ab jetzt öfters bei uns übernachtet, besorg ihr gefälligst einen eigenen Bademantel», sagte Cora achselzuckend.

«Alles klar, Mam.» Julian machte Anstalten, nach oben zu gehen.

«Moment, mein Sohn. Wir sind nicht fertig miteinander.»

«Was denn noch?»

«Das da.» Cora griff in ihre Hosentasche und zog einen

Plastikbeutel hervor. «Bist du unter die Kräutersammler gegangen?»

«Woher hast du das? Durchsuchst du etwa meine Schubladen?»

Sie warf den Beutel, der gut zweihundert Gramm Marihuana enthielt, auf den Tisch. «Entschuldige mal, sorg das nächste Mal gefälligst dafür, dass ich meinen iPhone-Lader nicht in deinen Schubladen suchen muss, wenn du ihn von mir borgst.»

Julian machte ein betretenes Gesicht.

«Was soll das, Julian? Du rauchst normalerweise kein Gras. Wenn ja, wüsste ich es gerne. Es ist mir nicht egal, womit du deine Gesundheit ruinierst.»

«Ich rauche das Zeug nicht.»

«Du dealst damit?»

Aufgebracht wedelte Julian mit seiner flachen Hand vor seinem Gesicht. «Hey, Mam, wofür hältst du mich?»

«Deshalb frag ich dich ja.»

«Ich bewahre es auf für einen Kumpel, der es gerade nicht bunkern kann.»

«Ach so? In so einem Fall ist ein Haus mit einem minderjährigen pubertierenden Mädchen natürlich der ideale Ort dafür? Was hast du dir dabei gedacht?»

«Mila hätte das niemals gefunden.»

«Merk dir eins: Wenn ich das finde, findet Mila es garantiert – und auch die Polizei, sollte sie aus irgendeinem Grund auf die Idee kommen, hier danach zu suchen.»

«Weshalb sollte die das Gras bei uns suchen?»

«Sag du es mir. Ich kenne deinen Kumpel nicht.»

Julian machte ein langes Gesicht und wusste nicht, was er antworten sollte. Cora schob die Tüte zu ihm hinüber.

«Sorg dafür, dass das Zeug von hier verschwindet, noch heute. Und ein guter Rat: Such dir andere Kumpel, solche, die mindestens so intelligent sind wie du.»

Er steckte die Tüte ein. «Danke, Mam.»

«Wofür?»

«Dass du mich deswegen nicht zum Teufel jagst.»

Cora trat zu ihm hin und verstrubbelte seinen lockigen Kopf, wie sie es immer tat, seit er ein Dreikäsehoch war. «Wie könnte ich? Ausserdem brauche ich dich gerade mehr als du mich, vor allem wegen Mila.» Sie hielt ihm ihre Tasse hin. «Mehr Kaffee, sei so gut.»

«Machst du mir auch einen, bitte?» Lara kam in die Küche. An der Art, wie sie Cora anlächelte, war zu erkennen, dass sie eine ganze Menge mitgehört hatte.

★★★

Cora stiess einen lauten und nicht jugendfreien Fluch aus, als sie in der grossen Doppelkurve auf der A 1 bei Wangen an der Aare in einen stehenden Stau fuhr. Sie hasste es, wenn ihr Mobilitätsdrang durch die Dummheit von Menschen beeinträchtigt wurde, die entweder nicht Auto fahren konnten oder unfähig waren, vernünftig zu planen.

Um sich zu beruhigen, drehte sie die Lautstärke ihres Radios auf und sang lauthals im Chor mit Alicia Keys und Jack White «Another Way to Die», das SRF3 ins Land hinaus trällern liess.

Als sie endlich die Thaler Klus Richtung Balsthal durchquerte, kreisten ihre Gedanken um das Gespräch mit Daniel vom Staal. Bevor sie ihm endgültig zusagte, wollte sie mit einer Überprüfung sicherstellen, dass sie nicht einem Hirngespinst nachjagte. Das war der Grund ihrer Fahrt in die Thaler Bezirksmetropole am Fuss der Juraübergänge Passwang und Hauenstein.

Kaum hatte sie das Bordelldorf Klus hinter sich gelassen, wo sich ein Club mit eindeutigem Dienstleistungsangebot an den anderen reihte, konzentrierte sie sich darauf, die Poststelle zu finden.

Vom Staal hatte ihr den Umschlag überlassen. Bevor sie zu Bett gegangen war, hatte sie sich das Couvert eingehend angesehen. Die beiden Fünfzig-Rappen-Marken waren einzeln abgestempelt – Poststelle 4710 Balsthal. Je länger sie die beiden unterschiedlichen Marken und die Stempel betrachtet hatte, desto merkwürdiger war ihr die Frankatur vorgekommen. Bei der Marke, die fein säuberlich und bündig aufgeklebt war, handelte es sich um eine von der Post herausgegebene Dauerbriefmarke mit der Abbildung des Gemeinen Strubbelkopfröhrlings. Cora hatte sich gefragt, wer um Himmels willen auf die Idee kommen konnte, irgendwelche kaum geniessbaren Pilze auf Briefmarken abzubilden. Bei der anderen, nachlässig angebrachten Marke handelte es sich um eine amtliche Maschinenfrankatur. Das liess den Schluss zu, dass der Absender oder die Absenderin den Brief ursprünglich ungenügend frankiert hatte, sofern er oder sie die Absicht hatte, ihn per A-Post zu versenden. Das war bemerkenswert. Immerhin wusste jedes Kind, dass der Tarif für einen normalen Inlandsbrief bis hundert Gramm per A-Post einen Franken kostete. Das darin enthaltene Medaillon fiel nicht ins Gewicht. Vom Staal hatte ihr auf Nachfrage am Telefon bestätigt, dass es in ein Stück Luftpolsterfolie gewickelt gewesen war und von aussen nicht als Schmuckstück erfühlt werden konnte. Hätte der Absender den Brief zuerst mit fünfundachtzig Rappen für B-Post frankiert und nachträglich mit fünfzehn Rappen ergänzt, wäre es Cora nicht sonderlich aufgefallen. Aus der doppelten Stempelung schloss sie, dass die ungenügende Frankatur erst auf der Poststelle bemerkt wurde, als die vorher angebrachte Marke bereits abgestempelt war. Die aufgebende Person war vermutlich aufgefordert worden, nachzufrankieren. Das Datum des Poststempels verwies auf den vergangenen Donnerstag. Es war möglich, dass sich einer der Angestellten an die Person erinnern konnte, die in schweizerischen Grundkenntnissen so wenig bewandert war, um einen Inlandsbrief mit fünfzig Rappen zu frankieren, ein Betrag, für den man zuletzt vor zwanzig Jahren A-Post versenden konnte.

Das Postgebäude von Balsthal war ein unspektakulärer zweigeschossiger und zweckmässiger Flachdachbau, dessen Obergeschoss in beamtenmässigem Grau gehalten war, während das Untergeschoss in neutralem Weiss leuchtete. An den Fenstern darüber sorgten Blumenkisten mit Geranien für den farblichen

Kontrast, was wohl eine optisch-symbolische Konzession an die neue privatwirtschaftliche Dynamik des «Gelben Riesen» war.

Cora trug ihr Anliegen einem verknöcherten, etwa sechzigjährigen Herrn vor, der seinen Berufskittel aus den Zeiten des alten Staatsmonopols herübergerettet haben musste und dessen säuerliche Miene den Eindruck erweckte, dass er seinem seit Langem aufgehobenen Beamtenstatus nachtrauerte. Auf Vorweisung des Briefumschlags und Coras Frage hin, ob er sich womöglich an die Person erinnern konnte, die diesen Brief am letzten Donnerstag aufgegeben hatte, betrachtete der Mann, dessen Namensschild besagte, dass er Willy Spühler hiess, den Umschlag eingehend. Nachdem er ihn zum vierten Mal gewendet hatte, konnte Cora ihre Ungeduld nicht mehr verbergen und begann, mit den Fingern auf die Steinplatte des Schalters zu trommeln.

«Haben Sie es eilig, junge Frau?», fragte Herr Spühler mit einem missbilligenden Blick.

Die Tatsache, als jung angesprochen zu werden, versöhnte Cora etwas mit ihm. «Sie müssen entschuldigen. Ich sollte weniger Kaffee trinken.»

«Ja, wäre schade um Sie», brummte Herr Spühler, ohne den Blick vom Umschlag zu wenden. Nachdem er ihn gefühlte weitere Minuten gedreht und gewendet hatte, schob er ihn unter dem Schalterfenster zurück.

«Am letzten Donnerstag, sagten Sie?»

Cora bejahte.

«Da kann ich Ihnen leider nicht weiterhelfen. Letzte Woche war ich gar nicht da, sondern in den Ferien im Lötschental. Wir hatten wundervolles Wetter. Meine Frau und ich wandern gerne, müssen Sie wissen. Wir haben den ganzen Höhenweg gemacht.»

Coras Selbstkontrolle war beinahe übernatürlich. «Entschuldigen Sie, dass ich unterbreche, Herr Spühler. Wer hatte denn am Donnerstag letzter Woche Dienst?»

Spühler sah sie an, als hätte sie ihm ein unmoralisches Angebot gemacht, und legte dann die Stirn in Falten.

«Das muss das Thesi gewesen sein.» Er strahlte sie mit lobheischendem Blick an.

«Und ist … Thesi zufälligerweise heute vor Ort?»

Spühler überlegte sich auch diese Antwort gründlich, bevor er verkündete, dass das der Fall wäre, und sich kurz entschuldigte.

Thesi war eine rundliche Mittsechzigerin mit einem freundlichen, rotbäckigen Gesicht, das Cora an eine Marktfrau erinnerte. Ihr voller Name lautete Theres Hählen, was von einem Namensschild an ihrer ausladenden Hemdbrust bezeugt wurde. Cora zeigte ihr den Umschlag und wiederholte ihre Fragen.

Frau Hählens mentale Beweglichkeit spielte sich auf einem ungleich höheren Niveau ab als bei ihrem männlichen Kollegen. Sie hatte kaum einen Blick auf den Umschlag und die Marken geworfen, als Cora förmlich die Gedankenblitze sehen konnte, die die Frau durchzuckten.

«Sie, da erinnere ich mich sogar genau daran.»

«Wirklich?» Cora hätte sie durch das Schalterfenster hindurch umarmen können.

«Sicher. Es war tatsächlich am letzten Donnerstag. Eine Frau kam am frühen Nachmittag an den Schalter und wollte diesen Brief aufgeben.» Frau Hählen tippte mit dem Finger auf den Umschlag. «Sie war jung, sehr jung, kaum zwanzig und hübsch mit schulterlangem braunem Haar.»

Cora schluckte den Dämpfer. Wenn die Frau tatsächlich so jung gewesen war, konnte es nicht Elisabeth vom Staal gewesen sein. Diese war zum Zeitpunkt ihres Verschwindens Ende zwanzig und musste heute Anfang vierzig sein.

«Ist Ihnen etwas an ihr aufgefallen?

Frau Hählen dachte kurz nach. «Sie hat komisch geredet.»

«Wie komisch?»

«Sie war definitiv nicht von hier. Keine Schweizerin, meine ich.»

«Sie wollen sagen, dass sie einen ausländischen Akzent hatte?»

«Genau, sie hat gesprochen wie die Lilli Palmer in diesem alten Film über die Zarentochter Anastasia.»

Bevor die ältere Dame ins Schwärmen kommen konnte, hakte Cora ein. «Ein russischer Akzent also?» Sie hatte als Kind den einen oder anderen Film mit der Palmer gesehen, auch «Anastasia, die letzte Zarentochter». Die Schauspielerin war eine gebürtige Deutsche gewesen. Das musste nicht heissen, dass Frau Hählen mit dem russischen Akzent falschlag. Elisabeth vom Staal stammte aus Weissrussland. Weissrussisch und Russisch klangen für den Laien ähnlich.

Frau Hählen bestätigte das und setzte ihren Bericht fort. «Es war, als ob die Frau keine Ahnung hatte, wie es bei uns funktioniert. Sie hatte den Brief mit fünfzig Rappen frankiert. Als ich ihr erklärte, dass es nicht reicht, hat sie beinahe angefangen zu weinen. Sie habe fast kein Geld mehr. Es reiche gerade für das Busbillett nach Meltingen. Ich habe mich ihrer erbarmt und ihr die fünfzig Rappen für die Nachfrankatur ausgelegt. Dann wollte sie noch wissen, wann der nächste Bus über den Passwang Richtung Breitenbach fuhr. Sie war kurz vorher von dort gekommen und wollte wenn möglich gleich retour fahren. Sie wirkte gestresst, als ob sie sich vor etwas fürchtete, das arme Ding.»

Cora hob eine Hand, um Frau Hählens Redeschwall zu unterbrechen. «Moment! Sie meinen also, dass die Frau mit dem Postauto vom Schwarzbubenland über den Passwang hierher gefahren ist, mit der einen Absicht, diesen Brief aufzugeben? Das hätte sie auch in Breitenbach erledigen können.»

«Oder in Nunningen, das liegt näher. Sie wollte zurück nach Meltingen. Dort haben sie die Poststelle vor Kurzem geschlossen.» Ein tiefer Seufzer entfuhr Frau Hählen. «Ich bin froh, dass ich bald in Pension gehe. So muss ich nicht erleben, wenn die Hexe in Bern in ihrer Profitgier die letzte Poststelle auf dem Land schliesst.»

«Weshalb kommt die junge Frau eigens wegen dieses Briefes bis hierher?», fragte sich Cora laut.

Frau Hählen beugte sich mit verschwörerischer Miene über den Schalter. «Kann sein, dass sie niemand dabei erkennen sollte, eine heimliche Liebesaffäre oder so. Ich hatte, wie gesagt, den

Eindruck, dass sie vor etwas Angst hatte. Sie hat sich jedes Mal erschrocken umgedreht, wenn ein Kunde hereingekommen ist.» Sie rückte näher zu Cora. «Sie kam aus der Gegend von Meltingen, verstehen Sie?»

Cora verstand nicht.

«Dort gibt's viele von denen, Russinnen, meine ich.»

«In Meltingen?»

«Ja … nein, nicht direkt in Meltingen. Dort in der Nähe gibt es ein kleines Dorf, Gilgenberg heisst es, glaube ich. Diese … Frauen sollen dort eingeheiratet haben. Man erzählt sich, dass vor Jahren mal einer der Männer eine Frau suchte. Er ging nach Russland oder in eins von diesen Ländern dort und hat sich eine gekauft. Die liess später ihre Freundinnen kommen, weil andere Männer auch eine Russin wollten, weiss der Teufel warum, und seither wimmelt's in diesem … Gilgenberg von denen. Es muss zugehen wie in Sodom und Gomorrha, wenn Sie wissen, was ich meine», endete Frau Hählen ihren Sermon und lehnte sich mit einem bedeutsamen Gesichtsausdruck zurück. «Bei den Schwarzbuben verwundert mich ja nichts. Da muss man sich nicht fragen, warum so eigenartige Dinge passieren wie am letzten Wochenende.»

«Ach? Was war denn am letzten Wochenende?»

«Es stand heute in der Zeitung. Da war so ein Mittelalterfest bei der Burgruine Gilgenberg. Seither wird ein junges Paar vermisst.»

Cora erinnerte sich jetzt, etwas darüber gelesen zu haben.

«Den Russen traue ich nicht über den Weg. Das sind immer noch Kommunisten, alle.»

Cora reichte ihr die Hand. «Herzlichen Dank, Frau Hählen. Sie waren mir eine grosse Hilfe.»

Es lohnte sich, der Sache nachzugehen.

★★★

Vom Staal schlug vor, dass sie sich zum Lunch im «Zum Alten Stephan» treffen sollten. Cora wies ihn darauf hin, dass dies angesichts seiner zahlreichen ehemaligen politischen Freunde, die dort ein und aus gingen, nicht der beste Ort für eine Unterhaltung war, die diskret bleiben sollte. Schliesslich verabredeten sie sich in seinem Büro.

Die Kanzlei Vom Staal, Strebel & Partner International Lawyers war im Müllerhof domiziliert, einem ehemaligen Patrizierschloss aus dem 16. Jahrhundert an der St. Niklausstrasse in Solothurn. Cora nutzte die Gelegenheit, um kurz Patrizias neues Büro zu bewundern. Bald würde der Name ihrer Freundin auf dem Messingschild am Eingang stehen.

Nach einigen vergeblichen Versuchen, Cora die Würmer über vom Staals Anliegen aus der Nase zu ziehen, geleitete Patrizia sie in vom Staals Amtszimmer. Dort war bereits ein Imbiss aus Geflügel- und Kartoffelsalat, geschnittenem Gemüse und einem exquisiten Rauchlachs aufgetragen. Dazu gab es frisches Ruchbrot aus der Holzofenbäckerei.

Da auch heute ihr Frühstück eher mager ausgefallen war, machte sich Cora mit einem Bärenhunger über die Salate und den Fisch her. Vom Staal verspürte weniger Appetit. Er nahm sich lediglich ein wenig Lachs. Als Getränke gab es Mineralwasser nature und einen Chardonnay, der wiederum aus dem Weingut der Bürgergemeinde stammte. Sie begnügte sich mit dem Wasser, während vom Staal sich ein Glas Wein einschenkte.

Er liess sie ihren ersten Appetit stillen, bevor er sie aufforderte zu berichten. Er trug es mit Fassung, dass die junge Frau, welche den Brief aufgegeben hatte, nicht Elisabeth sein konnte. Als Cora erwähnte, dass die Unbekannte vermutlich aus Gilgenberg kam, stutzte er.

«Gilgenberg? Dort sind am Wochenende die beiden jungen Leute verschwunden.»

«Ja, beim Mittelalterfest.»

«Fast wie bei Elisabeth», murmelte er und blickte zum Fenster hinaus.

«Ich verstehe nicht.»

Vom Staal gab sich einen Ruck. «Elisabeth und ich waren auch einmal an diesem Mittelalterfest in Gilgenberg.»

«Sie waren dort? Wann?»

«Kurz bevor sie verschwand, vor zwölf Jahren. Wir waren offizielle Gäste. Es gehört zur Tradition, dass ein Mitglied der Kantonsregierung, in der Regel der amtierende Landammann, zu solchen Anlässen als offizieller Gast geladen wird. In jenem Jahr war die Reihe an mir. Bei diesem Auftritt geht es vor allem darum, die Verbundenheit der Regierung mit dem ennetbirgischen Kantonsteil zu demonstrieren. Die Menschen im Schwarzbubenland fühlen sich gelegentlich von der Hauptstadt vernachlässigt. Basel liegt ihnen näher als Solothurn.»

«Ihre Frau hat Sie begleitet?»

«Als ‹First Lady› des Kantons, wenn Sie so wollen.»

«Kurz darauf verschwand sie?»

«Das Fest fand Ende August statt. Elisabeth verschwand zwei Wochen später.»

«Gab es während des Festes ein besonderes Vorkommnis oder eine Begegnung, die Ihnen merkwürdig vorkam? Vielleicht erst im Nachhinein?»

Vom Staal starrte in sein Glas. «Ich kann mich an nichts Besonderes erinnern, ausser dass sich Elisabeth gegen Ende nicht wohlfühlte. Wir vermuteten, dass ihr das deftige Essen nicht bekommen war. Wir verliessen das Fest früher als geplant und fuhren gleich zurück nach Solothurn.»

«In Gilgenberg gibt es angeblich viele Frauen, die aus Osteuropa stammen. Wissen Sie, ob Ihre Frau Kontakt mit ihren Landsmänninnen hatte?»

Vom Staal schüttelte den Kopf. «Die Gilgenberger sind etwas eigenbrötlerisch. Das Fest findet zwar jeweils auf dem Boden ihrer Gemeinde statt, organisiert wird es aber vom Kulturverein in Nunningen, das zusammen mit Meltingen, Zullwil, Fehren und Breitenbach den Grossteil der Besucher stellt. Viele Leute kommen aus dem Baselbiet und sogar aus der Stadt Basel. Seit der grossen Katastrophe, die Gilgenberg vor fünfzehn Jahren heimsuchte, bleiben die Leute aus Gilgenberg dem Anlass fern.»

«Wovon sprechen Sie?»

Vom Staal sah sie verblüfft an. «Es stand damals als nationales Drama in allen Zeitungen und ging durch alle ausländischen Medien. Erstaunlich, dass Sie das nicht mitgekriegt haben.»

«Vor fünfzehn Jahren war ich für eine grosse Reportage im Mittleren Osten und pendelte zwischen Syrien, Irak und Jordanien hin und her. Da kriegt man nicht immer gleich alles mit. Helfen Sie mir auf die Sprünge.»

«Im Sommer jenes Jahres unternahm der katholische Frauenverein von Gilgenberg eine Wallfahrt nach Lourdes. Dank eines Sponsors leisteten sie sich einen Flug mit einer deutschen Charterlinie. Auf dem Rückflug stürzte die Maschine ab und zerschellte in der Auvergne, in der Nähe der Stadt Le Puy-en-Velay. An Bord befanden sich neben der vierköpfigen Crew sechzig Frauen und etwa ein Dutzend Kinder, alle aus Gilgenberg. Jede Familie war betroffen. Auf einen Schlag waren die Männer ihrer Frauen und die zurückgebliebenen Kinder ihrer Mütter und Geschwister beraubt.»

«Es tut mir leid. Ich habe tatsächlich nichts davon mitgekriegt.»

«Hier war es auf jeden Fall während einiger Zeit ein Thema, das alle beschäftigte. Nach einer kurzen Trauerzeit haben sich einige Gilgenberger in Osteuropa neue Frauen gesucht», sagte vom Staal. «Sie können sich vorstellen, dass es im ländlichen Schwarzbubenland nicht überall auf Wohlwollen stiess, als auf einmal eine stattliche Anzahl ausländischer Frauen auftauchte. Seither leben die Gilgenberger zurückgezogen und auf sich selbst gestellt. Man muss ihnen allerdings zugestehen, dass sie als Gemeinde gut arbeiten und finanziell gesund dastehen. Damit konnten sie verschiedene Fusionsvorhaben der Nachbargemeinden Meltingen, Zullwil und Nunningen abwenden, was sie nicht unbedingt beliebter macht. – Kaffee oder Tee?»

«Volluto, bitte.» Cora hatte die Nespresso-Maschine gesehen, die auf einem Beistelltisch in der Ecke stand. Während vom Staal den Kaffee einlaufen liess, lehnte sie sich in ihrem bequemen Stuhl zurück und verschränkte die Arme hinter dem Kopf. Das Zusammentreffen der Tatsachen, dass Gilgenberg eine grosse Anzahl Osteuropäerinnen aufwies und dass die gebürtige Weissrussin Elisabeth vom Staal den Ort besucht hatte, musste auf Anhieb nichts bedeuten. Dem standen wiederum der Brief und seine rätselhafte Absenderin entgegen.

Vom Staal stellte ihr die Tasse hin. «Wie haben Sie sich entschieden, Frau Johannis? Mein Angebot steht, heute mehr denn je.»

«Sie gestehen mir zu, dass ich die Nachforschungen auf meine Art mache?»

Vom Staal zögerte keine Sekunde. «Sie sind der Profi. Ich verlange lediglich, dass Sie nicht preisgeben, für mich zu arbeiten, ohne sich vorher mit mir abzusprechen. Ich will nicht, dass die ganze Sache erneut in der Öffentlichkeit breitgeschlagen wird, bevor wir beide wissen, woran wir sind.»

Cora stand auf. «Das kriege ich hin.» Sie reichte vom Staal die Hand.

★★★

Cora nutzte die Gelegenheit, von Wagner einen der zahlreichen Gefallen einzufordern, die er ihr schuldete. Er diskutierte nicht lange und verschaffte ihr die notwendigen Berechtigungen, damit sie von zu Hause auf das Online-Archiv der Zeitung zugreifen konnte. Bevor sie das Telefongespräch mit ihm beendete, wollte sie wissen, was er über das Verschwinden von Elisabeth vom Staal wusste.

«Weshalb interessiert dich das?»

«Weshalb wohl? Ich muss arbeiten, irgendwie.»

«Heisst das, du hast einen Job an Land gezogen? Für wen?» Ein Anflug von Misstrauen klang in Wagners Stimme mit. Es machte sich nicht gut, wenn er sein Archiv für Recherchen zugunsten der Konkurrenz zur Verfügung stellte.

«Nein, habe ich nicht. Und wenn es so wäre, würde ich es dir nicht sagen, Wagner. Diskretionssache, das weisst du.»

«Cora, erzähl mir nicht, du recherchierst ins Grüne, weil du gerade nichts Besseres zu tun hast. Da steckt was dahinter. Die

emons:
SEHNSUCHTSORTE

SUZANNE CRAYON

MORD ELSÄSSER ART

Kriminalroman

ANDREAS HEINEKE

VERSUCHUNG À LA PROVENCE

Kriminalroman

ALESSANDRO MONTANO

DER FLUCH VOM GARDASEE

Kriminalroman

KLAUS SPANE

MALLORCA BIS IN ALLE EWIGKEIT

Kriminalroman

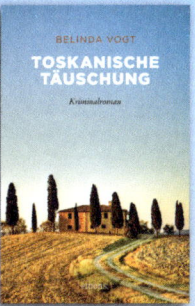

BELINDA VOGT

TOSKANISCHE TÄUSCHUNG

Kriminalroman

emons:
SEHNSUCHTSORTE

emons: verlag
Cäcilienstraße 48

50667 Köln

emons: verlag **Tel. 0221-56977-0 · info@emons-verlag.de**

Bitte senden Sie mir das aktuelle Verlagsprogramm zu

Ich möchte den Newsletter von emons: per E-Mail erhalten

Ich habe Interesse an Krimis aus folgender Region:

f **Besuchen Sie uns auch auf www.facebook.com/EmonsVerlag**

Name

Straße

PLZ/Ort

E-Mail

Ich bin damit einverstanden, dass meine hier angeführten Daten zu dem folgenden Zweck »Versand von Kundenprospekt« erhoben, verarbeitet und genutzt sowie unter Umständen an unseren Dienstleister zum Versand des angeforderten Kundenprospektes weitergegeben bzw. übermittelt und dort ebenfalls zu dem folgenden Zweck »Versand von Kundenprospekt« verarbeitet und genutzt werden. Hier werden die Daten unmittelbar nach dem Versand gelöscht. Im Fall des Widerrufs werden mit dem Zugang meiner Widerrufserklärung meine Daten gelöscht.

03/2019

Affäre vom Staal vermag noch heute Stirnrunzeln zu verursachen.»

«Genau deshalb interessiert sie mich. Idealer Stoff für ein Buch. Dafür brauche ich Informationen und Hintergründe.»

Wagners Seufzer drang durch die Leitung bis zu ihr. «Lass mich dir einen Rat geben, Cora, auch wenn du im Moment nicht gut auf mich zu sprechen bist.»

Sie verdrehte die Augen. Wagner hatte immer gleich das Gefühl, sich für alles entschuldigen zu müssen, sogar wenn es nicht auf seinem Mist gewachsen war. «Von dir nehme ich jeden Rat entgegen.»

«Die Kantonspolizei und die Staatsanwaltschaft sind nicht gut darauf zu sprechen. Vom Staal zog sie damals alle ganz schön durch den Dreck.»

«Kannst du das präzisieren?»

«Er warf dem zuständigen Staatsanwalt vor, die Sache zu verschleppen und der Polizei nicht genügend Mittel zur Verfügung gestellt zu haben, um sauber zu ermitteln.»

«Inwiefern?»

«Stell dir vor: Die Ehefrau eines Mitgliedes der Kantonsregierung verschwindet spurlos ohne jegliche Vorzeichen. Wie würdest du das als Kantonspolizei behandeln?»

«Als Entführung?»

«Eben nicht. Der Fall blieb bei der Vermisstenfahndung.»

«Die haben die Möglichkeit gar nicht in Erwägung gezogen, dass Frau vom Staal gekidnappt wurde?», fragte Cora erstaunt.

«Vielleicht mal angedacht und wieder fallen gelassen. Der zuständige Staatsanwalt blieb dabei, dass Frau vom Staal ihren Mann verlassen hatte. Gut, es gab keine handfesten Hinweise, die auf etwas anderes hindeuteten. Einzig ihr Mann beharrte darauf, dass seine Frau einem Verbrechen zum Opfer gefallen war.»

«Was hat die Untersuchungsbehörden bewogen, das Ganze als normalen Vermisstenfall ad acta zu legen?»

«Du weisst schon, wer Elisabeth vom Staal war und vor allem, woher sie stammte?»

Der Unterton in Wagners Stimme war nicht zu überhören. Cora dachte an die Vorkommnisse in Gilgenberg und dass Elisabeth vom Staal einmal Lisaweta Kostenko geheissen hatte. Was hatte sie damals wirklich in die Schweiz geführt?

«Ich weiss, dass sie ursprünglich aus Weissrussland stammte und dass vom Staal sie in Zürich in einem Männerclub kennenlernte, wo sie als Hostess arbeitete.» Dieses Wissen war öffentliche Domäne.

«Das ist die jugendfreie Version. Dieser Männerclub ist ein besserer Puff, und die spätere Frau Regierungsrat arbeitete dort als hundskommune Nutte.»

«Habt ihr das überprüft?»

«Was wir überprüft haben, ist, dass die nachmalige Frau vom Staal mit einem Künstlervisum arbeitete. Zugegeben, das ‹Pegasus›, so heisst das Etablissement, ist wirklich exklusiv – und sehr diskret, Zutritt nur für Mitglieder. Es gibt drei Kategorien: Standard, Gold und Platin. Für Standard kriegst du Standardgetränke umsonst. Der Nuttendiesel, die ‹Leihgebühr› für die Frauen und Zimmermiete kosten extra. Für Gold und Platin kriegst du eine entsprechende Anzahl Flaschen Schämpis plus eine Anzahl Frauen frei auf deinem Konto gutgeschrieben. Die Qualität des Dienstleistungspersonals entspricht der Zahlungsfähigkeit der Kunden.»

«Vom Staal soll Mitglied in diesem Club gewesen sein?»

«Wissen wir nicht genau. Nichtmitglieder werden dort nicht ohne Weiteres reingelassen. Möglich, dass er Gast eines Mitgliedes war. Konsumation und Service des Eingeladenen werden in diesem Fall dem Konto des Mitgliedes belastet.»

Cora überlegte. Spielte es wirklich eine Rolle, wo und als was Lisaweta Kostenko vor ihrer Heirat gearbeitet hatte? Es war offensichtlich, dass vom Staal sie geliebt hatte – Korrektur: noch liebte. Eher zu denken gab ihr, dass er ihr nicht die ganze Wahrheit gesagt haben könnte. Wenn ja, warum?

«Besteht nicht die Möglichkeit, dass sie lediglich als Bedienung arbeitete?»

Am anderen Ende ertönte ein abschätziges Schnauben. «Hast

du mal ein Bild von ihr gesehen? Die Frau war ein scharfer Schuss. Glaubst du wirklich, die hat im Weinkeller des ‹Pegasus› nur Flaschen in die Regale geräumt?»

«Wie dem auch sei. Was mir nicht aus dem Kopf will, ist dieses Treffen mit einer Freundin in Zürich, von dem Elisabeth vom Staal nie zurückgekehrt ist.»

Sobald es ausgesprochen war, hätte sich Cora am liebsten auf die Zunge gebissen. Sie konnte Wagners Verblüffung am anderen Ende förmlich spüren. «Das ist mir neu», sagte er. «Weder vom Staal noch die Behörden haben sich je über die näheren Umstände des Verschwindens geäussert. Deshalb ist die Gerüchtesuppe übergekocht. Wie kommst du an diese Informationen?»

«Muss es irgendwo aufgeschnappt haben», versuchte Cora abzuwimmeln.

«Jedenfalls hast du das nicht von uns», sagte Wagner.

Cora wollte nicht weiter darauf eingehen und wartete, in der Hoffnung, dass Wagner nicht weiter bohrte. Er sollte sie lange genug kennen und wissen, wie sie mit ihren Quellen verfuhr.

Wagner hatte es begriffen. «Du weisst, wie es läuft», fuhr er schliesslich fort. «Vordergründig ist alles Lächeln, Nettigkeit und Schulterklopfen. Hintenherum werden die Messer gewetzt. Als die beiden heirateten, war Frau vom Staal die Schlampe aus dem Osten, die sich eine gute Partie angelte, um sie nach allen Regeln der horizontalen Kunst auszunehmen. Die öffentliche Meinung war sich einig, dass sie, wenn sie mit ihm fertig war, ihn genüsslich ausspucken und zum Nächsten übergehen würde.»

«Als es so weit war, haben sich alle gefreut oder was?»

«Sagen wir so: Man hatte den armen Mann selbstverständlich gebührlich bemitleidet, allerdings nicht ohne eine Wir-haben-dich-gewarnt-aber-du-hast-nicht-auf-uns-gehört-Miene. Schadenfreude könnte nicht schlimmer sein, wenn du mich fragst.»

«Deswegen wurde nicht richtig ermittelt?»

«Vorsicht, Cora. Es wurde nicht ermittelt, weil es nichts zu ermitteln gab. Keine Indizien, keine Spuren von Gewalt, keine Lösegeldforderungen oder Botschaften von vermeintlichen Entführern, gar nichts. Die vom Staal war wie vom Erdboden verschluckt. Ihr Gatte war der Einzige, der Zeter und Mordio schrie. In den Augen der anderen war Elisabeth vom Staal eine Hure, und sie hatte sich verhalten, wie es Huren seit Ewigkeiten tun.»

«Und das war's dann gewesen oder wie?»

«So in etwa, ja.» Nach einer kurzen Pause räusperte sich Wagner. «Jedenfalls solltest du vorsichtig sein, wenn du diesen Fall bei der Polizei und bei der Staatsanwaltschaft ansprichst. Vom Staal hat dafür gesorgt, dass die Sache damals durch die gesamte nationale Presse ging und auch in Deutschland ein Thema war. Kurz darauf ist er als Regierungsrat zurückgetreten.»

«Es wundert mich, dass er nach all dem hier überhaupt eine Kanzlei betreibt», sagte Cora nachdenklich.

«Vom Staal hatte genügend Verbindungen in anderen Kantonen und im Ausland, die ihm Mandate verschafften. Ausserdem weisst du ja, wie es geht mit der Zeit und den Wunden. Heute ist sein Ruf wiederhergestellt. Noch mal, Cora, sei vorsichtig, wenn du im Dreck herumstocherst. Das ist ein Minenfeld.»

«Keine Sorge. Minenfelder kenne ich in echt. Weisst du jemanden bei der Polizei, den ich mal darauf ansprechen kann?»

Wagner dachte kurz nach. «Dominik Dornach, der Chef der Ermittlungen, aber der ist gerade nicht da. Versuch's mal mit Mike Lüthi. Er ist seine Nummer zwei und ganz in Ordnung. Hab auch schon mit ihm gearbeitet.»

***

Später am Abend sass Cora in Gesellschaft eines Glases Pinot noir vor ihrem Notebook und sichtete die Informationen und Bilder, die sich über Elisabeth vom Staal alias Lisaweta Kostenko im Archiv des «Tagblatts» und im Internet finden liessen.

Im Haus war es ruhig. Mila war wohl in ihrem Zimmer. Julian hatte sich am Nachmittag telefonisch abgemeldet. Cora

brauchte keine hellseherischen Fähigkeiten, um sich das Abend-
programm ihres Sohnes vorzustellen.

Sie hoffte, dass Julians neue Freundin für ihn nicht zum
Anlass wurde, auszuziehen. Sie konnte im Umgang mit Mila
jede Unterstützung gebrauchen. Cora hatte manche brenzlige
Situation oder Begegnung mit schwierigen, sogar gefährlichen
Interviewpartnern gemeistert. Die Auseinandersetzung mit der
Vierzehnjährigen drohte, ihr persönliches Waterloo zu werden.
In Milas Alter hatte sie Erfahrungen gemacht, vor denen sie ihre
Tochter bewahren wollte. Gab ihr das das Recht, Mila ständig
einzuschränken? Die Antwort war ein klares Ja. Schliesslich war
sie ihre Mutter. Das hingegen gab ihr weder Anspruch noch
Garantie auf Erfolg. Die Pubertät war ein Prüfstand für Kinder
auf dem Weg zum Erwachsensein, keine Festung gegen die
Risiken und Gefahren des Lebens.

Cora leerte das Glas und wandte sich den Bildern auf ihrem
Bildschirm zu. Bis zum Zeitpunkt der Hochzeit von Daniel vom
Staal mit Lisaweta Kostenko war die Flut an Daten und Bildern
übersichtlich. Sobald aus Lisaweta Elisabeth vom Staal wurde,
hatte sich das schlagartig geändert. Cora hätte sich gewundert,
wenn ausgerechnet das nationale Revolverblatt «NEUER TAG»
die pikanten Details der Verbindung von politischer Macht und
erotischer Verführung nicht entsprechend ausgeschlachtet hätte.
Was sie erstaunte, war, dass es entgegen seiner Gewohnheit
viel Tinte für Text, dagegen fast keinen Platz für eindeutige
Bilder verwendet hatte. Normalerweise machten sie es umgekehrt. Kein freizügiges Bild einer prominenten Person blieb auf
Dauer der Leserschaft verborgen. Das unterstrich zumindest
vom Staals Version, dass es keine solchen Bilder gab. Tatsächlich
erschöpfte sich die Bildergalerie des «N.T.» auf Pressebilder
über offizielle Anlässe: Empfänge, gemeinnützige Anlässe und
Theaterpremieren. Von keiner anderen Gattin eines Solothurner Regierungsrates waren je so viele Fotos geschossen worden
wie von Elisabeth vom Staal. Cora stiess auf die Bildstrecke eines
bekannten Gesellschaftsmagazins, dem die elegante Politikerfrau
sogar eine Homestory wert gewesen war.

Die letzten Bilder aus dem Archiv des «Solothurner Tagblatts» zeigten vom Staal und seine Frau im Kreis von mittelalterlich gekleideten Menschen. Im Hintergrund spielten Musikanten auf für die Epoche typischen Instrumenten. Über einem riesigen Feuer wurde ein grosses Tier gebraten. Cora sah sich Bild für Bild eingehend an. Wegen des hohen Besuches aus der Hauptstadt war eigens der Lokalredaktor des «Tagblatts» für die Bezirke Dorneck und Thierstein mit einem Fotografen vor Ort gewesen.

Damit sie etwas schneller zwischen den Bildern scrollen und diese vergrössern konnte, lud sie die Dateien auf ihre Festplatte. Leider waren sie nicht chronologisch einzuordnen. Das regierungsrätliche Ehepaar erschien auf dem Festgelände, als es noch hell gewesen war. Auf einigen Bildern waren die vom Staals händeschüttelnd mit lokalen Offiziellen und bei der Besichtigung der Stände zu sehen, die allerlei mittelalterliches Handwerk und kulinarische Spezialitäten feilboten. Einmal stiess die Gesellschaft mit Trinkhörnern an. Die Stimmung war ausgelassen. Elisabeth wirkte gelöst, während sie mit Frauen in mittelalterlichen Kostümen plauderte. Auf drei Schnappschüssen setzten ihr zwei Frauen ein Hennin auf. Die umstehende Gesellschaft amüsierte sich köstlich, während Elisabeth die burgundische Spitzhaube mit beiden Händen festhielt.

Anhand dieser Aufnahme konnte Cora die Bilder auf den Zeitraum vor und nach dem Hennin einordnen. Bei der Begrüssung wurde Elisabeths hellblondes Haar mit einem strengen Knoten zusammengehalten. Die Aktion mit der Haube hatte die Frisur gelockert, sodass ihr Gesicht von einigen losen Haarsträhnen umrahmt wurde, die sie im Laufe des verbleibenden Abends nicht mehr in Ordnung brachte. Der Fotograf hatte die Gelegenheit genutzt und eine Porträtaufnahme von ihr gemacht. Dieses Foto brachte Elisabeths Schönheit deutlicher zur Geltung als das kleine vergilbte Bild im Medaillon, welches auf dem Foto deutlich zu sehen war. Es baumelte glitzernd am Hals der Regierungsratsgattin. Hohe, fein modellierte Wangenknochen stachen aus dem schmalen Gesicht hervor. Ihre Augen waren von einem leuchtenden Blau. Sie hatte volle Lippen, wobei die Unterlippe etwas prominenter war und ihrem Ausdruck gleichzeitig Sinnlichkeit und Entschlossenheit verlieh. Über der rechten Augenbraue erkannte Cora eine ungefähr zwei Zentimeter lange, gut verheilte Narbe, die das Gesamtbild nicht störte. Sie überlegte, ob diese Verletzung der Grund oder einer der Gründe war, weshalb sie in die Schweiz gekommen war. Es bedurfte nicht grosser Phantasie, sich vorzustellen, dass diese Frau die Gemüter in die eine oder andere Richtung zu erregen vermocht hatte und dass ihre Schönheit nicht immer von Vorteil für sie gewesen sein konnte.

«Was ist aus dir geworden?», fragte sie das lächelnde Porträtbild. Je länger Cora in diese Augen blickte, desto mehr glaubte sie, hinter dem Leuchten einen Ausdruck von Traurigkeit zu erkennen. Sie verspürte Mitgefühl für diese Frau, die aus Angst oder Hoffnung in die Schweiz gekommen war, um einen vermeintlichen Traumprinzen zu heiraten, nur um danach einem rätselhaften Schicksal zu begegnen.

Das brachte sie nicht weiter. Sie konzentrierte sich auf die verbleibenden Fotos und stiess auf Bilder, in denen sich Elisabeths Ausdruck gründlich verändert hatte. Ihre aufrechte Haltung war in sich zusammengesunken, der Blick niedergeschlagen und gehetzt, wenn nicht sogar ängstlich. Vom Staal hatte erwähnt, dass ihr gegen Ende des Festes unwohl war und sie früher nach Hause gefahren waren. Cora vergrösserte ein Bild, bis es mit Elisabeths Augen beinahe ausgefüllt wurde. Cora kannte diesen Ausdruck aus einer Zeit, an die sie jetzt nicht denken wollte. Elisabeth war an diesem Fest nicht einfach unpässlich gewesen. Etwas hatte sie zutiefst verunsichert oder verängstigt.

Cora ging erneut durch alle Bilder, in der Hoffnung, auf einen Hinweis oder Grund für den Stimmungsumschwung zu stossen. Sie suchte Fotos, auf denen Elisabeth nicht im Zentrum, sondern eher beiläufig zu sehen war. Es waren einige dabei, die sie bisher nicht beachtet hatte. Elisabeths ramponierter Frisur nach zu schliessen, waren sie nach der Anprobe der Burgunderhaube zustande gekommen. In einer Aufnahme stand Elisabeth angeregt schwatzend in einer ausgelassenen Frauenrunde. Der Fotograf hatte entweder Freude an seinem Job oder an den Frauen gehabt. Dabei musste er die Frauen mit ihren mittelalterlichen Roben umkreist haben, inmitten derer Elisabeth in ihrem silbergrauen Tailleur wie ein Fremdkörper herausstach. Auf einem anderen Bild blickte sie lachend in die Kamera. Im nächsten hatte sich ihr Ausdruck verändert: Das Lächeln war gefroren. Cora zoomte ihr Gesicht heran. Ihr Ausdruck war eindeutig ein erschrockener.

«Was hast du da gesehen?», murmelte sie. Der eifrige Fotoreporter hatte, ohne es vermutlich zu wollen, den Moment festgehalten, der möglicherweise eine Erklärung für das spätere Drama lieferte.

Es gab kein weiteres Bild im Archiv, das der Fotograf aus der gegenüberliegenden Perspektive gemacht hatte und aus dem ersichtlich gewesen wäre, was Elisabeth derart aufgebracht hatte.

Cora fuhr den Rechner herunter und schenkte sich in der Küche ein weiteres Glas Wein ein. Ihre Gedanken drehten sich im Kreis. War sie auf einer Spur, oder jagte sie einem Hirngespinst nach? Lag der Schlüssel zur Lösung des Rätsels in Gilgenberg?

Sie stellte das leere Glas in die Spüle und ging hinauf ins Obergeschoss. Unter Milas Zimmertür schimmerte Licht. Wahrscheinlich hatte sie nichts gegessen. Das war ihre Sache. Trotzdem, nach dem Streit vom Morgen wollte sie mit ihr reden. Ein Gutenacht war das Mindeste.

★★★

Vlady und Austin – zweiter Chat

AustinXXX: «Hi Vlady!»

AustinXXX: «Vlady? Bist du da?»
Vlady_03: «Bin da.»
AustinXXX: «Gut drauf?»

Vlady_03: «Geht so.»

AustinXXX: «Lass mich raten. Deine Mutter nervt.»

AustinXXX: «Dacht ich mir. Kann ich was tun?»

Vlady_03: «Was willst du tun?»

AustinXXX: «Dich aufmuntern.»

Vlady_03: «???»

AustinXXX: «Ich bin traurig, wenn du traurig bist.»

Vlady_03: «Heuchler!»

AustinXXX: «Echt!»

Vlady_03: «Sicher sagst du das jeder, mit der du im Netz rummachst.»

AustinXXX: «Was denkst du von mir, du bist die Einzige <3 <3 <3»

Vlady_03: «Spinner! Ihr Typen seid alle gleich. Wollt nur das eine.»

AustinXXX: «Wer sagt dir, dass ich ein Typ bin?»

Vlady_03: «Hab ja dein Pic. Sag bloss, das bist nicht du. Kannst dich gleich abmelden.»

AustinXXX: «Und deins? Wirklich von dir?»

Vlady_03: «Klar, was denkst du?»

AustinXXX: «Süss!»

Vlady_03: «Was heisst hier süss?»

AustinXXX: «Sorry, du bist schön, echt.»

Vlady_03: «Schon klar, Alter.»

AustinXXX: «Ich meins so. Ehrenwort.»

Vlady_03: «Und du … bist du echt eine Tussi?»

AustinXXX: «Wenn's so wäre?»

Vlady_03: «Hey, ich bin keine Lesbentunte.»

AustinXXX: «Noch nie eine Frau geküsst?»

Vlady_03: «Wäääh!»

AustinXXX: «Hab ich ein Glück – LOL.»

Vlady_03: «Depp!»

AustinXXX: «Kleiner Spass unter Freunden.»

Vlady_03: «Mach so weiter, und wir sind Freunde gewesen.»

AustinXXX: «Sorry, Ich möchte halt mehr von dir sehen.»
Vlady_03: «Was mehr. Hast ja mein Pic.»
AustinXXX: «Du weisst schon. Was wir besprochen haben.»
Vlady_03: «Und ich hab dir gesagt, dass ich es mir überlege.»
AustinXXX: «Bis wann?»
AustinXXX: «???»
Vlady_03: «Muss Schluss machen. Cora schon wieder.»

★★★

Mila riss die Tür auf, bevor Cora erneut klopfen konnte. «Was willst du? Ich hab echt schon geschlafen.»

«Bei vollem Licht und angezogen?»

«Na und? Ist ein freies Land, oder gilt das nicht für die Hütte hier?»

«Ich möchte nicht, dass du nachts deine Tür abschliesst.»

«Ach ja? Darf ich fragen, warum?»

«Wegen der Sicherheit. Wenn irgendwas passiert, musst du rasch fliehen können. Was machst du, wenn das Schloss blockiert ist und du nicht mehr aus dem Zimmer kommst?»

«Spring ich zum Fenster raus.»

«Das sind fast fünf Meter, und darunter ist der gepflasterte Vorplatz.»

«Und? Kratzt dich das?» Mila sah sie lauernd an.

«Ja, das tut es. Ich will nicht, dass du abschliesst, okay?»

Keine Antwort.

«Ich muss dir sagen, dass ich die nächsten Tage oft unterwegs sein werde. Ich habe einen neuen Auftrag.»

«Schön.»

«Falls ich am Abend nicht zurück bin, wird Julian hier übernachten, damit du nicht allein bist.»

Mila zuckte die Achseln. «Wette, der wird sich lieber mit seiner neuen Tussi beschäftigen, als sich um mich kümmern.»

«Die Tussi heisst Lara. Sei bitte nett zu ihr. Es reicht, wenn du deine schlechte Laune an mir auslässt.»

Mila verdrehte die Augen. «Was heisst denn das schon wieder?»

Cora lächelte nachsichtig. «Wenn du das nicht weisst, sollten wir wirklich mal reden.»

«Sprich für dich, Cora.»

«Gute Nacht.»

Cora machte auf dem Absatz kehrt und ging zu ihrem Zimmer. Sie hörte, wie in ihrem Rücken die Türe ins Schloss fiel, ohne dass der Schlüssel gedreht wurde.

VIER

Es war nach drei Uhr nachmittags, als Cora am nächsten Tag den Scheitelpunkt des Passwang hinter sich liess und den Passat mit Blick auf die Hohe Winde über die Serpentinenstrasse am Kloster Beinwil vorbeisteuerte.

Während des Vormittags hatte sie einige Male vergeblich versucht, Wagner zu erreichen. Es war kurz vor Mittag, als er ihr endlich die Koordinaten des Fotografen geben konnte. Dieser führte mittlerweile keine Aufträge mehr für die Zeitung aus, sondern betrieb ein eigenes Studio mit einer kleinen Fotoagentur. Nachdem Cora ihm auf die Combox gesprochen hatte, rief er sie kurz nach Mittag zurück. Er konnte sich gut an den Anlass zwölf Jahre zuvor erinnern, nicht zuletzt weil Elisabeth vom Staal ein äusserst attraktives Sujet für die Kamera abgegeben hatte. Wäre er Modefotograf gewesen, hätte er sie jederzeit für ein Shooting gebucht. Als Cora ihn auf die Aufnahme mit dem Stimmungswechsel ansprach, konnte er sich nicht erinnern. Er habe nicht darauf geachtet, weil er die Gruppe als Ganzes fotografiert hatte, und nicht bemerkt, wer oder was zu diesem Zeitpunkt neben oder hinter ihm gestanden hatte. In seinem privaten Archiv existierten zusätzliche Fotos, die ihm die Zeitung damals nicht abkaufen wollte. Er hatte sich bereit erklärt, Cora die Bilder gegen ein angemessenes Honorar zu überlassen. Sie hatte eingewilligt. Daniel vom Staal würde die Kosten garantiert übernehmen.

Die Strasse schlängelte sich einem Bach entlang, der an dieser Stelle eine Schlucht in das Jurakalkgestein gegraben hatte. Nach einigen Kilometern wurde das Gelände breiter und lichter. Sie passierte eine Bushaltestelle, die «Beinwil SO, Bachmättli» anzeigte. Kurz danach tauchte ein Wegweiser auf. Laut Google Maps führte die Passwangstrasse auf direktem Weg nach Breitenbach, von wo Cora über Fehren, Meltingen und Zullwil nach Gilgenberg gelangen wollte. Dieser Wegweiser zeigte nach rechts und gab an, dass eine schmale, asphaltierte Strasse sie zuerst zum Meltingerberg und direkt weiter nach Meltingen und Gilgenberg führen würde. Sie trat auf die Bremse. Nach kurzem Zögern bog sie ab und hoffte, nicht in einer Sackgasse zu landen. Andererseits, was konnte schon gross passieren? Sie befand sich im Schwarzbubenland und nicht im wilden Kurdistan.

In der Nacht und bis spät in den Vormittag waren im Mittelland und über dem Jura heftige Regenfälle niedergegangen. Während die Wolkendecke über dem Aaretal sich relativ rasch aufgelöst hatte, hingen in den Schründen und Flanken zwischen der Hohen Winde und dem Plateau von Gempen dichte Nebelschwaden.

Nach kurzer Zeit bereute sie ihren Entschluss bereits. Sie fuhr durch ein enges Tal, dessen bewaldete Hänge beinahe ein Gewölbe über ihr bildeten. Die Strasse war feucht und glitschig. Dicke Nebelwände behinderten die Sicht. Sie erwog kurz, zu wenden und auf die Passwangstrasse zurückzufahren. Sie sagte sich, dass sich die Verhältnisse bessern mussten, sobald sie den Engpass hinter sich hatte. Kurz bevor sie in eine scharfe Linkskurve fuhr, lichtete sich der Nebel tatsächlich. Sie beschleunigte. Erneut wurde die Strasse vom Nebel eingehüllt. In der Gewissheit, dass die Sicht dahinter klar sein würde, hielt sie es nicht für angebracht, vom Gas zu gehen.

Sie rechnete nicht mit dem Menschen, der wenige Meter vor ihr aus dem Wald und mitten auf die Strasse lief, ihr buchstäblich vor den Kühler. Zu allem Unglück blieb er stehen und streckte die Arme nach ihr aus. Cora stiess einen lauten Fluch aus und riss den Passat nach rechts.

Sie rechnete es ihrem Schutzengel hoch an, dass sich kein Baum an der Stelle befand, wo der Passat zum Stehen kam. Das hässliche Knirschen am Unterboden, das in einem schmerzlichen Knall mündete, verhiess auch so nichts Gutes. Immerhin hatte der Airbag ausgelöst. Geschockt vergrub sie das Gesicht in den Händen und versuchte durchzuatmen. Das beruhigte sie. In eine ähnliche Situation war sie schon einmal im nördlichen Irak, nahe der Autonomen Region Kurdistan geraten. Damals war es kein Hindernis menschlicher Natur gewesen, sondern hatte sie in Form einer irakischen Bodenmine am sicheren Weiterkommen gehindert. Neben dem Schrecken hatte sie eine Platzwunde an der Stirn davongetragen. Es wäre schlimmer gekommen, wenn sie die Unebenheit auf der Schotterstrasse nicht rechtzeitig bemerkt und geistesgegenwärtig dem Fahrer ins Steuer gegriffen hätte. Insofern war sie dankbar, in diesem verlassenen Winkel des Kantons zu sitzen und sich lediglich die Augen zu reiben.

Cora löste den Sicherheitsgurt und machte sich vom erschlafften Airbag frei. Sie stieg aus und sah sich um. Kein Mensch lag auf der Strasse, weder vor noch unter und hinter dem Wagen. Ein Seufzer der Erleichterung entfuhr ihr. Wo war der Mann? Zumindest glaubte sie, dass es ein Mann gewesen war. Oder sah sie bereits Gespenster? Sie ging links und rechts blickend ein Stück auf der Strasse zurück. Keine Spur eines lebenden Wesens. Die neblige, feuchte Stille war bedrückend. Als sie mehrere aneinandergereihte Stere Holz passierte, hörte sie ein raschelndes Geräusch hinter sich. Sie fuhr herum und sah eine Bewegung hinter den Stapeln.

«Ist da jemand?»

Vorsichtig umrundete sie die Holzreihe. Eine Gestalt in einem alten Kaput kauerte wimmernd am Boden. Cora näherte sich behutsam.

«Hallo, wie geht es Ihnen? Sind Sie verletzt?»

Sie war fast bei ihm, als er abrupt den Kopf hob und sie erschrocken anstarrte, als käme sie von einem anderen Stern. Er richtete sich auf. Als sie einen weiteren Schritt auf ihn zumachte, wich er panisch zurück, stolperte und fiel mit einem Aufschrei auf den Rücken.

Cora blieb sofort stehen und hob beruhigend beide Hände. «Sachte, sachte, ich will Sie nicht erschrecken. Ich muss wissen, dass Ihnen nichts fehlt.»

Der Mann bedeckte sein Gesicht mit beiden Händen und wimmerte unaufhörlich. «Dr Köbi isch nid gschoud, dr Köbi cha nüd derfür.»

«Ich weiss, Köbi», sagte sie. «Es ist nicht Ihre Schuld, und Sie können nichts dafür. Ich bin Cora.»

Ihre Stimme beruhigte den Alten anscheinend. Er nahm die Hände vom Gesicht und blickte sie aus einem dunklen Auge an, während das andere unablässig nervös zwinkerte. Er hatte ein wettergegerbtes hageres Gesicht mit einer riesigen Nase, deren Hautbeschaffenheit sich vermutlich auf regelmässigen und grosszügigen Genuss des einheimischen Kirschenbrandes zurückführen liess. Strähnen struppiger ergrauter Haare lugten unter einer verrutschten Wollkappe hervor, die wie sein filziger und fleckiger Mantel aus ausgemusterten Armeebeständen stammen mussten. Auch seine feldgrüne Filzhose war bis Ende der achtziger Jahre des vorigen Jahrhunderts Bestandteil der Schweizer Armeebekleidung gewesen.

«Schöni Fräou!», gab Köbi von sich. «Ganz schöni Fräou!»

Das entlockte ihr ein Lächeln. Wenigstens ein Mann, der ihr Komplimente machte. Köbis Bewunderung hielt nicht lange vor. Sein Blick wurde starr, und seine Hände tasteten panisch den Boden ab.

«Mii Schtäkke? Gopferdami, wo isch Köbis Schtäkkä? Köbi bruucht si Schtäkkä. Dr Schtäkkä!», stiess er mit verzweifelter Stimme hervor.

«Ich verstehe nicht», sagte Cora. «Was suchen Sie?»

Köbi brabbelte weiter vor sich hin, bis sie begriff, dass er seinen Stock vermisste. Sie ging mit suchendem Blick der Strasse entlang, bis sie ein paar Meter weiter in die Richtung, aus der sie gekommen war, tatsächlich einen Stock fand. Es war ein glatter, gerader Buchenast von knapp fünf Zentimetern Durchmesser und etwa zwei Metern Länge. Undefinierbare Zeichen waren in die Rinde geritzt worden. Sie ging zurück und hielt dabei den Stock in die Höhe. «Ich habe ihn gefunden, Köbi.»

Köbi wirbelte herum und blieb wie vom Donner gerührt stehen. Sein Gesicht verzerrte sich vor Zorn und Panik. «Das isch mii Schtäkkä. Loh'nä los!», brüllte er und rannte auf sie zu wie ein Stier auf den Torero. Cora befürchtete, dass Köbi sich auf sie stürzen wollte. Sie warf ihm den Stock vor die Füsse und wich zurück, bis sie mit dem Rücken hart gegen den Holzstapel stiess. Zu ihrer Erleichterung blieb Köbi stocksteif an der Stelle stehen, wo der Stock lag. Sie schickte ein Stossgebet in den Himmel, dass er damit nicht auf sie losgehen möge.

Sobald Köbi das Objekt seiner Begierde in der Hand hielt, wurde sein Gesichtsausdruck lammfromm. «Mii Schtäkkä!», sagte er mit einem erleichterten Seufzer, als würde er eine lange vermisste Geliebte im Arm halten. Bevor sie etwas sagen konnte, machte er kehrt, ging mit langen Schritten davon, wobei der Stock im gleichen Rhythmus auf den Boden klopfte.

Verblüfft sah Cora ihm nach, bevor sie ihm nachrief: «Bitte, gern geschehen!»

Sie ging zurück zu ihrem Wagen und legte sich, so gut es auf dem feuchten Boden ging, auf den Rücken, um den Schaden am Unterboden zu begutachten. Sie stiess einen weiteren wüsten Fluch aus. Wenn sie es gewollt hätte, wäre es ihr nicht gelungen, den Wagen so präzise hinzustellen, dass sich ein schwerer, scharfkantiger Gesteinsbrocken in die Kardanwelle gebohrt und diese entzweigerissen hätte. Ihr Passat fuhr keinen Meter mehr weiter. Ohne Hoffnung warf sie einen Blick auf das Display ihres Handys, welches ihr erwartungsgemäss anzeigte, dass sich der Netzdienst von Swisscom nicht bis in diesen abgelegenen Winkel der Zivilisation erstreckte.

«Das war's, Cora. Ab sofort keine Abkürzungen durch einsame Wälder mehr.»

Obwohl sie vermutlich weit und breit das einzige lebendige Wesen war, streifte sie sich die Sicherheitsweste über und stellte vorschriftsmässig das Pannendreieck auf. Sie überlegte, dass es wohl klüger und kürzer war, zu Fuss zur Bushaltestelle Bachmättli zurückzukehren. Sie glaubte, dort einen Gasthof gesehen zu haben, der hoffentlich geöffnet hatte. Im selben Augenblick hörte sie Motorengeräusche, die sich ihr aus der entgegengesetzten Richtung näherten.

★★★

Cora stellte sich ostentativ vor ihren Wagen. Ein weisser Range Rover mit Solothurner Kennzeichen kam aus Richtung Meltingerberg und stoppte auf ihrer Höhe. Anstatt nur das Fenster hinunterzulassen, stieg der Fahrer aus. Er war etwa in ihrem Alter, gross und breitschultrig, nicht sportlich schlank, auch nicht dick, und trug einen dunkelbeigen Tweedsakko mit hellen Karostreifen und eine blaue Chinohose. Sein dunkelblondes Haar war grau meliert, die Gesichtszüge waren von einem jungenhaften Charme. Er erinnerte sie an einen liebenswerten Landadligen, den sie mal in einer englischen Fernsehserie gesehen hatte.

Der Mann musterte sie prüfend. «Was ist denn hier passiert? Ist alles in Ordnung mit Ihnen?»

«Sie schickt der Himmel. Ich hatte mich schon auf einen langen Fussmarsch nach Beinwil eingerichtet.» Cora wedelte mit ihrem Handy. «Hier gibt's kein Netz.»

«Meltingerberg liegt näher. Der Berggasthof verfügt über ein Telefon. Doch das brauchen Sie nicht, ich bin ja da.» Ungeachtet seines teuren Anzugs ging er auf die Knie und blickte unter den Wagen. «Sieht nicht gut aus», sagte er, als er sich aufrichtete. «Scheint die Kardanwelle erwischt zu haben. Der Wagen muss abgeschleppt werden. Wo wollten Sie denn hin?»

«Gilgenberg.»

Er sah sie mit hochgezogenen Augenbrauen von oben bis unten an. «Nach Gilgenberg? Was um alles in der Welt hat eine Frau wie Sie denn dort zu tun?»

«Ich bin Journalistin und arbeite an einer Reportage über die Arbeit von Gemeinden in … peripheren Regionen.»

«Arbeiten Sie im Auftrag des Kantons?», fragte er stirnrunzelnd.

«In gewissem Sinn. Mehr kann ich Ihnen nicht sagen. Mein Auftraggeber hat mich zum Stillschweigen verknurrt, bis die Studie veröffentlicht wird.» Sie hob resigniert die Hände. «Gerüchteküche, Sie verstehen.»

«Das tönt geheimnisvoll.»

«Tönt mehr, als es ist.»

Er streckte ihr die Hand hin. «Ich habe mich gar nicht vorgestellt. Freyenfels, Benno Freyenfels – von Freyenfels, wenn ich die Damen beeindrucken will. Irgendwie habe ich das Gefühl, dass ich damit bei Ihnen nicht landen kann.»

Sie erwiderte den Händedruck. «Cora Johannis. Dass Sie angehalten haben, macht mir tatsächlich mehr Eindruck, danke dafür.»

Er zeigte auf den Wagen. «Erzählen Sie mir, wie Sie dort gelandet sind?»

Cora schilderte den Vorfall mit Köbi und seinem Stock. «Der Herr hat sich leider aus dem Staub gemacht, bevor ich ihm die Gelegenheit geben konnte, mir seine Hilfe anzubieten.»

«Und so haben Sie bereits mit ‹Schtäkkä-Köbi› Bekanntschaft gemacht.»

«Schtäkkä-Köbi?»

«Der Köbi ist sozusagen das Thiersteiner Bezirksoriginal. Sein richtiger Name lautet Jakob Zeltner. Er hat keinen festen Wohnsitz und stammt ursprünglich aus Beinwil. Als Halbwüchsiger ist ihm beim Holzen ein herabfallender Ast auf den Kopf gefallen. Seither ist er …» Freyenfels wedelte mit den Händen vor dem Kopf. «Sie verstehen schon.»

Cora verstand.

Freyenfels erzählte weiter. «Einige Leute behaupten, dass der Stock, den er immer mit sich herumführt, ein Stück des Astes ist, der für seinen Dachschaden verantwortlich ist.»

«Jetzt begreife ich, warum er auf mich losgegangen ist. Er muss Angst gehabt haben, dass ich ihm einen Teil von ihm selbst wegnehme.»

Freyenfels winkte ab. «Köbi ist ein guter Kerl. Tut keiner Fliege etwas zuleide. Er hatte früher mal einige Reibereien mit der Polizei wegen Kleinigkeiten, nicht weiter schlimm.» Unvermittelt schüttelte er den Kopf. «Ich labere und labere, dabei sollten wir uns um Ihren Wagen kümmern. Allerdings fürchte ich, dass ich nicht mehr tun kann, als Ihnen anzubieten, Sie nach Gilgenberg zu fahren. Das ist eine knappe halbe Stunde Fahrt. Unterwegs rufe ich einen Garagisten in Nunningen an, den ich persönlich kenne. Er wird sich um Ihr Auto kümmern.»

«Das ist sehr lieb von Ihnen, Herr Freyenfels. Es reicht, wenn Sie von unterwegs den Abschleppwagen anrufen. Ich warte hier auf ihn.»

«Unsinn, ich lasse Sie nicht allein in der Wildnis.»

«Wollten Sie nicht irgendwo hin? Wenn Sie mich zurückfahren, werden Sie Ihre Verabredung, oder was immer Sie vorhaben, nicht einhalten können.»

Freyenfels machte eine abfällige Grimasse. «Nichts, was sich nicht mit einem Anruf umdisponieren liesse. Also?» Er hielt ihr die Beifahrertür seines Autos auf.

Cora war froh, nicht länger in dieser feuchtkalten Senke herumstehen zu müssen.

Sobald sie den Meltingerberg erreicht hatten, rief Freyenfels vom Auto aus seinen Garagisten an, der versprach, sich sofort um den Passat zu kümmern.

Auf Coras Nachfrage erzählte Freyenfels, dass er auf dem Weg nach Egerkingen war, wo er mit Geschäftsfreunden einen Abschluss für seine internationale Basler Handelsfirma für Industriegüter aushandeln wollte. Zudem war er Inhaber einer Firma im Geschäftsimmobiliensektor. Aus seiner Schilderung schloss Cora, dass seine Geschäfte gut gingen. Der Grossraum Basel im Dreiländereck Frankreich – Deutschland – Schweiz war ein Magnet.

Als sie Richtung Meltingen den Berg hinunterfuhren, war ihr Wissensdurst vorläufig gestillt. «Johannis ist hierzulande kein geläufiger Name», sagte Freyenfels. «So wie Sie reden, kommen Sie von ennet dem Berg.»

«Ursprünglich schrieb sich unser Familienname mit ‹i› und ohne ‹h›, also Ioannis», sagte Cora. «Als sich meine Eltern einbürgern liessen, änderte mein Vater den Namen, damit er einheimischer klingt.»

«Sind Sie denn nicht gebürtige Schweizerin? Entschuldigen Sie, dass ich offen frage, Ihr Akzent tönt nach Stadt Solothurn, würde ich sagen.»

«Meine Eltern sind deutschstämmige Rumänen, siebenbürgische Sachsen aus Kronstadt oder Brasov, wie es heute heisst.

Das liegt in Transsilvanien. Sie sind ein Jahr vor meiner Geburt in die Schweiz gekommen.»

«Transsilvanien? Von dort stammt dieser Vampir, Dracula. Sie sind nicht etwa mit dem verwandt, oder?»

«Was glauben Sie, wie oft man mich das schon gefragt hat», sagte sie lachend. «Solange Sie mir bei Tageslicht begegnen, haben Sie nichts zu befürchten. Ausserdem bin ich in Solothurn geboren.»

«Eine Seconda, also.»

«Genau! Solothurnerin durch und durch. Seit geraumer Zeit wohne ich im Bucheggberg.»

«Sprechen Sie Rumänisch?»

«Ich verstehe mehr, als ich spreche. Meine Mutter hat mir etwas beigebracht, obwohl wir zu Hause ausschliesslich deutsch gesprochen haben.»

Inzwischen hatten sie Meltingen durchquert und näherten sich Gilgenberg. Freyenfels schlug ihr vor, sie beim «Schlosshof», dem einzigen Gasthaus im Ort, abzusetzen. Er wollte zur Unfallstelle zurückfahren, um dort nach dem Rechten zu sehen. Danach würde er versuchen, seine Verabredung wahrzunehmen. Sie gab ihm vorsorglich ihre Telefonnummer, damit er sie wegen ihres Wagens auf dem Laufenden halten konnte.

Als Freyenfels weggefahren war, blickte Cora sich um. Gilgenberg war ein Reihendorf, wie es im Jura häufig anzutreffen war. Die Häuser entlang der Hauptdurchgangsstrasse waren schmucke, meist zweigeschossige Bauten. Sie verfügten neben dem Wohntrakt über ein angebautes Ökonomiegebäude, das offensichtlich bei den wenigsten noch seinem ursprünglichen Zweck diente. Am Vortag hatte vom Staal die wirtschaftliche Lage der Gemeinde geschildert. An Geld schien es hier nicht zu mangeln. Die düstere Fassade des Gasthofes bildete eine Ausnahme. Cora blickte daran hoch. «Fängt gut an», murmelte sie.

***

Bis auf die Stammtafel waren alle Tische im Wirtsraum des Gasthofes frei. Hätte Cora den Raum beschreiben müssen, hätte sie sich kurz gefasst: hölzern. Der Fussboden, die Tische und Stühle, sogar die Wände und die Theke, alles war aus Holz gefertigt. Offenbar solides Eichenholz, kein Furnier. Der Schankraum hatte Jahrzehnte, wenn nicht Jahrhunderte überlebt. Zusammen mit dem Äusseren des Wirtshauses bildete er einen Kontrast zu den renovierten Gebäuden im Ort.

Sie setzte sich an einen der Tische, die je mit einem sauberen zitronengelben Tischtuch gedeckt waren. Das aufgedruckte Wappenmuster stach ihr in die Augen. Es bestand aus zwei gekreuzten schwarzen Lilienstäben. Von ihrer Recherche über die Gegend wusste sie, dass die Lilienstäbe Gilgen genannt wurden. Es handelte sich um das Wappen von Gilgenberg oder vielmehr um dasjenige der Landvögte, die vor Jahrhunderten auf der Burg residierten, die das Tal überragte. Auch die Nachbargemeinden Nunningen, Meltingen und Zullwil führten Gilgen in ihren Wappen. So wurde die Gegend zwischen Meltingen und Nunningen auch als Gilgenberger Land bezeichnet. An den Fenstern der Gaststube, die auf die Strasse zeigten, prangte je eine Wappenscheibe, ebenfalls mit den gekreuzten Lilienstäben. Das Geschichts- und Traditionsbewusstsein der Einwohner dieses Dorfes musste gross sein, auch wenn sie sich im Laufe der letzten Jahre vom kulturellen und gesellschaftlichen Leben des Tales zurückgezogen hatten.

Die Luft im Raum war rauchgeschwängert und roch dementsprechend. Generationen von Stammgästen hatten das Holz der Wände und Möbel mit ihren Tabakemissionen imprägniert. Dafür, dass es so blieb, sorgten die blauen Schwaden, die über dem Stammtisch aufstiegen, wo sechs männliche Gäste genüsslich an Zigarren der Marken «Rössli» oder «Villiger» zogen. Coras Vater hatte ebenfalls Stumpen geraucht. Dabei hatte er jeweils einen Gestank verbreitet, dass man glaubte, anstelle von Tabak sei reiner Kuhmist zu Rauchzeug verarbeitet worden. Einer der Männer paffte an einer «Brissago», einer dünnen, krummen Virginiazigarre.

Coras Geruchssinn war durch ihre Einsätze in olfaktorisch herausfordernden Winkeln des Globus abgehärtet worden.

Eine junge Frau trat heran und erkundigte sich nach ihrem Wunsch. Es war ein hübsches Geschöpf, das nicht älter als achtzehn oder neunzehn Jahre alt sein konnte. Das braune Haar war zu zwei langen Zöpfen geflochten, die auf seinen Schultern lagen. Die Frau sah Cora zurückhaltend an, so als wäre sie jederzeit zur Flucht bereit. Sie sprach deutsch mit einem unüberhörbaren Akzent. Cora musste an die Osteuropäerinnen denken, die in der Folge des tragischen Unglücks nach Gilgenberg gekommen waren. Das war fast fünfzehn Jahre her. Diese Frau konnte damals nicht älter als vier oder fünf Jahre gewesen sein. Ihre Aussprache liess darauf schliessen, dass sie nicht in der Schweiz aufgewachsen war.

Unter den Blicken der Stammtischgäste, die sie seit ihrem Eintreten nicht aus den Augen liessen, bestellte Cora einen Pfefferminztee und ein Glas Wasser.

«Kann ich Sie etwas fragen?», wandte sie sich an die junge Frau, als sie die Getränke hinstellte.

Mit einem unsicheren Seitenblick in Richtung Stammtisch nickte sie.

«Sind Sie von hier, ich meine aus Gilgenberg?»

Erneut verzagtes Nicken.

«Haben Sie diese Frau schon mal gesehen?» Cora legte eine Vergrösserung von Elisabeths Porträt auf den Tisch, welches damals am Mittelalterfest gemacht worden war. Die junge Frau beugte sich über das Bild. Ihre Augen weiteten sich für einen kurzen Moment, bevor sie sich schlagartig aufrichtete und heftig den Kopf schüttelte.

«Elena!», rief eine barsche Männerstimme vom Stammtisch herüber. «Du hast in der Küche zu tun.»

Elena wartete nicht auf eine zweite Aufforderung und zog sich fluchtartig hinter eine Türe mit einem Schild «Privat» zurück. Der Brissago-Raucher erhob sich von seinem Stuhl und trat an Coras Tisch. Er war stämmig gebaut und trug ein rot-blau kariertes Hemd, dessen Spannkraft in der Bauchregion auf eine harte Probe gestellt wurde. Cora hielt dem harten Blick seiner kleinen, fast schlitzartigen Augen stand.

«Joder, Werner, Wirt», stellte er sich kurz und knapp vor.

Cora fühlte sich aus Höflichkeit veranlasst, gleichzuziehen. «Johannis, Cora, Journalistin.»

Bei dem Wort Journalistin hätte Joder um ein Haar das Mundstück seiner Brissago abgebissen, aus der er unablässig Rauch herauspaffte. «Und was wollen Sie hier?»

«Pfefferminztee trinken», erwiderte sie gleichmütig. Sie zeigte auf ihr volles Wasserglas. «Ach ja und ein Wasser. Durstiges Wetter heute.» Sie zeigte nach draussen, wo gerade ein Nieselregen eingesetzt hatte.

«Gut», sagte Joder mit knurrender Stimme, «trinken Sie aus, und dann möchte ich, dass Sie gehen.»

«Ich habe mir sagen lassen, dass die Gastfreundschaft in dieser Gegend besser sein soll.»

«Wir haben nichts für Fremde übrig, die uns belästigen.»

«Das tut mir leid. Inwiefern soll ich Sie denn belästigt haben?»

Joder zeigte mit dem Daumen auf die Tür, durch die Elena verschwunden war. «Meine Tochter ist empfindsam. Sie haben sie mit Ihrer Fragerei verängstigt.»

«Ich wollte lediglich eine Auskunft.» Sie hielt ihm Elisabeths Foto hin. «Dann frage ich eben Sie. Haben Sie diese Frau jemals gesehen?»

Der Wirt nahm das Bild an sich und zog mit einem Grunzen seine Lesebrille aus der Brusttasche seines fleckigen Hemdes. Er betrachtete das Bild kaum eine Sekunde und warf es auf den Tisch. «Nie gesehen. War das alles? – Ja? Also, wenn ich Sie dann bitten dürfte. Die Getränke gehen aufs Haus.»

«Ich bin noch durstig», sagte Cora mit dem unbefangensten Lächeln, das sie hinbekam. «Ich könnte eine Stange vertragen. Würden Sie mir bitte eine bringen, Herr Wirt?»

«Tut mir leid.» Joder nahm den Rest seiner krummen Zigarillo aus dem Mund und beugte sich, beide Hände auf den Tisch gestemmt, über sie, wobei das glimmende Rauchzeug dem Tischtuch gefährlich nahe kam. «Bier ist ausgegangen. Gibt's erst morgen wieder.»

Sie warf einen betont langen Blick auf die randvoll gefüllten Biergläser auf dem Stammtisch.

«Einen Zweier Roten, bitte. Was Sie gerade haben.»

«Ist auch alle.»

«Cola Light?»

Joders Blick war nun offen feindselig.

«Gut», sagte sie achselzuckend. «Bitte noch mal ein Glas Wasser, und wenn Sie mir das Amtsblatt bringen könnten.»

Joder schnaubte. «Merken Sie's eigentlich nicht: Sie sind hier nicht erwünscht.»

«Lieber Herr Gastwirt Joder, meines Wissens befinden wir uns im Kanton Solothurn. Hier gilt die gesetzliche Bewirtungspflicht. Ich bin willig zu konsumieren. In Ermangelung anderer Alternativen bestelle ich ein Glas Wasser und das Amtsblatt, das in jedem Restaurationsbetrieb auf Kantonsgebiet für die Gastlektüre aufliegen muss. Ich bitte Sie, mich entsprechend zu bedienen, andernfalls sehe ich mich gezwungen, nach Breitenbach zu fahren und Sie dort bei der Polizei anzuzeigen.»

Während sie das sagte, behielt sie ihr Lächeln bei. Joder steckte sich seine Brissago wieder in den Mund und zog heftig daran.

Cora setzte einen drauf. «Gleichzeitig könnte ich Anzeige wegen Verstosses gegen das gesetzliche Rauchverbot in öffentlichen Räumen erstatten. Oder haben Sie eine Spezialbewilligung?»

Die Brissago wanderte mittlerweile hektisch von einem Mundwinkel zum anderen. Wutschnaubend ging Joder zur Tür mit dem «Privat»-Schild, öffnete sie und blaffte etwas Unverständliches. Ohne sie eines weiteren Blickes zu würdigen, schlurfte er zurück an den Stammtisch, wo die anderen anfingen, heftig auf ihn einzureden.

Elena kam aus der Küche. «Sie möchten noch etwas trinken?» Ihre Augen waren feucht.

«Eine Stange, bitte.» Cora hätte sie zu gerne ausgefragt und überlegte sich gerade die beste Taktik, als ihr Handy klingelte. Es war Freyenfels. Während Elena ihr das Bier servierte, nahm Cora die Bestätigung ihrer Befürchtung entgegen, dass die Kardanwelle ihres Wagens tatsächlich gebrochen war. Es würde eine ganze Weile dauern, bis das Ersatzteil für ihr Modell eintraf.

Cora schluckte den Schmerz über ihren geliebten alten Passat. «Was heisst eine Weile?»

«Der Garagist meint, dass das Ersatzteil für diesen Wagentyp erst in zwei oder drei Tage vom Importeur geliefert werden kann. Er benötigt einen zusätzlichen Tag, um es einzubauen. Wir sprechen von drei bis vier Tagen.»

Mist! Sie blickte auf die Uhr. Es war schon sieben Uhr durch. Wenn um diese Uhrzeit überhaupt noch ein Bus in Richtung Breitenbach oder Nunningen fuhr und wenn sie von dort eine mögliche Verbindung via Passwang und Balsthal oder über Basel erwischte, würde sie am Ende im Bahnhof Solothurn stranden, wo ihr wahrscheinlich nur noch das Taxi blieb, um nach Nennigkofen zu kommen. Sie hatte eigentlich keine Lust, in diesem gastfreundlichen Ort festzusitzen. Andererseits hatte das Verhalten des Wirtes ihre Neugierde geweckt.

«Ich möchte mich in keiner Weise aufdrängen, Frau Johannis», sagte Freyenfels, der ihre Gedanken erraten haben musste. «Ich verfüge über ein komfortables Gästezimmer. Es wäre mir eine grosse Ehre, wenn Sie bei mir übernachten würden. Ich habe sicher irgendwo eine neue Zahnbürste für Sie.»

So verlockend Freyenfels' Angebot war, Cora hatte das Gefühl, dass es sich lohnte, sich in Gilgenberg etwas umzusehen, wenn sie schon mal da war. «Das ist ausgesprochen nett von Ihnen, Herr Freyenfels, ich werde mich mit einem Zimmer im ‹Schlosshof› begnügen. Die Menschen hier sind … sehr zuvorkommend», sagte sie so laut, dass sich sämtliche Köpfe am Stammtisch zu ihr umwandten.

«Sind Sie sicher? Ich glaube nicht, dass das Komfortangebot im ‹Schlosshof› für Sie —»

«Ich habe schon wesentlich unbequemere Nächte verbracht», sagte sie mit etwas leiserer Stimme. «Ich werde hier übernachten und fahre morgen mit dem öffentlichen Verkehr nach Hause.» Freyenfels versprach ihr, sich um die Reparatur ihres Wagens zu kümmern und sie zu benachrichtigen, sobald ihr Auto fahrtüchtig war.

«Ich schulde Ihnen etwas», sagte Cora dankbar.

Nachdem sie das Gespräch beendet hatte, winkte sie den Wirt zu sich. «Herr Joder, noch ein Bier, bitte. Zudem möchte ich gerne etwas essen und brauche ein Zimmer für eine Nacht.»

Joder hielt es diesmal nicht für notwendig, sich vom Stuhl zu erheben. «Nichts mehr frei», rief er ihr zu.

«Ach wirklich? Ihr Schild mit ‹Zimmer frei›, das ich vor der Tür gesehen habe, hat mich dann wohl falsch informiert. Es ist aber auch ein Gedränge hier drin.» Sie liess ihre Hände über den ansonsten menschenleeren Gästeraum schweifen. «Sehen Sie doch noch mal in Ihrem Gästebuch nach. Ich würde dafür selbstverständlich auch eine löbliche Rezension über dieses … Etablissement veröffentlichen.»

Einen Fluch unterdrückend stand Joder auf und stapfte zum vollen Schlüsselbrett. Er knallte den Schlüssel mit der Nummer drei vor sie auf den Tisch. «Essen können Sie bei Elena bestellen.»

Diese stand hinter der Theke und trocknete Gläser. Sie hatte die ganze Auseinandersetzung mitbekommen. Als sie das bestellte Bier brachte, war Cora, als könne sie ein zufriedenes Lächeln auf ihren Lippen erkennen. Elena stellte das Bier mit einem neuen Bierdeckel hin, auf den sie zweimal mit dem Finger tippte, bevor sie das leere Glas mitsamt dem alten Deckel abräumte.

Inzwischen hatten sich weitere Gäste eingefunden, von denen sich einige lautstark mit den Stammtischlern unterhielten. Es kamen auch Paare hinein, die sich auf die Tische verteilten. Cora war erleichtert, dass ihre Anwesenheit nicht nur auf Ablehnung stiess. Sie wurde einige Male freundlich gegrüsst. Die Frauen betrachteten sie neugierig.

In einem unbeobachteten Moment nahm sie einen grossen Schluck Bier und hob dabei spielerisch den Bierdeckel an.

«23.00 Uhr, zur Eingangstür raus und links um die Ecke», las sie.
Sie sah zu Elena hinüber, die gerade in der Küche verschwand.

★★★

Cora war froh, ihr Ladegerät mitgenommen zu haben und damit ihre Verbindung zur Aussenwelt sichergestellt zu haben. Sie hatte mit Julian telefoniert und ihn gebeten, ein Auge auf Mila zu haben. Danach berichtete sie vom Staal. Er erneuerte sofort sein Angebot, ihr eines seiner Autos zu überlassen. Sie könne sich aussuchen, welches sie am liebsten fahren wolle. Was war auf einmal in die Männer gefahren, dass alle den roten Teppich für sie ausrollten? Cora blieb bescheiden und sagte, sie wäre froh, wenn sie den roten Mini Cooper so lange benutzen dürfte, bis die Reparatur des Passats abgeschlossen sei. Sein Angebot, den Mini sofort nach Gilgenberg überführen zu lassen, lehnte sie dankend ab. Sie wollte die Zeit nutzen, am nächsten Morgen im Dorf Nachforschungen anzustellen, bevor sie mit Bus und Bahn via Basel und Olten nach Solothurn zurückfuhr. Nebenbei erwähnte sie ihr bevorstehendes Treffen mit einem Informanten, ohne Elenas Namen zu erwähnen.

Sie stand vor dem sperrangelweit offenen Fenster ihres Zimmers, das direkt über der Gaststube lag. Der Zigaretten- und Tabakgeruch drang durch alle Ritzen des alten Gemäuers in ihr Zimmer. Diese eine Nacht musste sie wohl mit mentaler Distanz hinter sich bringen. Vor Jahren hatte sie sich während eines Aufenthaltes in einem buddhistischen Kloster im Norden Thailands auf eine Grenzerfahrung eingelassen und mehrere Stunden vor einem Teller voller menschlicher Exkremente meditiert. Nachdem sie sich zweimal übergeben hatte, brachte sie es beim dritten Durchgang fertig, ihren Geruchssinn auszublenden. Beim vierten Anlauf hatte sie ihr Bewusstsein und ihre Wahrnehmung darauf getrimmt, Rosenparfüm zu riechen. Eine Nacht im Tabakdunst konnte nicht schlimmer sein, als stundenlang an fremder Scheisse zu schnüffeln.

Das hielt sie nicht davon ab, die frische Luft mit tiefen Zügen einzuatmen. Zumindest war sie satt geworden. Zu ihrer Erleichterung hatte nicht Joder gekocht. Elenas Rösti mit Rindsragout und gemischtem Gemüse war kein kulinarischer Höhenflug gewesen, jedoch ganz in Ordnung. Im Grunde hätte sie jetzt auch gerne eine Zigarette geraucht. Cora hatte vor fünf Jahren von einem Tag auf den anderen damit aufgehört, nachdem sie vorher täglich mindestens ein Päckchen konsumiert hatte. Seither hatte sie keinen Tabak mehr angerührt. Es kam sie manchmal hart an, vor allem, wenn um sie herum alle rauchten. Insofern würde sie in dieser Nacht eine Bewährungsprobe bestehen müssen.

Um an etwas anderes zu denken, lenkte sie ihre Gedanken auf ihre ersten Eindrücke über das Dorf und die Leute. Cora war als Stadtkind aufgewachsen, sofern man Solothurn als Stadt im weltläufigen Sinn bezeichnen wollte. Wie viele Schweizer Dorfgemeinden in der Umgebung grosser städtischer Agglomerationen waren die Orte des Schwarzbubenlandes zu einem grossen Teil zu Schlafstädten des wirtschaftlichen Grossraumes Basel mutiert. Umso merkwürdiger kam es ihr vor, dass in Gilgenberg diesbezüglich die Zeit stillgestanden zu sein schien. Die Männer des Dorfes, sie hatte neben Elena nur wenige Frauen im Gastraum gesehen, machten einen zurückgezogenen Eindruck auf sie. Es war davon auszugehen, dass nur wenige von ihnen ausserhalb des Dorfes arbeiteten, aber wo? Sie nahm sich vor, am nächsten Tag auszukundschaften, welche Verdienstmöglichkeiten sich an diesem Ort boten. Obwohl nicht alle Menschen, denen sie heute begegnet war, betont unfreundlich zu ihr gewesen waren, konnte sich Cora des Eindruckes nicht erwehren, dass hier etwas nicht stimmte.

Elena und Joder konnten ihr nichts vormachen. Sie war sich hundertprozentig sicher, dass beide Elisabeth vom Staal auf dem Foto erkannt hatten. Das war an sich nicht aussergewöhnlich. Schöne Menschen mit Status prägen sich besser im Gedächtnis ein als der Durchschnitt. Mit dem Brimborium, das die Medien um sie veranstaltet hatten, und als Frau eines Solothurner Magistraten dürfte Elisabeth sogar an diesem Ort bekannt gewesen sein. Elena war noch klein, als Elisabeth verschwand. Cora mutmasste, dass sie sie vielleicht in letzter Zeit gesehen haben könnte. Doch warum konnte nicht zumindest Joder zugeben, dass ihm die Frau auf dem Foto als prominente Persönlichkeit bekannt war? Die Reaktionen der beiden auf das Foto hatten Coras Neugier endgültig geweckt.

Sie sah auf ihre Uhr. Gleichzeitig schlugen die Glocken der Kirche die volle Stunde. Punkt dreiundzwanzig Uhr. Seit einer halben Stunde hatte sie die Gäste gezählt, die einzeln oder in kleinen Gruppen das Wirtshaus verliessen. Mit ihr selbst müssten sich zu diesem Zeitpunkt lediglich der Wirt und Elena im Haus befinden. Sie spekulierte, dass Joder das Aufräumen und Abschliessen Elena überlassen und sich zurückgezogen hatte. Mit dem letzten Glockenschlag hörte sie, wie unter ihr die Eingangstür geöffnet wurde. Cora blickte vorsichtig hinunter. Elena zog die Tür behutsam von aussen zu und huschte rasch nach links weg. Cora blieb am Fenster, bis sie sicher war, dass niemand der jungen Frau gefolgt war.

Der Läufer auf dem Korridor dämpfte ihre Schritte. Auf der Steintreppe brauchte sie nicht auf eventuell knarrende Holzdielen zu achten. So schaffte sie es, lautlos aus dem Haus zu kommen. Elenas Hinweisen folgend fand sie sich in einem schmalen Durchgang wieder, der zwischen dem Gasthof und dem Nachbarhaus zu einem Holzschuppen führte.

Als sie beim Schuppen ankam, öffnete sich der Verschlag. Eine Hand packte sie am Arm und zog sie hinein.

«Hat Sie jemand gesehen?», fragte Elena gehetzt.

Cora verneinte. Sie zog ihr Handy hervor und leuchtete Elena mit der Taschenlampenfunktion ins Gesicht. Das Mädchen sah sie erschrocken an. Auch Cora war schockiert, als sie sah, dass sein Gesicht auf der Höhe des linken Wangenknochens geschwollen war und bläulich schimmerte.

«Machen Sie das Licht aus», sagte Elena hastig.

Cora schaltete die Lampe aus und berührte mit einer Hand Elenas Wange, die sie sogleich wegstiess.

«Was ist passiert?», fragte Cora. «Hat Joder Sie geschlagen?» Elena drückte ihre Hand, was diese als Bejahung auffasste.

«Warum? Wollte er Sie daran hindern, mit mir zu reden?»

«Es war wegen vorhin. Er weiss gar nicht, dass ich hier bin. Er darf es auch nicht wissen, bitte.»

«Ich werde ihm ganz sicher nicht davon erzählen. Schlägt Ihr Vater Sie öfter?»

«Er ist nicht mein Vater. Er war der Mann meiner Tante, die mich vor zwei Jahren aus Weissrussland hierher geholt hat, nachdem meine Mutter gestorben war. Joder ist jähzornig, und wenn er wütend ist oder wenn ich einen Fehler mache, schlägt er mich. Das ist normal.»

«Das ist keineswegs normal, Elena. Was sagt Ihre Tante dazu? Sie muss davon wissen.»

Einige Zeit blieb es still, bis Cora Elena schniefen hörte. Mitleid überkam sie mit dem Mädchen, das an diesem Ort leben musste wie ein Schaf unter Wölfen.

«Sie ist seit einem Jahr tot. Es war … sie hatte einen Unfall. Joder ist mein Vormund, bis ich achtzehn bin.»

«Das tut mir leid. Sind Sie ganz allein mit diesem … mit Ihrem Onkel?»

«Nicht so schlimm – nicht das.»

«Was meinen Sie?»

Erneutes langes Schweigen, bis Cora ein Licht aufging. «Hat er etwa …? Vergeht sich Joder an Ihnen?» Sie spürte, wie die Wut in ihren Bauchraum kroch.

«Wenn er mich … ich meine, wenn er mit mir … Dann schlägt er mich wenigstens nicht.»

Cora hätte am liebsten getobt und gleichzeitig Elena in den Arm genommen. «Wie alt sind Sie?»

«Siebzehn, in sechs Monaten werde ich achtzehn.»

Cora verspürte grosse Lust, in Joders Zimmer zu marschieren und ihn aus dem Bett zu reissen, damit sie ihn dorthin treten konnte, wo er am empfindlichsten war. «Sie müssen ihn anzeigen, Elena.»

Sie fühlte, wie Elena heftig den Kopf schüttelte. «Wenn ich das tue, bringt er mich um. Wenn nicht er, tun es die anderen.»

Cora berührte Elenas Schulter. «Sie können unmöglich

hierbleiben und das länger auf sich nehmen. Wenn ich morgen nach Hause fahre, nehme ich Sie mit. In Solothurn gehen wir gemeinsam zur Polizei und zeigen Ihren Onkel an wegen Missbrauchs von Abhängigen.»

«Nein, nein, bitte. Auf keinen Fall Polizei. Bitte, Frau Johannis, nicht das, sonst kann ich mich gleich selbst umbringen.»

Die Verzweiflung des Mädchens setzte ihr gehörig zu. Das war später zu klären. Erst mal wollte sie wissen, was Elena ihr zu sagen hatte. «Haben Sie letzte Woche das Medaillon an Herrn vom Staal geschickt?»

Es war ein Versuchsballon. Die vage Beschreibung der Postangestellten von Balsthal passte auf Elena, deren Reaktion Coras Vermutung bestätigte. Trotz der Dunkelheit merkte sie, wie das Mädchen erschrocken zusammenzuckte.

«Bitte, Elena, ich muss wissen, warum Sie das getan haben.»

Ihre Antwort kam zögernd. «Einmal, als meine Tante noch lebte, habe ich das Medaillon in ihren Sachen entdeckt. Sie erzählte mir, dass sie es vor langer Zeit oben beim Wald gefunden hatte. Auf dem Bild, das sich darin befand, hatte sie die verschwundene Frau von diesem Regierungsrat wiedererkannt. Sie hat mir alle Zeitungsartikel und Ausschnitte aus den Magazinen gezeigt, die sie über die Frau aufbewahrt hatte. Sie hatte sie bewundert, weil sie Weissrussin wie sie und so schön war. Letzthin konnte ich mich endlich dazu entschliessen, ihre Sachen aufzuräumen. Joder hat sich nie darum gekümmert. Darunter fand ich das Medaillon wieder. In den Zeitungsartikeln von damals stand, dass der Ehemann sehr gelitten hatte, als seine Frau verschwunden war, und dass er deshalb zurückgetreten sei.»

«Deswegen sind Sie die ganze Strecke mit dem Bus nach Balsthal gefahren, um es ihm von dort mit der Post zu schicken?»

«Ja, ich wollte nicht erkannt werden. Wenn mich jemand vom Dorf zufälligerweise in Nunningen auf der Post gesehen hätte, hätte Joder davon erfahren. Er durfte nicht wissen, dass ich einen Brief irgendwohin schicke. Er ist so misstrauisch. Letzten Donnerstag war er den ganzen Tag in Basel. Ich habe zuerst den

Bus nach Breitenbach genommen und bin dort nach Balsthal umgestiegen.»

«Haben Sie Elisabeth vom Staal, also die Frau auf dem Foto, das ich Ihnen vorhin gezeigt habe, wirklich niemals hier gesehen?»

Elenas Verneinung kam zu zögerlich. «Nein, an eine so schöne Frau hätte ich mich erinnert.» Sie schwieg eine Weile, bevor sie fortfuhr. «Weshalb wollen Sie das alles wissen?»

«Weil mich der Ehemann der verschwundenen Frau gebeten hat, der Sache nachzugehen. Warum haben Sie ihm das Medaillon geschickt, Elena?»

«Weil, weil … Ich hatte Mitleid mit dem Mann, der seine Frau so sehr liebte, dass er seine gute und wichtige Stellung wegen ihr aufgegeben hatte. Alle Zeitungen und alle Magazine, die meine Tante gelesen und aufbewahrt hatte, berichteten darüber. Ich wollte ihn mit dem Andenken an seine Frau trösten, bevor Joder das Medaillon gefunden und zu Geld gemacht hätte.»

Das war nicht ganz von der Hand zu weisen. Elena ging an diesem Ort durch die Hölle. Cora konnte sich vorstellen, dass sie gerne auch so begehrt und geliebt werden wollte wie Elisabeth vom Staal. Sicher guckte sie sich eine Menge romantischer Filme an und verschlang Liebesromane.

Andererseits war Cora sicher, dass Elena sie belog oder zumindest nicht die ganze Wahrheit sagte. Sie musste mehr Druck aufsetzen. Sie wollte Elena damit bewegen, morgen mit ihr zurückzufahren. Das Mädchen musste raus hier, bevor Joder ihre Gesundheit, ihr Leben oder am Ende beides zerstörte.

«Hören Sie, Elena», sagte sie. «Das ist alles schön und gut. Ich glaube Ihnen trotzdem nicht. Sie wissen mehr, als Sie zugeben. Es bleiben Ihnen zwei Möglichkeiten: Entweder kommen Sie morgen mit mir nach Solothurn und sagen Herrn vom Staal, was Sie wissen, oder ich gehe morgen selbst zur Polizei. Dann müssen Sie dem Staatsanwalt Auskunft geben.»

Elena erstarrte. Ihre Hand umklammerte Coras Handgelenk so heftig, dass sich ihre Fingernägel in die Haut gruben. «Bitte, Frau Johannis, ich flehe Sie an. Das dürfen Sie nicht machen.

Ich wollte nur helfen. Diese Frau … und dann die beiden jungen Leute. Ich kann nichts dafür, dass …» Elena biss sich auf die Lippen.

«Welche jungen Leute, und wofür können Sie nichts?», fragte Cora scharf.

«Ich … ich …» Sie begann zu weinen.

Cora wartete, bis sie sich wieder gefasst hatte.

«Gut», sagte Elena resigniert. «Ich werde Ihnen alles sagen. Versprechen Sie mir, mich zu beschützen?»

«Ihnen wird nichts passieren, das verspreche ich», sagte Cora erleichtert.

Elena sah unvermittelt auf ihre Uhr. «Oh Gott, schon so spät? Ich kann nicht länger bleiben. Es ist möglich, dass Joder auf die Idee kommt, mich zu suchen. Wir treffen uns morgen wieder.»

«Gut, wann und wo?»

«Joder fährt um halb zehn nach Breitenbach. Ich will Ihnen etwas zeigen und warte um zehn Uhr auf Sie, oben bei der Burgruine. Wissen Sie, wo das ist?»

«Das finde ich», sagte Cora. «Gehen Sie nach Hause und passen Sie auf sich auf.»

Elena hatte den Verschlag bereits geöffnet, als Cora sie am Arm zurückhielt. «Elena?»

«Ja?»

«Danke, dass Sie mir helfen. Es wird alles gut, ganz sicher.»

Elenas vertrauensvolles Lächeln, das Cora im schwachen Widerschein des Strassenlichts sah, berührte sie. Wie sehr wünschte sie sich, dass Mila sie einmal so anlächelte.

Sie wartete einige Minuten, bevor sie ebenfalls zurückging. Ein Geräusch und eine Bewegung auf der anderen Strassenseite erschreckten sie beinahe zu Tode. Erleichtert sah sie die schwarze Katze, die mitten in der Bewegung erstarrt war und sie unverwandt anschaute, bevor sie sich aus dem Staub machte.

FÜNF

Sie versuchte verzweifelt, die blutüberströmten Hände an ihrer Hose abzuwischen. Vergeblich. Die zähe Flüssigkeit blieb daran kleben. Das blau schimmernde Licht, das unter der verriegelten Stahltür hervorschimmerte, war stärker geworden. Sie sah auf ihre Handflächen, die immer noch blutrot leuchteten.

Jede Faser ihres Körpers, jeder Nerv schrie sie an: «Weg, nur weg von hier!» Ihre Füsse hingegen schienen am Boden festgewachsen zu sein. Sie ging auf die Knie und versuchte, sich auf allen vieren zu bewegen. Sie zerrte an ihren Füssen. Sie war wie gelähmt, konnte sich nicht bewegen. Trotzdem kam die Tür auf sie zu.

Plötzlich wurde es still. Die Vibration und die Schmerzensschreie der Menschen waren verstummt. Die Stille hing schwer wie Blei in der schalen Luft. Mühsam, als ob sie unter einer zentnerschweren Last begraben war, hob sie zuerst den Kopf, dann ihren ganzen Körper. Sie wandte sich um. Die Tür war so nahe vor ihr, dass sie sie mit der Stirn berühren konnte. Die Stahlbolzen waren entriegelt. Obwohl sich jeder Muskel in ihr dagegen wehrte, streckte sie die Hand aus und drückte auf die kalte Metallplatte, die sich leicht und lautlos wie ein Vorhang zurückstossen liess. Kaum war der Durchgang offen, fiel die Lähmung von ihr ab. Sie erhob sich und trat über die Schwelle.

Sie befand sich in einer Art Saal oder Halle. Es konnte geradeso gut eine Kirche, Moschee oder ein Tempel sein. Sobald sie ihren Fuss in den Raum gesetzt hatte, war das blaue Licht verschwunden.

In der Mitte des Raumes erhob sich etwas aus der schier unendlichen Fläche, wie eine Insel aus dem Ozean, ein Haufen Kleider oder Lumpen. Sie ging langsam darauf zu. Jeder Schritt, der sie diesem Etwas näher brachte, fiel ihr schwerer. Eine ungeheure Ahnung und tiefe Furcht nahm von ihr Besitz.

Es schnitt ihr die Luft ab. Krampfhaft versuchte sie zu atmen, ihre zusammengepressten Lungen mit Sauerstoff zu füllen. Panik ergriff von ihr Besitz. Sie öffnete den Mund, um zu schreien – kein Ton kam aus ihr heraus.

Schweissnass, hustend und nach Luft schnappend setzte sich Cora im Bett auf. Sie versuchte vergeblich, sich die Einzelheiten des Traumes in Erinnerung zu rufen. Sie wusste, dass sie nie etwas Schrecklicheres gesehen hatte. Der Horror weckte eine Erinnerung, die sie am liebsten auf alle Ewigkeit verdrängen wollte. Beinahe panikartig stürzte sie aus dem Bett und riss das Fenster auf.

Der Anblick der Häuser von Gilgenberg und der bewaldeten Bergkette dahinter beruhigte sie. Coras Nacht war lang und unruhig gewesen. Zwischendurch war sie in einen leichten Schlaf gefallen, aus dem sie immer wieder das kleinste Knarren und das leiseste Geräusch gerissen hatte, bevor sie dieser schreckliche Traum übermannt hatte.

Obschon sie, bevor sie zu Bett ging, ihre Tür mit einem Stuhl und einer Kommode regelrecht verbarrikadiert hatte, war ihr die Ablehnung der Männer im Gasthof kein sanftes Ruhekissen gewesen. Es war eine Sache, sich gegenüber besoffenen Wichten zu behaupten, die sich bestenfalls an wehrlosen und eingeschüchterten Mädchen vergreifen konnten. Etwas ganz anderes waren Feiglinge mit ausgeprägtem Minderwertigkeitskomplex, die hinterrücks im Schutze der Nacht zuschlagen könnten.

«Ein Traum, ein verdammter Alptraum», sagte sie laut vor sich hin. Das undefinierbare Angstgefühl liess sie dennoch nicht los. Sie dachte an Elena und ihre Angst, bis sich unvermittelt ein anderes Gesicht in ihr Bewusstsein drängte, von dem sie glaubte, dass es irgendwo in den Tiefen ihres Gedächtnisses verschüttet war. Der Name dazu drängte sich auf ihre Zunge, um laut ausgesprochen zu werden.

Sie wollte das nicht, sie wollte an etwas anderes denken. Gedanken an Mila schoben sich in ihr Bewusstsein, und plötzlich zog jede Faser ihres Leibes sie nach Hause zurück. Es lag so viel Unausgesprochenes zwischen ihnen, das ihr plötzlich keine Ruhe mehr liess. Sie musste Mila sehen, sich vergewissern, dass es ihr gut ging. In diesem Moment bereute sie, vom Staals Angebot, einen Ersatzwagen zu schicken, nicht gleich angenommen zu haben. Am liebsten hätte sie auf der Stelle Elena mit oder ohne deren Einwilligung in ein Auto verfrachtet und sie in Sicherheit gebracht.

Die meisten Regen- und Nebelwolken des Vortages hatten sich verzogen. Einige hartnäckige Schwaden klammerten sich an die Flanken der Geissflue und der Portiflue. Durch den Dunstschleier machte Cora den auf einem Felssporn stehenden Palas der Burgruine aus. Das Gebäude hatte weder Zinnen noch Türme. Das Mauerwerk aus gelbem Juragestein mit Luken und Scharten bildete einen scharfen Kontrast vor dem Hintergrund des dunkelgrünen Ausläufers der Vorburgkette des Solothurner Faltenjuras.

Die Eingangstür wurde zugeschlagen. Leichte Schritte entfernten sich auf der Strasse Richtung Burgruine. Cora spähte aus dem Fenster. Elena bog um eine Hausecke. Die Kirchenglocken schlugen Punkt acht Uhr. Die Verabredung war erst in zwei Stunden. Cora vermutete, dass Joder das Haus früher als geplant verlassen hatte und Elena sich möglicherweise einen Spaziergang gönnte. In dem verrauchten Zimmer hielt auch sie nichts mehr. Sie hatte Hunger und wollte sich nach einem Frühstück umsehen, obwohl sie diesbezüglich keine grosse Hoffnung hegte.

Eine Dreiviertelstunde später machte sie sich auf zum Treffpunkt. Entgegen ihrer Erwartung war sie verpflegt. Nicht etwa weil Joder einen unerwarteten Anfall von minimaler Gastfreundschaft erlitten hätte. Elena hatte frisches Brot, Butter, Konfitüre und Käse bereitgestellt. In einer Notiz war erklärt, dass in der Küche heisses Teewasser für sie bereitstand und dass sie sich an der Kapselmaschine im Office bedienen sollte, wenn sie Kaffee wollte. Cora hätte das Mädchen umarmen können.

Guten Mutes ging sie der Strasse entlang, die zur Ruine führte. Als sie am Vortag von zu Hause aufgebrochen war, hatte sie nicht mit einem Fussmarsch gerechnet. Sie trug eine leichte Wildlederjacke, schwarze Jeans und ein Polohemd. Lediglich zu Interviews wählte sie je nach Gesprächspartner extravagantere Kleidung, einen Rock oder ein Kleid, das ihre Figur betonte und vor allem ihre schlanken Beine zu Geltung brachte. Das half zuweilen, leichter an gewollte Informationen zu kommen. Männer waren diesbezüglich auch heutzutage noch simpel gestrickt. An den Füssen hatte sie bequeme Converse-Turnschuhe, die für längere Wanderungen in der Natur weniger geeignet waren. Sie machte eine mentale Notiz, für alle Fälle Wanderschuhe in den Kofferraum zu legen.

Von Elena wollte sie zwei Dinge: Die Wahrheit und dass sie mit ihr nach Solothurn ging. Cora hoffte inständig, den ersten Nachmittagsbus nach Breitenbach zu erwischen, möglichst bevor Joder, von was immer er wo treiben mochte, zurückkam. Ihr war klar, dass sie in Teufels Küche kommen konnte, wenn sie die Siebzehnjährige quasi nötigte, mit ihr zu gehen. Sie rechnete damit, dass vom Staal sie gegebenenfalls unterstützte. Das Mädchen musste auf jeden Fall weg von diesem Ort.

Der Palas der Burgruine, dem sie sich nun näherte, machte einen soliden und gut erhaltenen Eindruck. Cora hatte gegoogelt, dass Burg Gilgenberg zu Beginn des 14. Jahrhunderts erbaut worden war. Benno Freyenfels hatte ihr am Vortag erzählt, dass er Nachfahre einer der Familien war, die im wechselhaften Verlauf der Geschichte als Vögte die Burg bewohnt hatten. Heute hatte er nichts mehr mit der Burgruine zu tun, die einer Stiftung gehörte.

Zu Beginn des 16. Jahrhunderts annektierten die Solothurner das Land der Gilgenberger. Sie erwarben im Lauf der Zeit weitere Teile des heutigen Schwarzbubenlandes käuflich oder mit militärischer Gewalt und setzten Landvögte ein, welche das Gebiet von der Burg aus verwalteten, bis im Jahr 1798 Bonapartes Revolutionstruppen dieses Symbol der Unterdrückung durch den Adel in der Alten Eidgenossenschaft zerstörten. Der

Begriff «Schwarzbuben» für die Bewohner der Bezirke Dorneck und Thierstein hatte sich erst ab der ersten Hälfte des 19. Jahrhunderts wegen des damals verbreiteten Schmugglerhandels durchgesetzt. Andere Quellen führten die Bezeichnung auf die Saubannerzüge zurück, die einige Heisssporne immer wieder gegen die Hauptstadt im Süden, jenseits des Juras, als Vergeltung gegen die Besetzung ihrer Heimat führten. Die Missetäter malten sich dafür jeweils ihre Gesichter schwarz an, was ihnen den noch heute gängigen Namen verlieh.

Cora musste unvermittelt an die gewalttätigen und zerstörerischen Demonstrationen denken, welche dunkel gekleidete Chaoten des «Schwarzen Blocks» oder anderer linksradikaler Gruppen heutzutage gelegentlich in schweizerischen Grossstädten vom Zaun brachen. Die von Frustration genährten Gewaltexzesse gegen die zynische Gleichgültigkeit bürgerlicher Kreise und die schleichende Unterdrückung von sozial Schwächeren hatten sich im Laufe der Epochen nicht geändert.

Die damaligen Ressentiments gegenüber der Solothurner Herrschaft hatten sich teilweise bis in die Gegenwart erhalten. Sie äusserten sich jedoch lediglich durch gelegentliches politisches Liebäugeln mit einem Übertritt eines oder beider nördlicher Bezirke zum benachbarten Kanton Basel-Landschaft. So wie manche Mittelland-Solothurner kannte Cora das Schwarzbubenland bislang nur vom Hörensagen, obwohl es nicht mehr als eine knappe Autostunde von der Hauptstadt entfernt lag. Noch heute vermochte der Jura Welten zu trennen.

Am Fuss des Burghügels folgte sie einer Naturstrasse zu einem grossen, mit Juramergel gekiesten Parkplatz, der mitten im Wald zu Füssen der Ruine lag. Spuren einer grossen Feuerstelle und einiger kleinerer Feuerstellen zeugten davon, dass der Ort erst vor Kurzem als Festplatz gedient hatte.

Ein Fussweg führte an einer Bergflanke entlang hoch bis zu einem Steg, der sie mit dem Felssporn verband, auf dem der Palas über Wald und Tal ragte.

Oben angelangt blieb sie für einen Moment stehen und bewunderte die Aussicht Richtung Norden. Am Horizont war die Blauenkette im Morgendunst auszumachen, die niedrigste und kürzeste der fünf Solothurner Juraketten.

Cora sah auf die Uhr. Es war schon deutlich nach zehn Uhr. So früh, wie Elena am Morgen den Gasthof verlassen hatte, hätte sie schon lange da sein müssen. Wartete sie im Innern des Palas? Cora trat durch das offene Eingangsportal, über dem das Wappen mit den gekreuzten Gilgen in das Mauerwerk gemeisselt war. Auf der anderen Seite war sie überrascht, wieder unter freiem Himmel zu stehen. Vom ursprünglichen Festungsbau existierten nur die Aussenmauern. Im hinteren Teil des Innenhofes überspannten hölzerne Dachbalken den Hof, die mit einem Plexiglasdach überdeckt waren, das dazu dienen mochte, während Vorführungen oder Konzerten die Akteure vor Regen zu schützen. Ganz hinten auf der Nordseite führte eine schmale Stahlleiter hinauf zu einer Fensteröffnung in der Mauer, die als Aussichtspunkt diente. Elena war nicht zu sehen. Cora konnte sich nicht vorstellen, dass sie wegen der kleinen Verspätung nicht auf sie gewartet hatte.

Am Fuss der Leiter waren mehrere grössere und kleinere Kalksteinquader im Kreis angelegt, vermutlich als Sitzgelegenheiten. Hinter einem der Steinbrocken unmittelbar neben der Leiter lugte etwas Dunkles hervor. Während sie näher ging, realisierte sie, dass es dunkelblaue Joggingschuhe waren. Elena hatte am Vorabend solche Schuhe getragen. Sie rannte die letzten Meter zu der Stelle.

«Nein!»

Elena lag auf dem Rücken, den Kopf eigenartig abgewinkelt, in einer Blutlache, die sich unter ihrem Nacken ausgebreitet hatte. Die Augen hatten die Wärme ihres sanften Blickes verloren und starrten Cora klagend an.

★★★

Cora sass auf einer Bank am Waldrand gegenüber vom Palas. Sie hatte den Kopf in den Händen vergraben. Sie brachte Elenas tote Augen nicht aus ihrem Kopf. «Du hast es mir versprochen», sagten sie. «Du hast mich getötet.»

Während sie allein mit Elenas leblosem Körper auf das Eintreffen der Polizisten gewartet hatte, waren die Erinnerungen an damals über sie hereingebrochen. Schuldgefühle übermannten sie. Cora benötigte niemanden, der ihr Vorwürfe machte. Das erledigte sie selbst. Sie wollte Elena schützen und hatte sie in die Arme des Todes getrieben. Wie damals in Kurdistan, als das mit Yasemin passierte. Sie dachte an ihren Traum. Was wollte er ihr sagen? Dass sie Unglück für Elena bedeutete und ebenso wenig in der Lage sein würde, sie zu schützen, wie damals die Menschen in Dohuk? Sie wusste nicht, ob sie sich das je würde verzeihen können.

Kantonspolizist Ulrich Berger schlüpfte unter dem Absperrband durch, das den Zugang für Unbefugte zum Palas verwehrte. Als er vor ihr stand, blickte sie auf.

«Frau Johannis?», fragte er fürsorglich. «Geht es Ihnen gut? Möchten Sie, dass sich der Amtsarzt um Sie kümmert?»

Sie hob den Kopf und sah ihn unverwandt an. «Danke, mir geht es gut – so weit.»

In diesem Moment traten die Bestatter mit dem Zinksarg aus dem Palas und kamen über den Steg auf sie zu. Cora stand auf, als Elenas Leichnam an ihr vorübergetragen wurde. Sie sah das hübsche, mutige Mädchen vor sich, das in dieser Blechkiste lag, weil es sein Mitgefühl mit dem Leben bezahlt hatte. Tränen strömten über Coras Wangen.

Die Polizei war zwanzig Minuten nach ihrem Anruf bei der Alarmzentrale an Ort und Stelle gewesen. Die Beamten hatten sich kommentarlos angehört, was Cora ihnen zu sagen hatte. Der Amtsarzt war kurze Zeit später eingetroffen. Bevor sie nach ausserhalb der Absperrung verwiesen wurde, hatte sie mitbekommen, dass er den Tod des Mädchens feststellte. Cora spürte, dass die Polizisten ihre Aussage, dass es sich um ein Tötungsdelikt handeln musste, lediglich zur Kenntnis nahmen. Die skeptischen Mienen der Beamten machten deutlich, was sie davon hielten.

«Haben Sie schon Solothurn eingeschaltet?», fragte Cora Berger.

Er verneinte.

«Warum nicht? Elena wurde getötet. Sie müssen die Staatsanwaltschaft verständigen.»

«Ist bereits erledigt. Der Amtsarzt hat keinerlei äussere Anzeichen gefunden, die auf Fremdeinwirkung hindeuten», erwiderte Berger. «Auf Anweisung des Staatsanwalts werden wir die Spuren sichern.»

«Hören Sie, ich habe Ihnen gesagt, dass das Mädchen mit mir reden wollte. Es verfügte über wichtige Informationen. Deshalb musste es sterben.»

«Was sollen das für Informationen gewesen sein, Frau Johannis?»

«Für eine Recherche, an der ich momentan arbeite.» Sie wollte vom Staal so lange wie möglich heraushalten.

«Das ist vage», sagte Berger. «Wir brauchen Fakten. Wenn wir mit Wischiwaschi kommen, hauen uns das die Kollegen in Solothurn um die Ohren. Wir …» Berger unterbrach sich, als der Amtsarzt zu ihnen trat. «Haben Sie etwas gefunden, Doktor?»

Dieser machte eine unverbindliche Geste. «Wie ich schon sagte. Sie ist vor etwas mehr als einer Stunde gestorben. Todesursache ist vermutlich eine Fraktur des Dens axis. Die arme junge Frau muss von der Leiter gestürzt und mit dem Schädel dermassen unglücklich auf der Kante des grossen Steinquaders aufgeschlagen sein, dass sie sich das Genick brach. Sie war sofort tot.»

«Ist das alles?», fragte Cora.

«Was meinen Sie?», fragte der Arzt.

«Haben Sie sonst keine Verletzungen festgestellt?»

Der Arzt zog seine Notizen hervor. «Auf jeden Fall keine, die auf Dritteinwirkung schliessen lassen. Sie hat einige Druckstellen an den Armen und ein Hämatom im Gesicht, die mindestens zwölf Stunden oder älter sind. Ansonsten keine Schürfungen oder Schnitte. Es hat keinen Kampf gegeben. – Jedenfalls nicht hier und nicht vor kurzer Zeit.»

Sie horchte auf. «Was heisst das, nicht hier?»

Der Amtsarzt räusperte sich. «Die Kleidung des Opfers war sauber, nicht beschädigt und korrekt angelegt. Meine Erstuntersuchung ergab, dass die junge Frau Geschlechtsverkehr hatte. Der Akt liegt allerdings Stunden zurück, das heisst, er fand am Vorabend oder früher statt», sagte der Arzt mit abwehrender Haltung, als Cora etwas erwidern wollte. «Die Innenseiten der Oberschenkel und die Vagina weisen keine Verletzungen auf, die auf erzwungenen Verkehr deuten. Und auch sonst ...» Er zeigte mit dem Daumen hinter sich zum Palas, dessen Fensteröffnungen wie Augen eines unbeteiligten Zuschauers zu ihnen herübersahen. «Der Boden da drin ist steinig und grob. Ein Vergewaltiger hätte sie entweder mit dem Rücken auf den Boden oder an eine der Mauern gedrückt. Auch wenn er sie mit dem Bauch auf den Boden gezwungen hätte, müssten Schürfwunden zu sehen sein.»

«Dieser Joder, ihr Vormund, hat sie missbraucht», sagte Cora. «Sie hat es mir gestern selbst gesagt.»

«Wir werden dem nachgehen», sagte Berger.

«Und er hat sie geschlagen.»

Berger blieb geduldig. «Das müssen wir ihm nachweisen können. Doktor?»

Der Arzt nickte. «Ich habe die blauen Flecken an der Wange gesehen. Sie sind mindestens zwölf Stunden alt.» Er hob beide Schultern. «Meines Erachtens gibt es keine Anzeichen von Gewaltanwendung, die unmittelbar zu ihrem Tod geführt haben. Kann sein, dass sie die Leiter hochgeklettert ist, um sich die Aussicht anzusehen, und dabei ausgeglitten ist.»

«Weshalb sollte sie das tun? Wir waren verabredet», fragte Cora.

«Ich habe mit Staatsanwalt Muralt gesprochen», sagte der Arzt. «Es mag Sie trösten, dass er bereits veranlasst hat, dass die Leiche in die Rechtsmedizin nach Basel überführt wird, um jede Eventualität auszuschliessen.»

Nachdem sich der Arzt verabschiedet hatte, legte Berger eine Hand auf Coras Schulter. «Sie können hier nichts mehr tun,

Frau Johannis. Am besten fahren Sie nach Hause und ruhen sich aus. Wo haben Sie Ihren Wagen?»

Sie schluckte eine unwirsche Erwiderung hinunter. Der Polizist konnte nichts dafür. Immerhin war er so feinfühlig gewesen, auf sie einzugehen. Sie erklärte ihm das Problem mit ihrem Auto. Er bot ihr an, sie nach Laufen zu fahren, von wo sie einen Schnellzug über Basel oder über Delémont und Moutier nach Solothurn nehmen konnte. Cora akzeptierte dankend. Sie hatte hier nichts mehr verloren.

★★★

Der Heimweg war eine Odyssee. Sie hatte sich von Berger nur bis zum Gasthof zurückfahren lassen. Von dort versuchte sie vergebens, Freyenfels anzurufen, und fuhr dann mit dem Bus via Breitenbach nach Laufen, wo sie im Bahnhof am Automaten ein Billett nach Solothurn kaufte, ohne auf die Route zu achten. Sie drückte mechanisch auf den Bildschirm und steckte das Geld hinein. Kaum hatte der Automat den Fahrschein ausgespuckt, fuhr ein Zug ein, den sie bestieg, ohne darauf zu achten, in welche Richtung er weiterfuhr. In Basel musste sie umsteigen. Im Hauensteintunnel, bevor sie in Olten eintraf, kam die Billettkontrolle. Der Zugbegleiter machte sie darauf aufmerksam, dass sie im falschen Zug sass. Ihr Ticket war für die Strecke von Laufen via Delémont und Moutier nach Solothurn ausgestellt. Sie musste dreizehn Franken für den Umweg über Olten nachzahlen. Dem Zugbegleiter war ihre Verwirrung und Trauer nicht entgangen. «Es gibt Tage, die möchte man lieber nicht erleben, nicht wahr?», sagte er und lächelte ihr aufmunternd zu, als er weiterging.

In Solothurn angekommen hatte Cora keine Lust, auf den Bus zu warten, und nahm sich ein Taxi. Als sie die Haustür aufschloss, hoffte sie innig, dass Julian daran gedacht hatte, einzukaufen. Ein Blick in den Kühlschrank überzeugte sie vom Gegenteil. Immerhin enthielt er genug Essbares, um ein einigermassen akzeptables Mahl hinzukriegen. Sie ging nach oben. Als sie an Julians Zimmer vorbeikam, hörte sie, dass er nicht allein war. Regelmässige spitze Aufschreie, gefolgt von sinnlichem Stöhnen liessen sie erraten, wer mit ihrem Sohn im Zimmer war. Sie horchte kurz an der Nebentür. Es war nicht zu befürchten, dass Mila etwas von Julians und Laras Liebesgefecht mitbekam. Sie hörte sicher Musik über ihre Kopfhörer. Cora war versucht, sie zu bitten, ihr beim Kochen zu helfen, aber ihr fehlte die Energie, sich mit ihr auseinanderzusetzen. Sie wollte sich endlich den ekelhaften rauchigen Mief des Gilgenberger Gasthofes abwaschen. Mittlerweile hatte sie das Gefühl, dass sämtliche ihrer Poren den Tabakrauch ausatmeten.

Sie liess den heissen Strahl fast zehn Minuten lang über Haare, Gesicht und den ganzen Körper strömen. Dann seifte sie sich mehrmals ein, bis sie sicher war, dass Qualm und Todesgeruch vollständig ausgewaschen waren.

Frisch gekleidet und mit feuchten Haaren betrat Cora die Küche und war überrascht, Lara Auberginen schnippelnd für ein Ratatouille vorzufinden. Nach dem, was sie vorhin mitgehört hatte, musste Cora sich kurz überwinden, ihr unbefangen zu begegnen. Sie nahm Zucchini und Tomaten aus dem Kühlschrank. «Lieb von Ihnen, dass Sie mir helfen, Frau Grosjean», sagte sie, als ihr diese die Zucchini abnahm, um sie gleich zu verarbeiten. Cora kümmerte sich um die Tomaten. Van Helsing war inzwischen in der Küche aufgetaucht und hatte sich laut miauend manifestiert, wahrscheinlich in der Hoffnung, dass etwas Essbares für ihn abfallen könnte. In der Art, wie er um Laras Beine herumstrich, versprach er sich mittlerweile auch etwas von ihr.

Die Frauen arbeiteten beide eine Weile schweigend nach einem belanglosen Gesprächsthema suchend, bis Lara mit einer Zucchini durch war. «Darf ich Sie etwas fragen … Frau Johannis?»

Cora unterbrach ihre Schnippelei und sah sie an.

«Könnten wir uns duzen? Es wäre mir wohler», sagte Lara.

Unter Coras prüfendem Blick wurde es Lara zusehends unbehaglich zumute. Schliesslich setzte Cora ein Grinsen auf. «Da du ja schon in meinem Morgenmantel gesteckt hast, denke ich auch, dass wir uns du sagen können. Ich bin Cora.»

«Lara», entgegnete diese strahlend.

Cora legte das Messer ab und nahm eine Flasche Chardonnay aus dem Kühlschrank. «Das sollten wir begiessen.» Sie füllte zwei Gläser. Nachdem sie angestossen hatten, hatte Cora den Eindruck, dass eine weitere Frage auf Laras Zunge brannte. «Willst du mir noch etwas sagen?»

Lara starrte ihr Weinglas an, als ob die Antwort in dem gold-gelb schimmernden Getränk schwimmen würde. «Was ... wie ist das für dich, wenn dein Sohn mit mir, ich meine mit einer fast fünfzehn Jahre älteren Frau ...?»

«Julian weiss, wie alt du bist, oder nicht?»

«Ja, sicher.»

«Eben.» Cora prostete ihr erneut zu. «Er ist erwachsen. Wenn er mit dir glücklich ist, soll es mir recht sein.»

Lara reagierte nicht.

«Ist noch etwas?»

«Ja, schon.»

Cora schluckte leer. «Du bist nicht etwa schwanger?»

Lara lachte. «Keine Angst, wir verhüten, aber ...»

«Aber was?»

«Ich bin verheiratet.»

Cora trank einen grossen Schluck. «Das weiss Julian auch, oder?» Das hätte ihr der kleine Scheisser ruhig sagen dürfen.

«Ja sicher. Ich lebe seit sechs Wochen getrennt von meinem Mann. Wir werden uns scheiden lassen. Das kann dauern. Das liebe Geld, du weisst schon.»

«Habt ihr Kinder?»

Lara schüttelte den Kopf.

Cora zuckte die Achseln. «Das macht es leichter. Julian ist doch nicht etwa der Grund dafür, dass du dich von deinem Mann getrennt hast?»

«Ganz sicher nicht. Die Trennung war schon lange in der Luft, bevor ich Julian kennenlernte.»

«Gut», sagte Cora und goss Wein nach. «Julian kann sein

eigenes Urteil fällen. Wenn er dich für liebenswert hält. Ich für meinen Teil kann ihn verstehen.»

Lara war sichtlich erleichtert. «Ich fürchtete schon, dass du mir böse bist wegen vorgestern.»

«Wegen dem Bademantel? Schon vergessen.» Cora wandte sich ihrem Gemüse zu. «Ich bin etwas eigen, was Sachen betrifft, die ich direkt auf der Haut trage. Julian weiss das auch, und wenn —»

«Was weiss ich auch?» Julian trat in die Küche. «Meine zwei Lieblingsfrauen kochen, so schön!», rief er und griff zur Weinflasche.

«Moment mal, kleiner Macho», sagte Cora. «Den Wein musst du dir erst verdienen.» Sie gab ihm ihr Messer und die Schürze. «Mach dich nützlich.» Als er sich seufzend ans Werk machte, versetzte Cora ihm mit der flachen Hand einen Klaps auf den Hinterkopf. «Deine zwei Lieblingsfrauen, also wirklich.»

Cora genoss die Gesellschaft der beiden und war dankbar, dass sie ihr halfen, auf andere Gedanken zu kommen. Sie erzählte ihnen von der Begegnung mit dem alten «Schtäkkä-Köbi» und vom Malheur mit ihrem Auto. Sie erwähnte die Nacht im Gilgenberger Gasthof, verschwieg jedoch Elenas Tod und vom Staals Auftrag.

Währenddessen beobachtete sie, wie ihr Sohn und Lara miteinander auf Augenhöhe umgingen. Cora verspürte ein Gefühl von Stolz auf ihren Sohn.

Als das Essen bereit war, setzte sich Mila mit mürrischer Miene an den Tisch und stocherte lustlos in ihrem Teller herum. Lara und Cora, die sich gegenübersassen, tauschten vielsagende Blicke aus.

Cora verdrehte diskret die Augen, als Mila schnaubend ein Stück Aubergine an den Tellerrand schob. Bisher war Ratatouille immer Milas Lieblingsspeise gewesen. «Schmeckt's dir nicht?»

«Geht so.»

«Welche Laus ist dir denn über die Leber gelaufen, Millie?», erkundigte sich Julian.

Mila warf ihm einen bösen Blick zu. «Geht's euch was an? Hier interessiert sich eh keiner für mich.»

«Hallo? Als Lara und ich heute Nachmittag hier waren, bist du angerauscht, hast kein Wort von den Lippen gebracht und dich gleich in dein ‹No Entry›-Zimmer verzogen. Was soll man sich da gross mit dir unterhalten?»

«Na und!», blitzte Mila ihn an. «Ich wollte dich nicht stören, während du mit dieser …», sie nickte abschätzig zu Lara, «mit der da herummachst. Glaubst du, ich hätte euch nicht gehört? Das wird langsam voll peinlich hier.»

Julian knallte sein Besteck auf den Teller. «Das reicht. Die da heisst Lara. Sie ist meine Freundin und unser Gast. Du hast kein Recht, sie zu beleidigen. Du entschuldigst dich auf der Stelle bei ihr.»

«Ach ja? Und was, wenn nicht? Verprügelst du mich, grosser Bruder?»

Lara legte ihre Hand auf Julians Arm. «Lass es, sie hat mich nicht beleidigt.»

«Mich hat sie beleidigt. Sie soll sich entschuldigen.»

«Vergiss es.» Mila verschränkte trotzig die Arme.

Julian ballte die Fäuste. Cora fürchtete, dass er auf sie losgehen wollte. Nach einigen Sekunden entspannte sich Julian und sah Mila kühl an. «Wenn du glaubst, dass du mich provozieren kannst, hast du dich geschnitten, Kleine. Weisst du was? Deine Matheaufgaben darfst du ab sofort ohne meine Hilfe erledigen. So hast du wenigstens etwas Vernünftiges zu tun, ausser ständig in deinem Zimmer herumzuhängen.»

Milas Kiefer fiel herunter. «Das kannst du nicht machen. Wir haben bald Klausur. Wenn ich keine anständige Note hinkriege, bin ich geliefert.»

«Könnte dir nicht schaden», erwiderte Julian lapidar. «Entschuldige dich bei Lara, und die Sache ist vergessen.»

Mila sah vom einen zum anderen. Dann stand sie so abrupt auf, dass sie ihren Stuhl zu Boden stiess. «Wisst ihr, was ihr mich alle könnt?» Ohne es zu erläutern, sprintete sie, eskortiert von Van Helsing, die Treppe hoch.

«Deine Schwester erinnert mich an mich selbst in diesem Alter», sagte Lara zu Julian. «Wenn die Hälfte von dem stimmt, was mir meine Mutter über meine Pubertät erzählt, muss ich unausstehlich gewesen sein.»

«Jedenfalls hat sie das gleiche stinkige Temperament wie ihre Mutter», sagte Julian trocken.

«Hallo? Ich sitze am Tisch.» Cora stand auf. «Ich glaube, ich sollte mit ihr reden.»

«Warte ein paar Minuten, Mam», sagte Julian. «Sie soll sich erst ein bisschen ausflennen. Wenn du jetzt gleich zu ihr gehst, springt sie dir an die Gurgel.»

★★★

Cora klopfte sanft an Milas Tür. Keine Antwort. Sie klopfte lauter. «Mila, kann ich reinkommen?» Sachte öffnete sie die Tür, die zu ihrer Überraschung nicht abgeschlossen war. Sieh an, dachte sie. Wir machen Fortschritte.

Mila lag in Embryostellung mit dem Rücken zu ihr auf dem Bett. Kopfhörer und Smartphone lagen auf ihrem Arbeitstisch. Van Helsing hatte sich neben ihr auf dem Bett eingerollt. Als Cora hereinkam, hob er den Kopf und setzte an zu fauchen. Ein scharfer Blick von ihr, während sie sich näherte, und eine schnelle, seitliche Bewegung mit ihrem Kinn genügten. Der Kater verstand, dass er sich rauszuhalten hatte. Er sprang vom Bett und kuschelte sich an einen Stapel Schmutzwäsche.

«Mila?» Vorsichtig, als würde sie einen Tigerkäfig betreten, dessen Insasse unter Zahnschmerzen litt, ging sie auf das Bett zu und wich geflissentlich den über den Boden verstreuten Kleidungsstücken, Büchern und Jugendmagazinen aus. Milas Schultern bebten.

«Was ist denn? Sprich mit mir.» Mit der Umsicht eines Raubtierdompteurs setzte sich Cora auf die Bettkante und berührte die Schulter ihrer Tochter.

Mila machte keine Anstalten, sie abzuschütteln. «Lass mich in Ruhe», tönte es stattdessen tränenerstickt aus den Tiefen des sich enger zusammenrollenden Körpers.

«Ich will wissen, wie es dir geht. Ausserdem denke ich, dass wir mal reden sollten.»

«Ich habe dir nichts zu sagen.»

«*Ich* habe dir etwas zu sagen.»

Mila rutschte von ihr weg. «Du kannst mich mal. Julian hast du auch gegen mich aufgehetzt. Ich hasse dich.»

Cora wollte ihr entgegnen, dass sie das ganz allein fertiggebracht hatte. Sie verkniff sich diese Antwort im letzten Moment.

«Ich will weg von hier, zu Papa», stiess Mila unvermittelt hervor.

«Das haben wir besprochen, Mila. Dein Vater ist in Argentinien. Dort ist es schwierig, wenn du —»

«Mir egal. Und wenn ich im Dschungel leben und dafür dumm bleiben muss. Ich will raus hier.» Sie rutschte weiter von Cora weg.

Diese liess sie eine Weile weinen. Dann stand sie auf. «Gut, wenn du meinst», sagte sie kühl. «Ich rufe deinen Vater an und sage, dass du zu ihm ziehen willst. Er wird dir ein Ticket besorgen.»

Stille.

Cora ging langsam zur Tür.

Keine Reaktion.

Sie griff nach der Klinke.

«Ich hab's immer gewusst, dass du mich loswerden willst.»

Cora grinste erst die Tür an und drehte sich dann mit ungerührter Miene um. Mila lag auf dem Rücken und sah sie an. Für den Bruchteil einer Sekunde erschrak Cora. Es war der genau gleiche anklagende Blick, den sie heute Morgen bei der toten Elena gesehen hatte, mit dem Unterschied, dass Milas Augen lebendig waren. Sie schluckte leer.

«Wie kommst du darauf, dass ich dich loswerden will?», fragte sie und ging zurück zum Bett.

«Weil es dich anscheisst, mit mir zu reden. Dir gefällt es, mich vor Julian und seiner Tussi fertigzumachen.»

«Denkst du das, ja?» Cora wusste, dass Mila wusste, dass sie nie etwas gesagt oder getan hatte, das Mila in den Augen der anderen herabgewürdigt hätte. Sie setzte sich erneut auf die Bettkante.

«Bitte entschuldige, Mila. Es tut mir leid», sagte sie ernsthaft. «Ich wollte das nicht.»

«Was?»

«Dass du dich von mir vor Julian und Lara herabgewürdigt fühlst. Es tut mir leid, wenn ich etwas gesagt habe, das —»

«Was? Du hast gar nichts gesagt. Weshalb machst du dich vor mir runter? Willst du dich einschleimen oder wie?»

Cora schüttelte resigniert den Kopf. «Am besten, wir vergessen das Ganze. Ich wollte mich bei dir entschuldigen. Ich habe Fehler gemacht, grosse Fehler. Damals habe ich dich zu deinem Vater abgeschoben. Zumindest musst du dich so gefühlt haben. Und jetzt hast du keine andere Wahl, als mit mir zusammen zu wohnen. Ich weiss, dass du deinen Vater gernhast und mir die Schuld dafür gibst, dass du nicht bei ihm sein kannst.» Sie wartete auf eine Reaktion.

Mila sah sie unverwandt an.

«Es tut mir leid, wenn ich dich unterschätzt und wie ein kleines Mädchen behandelt habe, Mila. Bitte entschuldige.»

Mila setzte sich im Bett auf und sah Cora forschend an. «Du verarschst mich.»

«Nein, ganz ehrlich, ich verarsche dich nicht. Ich …» Die Erinnerung an damals, ihre Träume und an Elenas gebrochenen Körper übermannten Cora. Tränen schossen ihr in die Augen. «Es sind Dinge passiert gestern und heute, die …» Sie räusperte sich, um ihre Stimme unter Kontrolle zu bringen. «Furchtbare Dinge, solche, die mich erschreckt haben.»

«Warst du deshalb so lange weg und bist gestern nicht nach Hause gekommen?», fragte Mila.

Cora nickte und wischte sich mit einer Hand die Tränen aus dem Gesicht. «Ich kann nicht darüber reden. Ich hatte Angst, sehr grosse Angst.» Cora konnte sich nicht länger beherrschen. Angst sowie die Trauer und der Schmerz um Elena brachen unter heftigem Schluchzen aus ihr hervor und rüttelten an ihrem Körper.

Mila sah sie fassungslos an.

Cora war dermassen im Bann ihrer eigenen Gefühle, dass sie erst nicht spürte, dass Mila die Hand auf ihre Schulter legte und sanft drückte. «So schlimm?», fragte sie. Mila streichelte mit der anderen Hand Coras Kopf.

Cora wischte sich mit dem Ärmel über die Augen und zog mangels Taschentuch die Nase hoch. «Entschuldige, ich wollte hier nicht so … vor dir», sagte sie verschnupft.

Mila liess ihre Hände auf ihr ruhen. «Ich habe das nicht gewusst. – Das mit der Angst.»

«Ich wollte nicht, dass … Es ist über mich gekommen.» Sie fasste Milas Hände. «Danke. – Für das.»

Langsam zog Mila ihre Hände zurück. «Das will nicht heissen, dass zwischen uns nun Friede, Freude, Eierkuchen herrscht», sagte sie in ihrer gewohnt pampigen Art.

«Selbstverständlich nicht. Was ich dir eigentlich sagen wollte, Mila, ist, dass du mir wichtig bist, sehr wichtig sogar. Das solltest du wenigstens wissen.»

Mila sagte nichts.

Cora stand auf. «Ich wollte dir auch sagen, dass es schön wäre, wenn du wieder runterkommst. Lara hat ein Dessert mitgebracht. Du magst doch Saint-Honoré.»

Mila liebte die Neuenburger Variante dieses Blätterteiggebäcks mit reichlich Vanillecrème und Früchten. Jedenfalls verriet das ihr Gesichtsausdruck, der sich schnell aufhellte.

Cora ging zur Tür. «Wenn du nachher runterkommst, solltest du dich bei Lara entschuldigen. Sie hat den Kuchen extra für dich gekauft, weil Julian ihr gesagt hat, dass du ihn für dein Leben gern isst.»

***

Vlady und Austin – dritter Chat

Vlady_03: «Oh Mann!»
AustinXXX: «???»
Vlady_03: «Meine Alte, ey!»
AustinXXX: «Deine Mutter?»
Vlady_03: «Wer sonst?»
AustinXXX: «Was ist mit der?»
Vlady_03: «Die hat mich vorhin voll geflasht. Hätt ich nie gedacht, dass die das fertigbringt.»
AustinXXX: «Okay, deswegen ist sie jetzt deine beste Freundin?»
Vlady_03: «Spinnst du? Dafür hat sie mich zu oft genervt.»
AustinXXX: «Was ist denn dein Problem?»
Vlady_03: «Ich weiss nicht mehr, wie ich ihr begegnen soll.»
AustinXXX: «Nerv sie halt mal nicht.»
Vlady_03: «Nerv mal selbst nicht.»
AustinXXX: «Respekt?»
Vlady_03: «Was?»
AustinXXX: «Plötzlich hast du Respekt vor deiner Mutter, was?»

AustinXXX: «Vlady?»
Vlady_03: «Voll, Mann.»
AustinXXX: «Problem für dich?»
Vlady_03: «Schon, irgendwie.»
AustinXXX: «Ist doch gut so – lass es.»
Vlady_03: «Voll kompliziert. Vielleicht hast du recht.»
AustinXXX: «Sag ich ja.»
Vlady_03: «Hast ja recht.»
AustinXXX: «Sieht sie gut aus?»
Vlady_03: «???»
AustinXXX: «Ist sie foxy?»
Vlady_03: «Häh?»

AustinXXX: «Ist sie sexy, heiss, geil?»

Vlady_03: «Mann, du sprichst von meiner Mutter!»

AustinXXX: «Na und? Du bist ihre Tochter und siehst auch heiss aus auf deinem Profilpic. Deine Mutter auch so?»

Vlady_03: «Klar! Älter halt, mit dunklen Haaren.»

AustinXXX: «Krieg ich eins oder nicht?»

Vlady_03: «Was?»

AustinXXX: «Ein foxy Pic von dir. Hast's mir versprochen.»

Vlady_03: «Ich denk darüber nach, hab ich gesagt.»

AustinXXX: «Wie lange?»

Vlady_03: «Morgen sag ich's dir, okay?»

AustinXXX: «Okay!»

SECHS

Kurz nach neun Uhr am nächsten Morgen wurde Cora von einer freundlichen jungen Polizistin in Zivil begrüsst, die sich als Karin Jäggi vorstellte und sie in ein Besprechungszimmer des Solothurner Polizeikommandos führte. Jäggi erkundigte sich, ob sie ein Getränk wolle, und entschuldigte sich kurz, als Cora nach einem Kaffee gefragt hatte. Kurz darauf betrat ein sportlicher Mann um die vierzig den Raum. Es war Mike Lüthi, der stellvertretende Chefermittler. Wagner hatte nicht zu viel versprochen, als er ihr zugesichert hatte, seine Beziehungen bei der Kantonspolizei für sie spielen zu lassen. Der Rest lag an ihr.

«Ihr Kollege, Chefredaktor Wagner vom ‹Tagblatt›, hat mich vorgewarnt», sagte Lüthi, nachdem sie sich gegenseitig vorgestellt hatten.

«So, hat er das? Was hat er denn so über mich gesagt?»

«Dass Sie stur sind.»

Immer diplomatisch, der gute Wagner.

Jäggi kam mit den Heissgetränken zurück. Nachdem sie die Becher verteilt hatte, setzte sie sich ebenfalls an den Tisch und klappte ein Notebook auf.

Lüthi klärte Cora auf, dass das Gespräch protokolliert würde, da sie eine Aussage zu einem möglichen Kapitalverbrechen machen wollte. «Sie können jederzeit das Gespräch abbrechen und gehen.» Er war offensichtlich nicht sehr davon angetan, mit ihr zu reden, und wollte es rasch hinter sich bringen.

Cora versicherte, kein Problem damit zu haben. Sie schilderte ihren Besuch in Gilgenberg und die Begegnung mit Elena bis zu dem Moment, als sie das Mädchen tot in der Burgruine gefunden hatte. Lüthi hörte ihr aufmerksam zu, ohne sie zu unterbrechen, während Jäggi fleissig tippte. Als Cora fertig war, blätterte er in einem dünnen Dossier, das er mitgebracht hatte.

«Ich habe heute früh den Rapport vom Regionenposten Breitenbach angefordert. Gemäss den jetzigen Erkenntnissen gibt es keine Indizien, dass Frau Elena …» Lüthi blätterte in einer dünnen Akte. «Frau Lutschyna durch äussere Gewalteinwirkung zu Tode kam.» Er blätterte weiter. «Der Bericht der Gerichtsmedizin in Basel steht allerdings noch aus.» Lüthi schloss den Hefter. «Unter diesen Umständen sehen wir vorläufig keine Veranlassung, eine Ermittlung einzuleiten. Diese müsste von der Staatsanwaltschaft angeordnet werden.»

Cora erhob sich demonstrativ. «Ich kann auch rüber in den Franziskanerhof gehen. Ich kenne Angela Casagrande und –»

Lüthi bat sie, sich zu setzen. «Staatsanwältin Casagrande ist dafür nicht zuständig. Um Ermittlungen im Schwarzbubenland kümmert sich die Abteilung Olten. Es steht Ihnen frei, sich an Staatsanwalt Muralt zu wenden.» Lüthi legte das Dossier zur Seite. «Warum sind Sie so überzeugt, dass Frau Lutschyna Opfer eines Gewaltverbrechens wurde?»

«Das habe ich gerade eben gesagt», sagte Cora frustriert.

Lüthi lächelte unverbindlich. «Kann sein, dass ich Sie falsch verstanden habe. Sie sagten, dass Elena Lutschyna Ihnen Informationen geben wollte. Was für welche?»

«Informationen zu Recherchen, die ich durchführe.»

Lüthi runzelte die Stirn, und die bisher schweigsame Jäggi sah von ihrem Notebook auf. «Wofür recherchieren Sie, Frau Johannis?»

«Eine grössere Reportage, die ich seit einiger Zeit plane», log sie. «Ich kann leider nicht darüber sprechen, doch ich versichere Ihnen –»

«Verstehe, Sie sind ja Journalistin.»

Cora verschränkte ihre Arme.

«Frau Johannis, Sie sind zu uns gekommen. Es wäre einfacher für alle, wenn Sie uns wenigstens einen kleinen Hinweis geben könnten, wenn Sie wollen, dass wir der Sache nachgehen.»

Cora räusperte sich. «Es geht um einen Bericht, den ich entweder einem schweizerischen oder deutschen Magazin verkaufen kann. Ich befasse mich darin mit ungelösten Fällen von spurlos verschwundenen Personen während der letzten zwanzig Jahre.»

«Und welcher dieser Fälle führt Sie nach Gilgenberg?»

«Elisabeth vom Staal.»

Lüthi lehnte sich in seinem Stuhl zurück. Jäggi zeigte keine nennenswerte Reaktion, was Cora nicht weiter verwunderte. Die Polizistin war zu jung, um mit dem Fall der verschwundenen Regierungsratsgattin etwas zu tun zu haben.

«Die Ehefrau von alt Regierungsrat vom Staal», sagte Lüthi. «Der Fall liegt über zehn Jahre zurück.» Er beugte sich vor. «Damit ich es richtig verstehe: Frau Lutschyna wollte Ihnen Informationen zum Verschwinden von Frau vom Staal geben?»

«Das kann ich Ihnen nicht mit Gewissheit sagen, da sie nicht dazu gekommen ist, mir etwas mitzuteilen, was sich überprüfen liesse.»

«Sie wissen schon, dass der Fall seit Jahren abgeschlossen ist? Die Suche nach Elisabeth vom Staal wurde eingestellt. Sie gilt als verschollen.»

«Sie wurde von den Behörden aufgegeben.»

Lüthi seufzte. «Bei Ihren Recherchen haben Sie sicher in Erfahrung bringen können, dass Elisabeth vom Staal Ausländerin war, aus Weissrussland. Als sie in unser Land gekommen ist, hat sie als ...», Lüthi suchte dem richtigen Ausdruck, «... als Hostess in einem einschlägig bekannten Etablissement in Zürich gearbeitet.»

«Das ist mir bekannt.»

«Gut, in diesem Fall wissen Sie aus Ihrer journalistischen Erfahrung, dass Frauen aus diesem ... Milieu, sagen wir, in der Verfolgung ihrer Ziele hochmobil sind, gerade wenn diese Ziele finanzieller Art sind.»

Coras Ausdruck verhärtete sich. «Wenn ich Sie richtig verstehe, Herr Lüthi, wollen Sie mir sagen, dass Frau vom Staal sich abgesetzt hat, nachdem sie ihren Mann», sie zeichnete Anführungszeichen in die Luft, ««ausgenommen» hatte? Ist es das?»

Lüthi bewegte zustimmend seinen Kopf.

«Wir sprechen hier nicht von einem Barmädchen, das ein notgeiler Schwerenöter via Internet aus einer Bar im Hafen von Odessa herausgekauft hat», entgegnete Cora heftig.

Lüthi sah sie an wie ein begriffsstutziges Schulmädchen. «Das ist uns klar, Frau Johannis. Glauben Sie mir, wir sind damals während über zwei Jahren der Sache nachgegangen und haben nichts zutage gefördert. Ich selbst war Teil der Sonderkommission, die sich mit dem Fall befasst hat. Wir haben die weissrussischen Kollegen und unsere respektiven Botschaften in Minsk und Muri bei Bern eingeschaltet. Das hat uns leider nicht weitergeholfen. Am Ende blieb nichts anderes als die Tatsache, dass die Frau wie vom Erdboden verschluckt war, keine Hinweise auf ein Gewaltverbrechen, keine Lösegeldforderungen. Dazu kam Frau vom Staals Vergangenheit als Prostituierte. Zu welchem Schluss wären Sie an unserer Stelle gekommen?»

«Bevor sie wie vom Erdboden verschluckt wurde, hat Frau vom Staal angeblich eine Freundin in Zürich besucht», begann Cora. Lüthi unterbrach sie mit einer erhobenen Hand.

«Auch das ist uns bekannt. Wir haben intensiv zusammen mit den Kollegen von der Zürcher Stadt- und Kantonspolizei ermittelt. Hunderten von Hinweisen aus der Bevölkerung wurde nachgegangen, die die Vermisste an den unmöglichsten Orten des Landes gesehen haben wollten. Ein Mann hat sogar behauptet, er hätte mit Elisabeth vom Staal zusammen die Dufourspitze bestiegen. Keine der Informationen führte uns auf eine konkrete Spur. Glauben Sie mir, dass wir alles uns Mögliche getan haben.»

«Herr vom Staal sieht das anders», erwiderte Cora.

«Wie kommen Sie darauf?», fragte Lüthi scharf.

«Ich habe ihn dazu interviewt. Er hat mir unter anderem gesagt, dass die Hypothese, seine Frau habe ihn ausgenommen, völlig aus der Luft gegriffen war. Es habe kein Geld gefehlt.»

«Nicht anhand der Kontendaten, die uns Herr vom Staal überlassen hat», erwiderte Lüthi. «Falls weitere Konten existierten, auf die Frau vom Staal Zugriff hatte, konnten wir das nicht überprüfen.»

«Sind Sie nie auf die Idee gekommen, Ihre Ermittlungen auf das Schwarzbubenland, genauer auf Gilgenberg auszuweiten?»

Es war Lüthi anzusehen, dass er sich zusehends nervte. «Weshalb hätten wir das Ihrer Meinung nach tun sollen? Es gab keinerlei Indizien, dass Frau vom Staal mit dem Schwarzbubenland in Verbindung stand.»

«Das kann man sehen, wie man will. Immerhin hat sie kurz vor ihrem Verschwinden zusammen mit ihrem Mann das dortige Mittelalterfest besucht.»

Jäggi hatte ihre Schreibarbeit unterbrochen und sah Cora erstaunt an. Lüthis Haltung versteifte sich. «Haben Sie Hinweise, die Sie veranlassen, darin einen Zusammenhang zu ihrem Verschwinden zu sehen?»

Cora wollte Elisabeths Stimmungswandel erwähnen. Etwas hielt sie davon ab. Die beiden Polizisten hätten sie sicher ausgelacht. Ausserdem hätte sie zugeben müssen, dass sie im Auftrag von Daniel vom Staal recherchierte. Als Antwort auf Lüthis Frage zuckte sie lediglich die Achseln. «An Ihrer Stelle würde ich mich fragen, warum erneut zwei Menschen nach einem Mittelalterfest spurlos verschwunden sind.»

«Sie wollen nicht allen Ernstes behaupten, dass das Verschwinden des jungen Paares am letzten Wochenende mit dem Fall vom Staal zu tun hat?»

«Ich behaupte gar nichts, Herr Lüthi. Ich mache lediglich darauf aufmerksam, dass Elena vorgestern das vermisste Paar vom letzten Wochenende erwähnte, als wir über Frau vom Staal redeten. Am nächsten Morgen war sie tot.»

«Zwischen den beiden Fällen liegen mehr als zehn Jahre. Die beiden jungen Leute vom Mittelalterfest gönnen sich wahrscheinlich ein paar verliebte Tage Auszeit. Augenzeugen wollen gesehen haben, wie die beiden, wie soll ich sagen, einander heftig zugetan waren. Beide sind erwachsen.»

«Weshalb sollte Elena es erwähnen, wenn die beiden Ereignisse nicht in einem Zusammenhang stünden?», beharrte Cora.

Lüthi verzog den Mund. Jäggi sah sie mit einem nachdenklichen Ausdruck an.

«Kann ich die Ermittlungsakten vom Staal einsehen?», fragte Cora.

«Das entscheide nicht ich. Stellen Sie ein Gesuch. Nötigenfalls wird ein Richter das öffentliche Interesse an diesen Informationen bewerten.»

«Ich überlege es mir.» Es war ein Versuchsballon gewesen. Cora schrieb ihn ab.

«Staatsanwalt Muralt war damals für den Fall zuständig. Sie können gerne mit ihm reden.»

«Danke, Herr Lüthi.» Sie machte Anstalten aufzustehen.

«Eines interessiert mich brennend, Frau Johannis: Wie sind Sie denn eigentlich darauf gekommen, im Schwarzbubenland zu recherchieren?»

«Ein Hinweis.»

«Von wem?»

Cora hob lächelnd beide Hände. «Tut mir leid. Auch ich schütze meine Quellen.»

***

Unschlüssig stand Cora auf dem Trottoir vor dem Polizeigebäude und sah dem Verkehr auf der Werkhofstrasse zu. Sie spielte mit dem Gedanken, bei vom Staals Kanzlei reinzuschauen. Der Müllerhof lag weniger als einen Steinwurf von der Schanzmühle entfernt. Vielleicht hatte Patrizia Zeit für einen Kaffee. Cora verwarf den Gedanken. Sie hatte keine Lust, sich von ihr über vom Staal ausfragen zu lassen. Sie hatte ihre Freundin ohnehin in Verdacht, insgeheim ein Auge auf ihren attraktiven Chef geworfen zu haben. Mit seiner Villa an bester Lage und der florierenden Kanzlei passte er exakt in ihr Beuteschema. Auch wenn Cora es nicht zugeben mochte, fuchste sie das. Ihr war vom Staal mittlerweile nicht mehr ganz gleichgültig. Sie wusste nicht, ob es Mitleid war oder die Tatsache, dass der Mann nebst seinem guten Aussehen auch noch gut roch.

Beim Lunch in seiner Kanzlei hatte vom Staal dicht neben ihr gestanden, damit sie gemeinsam ein Dokument ansehen konnten. Zuerst hatte sie es nicht beachtet. Je länger er neben ihr gestanden hatte, hatte sie ein Kribbeln in ihrer Magengegend gespürt. Cora war schon immer auf den Geruch von Männern abgefahren. Wenn ihr einer gefiel, versuchte sie es immer so einzurichten, ihm nahe zu kommen und kurz die Augen zu schliessen. Wenn sie seinen Geruch mochte, standen die Chancen gut für ihn. Ihre sensible Nase war in der Lage, einen Duft in seine Komponenten zu zerlegen. Anstelle von Journalistin hätte sie ebenso gut Parfümeurin werden können. Daniel vom Staal roch besonders. Er war anscheinend nicht der Mann, der sich literweise mit einem krebserregenden Aluminiumchlorid-Deo anschmierte oder einsprühte. Ebenso wenig verwendete er überteuerte oder exklusive Produkte. Bei ihm hatte sie Noten von Lavendel und Salbei, versetzt mit je einem Hauch von Zimt, Tabak und Schweiss ausgemacht.

Sie hatte nicht die Absicht, sich zu verlieben. Das wäre nicht professionell. Es war einfach zu lange her, dass ein Mann sie als Frau wahrgenommen und berührt hatte, in jeder Hinsicht, vor allem körperlich.

Das Klingeln ihres iPhones riss sie aus ihren Gedanken. Sie schmunzelte, als sie den Namen des Anrufers erkannte. «Guten Tag, Herr vom Staal.»

«Frau Johannis, ich bin in der Stadt unterwegs und hätte eine halbe Stunde Zeit, wenn es Ihnen auch passt.»

«Sie sind der Auftraggeber. Wo treffe ich Sie?»

«Auf dem Kreuzackerplatz. Ich habe mein Krafttraining bei ‹Exersuisse› beendet und kann –»

«Bleiben Sie, wo Sie sind, ich komme zu Ihnen.»

Gegenüber dem Pavillon der um diese Uhrzeit noch bis in die frühen Abendstunden geschlossenen Hafebar setzten sie sich auf die Quaimauer. Ausser Hörweite sassen einige Schüler der umliegenden Berufsfachschulen auf der Mauer und den Parkbänken. Die frühherbstliche Sonne wurde von der Aare reflektiert, sodass Cora ihre Sonnenbrille aufsetzen musste. Das kam ihr gelegen, weil vom Staal nicht sehen sollte, dass sie ihm intensiv in die Augen sah.

Sie berichtete detailgetreu, was ihr in Gilgenberg widerfahren war. Seine Bestürzung war ehrlich, als sie den tragischen Vorfall mit Elena schilderte.

«Sie glauben wirklich, dass es etwas mit Elisabeths Verschwinden zu tun hat?»

«Jedenfalls ist es die konkreteste Spur. Das nützt uns im Moment wenig. Die Polizei ist offenbar nicht interessiert, in diese Richtung zu ermitteln, und versteckt sich hinter der Staatsanwaltschaft.»

«Mit wem haben Sie in der Schanzmühle gesprochen?»

Sie nannte ihm die Namen.

«Lüthi ist ein guter Mann», meinte vom Staal. «Ein Profi durch und durch, etwas steif vielleicht. Ich bezweifle, dass er aus eigener Initiative etwas unternehmen wird. Sein Vorgesetzter, Dornach, ist entgegenkommender. Leider ist der abwesend – eine Weiterbildung bei Europol, soweit ich weiss.»

«Sie sind nach wie vor gut darüber informiert, was bei der Polizei läuft.»

«Mit ein paar guten Leuten habe ich den Kontakt aufrechterhalten.»

Sie überlegte. «Ich will nochmals nach Gilgenberg fahren. Ich hatte bisher lediglich Kontakt mit Elena und mit ihrem Vormund. Es muss weitere Leute geben, mit denen ich sprechen kann. Ich habe bisher fast nur Männer gesehen. Ich will mit den Frauen sprechen. Kann sein, dass Elena eine beste Freundin hatte.»

«Sind Sie sicher, dass Sie das wollen? Wenn Sie recht haben und diese Elena wirklich umgebracht wurde, kann es für Sie gefährlich werden, sobald Sie anfangen herumzufragen.»

«Machen Sie sich um mich keine Sorgen. Ich war schon an weitaus gefährlicheren Orten.»

«Was ist mit Ihrem Auto?», fragte er, als sie vor dem Café standen.

«Die Reparatur dauert noch ein paar Tage.»

«Ich bin heute Morgen mit dem Mini hergefahren. Er steht im Berntorparkhaus.» Er zog einen Autoschlüssel und ein Parkticket aus der Seitentasche seiner Sporttasche. «Ich schlage vor, Sie fahren mich zu meiner Kanzlei. So gerne ich mit Ihnen zu Mittag essen würde, aber ich habe heute Nachmittag eine wichtige Verhandlung beim Obergericht, und ich muss mich noch einmal in die Akten einlesen. Der Wagen gehört Ihnen, so lange Sie ihn brauchen.»

Es war nicht einfach ein Mini, sondern ein Paceman mit Allradantrieb und hundertneunzig PS, dessen Preisschild nicht tiefer als vierzigtausend Franken lag. Cora und das Auto verstanden sich auf Anhieb. Sie freute sich darauf, auf der Fahrt über den Passwang die Pferdestärken aus dem Flitzer zu kitzeln.

SIEBEN

Es waren nicht nur die Pferdestärken, die Cora Freude bereiteten. Der rote Flitzer war mit sämtlichen Optionen in puncto Ausstattung versehen worden, die man für dieses Modell haben konnte. Sie freute sich wie ein kleines Kind, nachdem sie das Ausserortsschild von Mümliswil passiert hatte und bei voll aufgedrehter Musik mit unerlaubten hundert Stundenkilometern durch das Guldental bretterte.

Ihre Fahrfreude wurde gedämpft, als das Klingeln der eingebauten Telefonfreisprechanlage sie zum Abbremsen zwang. Benno Freyenfels schlug ihr vor, dass sie sich im Kaltbrunnental treffen sollten, und gab ihr die Koordinaten der Stelle durch, wo er auf sie warten würde. Auf ihre Frage, weshalb sie sich dort treffen sollten, meinte er lediglich, dass er ihr das nicht am Telefon erklären könne.

Eine halbe Stunde später durchquerte sie den Ort Himmelried, der auf einer Sonnenterrasse mit Blick über das Laufental thronte. Von dort zweigte eine schmale Strasse hinunter ins enge Kaltbrunnental ab. Im Talgrund, bei der Abwasserreinigungsanlage, sah sie Freyenfels neben seinem Wagen an der Strasse stehen. Er gab ihr Zeichen anzuhalten.

«Wollten wir uns nicht weiter unten bei der Brücke treffen?», fragte Cora, nachdem sie den Mini hinter seinem Range Rover abgestellt und ihn begrüsst hatte.

«Wir müssen das letzte Stück bis zum Talgrund zu Fuss gehen. Der Abstellplatz ist vollparkiert mit Polizeifahrzeugen.»

«Polizei?»

«Lassen Sie uns hingehen.»

Unterwegs sagte er ihr, dass er dem Garagisten Dampf gemacht habe und dass ihr Wagen bereits am folgenden Tag repariert sein werde. Er zeigte auf ihren roten Mini. «Ich kann mir denken, dass Sie es nicht eilig haben, ihn zurückzubekommen.»

«Weiss nicht, wie Sie darauf kommen», erwiderte Cora gleichmütig.

Freyenfels versprach ihr, die Überführung des Passats nach Nennigkofen zu arrangieren. Sie hakte sich bei ihm unter. «Sie sind ein vollendeter Gentleman, Herr Freyenfels.»

«Sie machen es einem leicht, edel zu sein, Frau Johannis.»

Als sie die Brücke über den kleinen Ibach passierten, verstand sie, was er gemeint hatte. Die wenigen Abstellmöglichkeiten waren von Patrouillenwagen und einem zivilen Dienstwagen belegt. Andere Fahrzeuge waren entlang der Strasse Richtung Brislach parkiert, die sich bereits auf baselländischem Boden befand. Die Kantonsgrenze verlief in der Mitte des Ibachs. Von der Baselländer Seite näherten sich in diesem Moment zwei Leichenwagen lokaler Bestattungsunternehmen. Der Zugang zu einem Spazierweg, der von der Strasse dem Gewässer entlang bachabwärts führte, war polizeilich gesperrt.

«Was ist hier los, um Gottes willen?», fragte sie. «Spannen Sie mich nicht länger auf die Folter.»

Freyenfels grüsste lässig den Polizeibeamten bei der Absperrung. Dieser hob das Band und liess die beiden ohne Weiteres darunter durchgehen.

«Sind Sie ein verdeckter Ermittler oder was? Normalerweise hat kein Aussenstehender Zutritt zu Tatorten.»

«Beziehungen. Staatsanwalt Muralt und ich spielen regelmässig Golf zusammen.»

«Nützlich zu wissen. Bevor ich gleich den Schock meines Lebens kriege, verraten Sie mir endlich, was passiert ist!»

«Kurz vor Mittag war eine Primarschulklasse auf dem Karstlehrpfad in der Schlucht unterwegs.» Freyenfels zeigte vage in die Richtung, in der sie gingen. «Sie machten da vorne Mittagsrast. Ein paar Schüler kletterten auf der anderen Seite des Baches zu einer Höhle hinauf. Dort haben sie zwei Leichen entdeckt.»

«Mein Gott», stiess Cora hervor, «schon drei Tote in dieser Gegend innerhalb so kurzer Zeit.»

Er fasste sie am Arm. «Es tut mir leid, ich habe Sie gar nicht gefragt, ob es in Ordnung ist, dass ich Sie hierherbestellt habe. Ich dachte, es würde Sie interessieren. Aber wenn Sie es vorziehen, nicht –»

«Keine Sorge. Das ist schon in Ordnung. Ich bin Ihnen sogar dankbar. Als Journalistin kriege ich selten die Gelegenheit, einen Tatort zu betreten.»

«Staatsanwalt Muralt und zwei Ermittler der Kriminalabteilung Solothurn sind schon vor Ort.»

Links und rechts über ihnen erhoben sich grün bewachsene Felswände, in deren weiches Gestein das Wasser im Lauf der Jahrmillionen Aushöhlungen und Grotten gebohrt hatte. Die Luft war feucht. Cora fühlte sich beinahe in einen tropischen Regenwald versetzt. Auf dem Weg zur Fundstelle erklärte Freyenfels, dass das Kaltbrunnental ein Einschnitt in die karstige Juralandschaft war, den sich der Ibach vom Meltinger Gemeindegebiet bis hinein ins baselländische Laufental gegraben hatte, bevor er in die Birs mündete. Die Schlucht war typisch für den Faltenjura. Deshalb hatte man einen Lehrpfad angelegt, der jedem Wanderer und Spaziergänger die Eigenheiten der Natur vor Ort näherbringen sollte.

Wenig später sahen sie auf der Ostseite oberhalb des Baches inmitten des satten Grüns die weissen Overalls der Spurensicherer. Der Hang stieg steil an bis zu einem Felsüberhang, unter dem zwei Höhleneingänge nebeneinanderlagen.

Direkt am Bach war ein Rastplatz, von dem ein schmaler Steg über das Gewässer führte. Die Schulklasse musste hier ihre Mittagsrast gemacht haben.

«Die Kastelhöhle», sagte Freyenfels und zeigte nach oben. «Dort wurden sie gefunden.»

Auf dem Rastplatz standen vier Personen im Gespräch vertieft beisammen. Cora erkannte Mike Lüthi und Karin Jäggi unter den weissen Overalls. Die beiden unterhielten sich mit einem Mann im Massanzug, der fehl am Platz wirkte. Sie vermutete, dass es Muralt sein musste. Die vierte Person, ebenfalls ein Mann, war ihr nicht bekannt. Er streifte gerade die Kapuze seines Overalls zurück, sodass sein Glatzkopf im Licht glänzte. In diesem Moment blickte Lüthi hoch und sah Cora und Freyenfels kommen. Er flüsterte dem Massanzug etwas zu, der ihnen ebenfalls entgegenblickte.

Lüthi war ganz klar nicht erfreut, Cora hier anzutreffen. Seine Kollegin Jäggi hingegen begrüsste sie freundlich. Muralt gab ihr mit ausdrucksloser Miene die Hand. Der Glatzkopf stellte sich als Sebastian Tschanz, Leiter der Kriminaltechnik vor, die ebenfalls aus Solothurn angerückt war.

«Pech für uns», sagte er und zeigte hinüber zum westlichen Ufer des Baches. «Würden die beiden dort drüben liegen, dürften sich die Baselbieter Kollegen mit ihnen herumschlagen. Dort gäbe es weiss Gott auch genug Höhlen.»

«Ich glaubte immer, es seien in der Regel die Opfer, die Pech haben», meinte Cora mit einem scharfen Blick zu Tschanz. Der erwiderte ihn mit hochgezogenen Augenbrauen und einem schiefen Lächeln. Offenbar war er spitze Bemerkungen gewohnt.

Lüthi sah Cora fast feindselig an. «Was machen Sie überhaupt hier?»

Muralt intervenierte. «Frau Johannis begleitet Herrn Freyenfels, den ich hierher gebeten habe. Er hat mich über ihr Beisein orientiert.»

«Das ist nicht konform.»

«Was konform ist und was nicht und wann, dürfen Sie getrost meiner Einschätzung überlassen, Feldweibel Lüthi», sagte Muralt ruhig. «Ich habe Herrn Freyenfels gebeten, sich die Örtlichkeit anzusehen. Er kennt die Gegend und die Leute wie kein anderer.» Muralt wandte sich an die beiden Besucher. «Ich muss euch natürlich bitten, vorsichtig zu sein, nichts anzufassen und den ausgesteckten Trampelpfad der Kriminaltechnik nicht zu verlassen.»

Freyenfels und Cora nickten wie brave Schüler.

«Wie geht es den Kindern, die die Toten gefunden haben?», erkundigte sich Cora.

«Ich habe die Klasse kurz befragt», sagte Jäggi mit teilnahmsvoller Miene. «Danach habe ich sie gleich zurück in ihre Schule nach Grellingen bringen lassen, wo sie derzeit psychologisch betreut werden.»

«Das muss ein furchtbarer Schock für die Kleinen gewesen sein.»

«Einige von denen waren erstaunlich abgebrüht. Sie haben alles mit ihren Handys fotografiert, die wir ihnen gleich abgenommen und die Bilder gelöscht haben.» Mit einem entschuldigenden Blick zu Muralt sagte sie: «Leider kann ich nicht hundertprozentig garantieren, dass einige der Aufnahmen nicht bereits im Netz gelandet sind.»

Muralt winkte ab. «Fühlen Sie sich in der Lage, die Leichen anzusehen?», wandte er sich an Freyenfels. Dieser nickte und sah Cora fragend an.

Kein Problem, ich sehe mir gerne jeden Tag ein bis zwei Mordopfer an, dachte sie und schenkte Muralt ein tapferes Lächeln. Lüthi und Freyenfels gingen voraus, Jäggi blieb hinter Cora, um sicherzustellen, dass sie nicht vom vorgegebenen Pfad abkam.

Lüthi liess die beiden ins Innere der Höhle treten, die mit einer mobilen LED-Lampe ausgeleuchtet wurde. Der Eingang war nur wenige Meter tief. Die leblosen Körper lagen zuhinterst. Beide waren sehr jung. Sie lagen nebeneinander wie ein Ehepaar im gemeinsamen Bett. Das grelle Licht machte jedes Detail der brutalen Verletzungen sichtbar, die den beiden zugefügt worden waren. Eine weitere Person im Overall beugte sich über die Körper. Jäggi erklärte Cora, dass sie mit Laub und Ästen zugedeckt waren, als sie gefunden wurden.

Es war nicht das erste Mal, dass Cora Menschen sah, die gewaltsam umgekommen waren. Trotzdem kostete es sie Überwindung, sich den Toten zu nähern, bis Jäggi sie sanft am Arm zurückhielt. «Bitte nicht weiter», sagte sie. Ihre Stimme war belegt. Dem hübschen, puppenhaften Gesicht war anzusehen, dass sie der Anblick mitnahm. Cora glaubte in ihren runden blauen Augen einen feuchten Schimmer zu erkennen. «Wir müssen einen Augenblick warten, bis der Rechtsmediziner fertig ist.»

Lüthi und Freyenfels warteten in ein Gespräch vertieft vor der Höhle.

«Sind Sie schon lange bei der Kripo?», fragte Cora die Polizistin.

«Knapp zwei Jahre, wenn ich die Praktikumszeit mitrechne.» Jäggi wischte sich über die Augen. «An den Anblick werde ich mich wohl nie gewöhnen, besonders wenn die Opfer so jung sind. Mein Vater hat mich damals davor gewarnt. Ich wollte es unbedingt. Zum Glück hat mich mein Chef stets unterstützt und bei meinem Ätti darauf bestanden, dass er mich braucht.»

«Ihr Vater ist auch Polizist?»

«Er ist der Chef der Solothurner Kripo», sagte Jäggi. Cora spürte, dass sie versuchte, es so beiläufig wie möglich klingen zu lassen.

«Oha!»

«Sie sagen es. Nicht immer ganz leicht für mich.»

Inzwischen hatte der Rechtsmediziner seine Untersuchung beendet.

«Würdet ihr eure Aufmerksamkeit auf den Fundort richten, wenn's geht?», fragte Lüthi, der wieder hereingekommen war. «Die Bestatter wollen die beiden mitnehmen. Die Feuerwehr wartet auch schon. Sie müssen die Leichen mit einer Seilwinde den Hang hinunterlassen.»

Die Toten waren vom Bauchnabel abwärts nackt. Die Frau hatte eine tiefe Schnittwunde, die wie eine Kette ihren Hals umfasste. Cora brauchte nicht Rechtsmedizinerin zu sein, um festzustellen, dass man ihr die Kehle durchgeschnitten hatte, während multiple Messerstiche bei dem jungen Mann aller Wahrscheinlichkeit nach als Todesursache in Frage kamen. Jäggi zeigte ihr eine Platzwunde am Hinterkopf der Frau.

«Ist sie daran gestorben?», fragte Cora.

«Vermutlich nicht. Ich tippe auf die durchgeschnittene Kehle. Die Obduktion wird uns Klarheit verschaffen.»

«Ich kenne den Mann nicht, die Frau schon», sagte Freyenfels bestürzt. «Das ist tatsächlich Amanda.» Er sah sich in der Runde um, als ob alle sie kennen mussten. «Amanda Stebler, unsere Miss Schwarzbubenland und Kandidatin für die Miss-Solothurn-Wahl. Sie hatte gute Chancen, in die engere Wahl für die Miss-Schweiz-Wahl zu kommen. So eine Tragödie.»

«Der Mann heisst Claude Rieder», sagte Jäggi. «Zumindest vermuten wir das aufgrund des Vermisstenfotos und der Augenzeugen, welche die beiden zuletzt zusammen gesehen hatten. Er muss formell identifiziert werden.»

«Das vermisste Paar vom Mittelalterfest vom vergangenen Wochenende.» Cora wandte sich an Lüthi. «So viel zu ein paar verliebten Tagen Auszeit», sagte sie spitz.

Lüthi ignorierte die Bemerkung. «Ich frage mich, wie die Opfer an diesen Ort gekommen sind.»

«Sind sie denn nicht hier ermordet worden?», fragte Freyenfels.

«Davon ist nicht auszugehen.» Jäggi zeigte auf die Wunden. «Aufgrund ihrer Verletzungen müssen sie verblutet sein. Hier ist fast kein Blut zu sehen. Das lässt darauf schliessen, dass die beiden post mortem hierher gebracht wurden.»

«Was? Der Täter hat sie erst die ganze Strecke von der Strasse bis zum Steg und hier hochgeschleppt? Wozu?», fragte Cora.

«Ein ganz schöner Aufwand», sagte Lüthi. «Einer allein hätte das nie geschafft. Wir sollten von mehreren Tätern ausgehen. Die beiden müssen vor etwa vier bis fünf Tagen gestorben sein. Wie lange sie hier gelegen und woran genau sie gestorben sind, muss die Rechtsmedizin abschliessend beurteilen.»

«Gibt es Hinweise auf eine Vergewaltigung?» Im Gegensatz zu Freyenfels hatte Cora ihren Blick nicht von den Toten abwenden können.

«Das sind nicht die ersten Toten, die Sie sehen, Frau Johannis, nicht wahr?», fragte Lüthi.

«Und nicht die Ersten, die durch Gewalt gestorben sind», fügte Cora an. Es kostete sie sichtlich Mühe, die anderen nicht merken zu lassen, was in ihr vorging. Sie hatte bisher nie an Träume geglaubt, die Ereignisse vorhersehen konnten. Die Korrelation zwischen ihren Alpträumen und der Tragödien der letzten Tage wurde ihr zusehends unheimlicher.

«Um Ihre Frage zu beantworten. In der Vagina der Frau wurden Spermaspuren gefunden», fuhr Lüthi fort.

«Vergewaltigung oder einvernehmlicher Sex?»

«Eher Letzteres. Jedenfalls fehlen die typischen Verletzungen einer Vergewaltigung bei der Frau.»

«Am Penis des Mannes wurden ebenfalls Spermarückstände und Vaginalsekret festgestellt», sagte Jäggi. «Die Obduktion wird zeigen, ob die beiden zusammen Geschlechtsverkehr hatten.»

«Und ihre Kleider?» Cora zeigte auf die entblössten Unterkörper und Beine der beiden.

«Hier waren keine. Auch keine Tatwaffe.»

Cora lief ein kalter Schauer über den Rücken. «Was, wenn es eine Verbindung zu Elena Lutschynas Tod gibt?»

«Das ist Spekulation, Frau Johannis. Warten wir erst mal die Resultate der Rechtsmedizin ab», entgegnete Lüthi. «Frau Lutschynas Leichnam wird bereits obduziert.» Er zögerte. «Ich war nicht dafür. Der Staatsanwalt dagegen ist der Ansicht, dass Sie es wissen sollten: Unter den Fingernägeln von Elena Lutschyna wurden Spuren von Filzfasern gefunden. Sie stammen vermutlich von einem Militärmantel.»

«Ein Militärmantel?», rief Cora verblüfft.

«Ja, sagt Ihnen das etwas?»

«Der Alte, der mir vorgestern am Meltingerberg vor das Auto gelaufen ist, trug einen Militärmantel.»

«Schtäkkä-Köbi», sagte Freyenfels. «Richtig. Seine alte Militäruniform ist die einzige Kleidung, die er besitzt.»

«Wer ist dieser Schtäkkä-Köbi?», fragten Lüthi und Jäggi gleichzeitig.

«Er ist ein Landstreicher und Taglöhner, der eigentlich niemandem etwas zuleide tut», erklärte Freyenfels.

«Eigentlich reicht mir nicht», sagte Lüthi. «Wo finden wir ihn?»

Freyenfels machte eine ausladende Handbewegung. «Hier und überall. Köbi kommt im ganzen Schwarzbubenland herum. Ihre Breitenbacher Kollegen werden ihn sicher finden, wenn sie nach ihm suchen.»

«Ich kümmere mich um die Fahndung», sagte Jäggi. «Vorsichtshalber informiere ich auch die Baselbieter und die Kollegen der Kantone Bern und Jura.»

Freyenfels gab ihr eine Personenbeschreibung. Da es in der Schlucht kein Handynetz gab, leitete sie die Fahndung per Funk nach Breitenbach weiter, während die anderen sich vorsichtig den Hang hinuntertasteten.

Unten wartete Muralt. Er nahm Freyenfels und Cora zur Seite. «Sie haben gerade Informationen erhalten, die sonst keiner Drittperson in diesem Stadium einer Mordermittlung zugänglich sind.» Er wandte sich an Freyenfels. «Ich mache das, weil ich dir vertraue, Benno. Und weil du meines Erachtens jemand bist, der am besten mit den hiesigen Verhältnissen vertraut ist. Das wird uns bei der raschen Aufklärung helfen. Der Fall wird Wellen schlagen.»

«Hoffentlich handelst du dir damit keinen Ärger mit dem Oberstaatsanwalt ein, Stefan.»

«Mit dem komme ich klar.» Muralt wandte sich an Cora. «Herr Freyenfels hat sich für Sie verbürgt. Enttäuschen Sie ihn nicht. Und vor allem, enttäuschen Sie mich nicht.»

Cora wusste nicht, was sie sagen sollte. Freyenfels kannte sie kaum. Warum hatte er sich bei Muralt dafür verwendet, dass sie diesen Tatort sehen konnte?

Freyenfels dankte Muralt und verabschiedete sich. Cora wollte es ihm gleichtun, als Muralt ihre Hand festhielt. «Hätten Sie ein paar Minuten Zeit für mich, Frau Johannis?»

Muralt ging auf dem regennassen, stellenweise rutschigen Pfad voraus. Cora schätzte ihn auf Anfang bis Mitte fünfzig. Er war eine gepflegte Erscheinung. Sein grau meliertes Haar war modisch kurz geschnitten. Er trug es vorne etwas länger, sodass ihm trotz Haargel stets eine Strähne in die Stirn fiel, sobald er eine heftige Bewegung machte. Sein Gesicht war schmal und glatt rasiert. Für ihren Geschmack war er zu asketisch und eitel. Sie bewunderte ihn dafür, dass er auf dem matschigen Weg mit italienischen Designerschuhen herumlief.

Ein Stück bachabwärts setzten sie sich auf eine Bank.

«Feldweibel Lüthi sagte mir, Sie hätten sich nach Elisabeth vom Staal erkundigt.»

«Ja. Sie waren damals der untersuchende Staatsanwalt, nicht wahr?»

«Das ist korrekt.»

«Weshalb stellten Sie die Ermittlungen ein?»

«Bevor ich Ihnen das sage, will ich wissen, weshalb Sie sich für diese alte Geschichte interessieren.»

Sie sah ihn von der Seite an. «Das hat Ihnen sicher schon Herr Lüthi gesagt, oder nicht?»

«Frau Johannis, ein freischaffender Journalist recherchiert nicht ins Blaue. Für wen arbeiten Sie an dieser Sache?»

«Richtig, Herr Muralt. Ich bin freischaffend. Vor Kurzem ist mir ein lukratives Mandat einer grossen Mediengruppe durch die Lappen gegangen. Das können Sie bei Chefredaktor Wagner vom ‹Solothurner Tagblatt› nachprüfen. So habe ich ein altes Projekt aus der Schublade gezogen, dem ich mich schon lange widmen wollte.»

«Warum ausgerechnet Frau vom Staal? Es gibt eine Menge ungelöster Fälle von verschwundenen Menschen.»

«Ich bitte Sie, Herr Muralt. Frau vom Staal war die Gattin eines seinerzeit äusserst populären Regierungsrates. Es liegt auf der Hand, dass ich –»

«Er steckt dahinter, nicht wahr?», unterbrach er sie. «Vom Staal hat Sie beauftragt, nach seiner Frau zu forschen.»

Sie hatte nicht erwartet, dass Muralt ihr dermassen abrupt ins Wort fallen würde. «Wenn Sie dieser Meinung sind, sollten Sie das mit Herrn vom Staal direkt besprechen.»

Muralts Handy klingelte. «Entschuldigen Sie, ein Anruf, den ich erwarte.» Er meldete sich und hörte dann zu. Während des Telefonats musterte er Cora prüfend. «In Ordnung, danke.» Er hängte auf. «Sie sind selbst hierher gefahren, Frau Johannis?»

«Ja.»

«Ihr Auto steht oben bei der Abwasserreinigungsanlage, hinter Freyenfels' Wagen, ein roter Mini Cooper?»

«Ja. Habe ich falsch parkiert?»

«Der Wagen ist auf Daniel vom Staal zugelassen. Ich wiederhole meine Frage: Stellen Sie Ihre Nachforschungen im Auftrag von Herrn vom Staal an?»

Ihr wurde es zu bunt. «Was spielt es für eine Rolle, für wen ich arbeite? Ich bewege mich im Rahmen des Gesetzes. Der Fall ist schon seit Jahren ad acta gelegt.»

«Das genau ist der Punkt. Er ist abgeschlossen, und alle sind glücklich darüber.»

«Alle ausser Daniel vom Staal.»

Muralt griff in seine Jackentasche und zog eine E-Zigarette hervor. «Ich habe vor vier Wochen mit dem Rauchen aufgehört», sagte er entschuldigend. «Diese Dinger sind nicht schlecht, wenn man sich einmal daran gewöhnt hat.» Er steckte sich das Ding in den Mund und nahm einen Zug, darum bemüht, den Rauch nicht in ihre Richtung zu blasen. «Verzeihen Sie, ich wollte nicht abschweifen. Glauben Sie mir, Frau Johannis, wir alle, die Kantonsregierung, die Behörden einschliesslich Staatsanwaltschaft und natürlich die Kantonspolizei, deren oberster Chef Regierungsrat vom Staal war, bedauern ausserordentlich, was ihm damals zugestossen ist. Herr Lüthi hat Ihnen geschildert, wie gewissenhaft ermittelt wurde. Wir haben nicht den geringsten Hinweis auf eine Straftat gefunden. Herr Lüthi ist sogar nach Minsk gereist und hat vor Ort mit den weissrussischen Behörden zusammengearbeitet. Alles umsonst. Wir konnten zu keinem anderen Schluss kommen, als dass Elisabeth vom Staal, mit welchen Beweggründen auch immer, ihren Mann aus freien Stücken verlassen hat.»

«Mag sein, Herr Muralt. Trotzdem ist Herr vom Staal nach wie vor der Überzeugung, dass seine Frau einem Verbrechen zum Opfer gefallen ist. Er verfügt über neue Hinweise, die –»

«Was für Hinweise? Warum kommt er damit nicht zu uns?»

«Ich weiss es nicht. Ich war damals beruflich im Ausland. Deshalb kann ich nicht beurteilen, wie die damaligen Ermittlungen verliefen und was Daniel vom Staal veranlasst hat, mich mit der Nachforschung zu betrauen. Lassen Sie es mich so interpretieren: Ich glaube, dass sein Vertrauen in die Arbeit der Solothurner Untersuchungsbehörden Schaden genommen hat.»

«Woraus bestehen die neuen Informationen, die er haben will?»

Cora stand auf. «Wir kommen nicht weiter. Herr Lüthi hat heute Morgen durchblicken lassen, dass weder die Polizei noch die Staatsanwaltschaft mich unterstützen wird. Was wollen Sie also wirklich von mir?»

«Ich will Ihnen nahelegen, vorsichtig zu sein.»

«Drohen Sie mir?»

Muralt machte eine missbilligende Grimasse. «Wofür halten Sie uns, Frau Johannis? Wir sind hier nicht in Italien oder in Russland. Ich möchte Sie lediglich davor bewahren, Fehler zu machen. Sie kennen die Geschichte von Gilgenberg, nehme ich an.»

«Wenn Sie das Flugzeugunglück vor fünfzehn Jahren ansprechen, ja, diese Geschichte kenne ich mittlerweile.»

«Eine furchtbare Tragödie. Das soziale Leben des Ortes war damals buchstäblich ausradiert worden. Die Gemeinde ging beinahe daran zugrunde, weil viele der Bewohner abwanderten. Sie musste vom Kanton unterstützt werden. Erst als Werner Joder Gemeindepräsident wurde, schafften es die Gilgenberger, Oberwasser zu gewinnen.»

«Joder ist Gemeindepräsident von Gilgenberg?», fragte Cora ungläubig.

«Demokratisch gewählt, ja. Kurz nach seiner Wahl vor dreizehn oder vierzehn Jahren, ich weiss es nicht mehr genau, hat sich ein landwirtschaftlicher Grossbetrieb dort angesiedelt, der seine Erzeugnisse, vor allem Gemüse und Konserven aus biologischem Anbau, gewinnbringend ins umliegende Ausland exportiert. Die Gilgenberger mögen nach aussen eigenbrötlerisch und verschlossen anmuten. Tatsache ist, dass die Gemeinde heute saniert ist und, gemessen an ihrer Grösse, zu den leistungsfähigsten Kommunen des Kantons gehört. Arbeitsplätze wurden geschaffen und eine Schule gebaut. Demnächst werden Strassen und Kanalisationen modernisiert.»

Cora reizte es, auf einen nicht unbeträchtlichen Nachholbedarf im Gastronomiebereich hinzuweisen. «Ich verstehe nicht, inwiefern meine Nachforschungen dem entgegenstehen sollen.»

Muralt erhob sich nun ebenfalls. «Sie kommen hierher, und eine Frau stirbt. Bisher weist nichts auf etwas anderes als einen bedauerlichen Unfall oder einen tragischen Selbstmord hin. Sie rufen Mord und Totschlag ohne den geringsten Hinweis auf ein Verbrechen. Die Menschen von Gilgenberg haben es geschafft, das Trauma des grossen Unglücks von damals zu verarbeiten.» Er zeigte in Richtung der Kastelhöhle. «Die beiden jungen Menschen wurden ebenfalls zuletzt in Gilgenberg lebend gesehen. Und schon tauchen Sie auf.»

«Moment, ich bin hier, weil Herr Freyenfels mich darum gebeten hat und Sie es sanktioniert haben.»

«Schon gut, ich habe dem zugestimmt, um Ihnen unseren guten Willen zu demonstrieren. Dennoch …» Er näherte sich ihr einen Schritt. «Lassen Sie sich gesagt sein, dass ich nicht dulden werde, dass Sie hier in der Gegend herumrennen und sich Räuberpistolen ausdenken. Gilgenberg ist ein Dorf, das in der Vergangenheit viel durchgemacht hat. Niemand hier und auch nicht beim Kanton hat nach all dem Interesse, dass wieder mit dem Finger auf diese Menschen gezeigt wird. Berücksichtigen Sie das bitte. Ich werde Sie diesbezüglich im Auge behalten und möchte, dass Sie das wissen.»

Die Drohung war gut verpackt. «Vielen Dank, Herr Muralt, ich nehme das zur Kenntnis. Als Journalistin erachte ich es als meine Pflicht, nach der einen objektiven Wahrheit zu suchen.»

Keine Räuberpistolen ausdenken, sagte sie sich auf dem Rückweg Richtung Parkplatz. Das wurde ja immer interessanter.

***

Freyenfels bedurfte einer gewissen Überzeugungskraft, Cora zu bewegen, bei ihm zu übernachten. Einerseits wollte sie den

Abend zu Hause mit den Kindern verbringen, andererseits war sie hundemüde. Die Leichen im Kaltbrunnental und das anschliessende Gespräch mit Muralt hatten ihr zugesetzt. Eine weitere Nacht im Gilgenberger «Schlosshof» war keine Option. Wenn sie nur schon daran dachte, stieg ihr der abgestandene Rauchgestank in die Nase. Mentale Distanz und meditatives Loslassen waren gut und schön. Trotzdem musste sie sich nicht mit Fleiss zumuten, was sich vermeiden liess.

Freyenfels' Haus in Nunningen lag an der Südflanke des Buechenberges und bot eine grosszügige Sicht über die Talmulde. Von seiner Terrasse aus konnte Cora ohne Weiteres das charakteristische Profil des Palas der Burgruine erkennen. Nach der Enge des Kaltbrunnentals öffnete der Blick ihr Gemüt und schob die Betroffenheit über das tragische Ende der beiden jungen Menschen, das ungewisse Schicksal Elisabeth vom Staals und Elenas Tod in den Hintergrund. Mittlerweile hatte sich die Sonne durchgesetzt und die Feuchtigkeit vertrieben. Eine angenehme frühherbstliche Wärme breitete sich über der vorabendlichen Landschaft aus.

«Habe ich dir zu viel versprochen?», fragte Freyenfels, als er neben sie trat. Er hielt sich beschämt die Hand vor den Mund. «Entschuldigung. Das ist mir rausgerutscht, ich wollte Sie nicht duzen.»

Sie lachte. «Machen Sie sich keinen Kopf. Ist mir auch schon beinahe passiert.» Sie streckte ihm ihre Hand hin. «Ich bin Cora.»

«Benno.»

Sie besiegelten die neue Vertraulichkeit mit den obligaten drei Wangenküssen und begossen sie anschliessend mit einem Glas Wein.

Nachdem sie einen Schluck getrunken hatte, liess Cora ihren Blick wieder über das Tal schweifen. «Du wohnst wunderschön.»

«Ja, nicht wahr? Das Beste, was man haben kann, nachdem die französischen Revoluzzer und später die Republikaner und Proleten das schöne Familienschloss zerstört hatten. Der Adel muss ja sehen, wo er hinkommt», sagte er mit einem Augen-zwinkern.

«Gibt es keine Frau Freyenfels?»

Sein Blick verdunkelte sich.

«Entschuldige, ich wollte dir nicht zu nahe treten. Es ist nur, dass —»

Freyenfels gab ihr zu verstehen, dass es für ihn kein Problem war, darüber zu reden. «Ich war tatsächlich verheiratet, mit einer Baslerin, die mit mir Recht und Wirtschaftswissenschaften studierte. Ich wollte Kinder, sie wollte das Leben der reichen Dame von Welt. Es dauerte nicht lange, und sie hatte sich eine neue gute Partie angelacht. Nach knapp einem Jahr Ehe haben wir uns ohne Reue scheiden lassen.»

«Du hast nicht mehr geheiratet?»

Freyenfels blickte einen Moment gedankenverloren zur Burgruine, die im Schein der tief stehenden Sonne glänzte. Sein Gesicht hatte den jungenhaften Ausdruck verloren. «Die Frau, von der ich dachte, dass sie einmal die Mutter meiner Kinder sein würde, heiratete einen anderen.» Er zeigte mit einer Kopfbewegung in Richtung Gilgenberg. «Heute ist er der Gemeindepräsident von Gilgenberg.»

«Joder?» Cora war schockiert.

«Joder war damals ein anderer Mensch, früher, bevor ihn seine Triebe und der Alkohol verdorben haben.»

«Magst du darüber reden?»

«Ihr Name war Lina. Sie war die schönste Frau, die ich je gekannt habe, eine Bauerntochter aus Zullwil. Zwischendurch arbeitete sie als Aushilfskellnerin im ‹Ochsen›. Joder und ich waren oft in dem Lokal. Wir hatten uns beide hoffnungslos in sie verliebt. Ich war damals felsenfest davon überzeugt, dass sie mich mehr liebte. Und dann …»

Cora sah, wie seine Gesichtsmuskeln zuckten. «Und dann?», drängte sie ihn behutsam.

«Ich hatte keine Ahnung. Eines Tages gingen wir spazieren. Bei der Quelle des Ibachs, im Wald hinter der Burg, haben wir miteinander geschlafen. Ich hörte schon die Hochzeitsglocken läuten. Als wir uns wieder anzogen, sagte sie mir, dass sie sich Wochen zuvor mit Joder verlobt hatte und ihn einen Monat später heiraten würde. Sie versicherte mir, dass sie mich liebte. Trotzdem wollte sie mich nicht. Eine Bauerntochter und ein Freyenfels. Lina glaubte, dass unsere Welten nicht zueinanderpassten.»

«Du hast sie gehen lassen?»

Freyenfels nickte. «Ja, weil ich sie liebte und sie es von mir verlangte. Sie sagte, dass sie mit mir nicht glücklich werden würde.»

Wohl um seine Emotionen zu verbergen, welche die Erinnerungen hervorriefen, stand er auf und goss Wein nach. «Ich langweile dich mit meinen Geschichten, dabei musst du hungrig sein. Ich bin es jedenfalls. Mal sehen, was ich uns auf den Tisch zaubern kann.»

«Ich helfe dir.» Sie machte Anstalten, sich ebenfalls zu erheben. Er presste sie sanft in den Stuhl zurück. «Kommt nicht in Frage. Du bleibst sitzen und geniesst die Aussicht. Wenn dir kalt wird, drinnen hat es Decken. Fühl dich wie zu Hause.»

Cora hatte nichts dagegen, noch eine Weile draussen zu bleiben. Die Abendstimmung und die Aussicht hatten sie heruntkommen lassen und klarten ihre Gedanken auf. Freyenfels' Geschichte machte ihn in ihren Augen noch liebenswerter. Er löste bei ihr nicht die gleichen Gefühle aus wie vom Staal. Freyenfels war zugänglicher. «Ich will wissen, wie die Geschichte weitergeht.»

«Versprochen.» Er machte sich auf zur Küche.

Cora streckte den Kopf in die Sonne.

Ihre Gedanken schweiften zum Gespräch mit Muralt. Als sie im Kaltbrunnental mit Freyenfels zurück zu ihren Autos gingen, hatte sie ihn gefragt, weshalb er dafür gesorgt hatte, dass sie zum Fundort durfte. Erst hatte er schmunzelnd gemeint, dass er ihr um jeden Preis imponieren wollte. Als sie insistierte, hatte er zugegeben, dass ihn Muralt auf sie angesprochen hatte und von ihm wissen wollte, was sie hier zu suchen hatte. Da habe er ihm vorgeschlagen, sie einfach mitzunehmen. Es wäre von Vorteil, seine Gegenspieler stets im Auge zu haben, hatte er grinsend hinzugefügt.

Cora wurde trotz allem das beklemmende Gefühl nicht los, dass der Staatsanwalt und Lüthi sie aktiv an ihren Nachforschungen hindern wollten. Aus welchem Grund? Sollte ein politischer Skandal verhindert werden? Vertuschten Polizei und Staatsanwalt vielleicht unter Anleitung oder mindestens mit Wissen der Regierung Ermittlungsfehler, Versäumnisse oder gar ein Komplott gegen den damaligen Regierungsrat und seine Frau? War die schöne Regierungsratsgattin, die von der Solothurner Crème de la Crème als Prostituierte gebrandmarkt worden war, jemandem ein Dorn im Auge und sollte beseitigt werden? Inwiefern konnten Coras Nachforschungen Gilgenberg als Gemeinde schaden? Muralts Unterstellung, dass sie den Leichenfund im Kaltbrunnental und den Tod von Elena Lutschyna miteinander in Verbindung bringen wollte, war schlicht absurd. – Oder war es das nicht? Eines war sicher: Seit sie die Recherchen aufgenommen hatte, waren einige Leute im Kanton nervös geworden. Erst recht ein Grund dranzubleiben. Die Wahrscheinlichkeit, dass Elisabeth vom Staal noch am Leben war, konnte sie nur schwer einschätzen. Hingegen konnte sie Daniel vom Staal helfen, die Wahrheit über ihr Schicksal herauszufinden.

Cora richtete sich mit einem Ruck auf. Der Wein und die Wärme der Abendsonne hatten sie schläfrig gemacht. Sie musste über ihren Gedanken eingenickt sein. Für einen Moment hatte sie jegliches Orientierungs- und Zeitgefühl verloren. Die Sonne stand tief am westlichen Horizont. Mit den wachsenden Schatten war die Temperatur gefallen. Cora fröstelte. Sie stand auf und ging ins Haus auf eine Erkundungstour.

Die Südseite des Erdgeschosses bestand aus zwei grossen Räumen. Der eine musste das Esszimmer sein, wobei die Bezeichnung Speisesaal angebrachter war. Der Raum war zweigeteilt. An der östlichen Stirnseite war ein Cheminée in die Wand eingelassen. Davor befand sich eine Lounge-Ecke mit vier bequemen Ledersesseln, die garantiert nicht von Ikea stammten. Auf einem Beistelltisch standen ein paar Flaschen mit ausgesuchten Spirituosen.

Die andere Hälfte des Raumes wurde von einem Esstisch ähnlichen Ausmasses eingenommen, wie sie es bei vom Staal gesehen hatte. Es war ein teures Unikat aus dunkler Eiche, das sich gegen die weissen Wände abhob.

Der zweite Raum war das spiegelverkehrte, behaglichere Abbild des Nachbarzimmers. Ein grosser handgeknüpfter Teppich bedeckte den Boden aus Eichenparkett. Cora erkannte das Herati-Muster mit seinen Rhomben, Akanthusblättern und Lotusblüten. Es war ein echter Senneh aus dem persischen Kurdistan. In diesen Ausmassen musste er gut und gerne fünfzehntausend Franken wert sein. Die westliche Stirnwand wurde ebenfalls von einem Cheminée beherrscht. Um einen runden Eichentisch in der Mitte standen drei braune, leicht abgewetzte Lederohrensessel, die aus dem Fundus eines traditionellen englischen Herrenclubs hätten stammen können. Die Getränkeauswahl auf dem Bartrolley war vielfältiger als diejenige im Essraum. Beinahe die gesamte Fläche der nördlichen Wand wurde von Holzregalen mit jeglicher Art Literatur eingenommen. Die Klassiker standen in Eintracht neben der Bibel und der Thora. Cora stach eine besonders edel gebundene deutschsprachige Ausgabe des Korans ins Auge. Fachbücher über alle möglichen Themen beanspruchten einen grossen Teil der Fächer. Offenbar las Freyenfels auch gerne Belletristik mit einer Vorliebe für schweizerische Krimiautoren. Einige wertvolle Kunstbände fehlten ebenfalls nicht. Sogar einige Kinder- und Märchenbücher waren zu finden. Schmunzelnd stellte sie fest, dass Freyenfels ihren Sinn für erotische Literatur teilte.

Die Trennwand zwischen Bibliothek und Essraum war weiss und schmucklos, bis auf ein Gemälde, das einen weinenden Engel mit einem gebrochenen Flügel darstellte. Darunter stand eine Kommode, die einem Gedenkaltar glich. Die Oberfläche des Möbelstücks war überstellt mit gerahmten Fotos. Die meisten zeigten eine schöne Frau in mehreren Lebensphasen. Auf einigen Bildern war sie zusammen mit Freyenfels abgelichtet. Auf anderen war ein weiterer Mann zu sehen. Es war die jugendliche Ausgabe von Joder. Eines der Fotos zeigte die Frau im Alter von etwa Mitte dreissig zusammen mit einem Mädchen, das nicht viel älter als sieben oder acht Jahre alt sein konnte. Das Bild war in einen schlichten Glasrahmen gefasst. Ein Trauerflor war an der rechten oberen Ecke des Bildes befestigt. Weil sie sich zunächst lediglich für die Porträtbilder interessiert hatte, waren Cora die Aufnahmen einer grossen Trauerfeier nicht aufgefallen. Auf einem der Fotos war eine grosse Halle zu sehen, in der Dutzende von Särgen in drei Reihen aufgestellt waren. Die Opfer des Flugunglücks. Was veranlasste Freyenfels dazu, sich das Drama mit dieser Installation permanent vor Augen zu halten? Die Kommode hatte eine Doppeltüre. Der Schlüssel steckte. Das Innere des Schränkchens wurde mit einen Tablar unterteilt. Unten stand eine Reihe gefüllter Aktenordner. Oben lagen drei Kistchen mit Fotos. Cora nahm das mittlere heraus und betrachtete die Aufnahmen. Sie hatte richtig vermutet. Sie mussten kurz nach dem Absturz gemacht worden sein. In einer kargen Hügellandschaft waren Flugzeugtrümmer und Fragmente von Gepäck über eine weite Fläche verteilt. Ein Rettungsmann hielt mit erschütterter Miene eine unversehrte Statue der Gottesmutter hoch. Ein anderes Foto zeigte einen weinenden Polizisten, der eine angesengte Kinderpuppe in der Hand hielt. Die Fotos von bestürzten und trauernden Menschen waren von solcher Intensität, dass Cora einige Male leer schluckte.

Sie stellte das Kistchen zurück und wollte das danebenliegende herausziehen. Sie erschrak, als sich eine Hand auf ihre Schultern legte. Freyenfels war lautlos hereingekommen. Sie hatte sofort ein schlechtes Gewissen. «Entschuldige, Benno, ich dachte …»

«Schon gut, das ist kein Geheimnis. Ich wollte dir eh davon erzählen und dir die Fotos zeigen. Vielleicht verwendest du es für deinen Artikel oder für dein Buch.»

Sie küsste ihn auf die Wange. «War trotzdem nicht nett von mir.»

«Das Essen ist fertig. Trinkst du Rot- oder Weisswein?»

Cora merkte erst, wie hungrig sie war, als sie die ersten Bissen gegessen hatte. Freyenfels war nicht nur ein charmanter und zuvorkommender Gesellschafter, auch seine Kochkünste konnten sich sehen lassen. Er entschuldigte sich, keine Kartoffeln für eine Rösti im Haus zu haben. Deshalb musste er auf frische Eiernudeln als Beilage zur geschnetzelten Kalbsleber zurückgreifen. Normalerweise war Cora zurückhaltend, was das Verspeisen von Innereien betraf. Aus Höflichkeit probierte sie davon. Nach dem ersten Bissen änderte sie schlagartig ihre Meinung. Die Leber war zart wie Butter, und die Rahmsauce war hervorragend abgestimmt. Für deren Zubereitung hatte Freyenfels denselben Rotwein verwendet, den sie tranken, einen 2015 Assemblage Barrique vom Schloss Birseck.

Sie hatte zwei grosse Portionen verdrückt, als sie die Fahnen streckte. «Ein Bissen mehr und du musst mich ins Bett rollen», beantwortete sie seine Frage, ob sie wirklich satt geworden sei.

«Dessert kann ich leider nicht bieten», entschuldigte er sich. «Heute Morgen wusste ich nicht, dass ich am Abend eine bezaubernde Frau bewirten werde.»

«Ich bin zu alt für Süssholzraspeln, Benno. Das steigt mir sonst zu Kopf.» Sie hielt ihm das Glas hin. Zusammen hatten sie anderthalb Flaschen geleert. Cora spürte, dass sie langsam auf die Bremse treten musste.

«Vorschlag», sagte Freyenfels. «Ich mache uns einen schönen Espresso, den wir in der Bibliothek trinken. Ich habe einen Schwarzbuebe-Kirsch, den du unbedingt probieren musst.»

«Was hast du mit mir vor?», fragte sie mit erhobenem Zeigefinger. «Gib dir keine Mühe. Einmal, bei einem Empfang in der russischen Botschaft in Amman, habe ich vier Moskauer Kollegen unter den Tisch getrunken. Später musste man mich hinaustragen, aber ich hab sie alle geschafft.»

«Umso besser, du wirst diesen Kirsch lieben.»

Cora sah ihm zu, wie er das aufgeschichtete Holz im Cheminée anzündete. Sie zeigte hinüber zur Kommode mit den Bildern. «Die Frau auf dem Bild mit dem Trauerflor, ist das Lina?»

Freyenfels nickte.

«Und das kleine Mädchen ist ihre Tochter?»

«Sie hiess Nathalie. Sie bestand darauf, Nathi genannt zu werden.»

«Bei diesem Unglück ist sie auch …?»

«Ja.» Freyenfels blickte versonnen in seinen Schwenker. «Sie reisten alle nach Lourdes. Ich meine, alle Frauen des katholischen Frauenvereins.»

«Sie waren alle im selben Flugzeug?»

Freyenfels nickte. «Die Unfallursache konnte nie restlos aufgeklärt werden. Die geborgene Blackbox lieferte keinen Hinweis auf einen technischen Defekt. Sie zeigte auf, dass der Autopilot ausgeschaltet wurde und der Pilot die Maschine manuell gesteuert hat. Das Gerät mit den Tonaufnahmen aus dem Cockpit wurde hingegen nie gefunden. Zehn Minuten vor der Kursänderung hatte der Pilot der Luftraumkontrolle von Lyon seine Position durchgegeben. Dann brach der Kontakt ab, und die Maschine verschwand vom Radar.»

«Eine missglückte Entführung?», fragte Cora.

«Daran hatte man zuerst gedacht. Alle Passagiere waren Frauen und Kinder von Gilgenberg. Weshalb sollte eine von ihnen das tun? Der Hintergrund der Piloten wurde auch durchleuchtet, ohne dass etwas Nennenswertes zum Vorschein kam. – Zumindest nichts, das man uns gesagt hätte.»

«Furchtbar.»

«Es ist unbeschreiblich», sagte Freyenfels. «Der Flieger zerschellte in der Auvergne, nicht weit von der Stadt Le Puy-en-Velay. Lina, Nathi, sie hatten alle keine Chance.»

Einige Sekunden blieb es still. «Die Wallfahrt fand für sie statt», fuhr Freyenfels fort.

«Für wen?»

«Für Nathi.»

«Nathi? Weshalb?»

«Sie war ein Wildfang, wie ihre Mutter einer gewesen war.»

Ein Schatten verdunkelte Freyenfels' Gesicht. «Sie kletterte gerne auf Bäume. Einige Monate zuvor, an einem Sommertag, wollte sie Chlöpfer von ihrem Lieblingsbaum holen. Er war uralt, aber er trug die knackigsten und süssesten Kirschen. Nathi wusste, welche Äste morsch waren. An diesem Tag hatte sie nicht aufgepasst. Als sie zuoberst auf dem Baum war, brach der Ast unter ihr, und sie stürzte fast zehn Meter in die Tiefe. Der Arzt hat uns später gesagt, dass das hohe Gras den Aufprall gedämpft hätte, wenn nicht Gott, das Schicksal oder wer auch immer gewollt hätte, dass sie auf einem spitzen Stein aufschlug, der sich in ihre Wirbelsäule bohrte.»

Obwohl sie geahnt hatte, wie die Geschichte ausging, lief es Cora eiskalt den Rücken hinunter. Sie schwieg und wartete, bis er bereit war, fortzufahren. Freyenfels rieb sich die Augen. Er sah ihr Glas, und ein Ruck ging durch ihn. «Was bin ich für ein Gastgeber.» Er schenkte ihr nach.

Sie protestierte nicht.

«Wie ging es weiter?»

«Eine Stunde später war Nathi bereits mit dem Helikopter unterwegs ins Paraplegikerzentrum Nottwil. Alle Frauen waren derweil in der Kirche und beteten für sie. Die Ärzte konnten das endgültige Verdikt nicht abwenden.»

«Querschnittgelähmt.»

«Ab dem fünften Wirbel. Nathi konnte für den Rest ihres Lebens nie mehr ihre Beine gebrauchen.»

«Wie ist sie damit umgegangen?»

«Nathi war stark. Nach dem ersten Schock nahm die Sonne in ihrem Gemüt wieder überhand. Sie hatte sich eisern in die Therapie geschickt. Der Rollstuhl ersetzte ihre Beine. Sie wäre sicher mal eine Athletin geworden.»

«Und die Eltern?»

«Joder trug es mit Fassung, weil Nathi glücklich war. Alle im Dorf liebten sie. Wenn sie irgendwo auftauchte, hat sie ein Strahlen auf die Gesichter der Menschen gezaubert.»

«Und Lina?»

«Sie konnte das Schicksal ihrer Tochter nie akzeptieren. Sie glaubte felsenfest an Nathis Heilung. Nach dem Unfall beschäftigte sie sich mit den Wunderheilungen von Lourdes. Sie war damals Präsidentin des katholischen Frauenvereines. Eines Tages hatte sie die Idee einer Wallfahrt nach Lourdes, um dort für Nathis Genesung zu bitten. Die anderen Frauen hatten sich sofort bereit erklärt, sie zu begleiten.»

«Warum sind sie geflogen? Normalerweise reisen solche Gruppen mit dem Zug, oder man fährt mit dem Car.»

Freyenfels starrte sie mit schmerzverzerrtem Gesicht an. Es fiel ihm schwer, die Tränen zurückzuhalten. «Es war meine Schuld», sagte er mit zitternder Stimme.

«Deine Schuld?»

«Nathi liebte alles, was mit Fliegen zu tun hatte. Sie beneidete die Vögel, die vom höchsten Ast eines Baumes zu Boden gleiten konnten. Ihr grösster Wunsch war es, Pilotin zu werden. Weil sie nie geflogen war, hatte ich die Idee, den Charterflug zu organisieren und zu bezahlen. Es war das Mindeste, was ich für sie tun konnte – dachte ich. Nathi hatte gejubelt, als Lina und ich es ihr am Vorabend der Abreise sagten. Sie hat in ihrem Rollstuhl einen verrückten Tanz aufgeführt.» Die Tränen strömten über Freyenfels' Wangen. «Ich war glücklich, weil Nathi glücklich gewesen war. Fünf Tage später glaubte ich, meinen schlimmsten Alptraum zu leben. Der Unterschied war, dass es kein Traum war.»

Freyenfels weinte. Cora setzte sich auf die breite gepolsterte Armlehne seines Sessels und umfasste seine Schulter.

«Nathis Vater, Joder, wie ist es ihm nach dem Unglück gegangen?» Im Grunde kannte sie die Antwort. Sie hatte den Mann vor zwei Tagen gesehen. Er hatte nichts mehr gemein mit dem jungen forschen Typen auf dem Foto.

«Es hat ihn gebrochen», sagte Freyenfels. «Er fing an zu trinken und sich selbst und die Wirtschaft zu vernachlässigen. Als kaum ein Jahr später die Weissrussinnen kamen, hat er sich nicht lange geziert. Er wollte etwas fürs Bett, eine Frau für sofort und später ihre Nichte, Elena, die er nach dem Tod ihrer Mutter bei sich aufgenommen hatte.»

Cora schluckte den dicken Kloss in ihrem Hals hinunter.

Freyenfels zeigte auf die Bücherregale. «Nathi hatte mich vor ihrem Unfall oft besucht. Wenn ihre Eltern keine Zeit hatten, machte sie bei mir ihre Hausaufgaben, oder sie las. Die Märchenbücher und die Geschichten über Prinzessinnen, die ich extra für sie gekauft hatte, hatten sie nie interessiert. Dafür las sie unzählige Male jedes Buch, das sie in der Bibliothek über Fliegerei finden konnte.»

«Du hast sie wie deine Tochter geliebt, nicht wahr?»

«Sie war Linas Kind. Sie war ...» Freyenfels' Stimme stockte. Cora hatte selten einen Mann gesehen, der seinen Schmerz so ausdrückte. Sie rutschte von der Armlehne hinunter und schmiegte sich an ihn, während sein Schmerz aus ihm herausfloss und ihre Bluse netzte.

Die Emotion und die körperliche Nähe stimulierten sie. Ihre Nase zerlegte seinen Geruch. Er hatte dieselbe bittere Tabaknote wie vom Staal. Eine andere Komponente war schwerer und süsser. Zusammen mit dem Alkohol vernebelte sie ihre Sinne. Sie spürte das samtene Gefühl sexueller Erregung, das sich in ihrem Unterleib ausbreitete. Sie hatte Lust, auf der Stelle mit ihm zu schlafen, und schalt sich für diese Gedanken, während er in seinem Schmerz versank wie ein Vater, der um seine geliebte Tochter trauert.

Coras Blick schweifte hinüber zu der Kommode mit den Fotos und blieb auf dem Bild haften, das Lina, Nathi und Freyenfels zeigte. Ein Vater, der um seine Tochter trauert. Es fiel ihr wie Schuppen von den Augen.

«Du bist ihr Vater», flüsterte sie. «Nathi war dein Kind.»

Das Beben seines Körpers wurde stärker. Cora strich über seinen Kopf, als sie seine Tränen wegküsste.

«Es geschah an jenem Tag, auf unserem Spaziergang», sagte er, als er sich ein wenig beruhigt hatte. «Nathi wurde gezeugt, bevor Lina mir sagte, dass sie Joder mir vorzog. Am Tag bevor sie nach Lourdes flogen, hat sie mir gestanden, dass Nathi meine Tochter ist.»

Freyenfels' Körper erbebte erneut. Diesmal ging der Anfall schneller vorüber. «Ich glaube, wir sollten —»

«Wir sollten sitzen bleiben», sagte sie. Sie nahm seinen Kopf in ihre Hände und küsste ihn auf den Mund. Er erwiderte die Berührung erst zögernd. Sie öffnete ihre Lippen, und ihre Zunge bahnte sich einen Weg zu seiner. Die Umarmung wurde heftiger und fordernder, bis ihre Lippen, Zungen und Hände überall waren. Cora setzte sich auf seinen Schoss. Sie knöpfte ihre Bluse auf und liess Freyenfels sie über ihre Schultern streifen. Die Lust übermannte sie, während sie an seinem Gurt nestelte. Für den Bruchteil einer Sekunde leuchtete in einem Winkel ihres Gehirns eine Warnlampe auf. Das verfluchte Gewissen meldete sich. Was tust du eigentlich hier? Die Trauer und den Schmerz eines Vaters ausnützen, um ihn zu bespringen?

Seine Hände arbeiteten sich durch das Hindernis ihres Hosenbundes vor. Für Cora gab es kein Halten mehr. Sie reckte ihm ihren Schoss entgegen und gab sich keine Mühe, leise zu sein.

★★★

Vlady und Austin – vierter Chat

Vlady_03: «Wie findest du's!»

Vlady_03: «Sag was, Mann. Ist das Bild geil oder nicht?»

AustinXXX: «Supergeil, aber …»

Vlady_03: «Was?»

AustinXXX: «Man sieht ja nichts. Und warum machst du so eine traurige Visage?»

Vlady_03: «Komm schon, ich hab fürs Foto extra den knappsten BH angezogen. Den kennt nicht mal Cora. Ausserdem hab ich so was noch nie gemacht. Soll ich da etwa noch fett grinsen?»

AustinXXX: «Man sieht trotzdem nichts.»

Vlady_03: «Was willst du denn mehr?»

AustinXXX: «Du weisst schon.»

Vlady_03: «Perversling.»

AustinXXX: «Ich dachte, wir sind Freunde und vertrauen uns?»

Vlady_03: «Deswegen stelle ich mich noch lange nicht nackt ins Netz.»

AustinXXX: «Schade!»

Vlady_03: «Hey, Austin!»

Vlady_03: «Sag was!»

Vlady_03: «Komm schon, sei nicht so.»

AustinXXX: «Du liebst mich nicht ⊗.»

Vlady_03: «Stimmt nicht. Ich mag dich. Du bist nett.»

AustinXXX: «Nett ist die kleine Schwester von Scheisse.»

Vlady_03: «Hey, ich mein's ehrlich, echt wahr.»

AustinXXX: «Beweis es mir.»

Vlady_03: «Wie?»

AustinXXX: «Küss mich.»

Vlady_03: «Geht's noch? Ich schmuse nicht mit einem schmuddeligen Bildschirm.»

AustinXXX: «Nicht so, Dummie. In echt.»

Vlady_03: «Häh?»

AustinXXX: «Ich will dich sehen, real life.»

Vlady_03: «Weiss nicht. Sie wird's mir nicht erlauben.»

AustinXXX: «Wer?»

Vlady_03: «Cora.»

AustinXXX: «Seit wann kratzt dich, was die sagt?»

AustinXXX: «Vlady?»

Vlady_03: «Okay, lass es uns tun.»

AustinXXX: «Wann?»

Vlady_03: «Sag ich dir. Muss los.»

ACHT

Die Vibration ihres Handys weckte Cora. Im Halbschlaf ertastete sie den Apparat, der auf ihrer Seite am Boden lag. Mila versuchte, sie zu erreichen. Mit einem Schlag war sie hellwach. Der auf antik gestylte Designwecker auf Freyenfels' Seite zeigte, dass es kurz vor halb sieben war. Ein Anruf ihrer Tochter um diese Uhrzeit hatte sie bisher in puncto Eintretenswahrscheinlichkeit mit einer Ankündigung des Papstes gleichgestellt, ab sofort Frauen als katholische Priesterinnen zuzulassen.

Milas Nachricht auf der Combox war kurz angebunden. Sie bat Cora um einen baldigen Rückruf. Sie hätte eine Frage.

Cora rief sofort zurück, worauf sich die launige Stimme ihrer Tochter auf Band für den Anruf bedankte und dass sie bei Gelegenheit zurückrufen werde.

Cora liess sich zurück aufs Bett fallen und blickte hinüber zu Freyenfels, der entgegen der Gewohnheit mancher Männer in seinem Alter im Schlaf ruhig atmete. In diesem Moment hätte es ihr nichts ausgemacht, wenn er den Raum mit sägenden Schnarchgeräuschen gefüllt hätte. Die Erinnerungen an die vergangenen Stunden zeigten Wirkung und weckten neue Begehrlichkeiten. Ein Gefühl von tiefer Zärtlichkeit überschwemmte sie für diesen Mann, der in ihrer Gegenwart seinen Gefühlen und seinem Schmerz um seine grosse Liebe und die gemeinsame Tochter freien Lauf lassen konnte. Damit hatte er bei ihr eine Saite zum Klingen gebracht, deren sinnlicher Vibration sie unmöglich widerstehen konnte. Im Gegensatz zu Alvaro, der, getreu dem Klischee des feurigen Spaniers, ihren Madeiraurlaub in ein erotisches Feuerwerk verwandelt hatte, war Freyenfels ein zärtlicher, aber ausdauernder Liebhaber. Für die Phantasie hatte sie gesorgt.

Sie rutschte zu ihm und fuhr mit den Fingerspitzen über seine nackte, gänzlich unbehaarte Brust, bis er anfing, sich zu regen, und die Augen öffnete. Sie spürte eindeutig, dass es auch bei ihm nicht lange dauerte, bis die Erinnerung an die letzte Nacht einsetzte. Er drehte den Kopf.

«Guten Morgen», sagte sie, «gut geschlafen?»

«Sehr gut. Du solltest damit aufhören.»

«Womit?»

«Damit.» Er hielt ihre Hand fest, die unterhalb seines Bauchnabels auf Erkundungstour war. «Das war eine der schönsten Nächte, seit ich mit Lina zusammen war. Du weisst, wie du Männer anpacken musst. In jeder Hinsicht.»

Er küsste sie.

«Ich kann dir mehr zeigen.» Sie löste ihre Hand aus seiner und setzte die Erkundung fort. Freyenfels hielt den Atem an.

***

Nach einem ausgiebigen Frühstück kündigte Freyenfels an, dass er am späteren Vormittag eine geschäftliche Verabredung mit Immobilienmaklern in Laufen hatte und am Nachmittag in Mulhouse einige Investoren treffen wollte. Er würde nicht vor dem Abend zurück sein können. Seine Frage, ob sie sich dann sehen würden, bejahte Cora und besiegelte die Antwort mit einem enthusiastischen Kuss.

Bevor sie nach Gilgenberg fuhr, wollte Cora im einzigen Blumengeschäft von Nunningen Blumen kaufen, um sie an der Stelle niederzulegen, wo Elena gestorben war. Im Gegensatz zu Gilgenberg fühlte sie sich an diesem Ort willkommen. Die Menschen waren sehr liebenswürdig. Im liebevoll und sorgfältig geschmückten Laden schilderte Cora der Verkäuferin, wofür die Blumen gedacht waren. Während die Frau sorgfältig einen wunderschönen Strauss mit weissen Lilien zusammenstellte, verkürzte sich Cora, eine angebotene Tasse frisch gebrauten Espresso schlürfend, das Warten.

Das Gespräch mit Muralt hatte zur Folge, dass Cora ihr Bild über das Dorf Gilgenberg etwas revidiert hatte. Die Schilderung der Willenskraft dieser Menschen, nach der Katastrophe als eigenständige Gemeinde politisch und wirtschaftlich zu überleben, beeindruckte sie angesichts der zunehmend um sich greifenden Fusionierungswut in den Gemeinwesen. Die Ansiedlung eines bedeutenden landwirtschaftlichen Betriebes dürfte dabei eine ausschlaggebende Rolle gespielt haben.

Nachdem Freyenfels aufgebrochen war, hatte sie sich im Internet über den Gutshof «Naturkraft» schlaugemacht, der über grosse Anbauflächen, nicht nur im Schwarzbubenland und im Elsass, sondern auch im Berner Seeland und im Walliser Rhonetal verfügte. Der Betrieb belieferte ausschliesslich ausgesuchte Gross- und Einzelhändler des Landes und in den umliegenden EU-Staaten mit biologischem Gemüse und Obst. Seine Produkte waren mit der Knospe, dem Label von Bio Suisse zertifiziert worden. Einige kleinere Zweigbetriebe erfüllten nach eigenen Angaben sogar die Anforderungen der Demeter-Klassifizierung für biodynamischen Anbau. Der Hof in Gilgenberg vertrieb zudem Bio-Fleisch und Wurstwaren. Er führte weitere verarbeitete Produkte im Sortiment wie Konfitüren, Säfte und Bienenhonig.

Cora war beeindruckt. Ein schweizerischer Agrargrossbetrieb, der trotz immenser und kostengünstigerer EU-Konkurrenz in der Lage war, international konkurrenzfähig zu arbeiten und Arbeitsplätze zu sichern, weckte ihre Neugier. Sie konnte sich des Verdachtes nicht erwehren, dass der Zuzug der Frauen aus Osteuropa und der wirtschaftliche Erfolg des Gutsbetriebes in einem Zusammenhang standen. Freyenfels hatte ihr erzählt, dass sich einige Gilgenberger Männer mit ihrem Witwerdasein nicht abfinden konnten. Sie waren nach Osteuropa gegangen, ursprünglich, um sich dort eine neue Existenz aufzubauen. Einige waren später mit «neuen» Frauen aus Russland, Weissrussland oder der Ukraine zurückgekommen. Das Beispiel hatte Schule gemacht, und kurz darauf hatten die neuen Gilgenbergerinnen Freundinnen und Verwandte nachkommen lassen, von denen am Ende viele hier einen Mann gefunden hatten. Freyenfels' Argument, dass sich damals nur wenige Schweizerinnen dazu bereit erklärt hätten, als Bäuerinnen ins Schwarzbubenland zu ziehen, hatte Cora stehen lassen.

Zwei Jahre nach dem Unglück war das Dorf zu neuem Leben erweckt worden, was sich zeitlich in etwa mit der Ansiedlung des Betriebes deckte.

Im Zuge der Personenfreizügigkeit konnte das Gros der Arbeitskräfte in den neuen osteuropäischen EU-Mitgliedern rekrutiert werden. Coras Gefühle über das Dorf und den Betrieb waren gemischt. Gilgenberg könnte als Beispiel gelungener wirtschaftlicher und sozialer Integration für andere Gemeinden dienen. Die andere Variante war, dass das Dorf eine schwarze Seele hatte, deren Eishauch Cora bei ihrem ersten Besuch gespürt hatte.

***

Sie hatte nicht mit Gegenverkehr auf der Schlossstrasse, der schmalen Zufahrtsstrasse zur Burgruine, gerechnet und war gezwungen, mit zwei Rädern ins Feld auszuweichen, als ihr ein grauer Renault Master Minibus entgegenkam. Sie schätzte sich glücklich, dass kein Sickergraben Strasse und Acker trennte. Es war nicht davon auszugehen, dass vom Staal ihr seinen Maserati als weiteren Ersatz zur Verfügung stellen würde, wenn sie den Mini in einen Graben fuhr.

Der Minibus zog an ihr vorbei. Das Gefährt bot gut und gerne einem Dutzend Personen Platz. Dahinter folgte ein zweiter Bus desselben Typs. Durch dessen Frontscheibe sah Cora eine junge Frau auf dem Beifahrersitz. Das Fahrzeug war ebenfalls voll besetzt. Die Passagiere waren ausschliesslich weiblich. Beim dritten Bus richtete sie ihre Aufmerksamkeit auf die Nummernschilder. Fahrzeuge mit französischer Immatrikulation waren in dieser Gegend keine Seltenheit. Das elsässische Leymen war in einer halben Autostunde erreichbar, wenn man den direktesten Weg über Rodersdorf in der Solothurner Exklave Hofstetten/Mariastein wählte.

Cora kannte sich nicht so gut mit dem seit 2009 verwendeten

französischen Kennzeichensystem aus. Auf dem blauen Band rechts von der Matrikelnummer las sie die Departementsnummer 90. Darüber prangte das Wappen der Region, mit dem sie nichts anfangen konnte. Wenn alle drei Fahrzeuge ausschliesslich mit weiblichen Passagieren besetzt waren, kutschierte der Konvoi an einem normalen Werktag über dreissig Frauen in der Gegend herum. Sie fuhren auf der Strasse, die von der Burgruine her kam. War es möglicherweise ein Betriebsausflug oder, angesichts des Alters der Insassinnen, ein französisches Mädchenpensionat auf Exkursion? Gab es auf der anderen Seite der Grenze nicht genügend sehenswerte Burgen und Schlösser, wie beispielsweise die Ruine Landskron zwischen Leymen und Flüh?

Cora fuhr auf eine Abzweigung zu, die sie vor zwei Tagen nicht beachtet hatte, als sie in Gedanken zu Fuss vorbeigekommen war. Das abgehende Strässchen führte zu einer Gruppe von Gebäuden, von denen es sich bei einigen um lang gezogene Lagerhallen handelte. Sie setzte kurz entschlossen den Mini ein Stück zurück und bog in das Strässchen ein. Nach rund dreihundert Metern stoppte sie vor einem geschlossenen Gittertor mit Stacheldrahtkrone und Sicherheitskamera. Sie stieg aus und trat vor das Tor. Ein schlichtes Metallschild verkündete:

NATURKRAFT – FESTUNG DER GESUNDHEIT – Biologischer Anbau und Grosshandel; Anlieferungen und Abholungen Mo–Fr. 08.00 bis 17.00 Uhr, Samstag. 08.30–12.30 Uhr; Besucher ausschliesslich nach vorheriger Vereinbarung; ZUTRITT FÜR UNBEFUGTE VERBOTEN – VORSICHT VOR DEM HUND

Festung, wie passend, dachte sie. Das Schild erweckte in ihr nicht das Gefühl, willkommen zu sein, im Gegenteil. Das vermochte sie keineswegs abzuschrecken. Sie suchte vergebens nach einer Klingel oder einer Gegensprechanlage neben oder am Tor. Sie trat ein paar Schritte zurück und blickte den Zaun entlang. Möglicherweise gab es einen Personeneingang. Ebenfalls Fehlanzeige. Sie versicherte sich, dass der Zaun nicht unter Strom stand, und spähte durch den Maschendraht hindurch. Sie sah zur Sicherheitskamera hoch, deren rot blinkendes Zyklopenauge jeder ihrer Bewegungen folgte.

«Okay», sagte sie laut. «Showtime!» Sie vollführte einige Stepptanzschritte, die sie aus der Zeit der Tanz-AG während der Kantonsschule beherrschte. Dabei grinste sie permanent in Ziegfeld-Follies-Manier in die Kamera.

«Hören Sie auf damit. Was wollen Sie?», ertönte eine unbeeindruckt klingende Männerstimmte aus einem Lautsprecher.

Sie sah nirgends ein Mikrofon. «Mein Name ist Cora Johannis», rief sie ins Leere. «Ich bin freischaffende Journalistin und arbeite an einer Reportage über biologischen Landbau in der Schweiz. Ich würde gerne Ihren Geschäftsführer dazu interviewen.»

«Haben Sie eine Verabredung?» Das fliessende Hochdeutsch der Lautsprecherstimme hatte einen ausgeprägten französischen Akzent und eine weitere Klangfärbung. Sie tippte auf Russisch oder eine andere slawische Muttersprache.

«Leider nein. Es war ein spontaner Entscheid und –»

«Sie haben keine Befugnis, hier zu sein. Gehen Sie!»

Kein «Bitte», kein «Tut uns leid». So viel zur bäuerlichen Gastfreundschaft. «Könnten Sie keine Ausnahme machen? Ich bin extra wegen Ihnen von Solothurn hierher gefahren.»

«Ohne Verabredung kein Zutritt. Verlassen Sie das Gelände.»

Das Knacken des Lautsprechers bedeutete zweifellos, dass die Diskussion beendet war. Sie war versucht, die guten Manieren ihres Gesprächspartners mittels ausgestrecktem Mittelfinger in Richtung der Kamera zu quittieren. Da ihr das mutmasslich mehr Ärger als Erfolg einbringen würde, verzichtete sie.

Sicherheitselektronik und Stacheldraht. Das Areal war besser abgeschottet als der Goldkeller der Nationalbank. Hier gab es zweifellos das bestgesicherte Frischfleisch, Gemüse und Obst in ganz Europa. Der Gedanke an Frischfleisch rief ihr die jungen Frauen in den Minibussen in Erinnerung. «Hätte nie gedacht, dass die Nachfrage nach Bioprodukten so immens ist», murmelte sie, als sie ins Auto stieg.

★★★

Es kostete sie Überwindung, über die Schwelle des Palas der Burgruine zu treten. Ein rostroter Schimmer an der Stelle, wo sie die leblose Elena gefunden hatte, war der einzige verbleibende Zeuge, dass sich hier etwas Furchtbares ereignet hatte. Cora legte den Lilienstrauss nieder. «Verzeih mir, Elena», sagte sie. «Ich wollte, dass du frei lebst. Dafür musstest du sterben. Einer Sache kannst du dir gewiss sein: Wenn es sonst niemand tut, werde ich den- oder diejenigen finden, die dir das angetan haben, und dafür sorgen, dass sie zur Verantwortung gezogen werden.»

Nachdem sie einige Minuten in Gedanken an Elena dagestanden war, stieg sie die Stahlleiter zum Aussichtsfenster hoch. Auf dem Mauersims war eine Informationstafel angebracht. Sie gab Auskunft zur Entstehung des Faltenjuras von vor zehn bis fünf Millionen Jahren sowie zur Funktion des Karstgesteins als Wasserspeicher. Cora überflog die Informationen und die Grafiken halbherzig. Sie interessierte sich mehr für die Aussicht.

Ihr zu Füssen lag das Dorf Gilgenberg. Sie gewahrte deutlich das Ausmass der Gutsbetriebes «Naturkraft». Das Areal bestand aus neun Gebäuden. Es war fast ein Dorf für sich. Am Perimeter des Zaunes, welcher der Zufahrtsstrasse entlang führte, befand sich ein Bauernhaus mit Wohngebäude und Wirtschaftstrakt. Das musste das ursprüngliche Bauernhaus gewesen sein. Daneben standen zwei Wohngebäude neuerer Bauart, die den Anschein machten, als dienten sie als Personalunterkünfte. Dahinter hatte man einen grossflächigen und unansehnlichen eingeschossigen Flachdachbau errichtet, dessen Zweck die Unterbringung von Fahrzeugen und Geräten sein musste. Die drei modernen Grosstraktoren und der Erntewagen, die vor dem Gebäude standen, unterstrichen ihre Annahme. In einer grossen Bucht war eine hydraulische Hebebühne installiert. Der

Hof verfügte offenbar über eine Infrastruktur, die es erlaubte, Reparaturen in Eigenregie zu verrichten. Weiter hinten, gegen den Wald hin, sah sie ein zerfurchtes, erdiges Stück Land, auf dem sich nahezu zwanzig Schweine tierschutzgerecht und biologisch konform suhlten. Nach aussen war der Hof ein vielfältiger autarker Biobetrieb.

Vor einem der Wohngebäude stand ein grauer Minibus. Auf die Distanz konnte sie nicht erkennen, ob es der gleiche Typ war wie die Fahrzeuge, die sie vorhin gekreuzt hatte. Sie war sich dessen fast sicher und bedauerte, kein Fernglas dabeizuhaben. Somit waren die Minibusse mit den französischen Nummernschildern vom Gutsbetrieb und nicht, wie vermutet, von der Burg gekommen. Das schloss einen Schulausflug verwöhnter Internatsprinzessinnen aus. Es dürfte vielmehr ein Personaltransport gewesen sein. Möglicherweise zu den Ablegern des Betriebes dies- und jenseits der Grenze in Rodersdorf und im Leymental. Es war hingegen eher aussergewöhnlich, dass ein Bauer seine Erntehelfer, die darüber hinaus alle weiblich, jung und hübsch zu sein schienen, mit einem komfortablen Minibus auf die Felder führte. Cora hätte geschworen, dass die Frau, die sie durch die Frontscheibe gesehen hatte, geschminkt war. Es war ihr neu, dass das Make-up des Hilfspersonals dem Wachstumsprozess im biologischen Anbau förderlich war.

Im alten Bauernhaus gingen ständig Leute ein und aus. Es sah so aus, als wäre dort die Verwaltung untergebracht. Vor dem Gebäude stand ein weisser SUV, dessen Marke und Typ aus der Entfernung nicht feststellbar waren. Cora tippte entweder auf einen BMW X5 oder einen Porsche Cayenne.

Ihr Blick schweifte hinter dem Verwaltungsgebäude nach Osten, wo zwei immense Hallen in den Hang hineingebaut waren. Sie sahen aus wie Lagergebäude. Vermutlich verarbeitete «Naturkraft» einige Produkte selbst weiter. Männer mit Hunden patrouillierten auf dem ganzen Gelände. Cora fragte sich, wen oder was sie wohl bewachten.

Beim Hauptgebäude bewegte sich etwas. Der weisse SUV steuerte auf das Tor zu, das sich wie von Geisterhand öffnete.

Der Wagen fuhr hinaus Richtung Dorf. Bevor er die ersten Häuser erreichte, bog er links ab und steuerte die Schule an, die etwas unterhalb von Kirche und Friedhof lag. Zumindest vermutete Cora, dass es eine Schule oder ein Kindergarten war. Die Bestätigung kam im Moment, als sich die Türen des Gebäudes öffneten und eine Schar Kinder herausströmte. Sie sah auf die Uhr. Punkt elf Uhr fünfundvierzig, Mittagspause. Der SUV stoppte vor dem adretten Bau. Eine Frau stieg aus. Cora konnte von ihr nichts weiter erkennen als ein eng angelegtes weisses Kopftuch und eine grossflächige Sonnenbrille. Das Alter der Person war auf die Entfernung schwer zu bestimmen. Ein Knabe löste sich von einer Gruppe und lief auf die wartende Frau zu, die sich zu ihm hinunterbeugte. Mehr war nicht zu sehen, da das Dach des SUV ihr die Sicht versperrte. Kurz danach tauchte der Kopf der Frau wieder hinter dem Wagen auf. Sie ging um das Fahrzeug herum und stieg auf der Fahrerseite ein, wendete und fuhr den Weg zurück, den sie gekommen war.

Bevor sie den Palas verliess, schickte Cora einen letzten stillen Gruss an Elena.

★★★

Es war beinahe drei Uhr nachmittags, und Cora hoffte, sich im kleinen Lebensmittelladen von Gilgenberg ein Brötchen oder mindestens eine Frucht kaufen zu können. Normalerweise hielt sie problemlos ohne Mittagessen bis am Abend durch, wenn sie reichlich gefrühstückt hatte. Die Nacht mit Freyenfels hatte sie mehr Substanz gekostet als früher. Bist halt nicht mehr die Jüngste, gab sie sich zu.

Die Hoffnung löste sich in nichts auf, als sie vor dem geschlossenen Laden anrannte. Eine handgeschriebene Notiz an der Eingangstür informierte sie, dass er heute ausnahmsweise erst ab sechzehn Uhr geöffnet sein würde. Sie überlegte sich, nach Zullwil oder Meltingen zu fahren, um dort etwas zu essen, als sie unvermittelt das Bedürfnis verspürte, einen alten Bekannten zu besuchen.

Die Gaststube des «Schlosshofes» war gut besucht. Als Cora sie betreten hatte, verstummten alle Gespräche, auch dasjenige zwischen Joder und einem Mann hinter der Theke, das so heftig geführt wurde, dass sie auf einen Streit getippt hätte. Der Mann drehte ihr den Rücken zu. Die abrupte Stille liess ihn herumfahren und Cora direkt ins Gesicht sehen. Er gehörte nicht zu den Stammgästen, die sie bereits hier gesehen hatte. Die Erscheinung passte nicht hierher. Sein Haar war militärisch kurz geschnitten. Das Gesicht war hager. Wangen und Kieferknochen standen hervor. Die blauen Augen strahlten einen animalischen Glanz aus. Coras Sensorium für Menschenkenntnis liess alle ihre inneren Alarmlampen aufleuchten. Sie hatte in den Lagern und Dörfern der Flüchtlinge und Verfolgten oft solche Männer gesehen. Es waren Prädatoren, die das Elend und die Wehrlosigkeit der Menschen ausnutzten und sich skrupellos nahmen, was sie wollten, auch wenn es Menschenleben waren.

Cora und der Unbekannte liessen für einige Sekunden die Blicke nicht voneinander. Sie spürte, dass er sie musterte und sich überlegte, was sie für ihn sein mochte. Gegner oder Opfer? Sie hielt seinem Blick stand, wo andere den ihren gesenkt und damit Unterwürfigkeit signalisiert hätten. Cora liess sich ihre Befriedigung nicht anmerken, als er einmal kurz blinzelte und sich dann wieder zu Joder umwandte, ihm etwas zuflüsterte, kurz auf die Schulter klopfte und sogleich den Raum durch die Tür mit der Aufschrift «Privat» verliess.

Joders Freude über das Wiedersehen mit Cora hielt sich in engen Grenzen. Sie setzte sich auf den gleichen Platz wie vor drei Tagen. Während sie ohne Hoffnung die immer noch aufliegende Karte mit dem Tagesteller so eingehend studierte, wie es die drei Zeilen auf dem Papier zuliessen, wurden die Gespräche unter den Gästen wieder aufgenommen.

Joder bediente selbst. Er liess sich Zeit mit Cora und erzählte der Männergruppe am Stammtisch lauthals einen unanständigen Witz. Als er nach fünf Minuten nicht an ihren Tisch kam, fixierte ihn Cora mit dem, was Julian ihren Flammenblick nannte.

«Was wollen Sie?», blaffte Joder sie an, als er ihrem Willen nicht länger widerstehen konnte.

«Wer war der Mann, mit dem Sie sich vorhin so intensiv unterhalten haben?»

«Das geht Sie nichts an. Ausserdem sind Sie immer noch nicht willkommen hier.»

«Dürfte ich den Grund dafür erfahren?»

Die Brissago trieb erneut ihr Wechselspiel mit seinen Mundwinkeln. «Sie haben Elena auf dem Gewissen. Wegen Ihres gescheiten Stadtweibergeschwätzes ging sie in den Tod.»

Cora musterte den Wirt von oben bis unten. «Täusche ich mich, oder machen Sie tatsächlich nicht den Anschein eines Vormunds, der um seinen Schützling trauert, Herr Joder? – Ich nehme den Tagesteller.»

«Ausverkauft!», knurrte er.

«Gut», sagte sie achselzuckend. «Dann eben dieselbe Prozedur wie letztes Mal. Ein Stück Brot werden Sie wohl haben, dazu ein gut eingeschenktes Glas Wasser. – Später ein Kaffee wäre schön. Und wenn Sie so freundlich wären und mir noch mal das Amtsblatt bringen würden. Ich konnte es beim letzten Mal nicht ganz zu Ende lesen.»

Erst schien es, als ob Joder ihr ins Gesicht springen wollte, bevor er mit einer für sie unverständlichen abschätzigen Bemerkung davonschlurfte. Sie stiess einen lautlosen Seufzer der Erleichterung aus. Die Aussicht auf das Abendessen zu zweit mit Freyenfels und das sinnliche Dessert danach würde es ihr leicht machen, das trockene Brot mit dem lauwarmen Leitungswasser hinunterzuspülen.

Ihr iPhone klingelte sie aus der Vorfreude zurück in die Gegenwart. Wenn man vom Teufel sprach.

«Wo bist du, Cora?», fragte Freyenfels.

«Beim späten Mittagessen im ‹Schlosshof›», sagte sie und versuchte dabei, neutral zu klingen.

«Im Ernst?»

«Nein, aus purer Lebensfreude. Ich habe soeben meine masochistische Ader entdeckt.»

«Wenn das so ist, fällt es dir sicher schwer, nach Breitenbach zu kommen.»

«Lass mich kurz überlegen.» Sie schwieg eine Sekunde. «Nein, tut es nicht. Wo bist du?»

«Auf dem Regionenposten der Kantonspolizei. Diese junge Polizistin aus Solothurn hat mich angerufen.»

«Jäggi?»

«Sie haben Schtäkkä-Köbi festgenommen. Genauer gesagt, die französische Gendarmerie hat ihn irgendwo zwischen Leymen und Altkirch aufgegriffen. Weiss der Teufel, was er dort zu suchen hatte. Die Gendarmen bringen ihn in diesem Moment nach Rodersdorf, wo er von der Kantonspolizei übernommen wird. Angeblich benimmt er sich sehr störrisch und verlangt mit der ‹schöni Fräou› zu sprechen. Das bist wohl dann du.»

«Der Mann hat eben Geschmack.»

«Frau Jäggi meint, dass wir der Polizei helfen könnten, etwas aus ihm herauszuholen. Ich habe meine Verabredung für heute Nachmittag verschoben.»

Als Joder ihr den Kaffee brachte, machte Cora eine bedauernde Geste und versprach ihm, ganz bald wieder vorbeizuschauen.

★★★

Sie hatte keine Mühe, das Amthaus in Breitenbach zu finden, das neben dem Regionenposten der Kantonspolizei andere Ämter und Behörden der kantonalen Verwaltung für den Bezirk Thierstein beherbergte. Es war ein dreigeschossiger ausladender Verwaltungsbau aus der vorletzten Jahrhundertwende mit einem Satteldach und lag direkt an der Passwangstrasse.

Freyenfels wartete vor der Freitreppe zum Eingang. Sie umarmte ihn und gab ihm einen langen Begrüssungskuss. Just in diesem Moment kam Karin Jäggi zur Tür heraus. Sie hielt einen Moment inne, als sie realisierte, dass sie einen intimen Moment störte, und wollte sich diskret zurückziehen. Cora löste sich von Freyenfels und ging auf sie zu.

«Leider hat sich eine Verzögerung ergeben», sagte Jäggi nach der Begrüssung. «Soviel ich verstanden habe, hatten die französischen Kollegen, die Zeltner nach Rodersdorf bringen sollten, eine Panne und warten jetzt auf ein Ersatzfahrzeug. Es wird noch eine Weile dauern, bis er hier ist.»

Cora und Freyenfels vertrieben sich die Wartezeit im Café Brüggli im benachbarten Büsserach, wo ein grosser Salat Coras Hunger etwas zu stillen vermochte. Es war beinahe sieben Uhr, als Jäggi die beiden wieder ins Amthaus zurückrief.

«Herr Zeltner will mit Ihnen sprechen, Frau Johannis», sagte sie, als sie in einem Besprechungszimmer Platz nahmen. «Ich habe den Staatsanwalt angerufen. Herr Muralt ist einverstanden, dass Sie mit ihm in meinem Beisein kurz reden.»

«Ist das nicht unüblich?»

«Herr Muralt begrüsst es, wenn Sie sich mit Zeltner unterhalten. Fragen Sie mich nicht warum, aber wenn's was bringt, warum nicht.»

«Was sagt Herr Lüthi dazu?»

«Mike, ich meine, Herr Lüthi ist dagegen. Es ist Muralts Entscheidung. Herr Lüthi verlangt, dass ich Sie ausdrücklich zu vollkommenem Stillschweigen verpflichte, was ich hiermit getan habe. Der Staatsanwalt besteht natürlich auch darauf.»

«Okay», sagte Cora und versuchte, ihre Verblüffung nicht allzu sichtbar zu machen. Muralt musste wissen, was er tat. Von Berufs wegen war sie die Letzte, die sich über derartige Kooperationsbereitschaft seitens der Behörden beklagte.

Jäggi führte sie und Freyenfels in ein Besprechungszimmer und bewirtete sie mit Kaffee und Wasser. Cora fand die Polizistin und ihre aufrichtige Freundlichkeit sympathisch. Sie fragte sich, wie sich die schüchtern und zurückhaltend wirkende Beamtin verhielt, wenn sie in eine gefährliche Situation geraten und wirklich schweren Jungs gegenüberstehen würde.

«Ist Herr Lüthi nicht da?», fragte Cora.

«Der Chef hat ihn mit einem anderen Fall betraut. Staatsanwalt Muralt ist in Olten und wird es auch nicht schaffen. Sie müssen mit mir vorliebnehmen.» Das klang beinahe entschuldigend. Mit einer Geste machte Cora Jäggi begreiflich, dass sie sich für gar nichts entschuldigen musste.

«Halten Sie den Schtäkkä-Köbi als Auskunftsperson oder als Beschuldigten fest?», fragte Freyenfels.

Jäggi hielt ein Dossier hoch. «Der Obduktionsbericht aus Basel ist eingetroffen.»

«Das ging ja schnell.»

«Sie haben Überstunden geschoben, unsere Kriminaltechnik in Solothurn auch. Der Kripo-Chef und Herr Muralt haben in Basel Druck gemacht. Wir brauchen im Fall Amanda Stebler unbedingt Resultate. Öffentliches Interesse und so, Sie wissen schon. In Solothurn will man möglichen Spekulationen in den Medien keinen Vorschub leisten», sagte sie mit einem Seitenblick zu Cora.

«Keine Sorge, diese Art der Berichterstattung gehört nicht in mein Ressort.»

«Was sagt denn nun der Obduktionsbericht?», fragte Freyenfels.

Jäggi räusperte sich. «Ich muss vorausschicken, dass es sich um einen vorläufigen Untersuchungsbericht handelt. Toxscreen und DNA müssen sie nachliefern.» Jäggi öffnete das Dossier. «Was wir wissen, ist, dass die Filzfasern, die wir unter den Fingernägeln von Frau Stebler gefunden haben, tatsächlich von einem alten Militärmantel stammen. Herr Zeltner besitzt so ein Teil. Wir warten auf die Resultate der Vergleichsproben aus Solothurn.»

«Ich kann mir nicht vorstellen, dass der Schtäkkä-Köbi die beiden getötet hat», sagte Cora nachdenklich.

«Da ist etwas, was Sie wissen müssen», sagte Jäggi. «Es dürfte vor allem Sie interessieren, Frau Johannis: Bei der genauen Untersuchung des Leichnams von Elena Lutschyna wurden kleinste Hautpartikel festgestellt.»

«Wollen Sie damit sagen, dass Sie den armen Schlucker verdächtigen, das junge Paar und die arme Elena umgebracht zu haben?»

«Wir stehen erst am Anfang. Vorerst müssen wir die Vergleichsproben der Haut und der Fasern abwarten», beschwichtigte Jäggi. «Bei Übereinstimmung beantragen wir einen Haftbefehl gegen Herrn Zeltner. – Zudem weist er Kratzspuren im Gesicht auf. Die Untersuchung ist im Gang. Wenn die DNA der Hautpartikel an Frau Lutschynas Fingernägeln mit derjenigen des Verdächtigen übereinstimmt, haben wir wohl unseren Mann.»

Cora war nicht überzeugt. «Wenn ich richtig verstanden habe, wurden bei Elena keine Abwehrspuren festgestellt.»

«Richtig, keine bis auf diese Hautpartikel. Irgendwie müssen sie ja dahin gekommen sein.»

Cora machte eine skeptische Grimasse.

«Sie erstaunen mich, Frau Johannis. Gestern, in der Schanzmühle, wollten Sie uns den Fall unbedingt als Verbrechen verkaufen. Jetzt, wo wir entsprechende Hinweise haben, scheint es Ihnen nicht recht zu sein.»

«Ich bin nach wie vor von meiner Mordthese überzeugt. Aber dass es der Schtäkkä-Köbi gewesen sein soll?» Cora sah zu Freyenfels, der ratlos die Hände hob.

«Wenn Sie wollen, können Sie jetzt mit ihm sprechen, Frau Johannis», sagte Jäggi. «Er ist in einer Wartezelle im Untergeschoss. Ich lasse ihn holen.» Sie griff zum Telefon und gab eine kurze Anweisung durch. Sie warf Freyenfels einen entschuldigenden Blick zu. «Die Gesprächserlaubnis gilt ausschliesslich für Frau Johannis. Es tut mir leid, Herr Freyenfels. Herr Zeltner wünscht ausdrücklich, mit ihr allein zu sprechen.»

Für einen Augenblick entgleisten Freyenfels' Gesichtszüge. Gleich darauf fing er sich. «Das ist kein Problem. Ich warte draussen.» Beim Hinausgehen berührte er kurz Coras Hand.

«Tut mir leid, wirklich», sagte Jäggi zu Cora. Die zärtliche Geste war ihr nicht entgangen.

«Keine Sache. Warum ist Herr Muralt so interessiert daran, uns in die Ermittlungen einzubeziehen?»

«Offen gestanden erstaunt mich das auch. Möglich, dass es daran liegt, dass er Herrn Freyenfels vertraut und damit auch Ihnen. Kommt dazu, dass Herr Freyenfels in dieser Gegend Ansehen und Einfluss geniesst. Er ist ja so eine Art Potentat hier.»

Mit dem Potentat liegst du richtig, meine Liebe, dachte Cora.

«Ich arbeite zum ersten Mal mit Herrn Muralt zusammen», sagte Jäggi. «Staatsanwältin Casagrande in Solothurn würde so etwas nie gestatten.»

Schtäkkä-Köbi wurde in Begleitung eines kräftigen uniformierten Beamten in den Raum gebracht. Der Alte wirkte müde und verwirrt. Auf seiner Wange leuchteten drei rote Striemen. Er hielt seine speckige Militärhose mit einer Hand zusammen, damit sie nicht hinunterrutschte. Die als Gurtersatz dienende Schnur hatte man ihm abgenommen. Das fleckige und abgewetzte Hemd, dessen Gewebe mehr mit gutem Willen als mit Kett- und Schussfaden zusammengehalten wurde, musste ebenfalls vor langer Zeit zu seiner persönlichen Armeeausrüstung gehört haben. Erst als ihm der Uniformierte die Handschellen abgenommen hatte und beim Hinsetzen behilflich war, realisierte Köbi Coras Gegenwart. Sein Gesicht hellte sich für einen Augenblick auf. «Schöni Fräou, liebi schöni Fräou!» Er sah zum Uniformierten hoch und zeigte mit dem Finger auf Cora.

«Het mii Schtäkkä gfunge. Liebi Fräou, schöni Fräou.»

Das war es also, was ihn mit ihr verband, dachte Cora. Sie hatte seinen geliebten Stock für ihn gefunden.

Sein Gesicht verfinsterte sich. Er blickte sich hastig und suchend im Raum um.

«Wo isch er, mii Schtäkkä?», fragte er mit zunehmend panischer Stimme. «Wägg, mii Schtäkkä isch wägg.» Köbi blickte Cora flehend an. «Muess ne wieder finge. Schöni Fräou muess am Köbi si Schtäkkä wieder finge.» Wie von der Tarantel gestochen zuckte er von seinem Stuhl hoch und beugte sich über den Tisch. Er versuchte, Cora zu packen, die erschrocken zurückwich. Der Uniformierte hatte grösste Mühe, den Alten festzuhalten. Jäggi kam ihm zu Hilfe und bog seine Hände auf den Rücken. Der Beamte legte die Handschellen erneut an. Köbi brüllte inzwischen wie am Spiess nach seinem Stock und bedachte alle Anwesenden mit den wüstesten Fluch- und

Schimpfwörtern. Er sah die ganze Zeit Cora an, während er sich unter dem Griff der Polizisten wand.

«Zurück in die Zelle mit ihm!», rief Jäggi, die Köbis Oberkörper auf die Tischoberfläche drückte.

«Warten Sie!» Cora trat zu Köbi hin, dessen Wange von Jäggi flach auf die Tischplatte gepresst wurde. Sie kauerte vor ihm hin und sah ihm in die Augen. «Ruhig, Köbi, ich hole deinen Stock und bringe ihn zu dir.» Sobald er ihr in die Augen sah, beruhigte er sich. «Bitte, liebi schöni Fräou. Finge. Am Köbi si Schtäkkä finge, bitte», sagte er mit Tränen in den Augen. Cora nickte und warf Jäggi einen fragenden Blick zu.

«Der Postenchef hat ihn in Verwahrung.» Jäggi wies mit einer Kopfbewegung nach hinten.

Cora brauchte zum Glück keine langen Erklärungen abzugeben. Wenig später kam Jäggi zurück und zeigte Köbi den Stock. Köbi beruhigte sich augenblicklich, sodass die Polizisten ihn loslassen konnten. Der Uniformierte half ihm beim Hinsetzen.

Cora wollte ihm den Stock in die Hand drücken. Jäggi hielt sie zurück. «Ich behalte ihn, sodass du ihn sehen kannst, Köbi, in Ordnung?», sagte Cora zu Köbi.

Cora setzte sich auf ihren Platz und hielt den Stab aufrecht neben sich, wie Moses, als er die Israeliten aus Ägypten führte.

Köbis Augen glänzten. Er hob und senkte unablässig den Kopf. Der Uniformierte hatte sich hinter ihm aufgebaut, bereit, jederzeit einzugreifen. Jäggi setzte sich auf einen Stuhl an der Wand hinter Cora.

Sie warteten vergeblich, dass Köbi von sich aus anfing, zu reden. «Also, Köbi», machte Cora den Anfang. «Du wolltest mir etwas sagen?»

Sein Kopf war auf seine Brust gesunken. Es machte den Anschein, als ob er vor sich hin döste. Als Cora ihn ansprach, schnellte er hoch. Er blickte in ihr Gesicht mit einem Ausdruck, als ob er sie schon lange nicht mehr gesehen hätte.

«Was hesch gsäit, schöni Fräou?»

«Du wolltest mir etwas sagen, vorhin. Erinnerst du dich?»

«Sägä? Näi. Dr Schtäkkä, gfunge, dr Schtäkkä. Merci, schöni

Fräou.» Er grinste Cora selig an wie ein kleines Kind, dessen lange Wunschliste zu Weihnachten bis zum letzten Punkt erfüllt worden war.

«Wolltest du mir nichts anderes sagen?»

Das Grinsen wurde durch kräftige Runzeln ersetzt, die sich in seinem faltigen Gesicht zusammenzogen.

«Sägä, was sägä, näi ...» Sein Blick trübte sich. Cora sah zu Jäggi, die Abbruch signalisierte. «Das bringt nichts mehr.» Sie machte dem Uniformierten ein Zeichen. «Bring ihn zurück in die Zelle.»

Als der Beamte Köbi beim Aufstehen half, schnellte dieser hoch. Jäggi machte sich abwehrbereit.

Köbi winkte Cora zu sich hin. Diese sah zu Jäggi, die warnend den Kopf schüttelte. Köbi starrte sie unablässig an. Schliesslich gab sich Cora einen Ruck und ging langsam zu Köbi hin, der inzwischen vom Uniformierten und von Jäggi an je einem Arm festgehalten wurde. Als sie vor ihm stand, bedeutete er ihr, dass er ihr etwas ins Ohr flüstern wollte.

«Vorsicht», zischte Jäggi. «Der ist in der Lage und beisst Ihnen ein Ohr ab.»

Cora schloss die Augen und hielt ihren Kopf näher an Köbis Mund.

«Was hat er Ihnen gesagt?», fragte Jäggi, als Köbi draussen und auf dem Weg zur Zelle war.

«Ich weiss nicht, ob ich alles richtig verstanden habe», sagte Cora. «Er muss vorgestern bei der Ruine etwas gesehen haben. Etwas Gefährliches, meint er.»

«Hat er gesagt, was oder wen er gesehen hat?»

«Er hat etwas gemurmelt, dass er es vergessen habe und müde sei. Vielleicht können wir es morgen noch mal versuchen.»

Jäggi machte ein nachdenkliches Gesicht. «Streng genommen dürfen wir hier keine Festgenommenen übernachten lassen. Die Zellen sind nicht dafür ausgestattet. Zeltner müsste sofort ins Untersuchungsgefängnis nach Olten überführt werden.»

«Mist!», sagte Cora. «Das Ganze hier verwirrt ihn schon genug. Im UG wird er komplett zumachen. Dann kriegen wir gar nichts mehr aus ihm heraus. Ich bin sicher, dass er mir noch etwas Entscheidendes sagen wird.»

Jäggi dachte nach, dann sah sie auf ihre Uhr. «Es ist jetzt schon fast halb neun. Man könnte sagen, schon etwas spät für den Transport, und vielleicht hat ja die Verzögerung mit den Franzosen auch etwas länger gedauert. – Ich glaube, ich muss den Staatsanwalt davon in Kenntnis setzen, dass wir Zeltner über Nacht hierbehalten und es ihm in der Zelle so komfortabel wie möglich machen. Morgen wird er nach Olten überführt.»

Diese Polizistin wurde Cora immer sympathischer.

«Vielleicht hilft Zeltner die Nacht, sich zu erinnern», sagte Jäggi und griff zum Telefon.

NEUN

Ein Blick auf ihr Handy zeigte Cora fünf verpasste Anrufe und eine Nachricht von Mila an. Bevor sie von Breitenbach weggefahren war, hatte sie versucht, ihre Tochter anzurufen, ohne darauf zu achten, dass sie bereits eine weitere Nachricht hinterlassen hatte. Sie biss sich auf die Lippen, als sie sie abhörte, nachdem sie den Mini vor Freyenfels' Haus abgestellt hatte. Milas Worte waren schmerzhaft und trafen ihr beabsichtigtes Ziel mitten in Coras schlechtem Gewissen.

«Scheisse, Cora, das ist das fünfte und letzte Mal, dass ich dich anrufe. Zu Hause spielst du die gute Mutter, die immer für mich da sein will, und wenn ich dich wirklich mal brauche, verkriechst du dich. Wenn dir was daran liegt, ruf mich zurück.»

Cora hätte sich ohrfeigen können, dass sie die Combox nicht früher abgehört hatte. Die Nachricht, die sie am Nachmittag bei Mila hinterlassen hatte, wäre weniger lapidar ausgefallen. Sie fluchte innerlich. Während sie sich im Schwarzbubenland um Dinge kümmerte, die sie eigentlich nichts angingen, verspielte sie das Quäntchen Vertrauen, das sie zwischen ihnen beiden aufgebaut hatte.

Es gelang ihr, Julian zu erreichen, der mit einigen Studienkollegen in der Neuenburger Altstadt den erfolgreichen Abschluss seines Projektes feierte. Er konnte ihr nicht sagen, wo Mila steckte oder was sie gerade trieb. Er hatte sie beim Frühstück an diesem Morgen das letzte Mal gesehen.

Freyenfels war sichtlich enttäuscht, als sie ihm eröffnete, dass sie nach Hause fahren müsse, um nach dem Rechten zu sehen. Sie entschädigte ihn mit einem langen, leidenschaftlichen Kuss und einer Umarmung, von der sich keiner von beiden losmachen wollte. Endlich überwand sie sich und stieg in den Wagen.

Während der Fahrt hatte sie Zeit, ihr Gedankenwirrwarr um Elena Lutschyna, Amanda Stebler und Claude Rieder zu ordnen. Von Jäggi hatte sie zudem erfahren, dass bei Claude Rieder im Gegensatz zu Amanda weder Faserspuren noch Hautpartikel gefunden worden waren.

Cora weigerte sich zu glauben, dass der alte Landstreicher etwas mit dem Tod der drei jungen Menschen zu tun hatte. Er hatte kein Motiv. Überall, wo Köbi auftauchte, war er stets gerne gesehen. Von Freyenfels wusste sie, dass er regelmässig den Bauern der Gegend bei der Ernte half. Im Winter legte er beim Holzen Hand an. Wenn er einer älteren Frau begegnete, die schwer an den Einkäufen schleppte, nahm er, der selbst gut über siebzig war, ihr die Tasche ab und trug sie nach Hause. Als Lohn benötigte er nicht mehr als ein gutes Essen, eine oder zwei Flaschen schwarz gebranntes Kirschwasser und ein paar Franken. Wenn während des Winters die Temperaturen über längere Zeit in den Minusgraden lagen, stellte ihm ein Bauer seine Knechtkammer zur Verfügung. Köbi revanchierte sich jeweils, indem er in aller Herrgottsfrühe im Stall stand und beim Melken half. Warum sollte dieser alte und allseits beliebte Mann ohne ersichtlichen Grund drei junge Menschen umbringen?

Als sie die Südseite des Passwang hinunterfuhr, nahm ein beklemmendes Gefühl von ihr Besitz, das sie zunächst nicht einordnen konnte. Sie realisierte, dass es Angst war, als sie die Felsenlücke bei St. Wolfgang unterhalb der Ruine Neu-Falkenstein durchquerte. Was hatte Muralt gesagt? Seit sie in Gilgenberg aufgetaucht war, hatte es drei Tote gegeben. Gleichzeitig verbot er ihr sozusagen, ihre Nase in den Fall Elisabeth vom Staal zu stecken? Steckte eine Drohung dahinter? Von der Polizei war bis vielleicht auf Karin Jäggi keine Unterstützung zu erwarten. Stellte sich die Frage, was die sanftmütige Polizistin bei ihren Kollegen ausrichten konnte, wobei sie seit vorhin wusste, dass es falsch war, Karin Jäggi zu unterschätzen.

Ein Unfall auf der A 1 zwischen Oensingen und Wangen an der Aare sorgte für einen Verkehrsrückstau auf dem Autobahnzubringer, der auch die Kantonsstrasse verstopfte. Eine halbe Stunde später, als man üblicherweise für die Strecke benötigte, traf Cora schliesslich in Nennigkofen ein.

Auf ihrem Abstellplatz stand der Passat, frisch gewaschen

und gewachst. Cora musste zweimal hinsehen, um sich zu vergewissern, dass es wirklich ihrer war. So sauber und blitzblank war er nicht mal gewesen, als sie ihn fünf Jahre zuvor bei einem Occasionshändler gekauft hatte. Sie parkierte den Mini kurzerhand dahinter.

Die Haustüre war nicht verriegelt. Im Innern war es totenstill. «Hallo, jemand zu Hause?» Wie oft hatte sie den Kindern gepredigt, dass sie die Türe abschliessen sollten, wenn sie in ihren Zimmern waren und sich niemand sonst im Haus aufhielt? Sie blieb abrupt stehen. Die Stille und ihre Gedanken während der Fahrt verdichteten sich zu einem mulmigen Gefühl, das sich in ihrem Magen einnistete. Sie stieg langsam die Treppe hoch und klopfte an Julians Tür. Keine Antwort. Sie legte das Ohr ans Holz. Nichts zu hören. Sie klopfte stärker und öffnete die Türe. Julian lag allein mit geschlossenen Augen und aufgesetzten Kopfhörern auf dem Bett. Bässe dröhnten dumpf durch die Hörmuschel.

«Hey!» Sie rüttelte sanft seine Schulter. Mit einem leisen Aufschrei schreckte er hoch. Der Kopfhörer verrutschte, sodass sie eine Kostprobe von der Musik von AC/DC zu hören bekam. «Du bist da? Ich dachte, du bleibst über Nacht weg.»

«Planänderung. Sag mal, hier kann jeder ins Haus und euch stehlen, ohne dass ihr es selbst merken würdet. Was muss passieren, damit ihr lernt, die Haustüre abzuschliessen?»

«Warum? Ist Mila nicht unten?»

«Nein, sollte sie?»

«Jedenfalls war sie in der Küche, als ich nach oben ging. Ich habe ihr gesagt, sie soll abschliessen, bevor sie in ihr Zimmer geht. Auf diese Teenies ist einfach kein Verlass.»

Julian drehte den Kopf, sodass das Licht der Bettlampe auf sein Gesicht fiel. Cora erschrak, als sie den blauen Fleck unter seinem Auge entdeckte. «Hast du dich geprügelt?»

«Ach, das ist nichts.»

«Wie, nichts? Hat dir Lara das verpasst? – Oder ihr Ehemann?» Sie fasste an sein Kinn und hob den Kopf an. «Das gibt ein Veilchen. Hast du Eis draufgelegt?»

«Du solltest mal den anderen sehen.»

«Ja, ja, schon klar. Sagst du mir, was passiert ist? Du prügelst dich sonst nie.»

Julian grinste. «Nur für dich.»

«Wie bitte?»

«Es war wegen dem Gras, das du blöderweise in meiner Schublade gefunden hast. Nachdem du es mir freundlich nahegelegt hast, habe ich es Mariano, so heisst der Kumpel, für den ich es gebunkert habe, zurückgegeben und gesagt, dass er sich gefälligst selbst darum kümmern soll.»

«Deswegen hat er dir eine gepfeffert?»

«Nein, er wollte wissen, warum ich einen Rückzieher mache. Ich hab ihm gesagt, dass du das Zeug sonst verbrennst. Darauf hat er gesagt, du seist ...» Er winkte ab.

«Nein, das interessiert mich», sagte sie belustigt. «Was hat er gesagt?»

Julian wand sich, bis er mit der Sprache herausrückte. «Er hat gesagt, dass du ... dass du eine schlecht gefickte Schlampe seist. Ich bin ausgerastet und habe ihm eine verpasst und ...», er zeigte auf sein Gesicht, «du siehst es ja selbst.»

Cora umarmte Julian und küsste ihn auf die heile Wange. «Mein Sohn prügelt sich für meine Ehre, wie romantisch.»

Julian machte sich los. «Ist doch wahr. So was sagt man nicht, über keine Frau, und erst recht nicht über eine Mutter, egal ob es die eigene oder eine fremde ist.»

«Julian, der edle Ritter. Apropos schlecht gefickt. Dein Kumpel ist da auf dem Holzweg.» Sie zwinkerte ihm zu.

«Wieso? Hast du etwa einen neuen ...? Warum weiss ich davon nichts?»

«Weil eine Mutter in der Regel ihren Kindern darüber keine Rechenschaft abgeben muss. Mit anderen Worten: spielt im Moment keine Rolle, weil zu früh.» Sie zeigte mit dem Daumen nach hinten. «Ich schaue mal nach Mila.»

«Viel Erfolg.»

Mila lag ebenfalls mit eingesetzten Ohrstöpseln auf dem Bett. Die Dinger waren für Cora eine der intelligentesten Erfindungen der Neuzeit. Sie erinnerte sich an die heftigen Auseinandersetzungen mit ihrem Vater, als sie in Milas Alter ihre Lieblingsbands in einer Lautstärke hörte, dass die Wände wackelten. Van Helsing, der normalerweise immer in Milas Nähe war, wenn er nicht in der Küche auf sein Fressen wartete, war nicht zu sehen. Vermutlich streunte er in der Nachbarschaft herum.

Milas Augen waren geöffnet. Sie machte keine Anstalten, ihre Stöpsel herauszunehmen, geschweige denn, ihre Mutter zu begrüssen. Als Cora an ihr Bett trat, drehte sie den Kopf demonstrativ auf die andere Seite.

Zurück auf Feld eins. Cora verzichtete auf den Rüffel wegen der unverriegelten Haustüre. Sie gab sich auch alle Mühe, die erheblich angewachsenen gemischt schmutzig-sauberen Kleiderstapel zu ignorieren, obwohl sich von dort aus ein muffiger Geruch im Zimmer ausbreitete.

Sie wartete so lange vor ihrem Bett, bis Mila es nicht mehr aushielt und die Ohrstöpsel herauszog. «Was?»

«Du hast versucht, mich zu erreichen? Ich war bei der Polizei und konnte nicht –»

«Interessiert mich einen feuchten Scheiss. Wozu gibt's denn Telefon.»

«Mila, es tut mir leid.»

«Mir egal. Erst schleimst du dich ein, und wenn ich dich wirklich mal brauche, bist du irgendwo und arbeitest oder was immer du treibst. Das ist ja alles wichtiger als ich. Ich hätte wirklich genauso gut mit Papi und Grazyna nach Argentinien gehen können. Schlimmer als bei dir kann's dort nicht sein.»

«Hör mal, ich habe gesagt, es tut mir leid. Ich konnte dich nicht zurückrufen. Als ich es versuchte, kam bei dir die Combox. Ich bin extra wegen dir zurückgekommen.»

«Ach ja? Super, dann weiss ich ja, wie ich es beim nächsten Mal mache. Ich warte gar nicht bis zum fünften Anruf, sondern sage dir gleich beim ersten Mal, dass ich mich umbringen werde oder so. Das hilft anscheinend.» Mila setzte die Stöpsel wieder ein und verschränkte die Arme, während ihre kristallklaren Augen Coras Reaktion abwarteten.

Cora setzte sich aufs Bett, nahm Milas Smartphone, schaltete es aus und legte es ausser Reichweite auf ein Bücherregal.

«Schleift's bei dir oder wie? Gib mir gefälligst mein Handy zurück!»

Cora beugte sich über ihre Tochter. Mila rutschte sicherheitshalber zur Seite. «Hör mir mal gut zu, junge Dame. Ich habe deinen Ton satt. Was glaubst du eigentlich, wer du bist, dass du mich behandeln kannst wie deinen persönlichen Fussabtreter? Muss ich mich bei dir etwa entschuldigen, dass ich arbeite und versuche, dass wir das alles hier behalten können?» Ihre Hände schweiften über den Raum.

«Das Haus zahlt Paps, du schaffst es ja nicht allein.»

«In welcher Welt lebst du eigentlich? Ja, dein Vater beteiligt sich an der Finanzierung. Er zahlt die Hälfte der anfallenden Zinsen und Amortisation. Der Rest geht auf mich plus die laufenden Kosten.»

Mila erwiderte nichts.

«Also, was ist?», fragte Cora bestimmt. «Was wolltest du mir sagen?»

«Das geht dich nichts mehr an.»

«Und ob mich das etwas angeht. Das weisst du genau. In vier Jahren bist du —»

«Hör mit deinem Scheissgelaber auf von wegen volljährig oder nicht. Ich weiss, was ich tue. Wenn ich will, vögle ich auf der Stelle mit einem Kerl, so.»

«Was sagst du?»

«Du hast mich verstanden.»

Cora hatte Lust, Mila zu schütteln. «Weisst du eigentlich, wovon du sprichst? Du willst mit einem Jungen schlafen, um mir eins auszuwischen?»

«Na und? Ist dir ja egal. Deine Arbeit ist dir eh wichtiger.»

«Das ist mir natürlich nicht egal.» Cora packte sie an den Schultern. Mila versuchte sich loszureissen. Zwischen den beiden entbrannte ein kurzer Zweikampf, bei dem Cora die Oberhand behielt. Allerdings konnte sie nicht verhindern, in Tränen auszubrechen. Das machte sie erst recht wütend.

«Mila, du hörst mir gefälligst zu», schrie sie ihre Tochter an, die vor Verblüffung aufhörte, sich zu wehren. Cora hatte bisher nie so laut mit ihr geredet. «Ich bin deine Mutter und habe dich auf die Welt gebracht, weil dein Vater und ich miteinander geschlafen haben und weil wir beide es wollten – weil wir dich wollten.» Mila versuchte nicht mehr, sich von ihr loszumachen.

«Als es bei dir mit der Geburt so weit war, dauerte es sechsunddreissig Stunden, bis du dich entschliessen konntest, diese Welt zu betreten. Du schriest wie am Spiess, und deine Fäustchen waren geballt. Der Arzt und die Hebamme haben gelacht. ‹Eine, die die Welt nicht so nehmen wird, wie sie ist. Ein gutes Zeichen, Frau Marthaler.› Ich trug damals den Familiennamen deines Vaters. ‹Sie wird sich kümmern›, sagte der Arzt. Und ich wusste, dass er recht hatte.»

Nach einer Weile fragte Mila leise: «Und dann?»

«Du warst so schön, wie du da gelegen bist und geschrien hast. Wir waren sofort verliebt in dich, Matthias und ich. Wir haben dich Mila genannt. Weisst du, was der Name bedeutet?»

Mila schüttelte den Kopf.

«Ich wollte dich so nennen, weil er auf Rumänisch ‹die Mitfühlende› heisst. Matthias war einverstanden, weil er spanische Namen liebte. Für ihn warst du ein Wunder. Im Spanischen leitet sich Mila von Milagro ab, was so viel heisst wie ‹das Wunder›. Es bedeutet auch ‹Schönheit›.» Cora lachte leise. «Matthias hatte recht: Du bist wunderschön. Ich hingegen, mit meiner Mitfühlenden – na ja.»

Ein kurzes Lachen kam über Milas Lippen. «Nicht so toll mit mir und Mitgefühl, was?»

Cora breitete in angedeuteter Resignation die Arme aus.

«Dumm gelaufen», sagte Mila.

Cora nahm Milas Kopf in beide Hände, die es geschehen liess. «Nein, gar nicht dumm gelaufen. Wie kannst du so etwas über dich sagen? Du und Julian, ihr seid die wichtigsten und liebsten Menschen für mich. Julian macht sich langsam selbstständig. – Du bist so kurz vor dem ersten grossen Etappenziel deines Lebens. Wie kannst du mir so nebenbei sagen, dass du dich umbringen willst?»

«Mann, Cora», entgegnete Mila kleinlaut. «Das habe ich nur so dahingesagt. Hab mir nichts dabei gedacht.»

«Dafür, dass du nicht zielst, bist du sehr treffsicher.» Cora klopfte sich auf die Brust. «Dorthin, wo's wehtut.»

«Aber …»

«Mila, es tut mir leid, dass ich nicht geantwortet habe, okay?» Cora streichelte ihr über das lange blonde Haar.

Mila blickte sie lange an, bevor sie nickte. «Okay!»

«Du hast das Recht, auf mich wütend zu sein. Aber sag mir nie, nie wieder, dass du dir etwas antun willst, hörst du?»

Mila senkte den Kopf.

«Und was den Sex betrifft: Ich kann dich nicht immer und überall kontrollieren, Mila. Ich vertraue dir. Wirf etwas vom Wertvollsten, das dir gehört, nicht dem Erstbesten vor die Füsse.»

Mila blinzelte kurz. «Keine Angst, Cora. So schnell kriegt mich keiner rum.»

Es klang so aufrichtig, dass Cora ein riesiger Stein vom Herzen fiel. «Frieden?»

Mila überlegte. «Waffenstillstand.»

Cora streckte ihr die Hand hin. *«Fair enough!»* Es war eine Politik der kleinen Schritte.

Sie war schon beinahe zur Tür hinaus, als Mila ihr nachrief. «Darf ich dich um etwas bitten?» Sie zeigte auf ihre Wäschehaufen. «Würdest du mir das waschen, und ich hänge es auf?»

★★★

Mila war bei einer benachbarten Schulfreundin, um gemeinsam zu lernen und Musik zu hören. Julian wollte sich in Biel mit Lara treffen und versuchte vergebens, Cora zu überreden, ihm den Mini zu überlassen. Sie stellte ihn vor die Alternative entweder Passat oder Zug.

Nach getaner Arbeit sass sie allein in der Küche und nippte an einer Tasse Tee. Sie fühlte sich leer und spielte mit dem verführerischen Gedanken, ins Auto zu steigen und nach Nunningen zurückzufahren. Sie hatte jedoch den Kindern versprochen, dass sie am nächsten Morgen zusammen frühstücken würden, bevor sie Richtung Schwarzbubenland wegfuhr.

Sie freundete sich mit der Alternative an, ein heisses Bad zu nehmen und danach im Bett über einem Buch einzuschlafen, als ihr der Fotograf einfiel, der ihr die unveröffentlichten Bilder vom Mittelalterfest mit Elisabeth vom Staal schicken wollte. Das hatte sie im ganzen Trubel beinahe vergessen.

Mit einem lauten Seufzer sah sie zu, wie der Server Dutzende von Mails in ihre Mailbox hochlud. Die Hälfte davon spedierte sie in den Papierkorb. Es waren Angebote von Finanzhaien, Datingportalen und anderen digitalen Ramschhändlern. Trotz ihrer restriktiven Einstellungen fand dieser Schrott regelmässig einen neuen Weg ins Allerheiligste ihres Posteingangs. Zwei Anfragen eines deutschen und eines österreichischen Magazins musste sie demnächst beantworten. Anders als bei den Erbsenzählern im einheimischen Blätterwald stimmte ihr Marktwert im Ausland.

Sie fand das Mail des Fotografen. Er hatte einen Ordner angehängt. Anhand des Datenvolumens enthielt er eine stattliche Anzahl Bilder. Sie würde sich alle ansehen müssen, um einen Hinweis zu finden, der Elisabeth vom Staals merkwürdiges Verhalten von damals erklären konnte. War wohl nichts mit Badewanne und Buch.

Das Klingeln ihres Handys liess ihr keine Zeit, das Mail zu öffnen. Es war Daniel vom Staal. Mit einem Schlag überkam sie ein schlechtes Gewissen. Sie hatte ihn schon lange anrufen wollen und über ihre neuesten Erkenntnisse ins Bild setzen. Die Auseinandersetzung mit Mila hatte sie alles andere vergessen lassen. «Herr vom Staal, es tut mir furchtbar leid, ich weiss, ich hätte Sie schon lange anrufen sollen, um die letzten –»

«Hatten wir das für heute vereinbart?», fragte er kurzerhand.

Die Frage warf sie etwas aus dem Konzept. «Äh, nein, nicht direkt.»

«Dann ist ja gut. Ich dachte schon, ich hätte was verpasst. Ich bin natürlich neugierig, was Sie Neues für mich haben.»

«Da ist einiges. Leider nichts Konkretes, was Ihre Frau betrifft.» Sie wollte mit ihrem Bericht beginnen, als er sie unterbrach und anbot, dass sie zu ihm kommen sollte, um das bei einem Glas Wein zu besprechen. «Ich kann auch zu Ihnen kommen. Wenn mich meine Orientierung in Nennigkofen nicht täuscht, wohnen Sie nicht weit vom Kulturhof, nicht wahr?»

«Nein, ich komme zu Ihnen. Geben Sie mir eine halbe Stunde.»

«Ich mache schon mal die Flasche auf.»

Cora freute sich darüber, den Abend nicht allein verbringen zu müssen, und spürte gleichzeitig einen Hauch von Unbehaglichkeit. Manövrierte sie sich gerade in eine heikle Situation zwischen zwei Männer?

★★★

Vom Staal hatte im offenen Cheminée Feuer gemacht. Am Fuss des Weissensteins konnte es um diese Jahreszeit schon erheblich kühl werden. Cora sass in einem Eames Lounge Sessel und sah dem Spiel der Flammen zu, die sich im Rotwein in ihrem Glas reflektierten.

«Penny for your thoughts», sagte er.

«Wie?» Sie schreckte aus ihren Gedanken hoch.

«Ich meinte, dass ich gerne wüsste, was Sie in diesem Moment denken.»

«Entschuldigen Sie, ich habe darüber nachgedacht, dass es mir leidtut, Ihnen nicht mehr sagen zu können.»

Sie hatte ihm die Ereignisse der letzten sechsunddreissig Stunden geschildert. Danach waren beide in nachdenkliches Schweigen verfallen, das vom Staal jetzt brach. «Keine Spur, die zu meiner Frau führt, dafür drei tote junge Menschen», sagte er mit einer Miene der Betroffenheit.

«Und die Tatsache, dass eine der drei Toten, Elena Lutschyna, Ihnen Elisabeths Medaillon zugestellt hat.»

Vom Staal nickte. «Die Frage bleibt, woher sie es hatte.»

«Sie glauben nicht daran, dass Elenas verstorbene Tante das Medaillon im Wald gefunden hat?»

Das Licht des lodernden Feuers trieb ein eigenartiges Spiel von Licht und Schatten in seinem Gesicht und brachte seine Augen zum Funkeln. Der Politiker Daniel vom Staal hatte sie stets kaltgelassen, den Mann hingegen fand sie zusehends interessanter. Cora, pass auf, was du anstellst, mahnte sie eine innere Stimme.

Vom Staal lenkte ihre Gedanken zurück auf das eigentliche Thema. «Ehrlich gesagt kann ich mich nicht mehr erinnern, wann genau ich das Medaillon an Elisabeth zum letzten Mal gesehen habe. Ich bin mir jedoch sicher, dass es nach diesem Mittelalterfest gewesen sein muss.»

«Ist Ihre Frau später einmal nach Gilgenberg zurückgekehrt?»

«Wenn ja, hat sie mir nichts davon erzählt. Ich kann es mir nicht vorstellen. Was sollte sie dort gesucht haben?»

«In Gilgenberg leben einige Frauen aus ihrer alten Heimat. Möglicherweise hatte sie welche wiedererkannt? Vielleicht von ihrer früheren Arbeit in diesem Edelclub?»

Vom Staal sah sie scharf an. Cora erwiderte den Blick. Ich werde kein Blatt vor den Mund nehmen, wenn du so was von mir erwartest, dachte sie. «Könnte es sein, dass Elisabeth an jenem Tag nach Gilgenberg gefahren ist, um einer Freundin oder Bekannten einen Besuch abzustatten?»

«Warum sollte sie ausgerechnet zu jenem Zeitpunkt mit diesen Frauen Kontakt aufnehmen? Die neuen Gilgenberger Frauen kamen dort an, als wir heirateten. Elisabeth hatte dem nie besondere Beachtung geschenkt.» Er legte ein Holzscheit nach. «Wir hatten immer mal wieder darüber geredet, dass viele Frauen aus dem Osten in unser Land kamen, weil sie sich eine bessere Zukunft erhoffen. Elisabeth hat nie mit der Wimper gezuckt, wenn wir über Weissrussinnen oder Ukrainerinnen sprachen. Vor dem Besuch des Mittelalterfestes hatten wir nie über Gilgenberg gesprochen, auch nicht danach.»

Cora lehnte sich im Sessel vor, damit er sie ansehen musste anstatt des Feuers.

«Könnte es sein, dass Ihre Frau Ihnen etwas vorspielte? Besteht nicht die Möglichkeit, dass sie in etwas verwickelt war, wovon sie Ihnen nie erzählte?»

«Wie kommen Sie auf diese abstruse Idee?», fragte er barsch.

Das unterschwellige erotische Knistern war weg. Cora war nicht unglücklich darüber. Es verpflichtete sie nicht, ihn zu schonen. «Es muss einen Grund geben, weshalb Ihre Frau in die Schweiz kam. Sie war Akademikerin und hätte ziemlich sicher eine qualifizierte Stelle bei uns gefunden, wenn sie sich entsprechend darauf vorbereitet hätte. Stattdessen arbeitete sie mit einem Künstlervisum in einem Bordell. War sie auf der Flucht? Wenn ja, vor wem? Vor der Justiz ihres Landes oder vor der Mafia, falls sich das auseinanderhalten lässt?»

«Genau», sagte vom Staal sarkastisch. «Jede Osteuropäerin hat Kontakte zur Mafia. Das macht sie automatisch zu Huren und sozialem Freiwild. Ich habe Sie nicht angestellt, damit Sie mir Klischees und plumpe Gemeinplätze servieren.»

Cora liess sich nicht beeindrucken. «Es liegt mir fern, das Andenken Ihrer Frau zu beeinträchtigen. Sie haben mich beauftragt, die Wahrheit herauszufinden. Ich habe nichts anderes als die Fakten, die ich Ihnen dargelegt habe. Wir sollten versuchen, daraus die möglichen Schlüsse zu ziehen, ohne uns auf etwas zu versteifen. Die Herkunft Ihrer Frau und das Medaillon, das irgendwie in den Besitz ihrer Landsmännin in Gilgenberg gelangt ist, legen einen Zusammenhang untereinander nahe. Ich muss Fragen stellen, damit ich die Antworten finden kann, die Sie suchen. Es tut mir leid, wenn ich dabei nicht immer angenehm herüberkomme. Ist es nicht das, wofür Sie mich bezahlen?»

Vom Staal starrte lange in die Flammen, bevor ein Ruck durch seinen Körper ging. «Entschuldigen Sie, Frau Johannis, Sie haben vollkommen recht. Seit wir … seit ich Sie mit dieser Mission beauftragt habe, kommt alles in mir hoch … der Schmerz und …» Er fuhr sich mit beiden Händen über das Gesicht. «Ich habe Elisabeth geliebt wie nie zuvor einen Menschen. Seit wir zusammen waren, waren die Leute um uns herum mit nichts anderem beschäftigt, als sie und unsere

Beziehung niederzumachen. Natürlich stellte auch ich mir die gleichen Fragen wie Sie, immer wieder aufs Neue.» Er wandte sich Cora zu. «Sie müssen mir glauben, dass ich nie den geringsten Anlass hatte, an meiner Frau zu zweifeln. Sie war das ehrlichste und aufrichtigste Geschöpf, das ich je kennengelernt habe. Trotz aller Anfeindungen hat sie zu mir gestanden und hat sich der Öffentlichkeit gestellt. Ich …» Seine Stimme geriet ins Stocken. Er atmete tief durch. «Elisabeth fehlt mir an allen Ecken und Enden.»

Cora gab sich Mühe, sich nicht anmerken zu lassen, was sie gerade fühlte. Er hatte sie nicht als Seelentrösterin angestellt. «Und deswegen haben Sie in den letzten Jahren der Gesellschaft das Leben eines Playboys vorgespielt?» Sie spielte auf die einschlägigen Berichte in der Regenbogenpresse und auf den Society-Seiten der Tageszeitungen an.

Vom Staal winkte müde ab. «Wissen Sie, wie lange meine längste Beziehung nach Elisabeth gedauert hat?»

«Nicht lange, wenn Sie mich so fragen.»

«Knapp zwei Monate. Eine Bankerin aus Genf. Wohlhabend, also nicht auf mein Geld aus, und fünf Jahre jünger. Nachdem ich ihr gesagt hatte, dass Heirat für mich nicht mehr in Frage kommt, gab sie mir per SMS den Laufpass.»

Er stand auf und ging ans Fenster. «Auch wenn Sie mit Ihrer Theorie richtigliegen sollten, will ich trotzdem wissen, was aus Elisabeth geworden ist. Hat sie das gleiche Schicksal ereilt wie diese drei jungen Menschen, und wenn ja, weshalb? Dieser Landstreicher, wie heisst er schon wieder?»

«Schtäkkä-Köbi.»

«Was den betrifft, bin ich Ihrer Meinung. Warum sollte ausgerechnet er Elena und die beiden anderen umgebracht haben?»

«Fakt ist, dass die Indizien bei den drei Toten auf den alten Köbi hindeuten. Sie beweisen nicht, dass er die Taten begangen hat. Vor allem fehlt das Motiv. Fakt ist auch, dass Köbi mir sagen wollte, dass er etwas gesehen hat, das möglicherweise Hinweise auf den- oder diejenige gibt, die Elena getötet hat.»

«Was wir mit Vorsicht geniessen sollten. Dieser alte Mann ist anscheinend verwirrt.»

«Es ist die einzige konkrete Spur, die wir haben.»

«Wenn der Tod von Elena und dem jungen Paar nichts mit Elisabeth zu tun haben, heisst es für uns: Zurück zum Anfang.» Vom Staal liess sich müde in seinen Sessel fallen. Realisierte er etwa die mögliche Ausweglosigkeit dieses Unterfangens? Wurde ihm gerade klar, dass die Untersuchungsbehörden damals richtiggelegen haben könnten und Elisabeth vom Staal sich abgesetzt hatte? Entweder war sie tot, oder sie lebte mit einer anderen Identität irgendwo auf der Welt. Coras Mandat könnte in diesem Moment zu Ende sein.

«Was schlagen Sie vor, Frau Johannis? Wie soll es weitergehen?»

Sie fühlte sich überrumpelt. Es lag nicht an ihr, zu entscheiden, ob sie weitermachen sollte oder nicht. «Diese Frage müssen Sie sich selbst stellen, Herr vom Staal. Sie sind derjenige, der zahlt.»

«Was würden Sie an meiner Stelle tun?»

«Wir haben wenig Fakten und eine ganze Menge Fragen. Als Journalistin habe ich für solche Situationen eine Faustregel: Ich mache so lange weiter, bis ich entweder eine Antwort auf alle Fragen gefunden habe oder bis es keine Fakten mehr in Frage zu stellen gibt.»

Vom Staal brachte ein Lächeln zustande. «Genau das ist es, Frau Johannis. Weil Sie die Fragen stellen, die keiner mehr stellt, wollte ich Sie für diesen Job. Machen Sie bitte weiter.»

ZEHN

Coras Handy weckte sie aus einem tiefen und traumlosen Schlaf, wie sie ihn seit Tagen nicht mehr gehabt hatte. Verwirrt sah sie auf ihren Wecker. Es war fünf Uhr dreizehn, knapp zwei Stunden vor der eingestellten Weckzeit. Es dauerte weitere Sekunden, bis sie sich ganz aus Morpheus' Armen befreien konnte. Ein schlaftrunkener Blick auf das Display zeigte ihr eine unbekannte Mobilnummer.

«Hallo?» Um diese Tageszeit meldete sie sich grundsätzlich nicht mit Namen, wenn Unbekannte anriefen.

«Frau Johannis?» Es war eine weibliche Stimme, die ihr vage bekannt vorkam.

«Ja?»

«Karin Jäggi von der Kantonspolizei.»

«Frau Jäggi.» Mit einem Ruck war Cora hellwach und richtete sich im Bett auf. «Ist etwas passiert?»

«Entschuldigen Sie, dass ich Sie so früh an einem Samstag anrufe. Die Kollegen aus Breitenbach haben mich informiert, dass Herr Zeltner seine Erinnerung wiedergefunden hat und Sie unbedingt sprechen will.»

«Jetzt gleich? Ich bin zu Hause, in Nennigkofen.»

«Ach? Ich dachte, Sie übernachten bei … in Nunningen.»

«Ich musste kurzfristig umdisponieren. Wo sind Sie denn gerade?»

«In meinem Büro in der Schanzmühle. Ich wollte gleich losfahren. Der alte Mann ist ziemlich nervös und besteht darauf, Sie zu sehen. Die Kollegen haben ihm gesagt, dass Sie bald dort sein würden. Das hat ihn beruhigt.»

«Kann das nicht warten? Ich wollte eh am späteren Vormittag hinfahren.» Cora hatte Milas enttäuschten Gesichtsausdruck vor Augen, wenn das gemeinsame Frühstück ausfiele.

«Ich fürchte, das kann es nicht. Der Haftbefehl gegen Zeltner ist ausgestellt. Staatsanwalt Muralt hat angewiesen, dass er schon um halb sieben ins Untersuchungsgefängnis nach Olten überführt werden soll.»

Cora überlegte.

«Sie müssen sich beeilen, wenn Sie rechtzeitig in Breitenbach sein wollen», sagte Jäggi. «Der Transport geht pünktlich. Ich fahre in den nächsten Minuten los und kann Sie mitnehmen, wenn Sie wollen.»

Cora sagte ihr, dass sie selbst fahren wollte. Fünfzehn Minuten später hatte sie sich notdürftig frisch gemacht. Sie schrieb Julian eine Nachricht. Mila hinterliess sie eine handgeschriebene Notiz, in der sie alles erklärte und sich bei ihr entschuldigte, schon wieder.

Als sie den Mini vom Vorplatz auf die Dorfstrasse lenkte, sah sie Licht in Milas Zimmer. Ihre Silhouette im Gegenlicht war deutlich am Fenster sichtbar. Cora war versucht, zu ihr zu gehen. Ein Blick auf die Uhr sagte ihr, dass sie schon spät dran war. Sie drückte aufs Gas.

***

Vlady und Austin – fünfter Chat

AustinXXX: «Hast du's dir überlegt?»
Vlady_03: «Vergiss es! Kriegst kein anderes Pic.»
AustinXXX: «Meine ich nicht.»
Vlady_03: «Was denn?»
AustinXXX: «Du weisst schon. Das Treffen.»
Vlady_03: «Ach das. Sorry, hab ich vergessen. Cora gibt mir zu denken.»
AustinXXX: «Hast du sie angemacht?»
Vlady_03: «Die nervt voll. Erst macht sie auf Fürsorge von wegen mehr Zeit miteinander verbringen und so ein Scheiss.»
AustinXXX: «Quality time für Chicks.»
Vlady_03: «Du schnallst es echt nicht. Vorhin ist sie wieder abgehauen. Die denkt, es reicht, wenn sie mir

ein paar abgefuckte Trostworte schreibt. Die Kuh kann mich mal dort, wo's immer finster ist.»

AustinXXX: «Gut so, zeig ihr, dass du Eier hast.»

Vlady_03: «Ich ziehe das Ding durch.»

AustinXXX: «Welches Ding?»

Vlady_03: «Das mit dem Treffen und so.»

AustinXXX: «Cool! Ich sag dir, wann und wo.»

Vlady_03: «Okay!»

Vlady_03: «Keine Schweinereien, klar?»

AustinXXX: «Wofür hältst du mich?»

★★★

Jäggi kam Cora entgegen, nachdem sie ihren Wagen wenige Minuten vor halb sieben vor dem Hintereingang des Breitenbacher Amthauses angehalten hatte. «Wir müssen uns beeilen. Der Transporter steht schon bereit.» Sie zeigte zu einem Fahrzeug, neben dem zwei polizeiliche Sicherheitsassistenten warteten. Sie waren offenbar für Köbis Transport nach Olten zuständig.

Im Gebäude warteten drei Personen. Köbi stand in Handschellen zwischen zwei Polizisten, einer stämmigen Beamtin und einem Hünen mit Bürstenschnitt, die Jäggi sicherheitshalber aufgeboten hatte. Köbi sah übernächtigt aus. Das Haar war stumpf und stand struppiger vom Schädel ab als sonst. Sein Blick war zu Boden gerichtet, während er unverständlich vor sich hin brabbelte. Als Cora eintrat, sah er auf. Sein Gesichtsausdruck verwandelte sich von einer Sekunde auf die andere. «Schöni Fräou chunnt, sie chunnt; schöni Fräou isch cho», sagte er aufgeregt mit leuchtenden Augen.

«Ist ja gut, Köbi», sagte die stämmige Polizistin, die Köbi zu kennen schien. «Wir wissen, dass die schöne Frau gekommen ist. Du kannst dich beruhigen.» Sie sah Cora entschuldigend an.

«Ja, Köbi, ich bin da», redete Cora auf ihn ein. «Ich bin gekommen, weil du mir etwas sagen willst. Was ist es?»

«Sägä, was sägä?»

Cora hielt die Luft an. Jäggi verdrehte frustriert die Augen. «Reden Sie mit ihm», flüsterte sie Cora zu. «Stellen Sie ihm Fragen.»

Die Stämmige blickte ungeduldig auf die Uhr. «Wir müssten bald mal los.»

«Okay», sagte Jäggi. «Wir gehen schon mal zum Wagen. Gehen Sie neben Herrn Zeltner, Frau Johannis.» Die Stämmige machte Cora Platz und stellte sich hinter Köbi.

«Köbi, du wolltest mir sagen, dass du etwas gesehen hast bei der Burg. Am Tag, als Elena gestorben ist.»

Seine Stirn legte sich in Falten, und seine Augen sahen Cora an, als wäre sie ein Wesen von einem anderen Stern. Sie fürchtete, es ein weiteres Mal verpatzt zu haben, bis ein Ruck durch Köbis Körper ging, als ob er aus einem Traum erwachte. Er tippte sich mit dem Zeigefinger an die Stirn. «Dr Maa, grossä Maa.»

«Ein grosser Mann?»

«Het mit äm Mäitli gredt.»

«Er hat mit dem Mädchen gesprochen? Hast du ihn erkannt?»

Anstelle einer Antwort kam ein heftiges Kopfnicken. Sie traten auf den Vorplatz des Hintereingangs.

«Wer war der Mann, Köbi, bitte sag es mir.»

Die Falten auf seiner Stirn wurden tiefer. Sein Kopf schnellte in die Höhe. Er blickte panisch um sich. «Dr Schtäkkä, wo isch mii Schtäkkä?», rief er und begann sich gegen den Hünen zu wehren, der ihn festhielt.

«Wo ist sein Stock?», rief Cora verzweifelt.

Die Stämmige schlug sich an den Kopf. Cora las auf ihrem Namenschild, dass sie Barbara Fässler hiess. «Den hab ich komplett vergessen.»

«Holen Sie ihn, bitte, sonst blockiert er.» Cora streichelte unablässig Köbis Hand.

«Ich gehe ihn holen», sagte Fässlers Kollege. «Übernimmst du, Barbara?»

Inzwischen waren sie beinahe beim Polizeitransporter angelangt. Köbi hatte sich wieder etwas beruhigt. Cora wollte ihn erneut nach dem Mann bei der Burg fragen, als sie den roten Leuchtpunkt sah, der über Köbis Oberkörper wanderte, bis er auf der Höhe seiner Brust verharrte. Sie fragte sich, welcher Idiot mit einem Laserpointer herumspielte um diese Zeit. Jäggi sah es auch und reagierte blitzschnell.

«Heckenschütze!», brüllte sie. «Runter!»

Beinahe gleichzeitig vernahm Cora ein Geräusch, das sie bisher nur einmal im Mittleren Osten gehört hatte, als sie zwischen rivalisierende Gruppen geraten war, die sich um Lebensmittelrationen gestritten hatten, die für Flüchtlinge bestimmt gewesen waren: der Einschlag von drei kurz hintereinander lautlos abgefeuerten Projektilen in menschliche Körper. Zwei trafen Köbi in die Brust, der von der Wucht der Einschläge nach hinten geschleudert wurde. Die dritte Kugel erwischte Barbara Fässler, die sofort zusammenbrach.

Jäggi riss Cora zu Boden und presste ihren Körper nach unten, während sie mit ihrer Dienstwaffe auf einen Punkt auf der gegenüberliegenden Strassenseite zielte, wo sie den Schützen vermutete. Die unbewaffneten Sicherheitsassistenten waren hinter ihrem Fahrzeug in Deckung gegangen. «Unten bleiben, verstanden?» Jäggis Druck auf ihren Körper lockerte sich etwas. Cora hob ihren Kopf und sah Köbi wenige Meter neben ihr auf dem Rücken am Boden liegen. Unter seinem Körper breitete sich eine Blutlache aus. Seine Brust hob und senkte sich schwach. Sie schielte zu Jäggi, deren volle Aufmerksamkeit dem Hauptgebäude eines Alterszentrums auf der gegenüberliegenden Strassenseite galt. Dann kroch sie auf allen vieren auf Köbi zu. Fässlers Kollege und ein weiterer Polizist waren ebenfalls aus dem Amthaus gestürzt und behielten mit der Waffe im Anschlag das Alterszentrum im Auge.

Jäggis Warnungen ignorierend kauerte Cora neben Köbi nieder, dessen Augen schwach flackerten. «Köbi», flüsterte sie ganz nahe an seinem Ohr. «Sag mir, wen du gesehen hast, bitte.» Aus den Augenwinkeln bemerkte Cora etwas und sah an sich hinunter. Der rote Leuchtpunkt hatte sie erfasst und wanderte von ihrem Bauch aufwärts. Sie schloss die Augen.

«Cora!»

Sie hörte Jäggis Ruf, bevor sie die Polizistin zur Seite riss und zu Boden presste. Vielleicht war es nur Einbildung: Cora glaubte, den Luftzug des Projektils zu spüren, das sie knapp verfehlte. Jäggis Schmerzensschrei war Wirklichkeit.

Mit der um sie herum ausbrechenden Hektik fiel die Starrheit von Cora ab. Jäggis regloser Körper lag halb auf ihr. Vorsichtig versuchte Cora, sich von der Last zu befreien, als die Polizistin anfing, stöhnend zu fluchen. «Fuck, das brennt wie die Hölle.»

Ein Uniformierter kam mit vorgehaltener Waffe und in gebückter Haltung auf sie zu. «Seid ihr okay?»

Cora nickte. Sie fasste sich an die Stirn und spürte etwas Feuchtes. Ein dumpfer und gleichzeitig scharfer Schmerz ging von der befühlten Stelle aus. Sie hatte den Kopf auf dem Asphalt aufgeschlagen, als sie von Jäggi zu Boden gerissen wurde.

«Mir geht es gut», sagte Jäggi und biss die Zähne zusammen. Mit der rechten Hand hielt sie sich den linken Oberarm. «Streifschuss.» Sie sah zu den beiden anderen Körpern, die am Boden lagen. Ein Kollege half der angeschossenen Barbara Fässler, sich aufzurichten. Die kräftige Beamtin hatte Mühe zu atmen. Ein Kollege öffnete ihr Uniformhemd und tastete sie ab. Sie stöhnte auf, als er auf die Körperstelle drückte, auf deren Höhe die Kugel in ihre Weste eingeschlagen hatte. «Glück gehabt, Babsle», sagte er. «Die Weste hat gehalten. Ein Arzt muss sich das ansehen. Hast wohl ein paar geprellte Rippen.» Fässler machte eine Grimasse. Der Schock stand ihr ins Gesicht geschrieben.

Fässlers Kollege versuchte lebensrettende Sofortmassnahmen an Köbi zu applizieren.

«Und?», fragte Jäggi. Der Polizist blickte zu ihr hoch und schüttelte den Kopf.

«Hueregopferdamisiech!», rief Jäggi, dann musterte sie besorgt Cora. «Sind Sie wirklich in Ordnung, Frau Johannis?»

«Mir fehlt nichts, danke», sagte Cora und streckte ihr die Hand hin. «Sie können ruhig weiter Cora zu mir sagen, immerhin haben Sie mir das Leben gerettet und dafür das da kassiert.»

Sie zeigte auf Jäggis Wunde. «Sollte sich das nicht ein Arzt ansehen?»

«Halb so schlimm», Jäggi erwiderte den Händedruck, «ich bin Karin.»

Drei Polizisten sicherten inzwischen das Alterszentrum. Der Schütze war verschwunden. Ein unter Schlaflosigkeit leidender Insasse des Altersheimes gab an, einen dunkel gekleideten Mann mit Wollmütze gesehen zu haben, der hastig in den Keller gerannt war. Eine Pflegerin, die gerade ihren Dienst angetreten hatte, hatte eine ähnliche Beobachtung gemacht und ergänzt, wenig später ein Motorrad mit ausländischem Kennzeichen gesehen zu haben, das sich mit hoher Geschwindigkeit auf der Bodenackerstrasse Richtung Norden entfernte. Sie konnte aus der Entfernung nicht sagen, ob es ein deutsches oder ein französisches Nummernschild gewesen war. Jäggi telefonierte mit der Alarmzentrale in Solothurn und ordnete Verstärkung und Strassensperren an. Die Kollegen beider Basel und der angrenzenden Kantone, im benachbarten Elsass und Baden-Württemberg sowie das Grenzwachtkorps wurden alarmiert.

Jäggi bestand darauf, dass sich Cora wegen ihrer Kopfverletzung im Spital untersuchen lassen sollte. Sie wollte nicht und sass in eine Wolldecke gewickelt auf einem Stuhl. Der Notarzt, der sie vor Ort untersucht hatte, stufte das Risiko einer Gehirnerschütterung als gering ein. Die Platzwunde musste nicht genäht werden und wurde mit einem Pflaster versorgt.

Cora sah zu, wie Barbara Fässler auf einer Bahre in eine Ambulanz geschoben wurde. Einer der Beamten sagte zu ihr: «Ich sage deinem Freund, dass er dir während der nächsten paar Wochen keine Witze erzählen darf, Babsle. Und du darfst dir nur traurige Filme angucken.»

Ein Detachement der Sondereinheit Falk der Kantonspolizei sicherte inzwischen das Amthaus und die unmittelbare Nachbarschaft, während die Kriminaltechnik den Tatort und den vermutlichen Standort des Schützen auf dem Dach des Altersheimes nach Spuren untersuchte. Der arme Köbi lag immer noch da, wo die Kugeln des Schützen ihn niedergestreckt hatten. Der Tatort wurde von weissen Abdeckplanen verdeckt.

Jäggi hielt Cora einen Becher mit heisser Bouillon hin. Sie nahm sich einen Stuhl und setzte sich daneben.

«Wer tut so was?», fragte Cora, darum bemüht, dass Jäggi das leichte Zittern ihrer Hände nicht bemerkte. «Kaltblütig einen alten Mann abknallen, der niemandem etwas getan hat?»

«Ich frage mich etwas anderes.» Jäggi schlürfte ihre Brühe in kleinen Schlucken. «Warum haben sie den Alten ausgerechnet hier erschossen, unter unseren Augen? Diejenigen, die das arrangierten, haben ein grosses Risiko in Kauf genommen.»

«Wie meinst du das?»

«Zeltner galt bis gerade vorhin nicht als Hochrisikoperson, die besonderen Schutz erforderte. Der Transport nach Olten wäre lediglich von den beiden Sicherheitsassistenten begleitet gewesen. Die geplante Route führt über Brislach und Grellingen nach Aesch, wo sie die A 2 nehmen wollten. Auf der Autobahn ist ein Überfall schwierig zu bewerkstelligen. Doch zwischen hier und Aesch hätte der Schütze leichter zuschlagen können, wenn es ihm nur darum ging, den Alten zu beseitigen.»

«Es ist schwieriger, auf ein bewegtes Ziel zu schiessen», wandte Cora ein.

«Ich glaube eher, es ging nicht in erster Linie nur darum, den armen Köbi umzubringen.»

«Sondern?»

«Man wollte verhindern, dass er mit dir reden konnte. Zeltner sollte zum Schweigen gebracht werden, bevor er erzählen konnte, was er kurz vor Elenas Tod auf der Burg gesehen hatte.»

«Das heisst ja …» Cora schwieg betroffen.

Jäggi nickte und schlürfte ihre Bouillon zu Ende.

«Es kann nur jemand getan haben, der wusste, wann der Transport stattfindet und dass Köbi vorher mit mir reden wollte», setzte Cora ihre Überlegung fort.

«Oder dieser Jemand hatte einen anderen beauftragt, es hier zu Ende zu bringen», sagte Jäggi.

«Habt ihr sonst noch eine Spur von dem Schützen?»

«Nichts ausser den Angaben des Insassen und der Pflegerin. Die Spurensicherung sucht das Dach des Alterszentrums ab. Bisher haben sie nichts gefunden.» Jäggi knüllte den ausgetrunkenen Becher zusammen. «Im Parterre des Zentrums wurde eine eingeschlagene Fensterscheibe entdeckt. Der Schütze muss sich von dort unbemerkt aufs Dach geschlichen haben.»

«So schnell, wie alles gegangen ist, war es kein Amateur.»

«Denke ich auch. Die Art und Weise, vor allem die Präzision deutet auf einen Profi hin. Du weisst, was das heisst?»

«Organisierte Kriminalität.» Cora hatte nie direkt mit solchen Leuten zu tun gehabt. Ihre Arbeitsweise war ihr dennoch zur Genüge bekannt.

«Oder Terroristen, aber das ergibt keinen Sinn.» Jäggi presste grimmig die Lippen zusammen.

«Könnten die Schüsse nicht jemand anderem als Köbi gegolten haben?»

«Wenn du die Zielscheibe gewesen wärst, würden wir nicht hier sitzen», sagte Jäggi. «Wir alle waren vorhin auf dem Präsentierteller. Der Alte war eindeutig das Primärziel. Aber das ist es nicht, was mir zu denken gibt.»

Cora sah sie fragend an.

«Du hast etwas losgetreten, Cora. Etwas Grosses. Es ist mir nicht klar, ob es mit deiner Recherche über die verschwundene Frau vom Staal zu tun hat oder mit den Toten der letzten Tage. Kann gut sein, dass alles zusammenhängt. Auf jeden Fall ist es ein Riesending.» Sie warf Cora einen Seitenblick zu. «Du hast gute Vorarbeit geleistet. Falls du mal umsatteln willst, wir können gute Ermittler immer brauchen.»

«Danke, ich komme auf dein Angebot zurück, falls ich mal wirklich *out of job* bin. – Du bist taffer, als ich dir zugetraut hätte, Karin. Entschuldige, wenn ich das so sage. Ich meine das als Kompliment.»

«Schon gut, danke. Das ist manchmal mein Problem. Weil ich die Jüngste im Team und die Tochter des Kripo-Chefs bin, meinen einige, ich sei die verwöhnte Göre vom Dienst. Am Anfang war's schwierig. Inzwischen ist es besser geworden, auch wenn einige es nicht lassen können, mich als die ‹Kleine› zu betiteln. Zum Glück steht Dornach, also mein Chef, voll hinter mir.»

«Lüthi ist nicht dein Chef?»

«Nein, Lüthi ist sein Stellvertreter und ganz in Ordnung, überhaupt das ganze Team.»

Cora zögerte, bevor sie die Frage stellte, die ihr auf der Zunge brannte. «Denkst du, er könnte etwas mit dem Anschlag zu tun haben?»

Jäggi sah sie verblüfft an. «Mike?»

«Ich denke bloss laut. Ich fand, dass er und der Staatsanwalt grosses Interesse daran haben, dass ich nicht vorankomme.»

Jäggi schüttelte energisch den Kopf. «Auf keinen Fall. Für Mike lege ich die Hand ins Feuer. Der ist manchmal stur und überkorrekt. Das sagt seine Freundin auch immer, eine gute Kollegin von mir. Mike sieht schlicht den Sinn nicht, in einem *dead case* zu wühlen. Das wird sich ab sofort schlagartig ändern.»

«Wer wusste, dass die Überführung heute Morgen stattfinden sollte?»

«Das war nicht gerade ein Staatsgeheimnis. Mein Ätti wusste es sicher. Mike und die anderen im Team natürlich auch. Staatsanwalt Muralt in Olten hat den Transfer angeordnet. Die Kollegen auf dem Posten hier waren eh im Bild.»

«Das heisst, so ziemlich alle.» Cora leerte ihren Becher in einem Zug.

«Du glaubst nicht ernsthaft, dass jemand von uns die Hand im Spiel hat?», fragte Jäggi.

Cora winkte ab. «Vergiss es, typisches Journalistending. Wir leben von Verschwörungstheorien.» Sie stand auf und faltete ihre Decke zusammen. «Ich muss weiter.» Sie beugte sich zu Jäggi hinunter und drückte ihr zu deren Überraschung einen Kuss auf die Wange. «Danke für mein Leben. Ich schulde dir was. Gehen wir mal zusammen essen, wenn das hier vorüber ist?»

«Gerne. – Was machst du als Nächstes?»

«Ich fahre nach Gilgenberg. Es gibt da zwei, drei Dinge, die ich überprüfen will.»

«Das ist der Moment, in dem mein Chef sagen würde: ‹Keine Alleingänge.›»

«Keine Angst, wenn ich was finde, rufe ich dich an. Ich habe deine Nummer.» Cora wedelte mit dem Handy und ging zu ihrem Wagen.

«Cora», rief Jäggi ihr nach. «Versprich mir, dass du auf dich aufpasst. Ich will dich nicht in einem Autopsiesaal begutachten müssen.»

Ohne sich umzudrehen, streckte Cora beide Daumen in die Höhe.

★★★

Die Freisprechanlage ihres Wagens signalisierte ein eingehendes Gespräch, als sie durch Fehren fuhr.

«Mam, wo steckst du?», fragte Julian.

«Unterwegs nach Gilgenberg, warum?»

«Du hast geschrieben, du müsstest nach Breitenbach. Da war diese Schiesserei heute Morgen und —»

«Woher weisst du das denn schon?»

«Es kam vorhin auf ‹20 Minuten online›. Warst du etwa dabei?»

«Mittendrin.» Es brachte nichts, Julian anzulügen.

«Krass! Wie geht's dir?»

Julian kannte ihre teils wagemutigen Abenteuer von früher und hatte gelernt, Coras Umgang damit mit einer Prise Gelassenheit zu nehmen. Cora vermutete, dass er damit seine Angst um sie verdrängte.

«Geht so, konnte dem Sensenmann gerade noch entwischen.»

«Red keinen Stuss, Mam, und pass gefälligst auf dich auf. Du machst uns sonst verdammt einsam hier.»

Sie hätte ihn umarmen können. «Weiss Mila davon?»

«Sie liest keine News, und ich hab's ihr nicht gesagt.»

«Danke, ist besser so. Halte weiterhin ein Auge auf sie, bitte, Julian.»

«Gerne, wenn ich kann. Ich bin heute den ganzen Tag auswärts. Millie war heute Morgen so komisch.»

«Hat sie meine Notiz gesehen?»

«Ja, danach machte sie zu.»

Mist, dachte Cora. «Ich muss unbedingt noch etwas erledigen. Sobald ich kann, komme ich zurück.»

«Okay, ich versuche, Millie zwischendurch anzurufen.»

«Bist ein Schatz, Grosser.»

ELF

Im Gegensatz zu den vorangehenden Tagen, an denen das Dorf bis auf das Publikum im Gasthof ausgestorben wirkte, waren heute einige Leute auf der Strasse. Manche grüssten Cora freundlich und unvoreingenommen. Das Verhalten von Joder und seinen Stammtischkumpanen war demnach nicht das hiesige Mass aller Dinge.

Der Dorfladen von Gilgenberg war geöffnet, als Cora kurz nach halb elf Uhr davor anhielt. Sie hatte genug von der zweifelhaften Gastfreundschaft des «Schlosshofes» und wollte sich etwas Essbares zum Mitnehmen kaufen.

Wenn überhaupt, würde sie Freyenfels erst am Abend wiedersehen. Er befand sich im Elsass und holte die verpasste Sitzung vom Vortag nach. Sie hatte ihn vom Wagen aus angerufen, um ihm zu sagen, dass sie auch diese Nacht nicht mit ihm verbringen konnte.

Im Laden befanden sich ein paar Einwohnerinnen von Gilgenberg. Zwei ältere Bäuerinnen deckten sich mit Konserven ein. Ihre lang gezogene, gleichzeitig breite Mundart verriet sie als Einheimische. Zwei junge Frauen mit kleinen Kindern standen vor der Auslage der Milchprodukte. Die ausgeprägten, ausdrucksstarken Gesichtszüge und ihre Sprache verrieten ihre slawische Herkunft. Zu ihnen gesellten sich drei ältere Frauen, von denen zwei die Mütter der beiden jüngeren sein konnten. Unter sich sprachen sie russisch oder weissrussisch. Diese Frauen beäugten sie neugierig. Im Gegensatz zu ihnen verhielten sich die Einheimischen ihr gegenüber reserviert.

Die Verkäuferin sah aus, als würde sie ebenfalls aus Osteuropa stammen. Sie hatte ein hübsches, etwas verhärmtes Gesicht, das Cora irgendwie vertraut war. Sie bediente Cora zuvorkommend an der Fleisch- und Käsetheke, wo sie sich Salami und Rohschinken geben liess. Dazu erstand sie ein Stück Gilgenberger Landkäse, von dem ihr die Verkäuferin versicherte, dass ihr

Mann ihn selbst herstellte. Cora hoffte, dass der Herr Gemahl nicht einer von Joders Stammtischkumpanen war.

«Sie sind die Journalistin, nicht wahr?», fragte die Verkäuferin. Cora konnte die slawische Färbung aus ihrer Dialektsprache heraushören. «Sie haben mit Elena gesprochen.»

«Ja», sagte Cora zögernd. «Haben Sie Elena gut gekannt?»

Die Augen der Frau wurden feucht. «Sie war auch meine Nichte. Ihre Mutter und Joders verstorbene Frau waren meine Schwestern.»

«Das tut mir leid.» Cora reichte ihr die Hand und stellte sich vor.

«Larissa Matter», sagte die Frau.

«Es ist schlimm, was mit Elena passiert ist. Sie war ein liebenswerter Mensch und klug.»

«Sehr klug, ja», antwortete Larissa. «Und talentiert. Sie wollte in Basel ans Konservatorium. Ihre Mutter studierte damals auch Musik, in Minsk. Aber jetzt …» Larissa wischte sich über die Augen. Die anderen Frauen hatten sich hinter Cora angestellt und lauschten aufmerksam dem Gespräch, während sie geduldig warteten.

«Leben Sie schon lange hier?», fragte Cora.

«Bei mir sind es etwa dreizehn Jahre. Ich war zwanzig, als mich Matter holte. Meine Schwester Ludmilla und ich sind gemeinsam hergekommen.»

«Wie habt ihr die Männer von Gilgenberg kennengelernt? Haben sie euch in Weissrussland besucht, oder habt ihr euch im Internet gefunden?»

«Uns kauft man nicht im Internet. Wir sind keine Nutten», sagte Larissa mit einem Anflug von Empörung.

«Die Männer von hier mussten viel Geld für uns bezahlen», sagte eine der älteren Frauen hinter Cora, die sich ihr als Olga vorstellte.

«Wer hat das Geld bekommen. Eure Familien?»

«Es gab Mittelsmänner», sagte Larissa. «Es lief alles über Gospodin Wassilij.»

«Wer ist das?»

«Er rekrutiert die Frauen, die in den Westen wollen.»

«Verstehe. Wie heisst er mit vollem Namen?»

Die Frauen sahen sich fragend an. «Wir alle nennen ihn nur Gospodin Wassilij», sagte Larissa.

«Ist er Weissrusse?»

«Nein, er kommt aus Russland, deshalb nennen wir ihn Gospodin. Aber er lebte lange in unserem Land. Niemand weiss, wo er sich jeweils aufhält. Er ist überall und nirgends. Manchmal ist er hier, manchmal in Deutschland oder auch in Frankreich.»

«Sagt euch der Name Elisabeth vom Staal etwas?» Cora versuchte, die Frage beiläufig klingen zu lassen.

Fragende Blicke.

«Lisaweta Kostenko?»

Hektische Blicke wurden an ihr vorbei und unter den Frauen ausgetauscht. Eine der jüngeren wollte etwas sagen. Sie wurde sogleich von einer der älteren mit einem scharfen Zischlaut zum Schweigen gebracht.

«Kennen wir nicht», sagte Larissa und hatte es plötzlich eilig, die anderen Kundinnen zu bedienen.

Diese Reaktion erstaunte Cora nicht wirklich. Sie drehte sich zu der jungen Frau um, die sich beinahe verraten hätte. Sie hielt ein knapp anderthalbjähriges Mädchen im Arm.

«Na, niedliche Maus. Willst du ein Stück Schokolade?» Cora legte ihr ein kleines Stück von einem soeben gekauften Schokoriegel in die Händchen. Die Kleine sah ihre Wohltäterin mit grossen Augen an. Cora streichelte ihr über die Wangen.

«Wie viele Kinder haben Sie?», fragte sie die Mutter.

«Zwei. Ihr Bruder ist in der Schule.»

«Heute ist Samstag. Ist denn nicht schulfrei?»

«Normalerweise schon. Die Schule probt für ein grosses Kindertheater, das in ein paar Wochen stattfindet. Dafür mussten sie ein paar Extrastunden einsetzen.»

«Sind Sie Hausfrau?»

«Bis die Kleine zwei Jahre alt ist und in die Krippe geht. Dann muss ich wieder arbeiten.» Sie wies mit dem Kopf in die Richtung, wo sich die Burg befand und auch der Gutsbetrieb.

«Auf dem ‹Naturkraft›-Hof?»

«Ja, wie alle anderen Frauen auch.»

«Sie arbeiten schon lange dort?»

«Immer schon. Das gehört zum Vertrag.»

«Was für ein Vertrag?»

«Der Vertrag mit Gospodin Wassilij. Als unsere Mütter mit uns hierherkamen, haben sie einen Vertrag mit ihm gemacht, für Wohnen und für Arbeit. Sobald wir achtzehn wurden, mussten wir auch einen Vertrag unterschreiben.»

Cora war nicht sicher, ob sie richtig verstanden hatte. «Ihr habt mit diesem Gospodin Wassilij einen Vertrag unterschrieben, der euch verpflichtet, euer ganzes Leben in Gilgenberg zu leben und zu arbeiten?»

Die Frauen nickten.

«Und euer Lohn?»

Die Frauen sahen sich an, als ob sie dieses Wort zum ersten Mal gehört hätten. «Wir bekommen Geld, damit wir hier einkaufen können. Alles andere gibt uns Gospodin Wassilij.»

«Und wenn ihr mal ausgehen wollt? Schick essen, ins Kino, tanzen oder Kleider kaufen?»

«Die Männer gehen mit uns einkaufen. Für Vergnügen haben wir keine Zeit. Ausserdem sind wir zu müde, um zu feiern.»

Es fiel Cora schwer, ihre Empörung zu verbergen. «Das ist doch kein Leben. Was ihr hier durchmacht, grenzt an Sklaverei.»

Die Frauen sahen sie verständnislos an.

«Ihr seid hier in der Schweiz und habt Rechte. Die Männer können euch nicht behandeln wie Leibeigene! Ihr müsst das anzeigen. Ich kann euch dabei helfen, ich –»

Olga berührte Coras Arm. «Das müssen Sie nicht, Frau Johannis. Uns geht es gut hier.» Sie blickte in die Runde der Frauen, die zustimmende Gesten machten. «Wir sind damals aus Weissrussland hierhergekommen, weil wir dort weder Bildung noch eine Zukunft hatten. Wir waren weniger wert als das Vieh. Die Männer von Gilgenberg haben Geld für uns bezahlt, damit sie uns hierher mitnehmen konnten. Niemand hat uns gezwungen, wir sind freiwillig mitgegangen, weil wir gedacht haben, dass jedes Leben woanders lebenswerter war als dort, wo wir hergekommen sind.»

«War es so?», fragte Cora.

Olga sah sich erneut nach den anderen Frauen um. Keine widersprach. «Wir wussten, dass Gilgenberg nicht das Paradies ist. Wir mussten ebenso hart arbeiten wie in unserer Heimat. Der Unterschied ist, dass uns die Männer hier im Vergleich zur Heimat respektvoll behandeln. Es sind keine romantischen Liebhaber und Märchenprinzen, aber sie bemühen sich, uns und unseren Kindern ein Zuhause zu geben.»

«Dafür beschimpft man euch als Huren.»

«Das ist nicht wahr, Frau Johannis. Die Mütter und Schwiegermütter der verstorbenen Frauen haben uns freundlich empfangen. Zuerst waren sie zurückhaltend. Mit der Zeit wuchs das Vertrauen. Sie waren dankbar, dass wir dem Dorf wieder Leben schenkten. Hier und in den Nachbardörfern hat man uns immer gut behandelt.»

«Ich habe nur gehört, dass –», begann Cora.

«Dass wir böse Verführerinnen sind, Hexen, die den anderen Frauen die Männer abjagen und in unser Bett zerren, nicht wahr?» Ein spöttisches Zucken umspielte ihren Mund. «Wenn die Schweizerinnen das von uns denken, was sollen wir von ihnen halten, wenn sie nicht einmal in der Lage sind, ihre Männer bei sich zu behalten? – Wir haben davon gehört, wie man ausserhalb dieses Tales über uns spricht. Es interessiert uns nicht. Gilgenberg ist unsere neue Heimat. Wir haben es hier besser, als es in unserer Heimat je möglich gewesen wäre. Das tragische Schicksal unserer Vorgängerinnen hat uns hierhergebracht. Dafür sind wir ihnen dankbar. Gehen Sie auf den Friedhof, Frau Johannis. Dort werden Sie es sehen. Die Männer waren damals so unglücklich über ihren Verlust, dass sie ihre toten Frauen und die Kinder vergessen wollten. Wir wollen nicht, dass sie vergessen werden, denn für uns sind sie Engel. Engel, die uns in diesem schönen Land eine neue Heimat geschenkt haben. Wir pflegen ihre Gräber jeden Tag.»

Bevor Cora weitere Fragen stellen konnte, ertönte eine zornige Stimme aus einem der hinteren Räume.

«Larissa! Wo steckst du? Warum steht das Essen nicht auf dem Tisch?»

«Matter», sagte Larissa hastig. «Sie gehen besser. Nicht jeder sieht es gerne, dass wir mit Ihnen reden.»

Cora wollte nicht riskieren, dass diese Frauen womöglich ihretwegen Ärger mit ihren Männern bekamen. Sie nahm ihr Lebensmittelpaket und verabschiedete sich dankend von den Frauen. Kaum war sie durch die Ladentüre, hörte sie, wie im Laden die Tür des Hinterzimmers heftig aufgestossen wurde.

★★★

Die Kirche mit dem Friedhof und das benachbarte Schulgebäude befanden sich zuoberst im Ort. Sie lagen etwas abseits der Schlossstrasse. Cora hatte eine knappe Viertelstunde Zeit, bevor die Schule aus war. Es war ein Glücksfall, dass die Kinder heute in der Schule waren. So konnte sie ihr erst für nächste Woche geplantes Vorhaben jetzt durchführen. Sie nutzte die Wartezeit, um dem Friedhof einen Besuch abzustatten.

Der Gottesacker war in zwei Sektionen unterteilt, eine ältere und eine neuere. Cora schritt die Reihen der Grabsteine und Kreuze von Generationen von Gilgenbergern ab, die im Laufe der Jahrzehnte hier zur letzten Ruhe gebettet worden waren. Bis vor dem tragischen Unglück wurde in diesem Dorf offenbar normal gelebt und gestorben. Anhand der Geburts- und Todesdaten war zu erkennen, dass die meisten Frauen und Männer die Gnade eines hohen Alters erfahren durften. Nur wenige vereinzelte Gräber hatten Bewohner, die weniger als fünfzig Jahre alt waren, als sie starben. Sie fand zwei Kindergräber, eines davon ein Säugling, der nur wenige Monate gelebt hatte.

Cora musste unvermittelt an Mila denken. Prompt beschlich sie ein schlechtes Gewissen. Sie überlegte sich Wege, wie sie ihre Tochter für die Enttäuschung entschädigen konnte, die sie ihr bereitet hatte. Sie hatte gehofft, diese Sache bald abschliessen zu können. Seit diesem Morgen hatte sie den Eindruck, immer tiefer in einen Sumpf gezogen zu werden, aus dem sie sich ohne fremde Hilfe nicht befreien konnte. Der Gedanke an ihre Schockstarre, als der Ziellaser des Heckenschützen sie erfasst hatte, liess Übelkeit in ihr hochsteigen. Wenn sie Karin Jäggi nicht zur Seite gerissen hätte, müssten ihre eigenen Kinder sich jetzt um ihre Beerdigung kümmern.

Das Einzige, was ihre Nachforschungen bisher konkret zutage gefördert hatten, waren vier tote Menschen. Wer war verzweifelt oder dreist genug und hatte obendrein die Macht und die Möglichkeit, einen brutalen Angriff auf einen schweizerischen Polizeiposten durchzuführen? Wenn solche Anschläge auf der anderen Seite des Atlantiks oder bei den südlichen und südöstlichen Nachbarn regelmässig vorkamen, sorgte das bei Herrn und Frau Schweizer kaum für mehr als ein ungehaltenes Stirnrunzeln. Die Schiesserei von Breitenbach mit zwei verletzten Polizisten und einem in Polizeigewahrsam Getöteten würde nicht nur im Inland Schlagzeilen machen.

Trotz Karin Jäggis anderweitiger Beteuerungen ging Cora der Gedanke nicht aus dem Kopf, dass die Polizei und oder der Staatsanwalt in die Affäre verwickelt sein könnten. Sie glaubte Jäggi, wenn sie für ihren Kollegen Lüthi die Hand ins Feuer legte, auch wenn sie nicht viel mit dem Ermittler anfangen konnte. Ebenso wenig konnte sie sich vorstellen, dass Jäggi selbst darin verwickelt war.

Der Anschlag rückte erneut die Frage nach Muralts Rolle in den Vordergrund. Der Staatsanwalt war über den Zeitpunkt des Transports im Bild gewesen. Andererseits war es ebenso gut möglich, dass der Schütze den Posten die ganze Zeit über beobachtet und einfach abgewartet hatte, bis sein Moment gekommen war. Es lag auf der Hand, dass Köbi früher oder später verlegt wurde. Er galt nicht als sensibler Zeuge, den man komplett abschirmen musste – hatte man geglaubt.

Cora selbst hatte zwei Personen davon erzählt: Benno Freyenfels und Daniel vom Staal. Mit dem einen ging sie ins

Bett, und beim anderen hatte sie keine Ahnung, wohin das alles führen sollte. Abgesehen davon, wo lag ein mögliches Motiv für die beiden? Geld und Macht? Davon hatten sie mehr als genug. Freyenfels hatte das über Generationen vererbte Familienvermögen mit Hilfe seiner Firmen erheblich vermehrt. Weshalb sollte er sich mit der Mafia einlassen?

Vom Staal? Worin lag der Sinn, eine investigative Journalistin zu beauftragen, ihre Nase in Angelegenheiten zu stecken, die man unter dem Deckel halten wollte? Es war für sie schlicht undenkbar, dass einer der beiden imstande sein sollte, kaltblütige Morde zu begehen.

Was sich Cora nicht erklären konnte, war, dass Freyenfels, der in dieser Gegend jeden kannte und über immensen Einfluss verfügte, nichts davon wusste, dass in Gilgenberg ein moderner Sklavenbetrieb existierte, oder es nicht für nötig hielt, ihr davon zu erzählen. Für die neuen Frauen von Gilgenberg mochte es das Paradies bedeuten. Trotzdem, es gab Gesetze und Regeln. Es brauchte manch blindes Auge und häufiges Zur-Seite-Schauen, um in der durchorganisierten Schweiz etwas Derartiges zu bewerkstelligen.

Cora wurde übel, wenn sie daran dachte, dass möglicherweise eine Organisation dahintersteckte, die auf allen Ebenen und Institutionen des Staates ihre Spione, Spitzel und Handlanger hatte und darüber hinaus nicht vor brutaler Gewalt zurückschreckte. War das ein möglicher Grund für das Verschwinden von Elisabeth vom Staal? War sie hinter ein Geheimnis gekommen, von dem sie nie hätte wissen dürfen?

Sie dachte an Jäggis Warnung, dass sie auf sich aufpassen sollte. Ihr lief es eiskalt den Rücken hinunter, als sie an die Kinder dachte. Brachte sie womöglich Julian und Mila in Gefahr, wenn sie ihre Nachforschungen fortsetzte?

Sie war in der neuen Sektion des Friedhofs angelangt. Sie wurde dominiert von der Statue des Engels der Vergessenen mit dem gebrochenen Flügel. Am Sockel der Statue war eine Marmortafel in französischer Sprache angebracht.

Die Körper verloren und vergessen
Die Liebe in den Marmor der Ewigkeit gemeisselt
IN SEHNSUCHT NACH DER GNADE GOTTES
† *9. August 2002 – Le Puy-en-Velay*

Eine weitere Inschrift am unteren Rand deutete darauf hin, dass Benno Freyenfels die Statue gestiftet hatte. Cora versuchte sich vorzustellen, wie gross sein Schmerz über die Tragödie gewesen sein musste, für die er sich die Schuld gab. Wie viel grösser sein Leid über den Verlust von zwei geliebten Menschen war, die er nach seinem eigenen Empfinden in den Tod geschickt hatte, war für sie kaum nachvollziehbar.

Am Fuss des Sockels waren zwei Marmortafeln in den Boden eingelassen, an der Stirnseite standen prächtige frische Blumen in grossen Vasen, die ohne Zweifel regelmässig gewechselt wurden. Eine Hommage und ein Zeichen des Respekts der neuen Frauen von Gilgenberg für ihre Vorgängerinnen. Auch die Gräber der Verunglückten, die hinter der Statue den grössten Teil der Sektion beanspruchten, waren reich geschmückt und sorgfältig gepflegt.

Cora ging vor den Tafeln in die Hocke. Die Namen derjenigen, die im Unglück ums Leben gekommen waren, waren in den Marmor graviert. Sie fuhr mit dem Finger über die Zeilen, bis sie die Namen fand, die sie suchte: Lina und Nathalie Joder. Freyenfels' grosse Liebe und seine Tochter, zu der er sich nie öffentlich bekennen konnte. Seine Grosszügigkeit war damals ohne Wissen und Willen zum Instrument ihres Todes geworden und hatte die Lebenskraft des Dorfes beinahe ausgelöscht.

Sie erhob sich und blieb einige Minuten still vor dem Gemeinschaftsgrab stehen. Sie stellte sich vor, was aus diesem Dorf geworden wäre, wenn die reifen Kirschen Nathalie nicht auf den Baum gelockt hätten. Welche Hintergedanken trieben den grossen Regisseur des Universums an, derartige Drehbücher zu schreiben? Oder waren es die Menschen selbst, die durch ihr Tun und Lassen ihre eigenen Dramen inszenierten?

Sie sah zum Gutsbetrieb hinüber. Diese Festung der Gesundheit würde ohne das alles jedenfalls nicht hier stehen.

Es wurde Zeit, ihren Posten zu beziehen.

★★★

Auf einer Sitzbank neben einer Buche vor dem Kirchenportal verzehrte Cora hastig ein wenig von ihrem Picknick. Sie hatte vorsorglich ihren Reisefeldstecher mitgenommen. Von hier aus konnte sie den Vorplatz des Schulgebäudes einsehen, ohne selbst aufzufallen. Während sie wartete, dass die Probe aus war, begannen Zweifel an ihr zu nagen, und sie fragte sich zum x-ten Mal, welchem Hirngespinst sie eigentlich nachjagte. Sie hatte sich das immer wieder gefragt, wenn sie bei einer Recherche nicht weiterkam. Aber jedes Mal, im Moment des grössten Zweifels, hatte sie einen Durchbruch erzielt.

Möglicherweise war es Jagdinstinkt oder journalistisches Kalkül, das sie jetzt antrieb. Die Frau und der kleine Junge, die sie am Vortag vor der Schule gesehen hatte, wirkten auf sie wie Fremdkörper in dieser Umgebung, wie der Mann, den sie am Vortag zusammen mit Joder im Gasthof gesehen hatte. Die Frau war für sie ein möglicher Anknüpfungspunkt, ein Fuss auf der Schwelle zum Gutsbetrieb. Die letzten vierundzwanzig Stunden hatten sie in ihrer Überzeugung bestärkt, dass die Fährten, die sie bisher aufgespürt hatte, alle dort zusammenliefen. Das nützte ihr nichts ohne Beweise. So oder so war es endgültig Zeit, sich diese «Festung der Gesundheit» näher anzusehen. Obschon er, streng genommen, nicht so definiert werden konnte, stand für Cora der Begriff «biologische Produkte» für saubere Umwelt, Gesundheit und Fairness. Was sie bisher erfahren hatte, liess kein gutes Gefühl in ihr aufkommen.

Vor dem Schulgebäude gab es Bewegung. Die Türen öffneten sich, und eine Schar lärmender Kinder schwärmte über dem Vorplatz aus. Cora sah hinüber zur Strasse. Kein weisser SUV weit und breit.

Die Kinder auf dem Vorplatz beendeten ihren Schultratsch,

wickelten die letzten Tauschgeschäfte ab und fixierten ihre Verabredungen, bevor sie sich zu zweit oder zu dritt auf den Heimweg ins Wochenende machten. Der Platz leerte sich. Cora schwante die Möglichkeit, dass der Abholdienst nicht stattfinden könnte. Immerhin war es ein Ausnahmetag. Sie erkannte den Jungen vom Vortag. Er sass allein auf einem Mäuerchen beim Sandkasten und schien zu warten.

Sie stellte das Fernglas schärfer ein. Es war ein hübscher kleiner Kerl im Alter von etwa neun Jahren. Seine Haare waren dunkel und vorne etwas länger geschnitten. Er musste sich die Tolle ständig aus der Stirn streichen. Etwas in seinem Gesichtsausdruck war ihr vertraut, doch sie konnte noch nicht sagen, was es war.

Sein Privattaxi heute liess sich Zeit. Der Junge musste ähnliche Ungeduld wie Cora empfinden. Er schaute ständig auf seine Uhr und blickte erwartungsvoll in die Richtung, aus der der SUV am Vortag gekommen war.

«Im Grunde könntest du die paar Meter nach Hause auch zu Fuss gehen», murmelte sie beiläufig.

Als hätte er es gehört, stand der Junge auf und ging zur Strasse, wo er mit wachsender Ungeduld stehen blieb. Kurze Zeit später machte er sich achselzuckend auf den Weg.

«Bleib, wo du bist», zischte Cora. «Das ist nicht der Witz der Sache.»

Der Junge war wenige Meter gekommen, als eine helle Autohupe ertönte. Der Junge blieb stehen und drehte sich um. Der SUV, es war tatsächlich ein BMW X5, kam aus der entgegengesetzten Richtung. Cora atmete auf. Madame hat wohl ihren Termin bei der Kosmetikerin überzogen, dachte sie boshaft.

Der BMW verdeckte den Jungen in Coras Blickfeld, als er neben ihm stehen blieb. Durch die getönten Scheiben war im Wageninneren niemand zu erkennen.

«Steig aus», sagte Cora beschwörend zum von ihr aus unsichtbaren Fahrer. «Tu es, komm schon.»

Der Fahrer oder die Fahrerin tat ihr den Gefallen nicht, im Gegensatz zu dem Jungen, der hinter dem Auto auftauchte und entschlossen Richtung Hof stapfte. Der Kleine war offensichtlich über die verspätete Abholung erbost und wollte nun wohl erst recht zu Fuss nach Hause gehen. Cora hätte ihn umarmen können, als seine Trotzreaktion die Fahrerin zum Aussteigen veranlasste. Es war die Frau vom Vortag. Das vermutete Cora zumindest. Diesmal trug sie kein Kopftuch. Die grosse Sonnenbrille hingegen hatte sie aufgesetzt. Die Frau hatte hellblondes Haar, das sie zu einer eleganten Hochfrisur gesteckt hatte. Der taillierte Hosenanzug war ebenso weiss wie das Auto und stammte definitiv nicht von der Stange bei C&A. Die Frau war gross gewachsen und hatte eine schlanke und gleichzeitig volle Figur, die sogar manchen magermodelfixierten Modeschöpfer inspiriert hätte.

Die Frau rannte dem Jungen geschickt auf ihren hochhackigen Schuhen nach. Sie hatte ihn rasch eingeholt und packte ihn an den Schultern. Der Kleine blieb standhaft und versuchte immer wieder, sich von ihr loszumachen, während sie auf ihn einredete.

Schliesslich gab er seinen Widerstand auf und liess sich umarmen. Die Frau schob ihre Brille hoch und küsste und herzte ihn. Dann richtete sie sich auf und ging mit dem Jungen an der Hand zum Auto zurück, ohne die Brille wieder aufzusetzen. Kurz bevor sie den Wagen erreichte, blickte sie kurz in Coras Richtung.

Für einen Augenblick war Cora wie gelähmt, als sie direkt in die Augen von Elisabeth vom Staal blickte.

Cora wartete in ihrem Wagen an der Verzweigung, wo der Zufahrtsweg zur Kirche in den Schlossweg einmündete. Kurz darauf fuhr der BMW an ihr vorbei. Sie hängte sich sofort dahinter. Die Zeit des Versteckspielens war vorbei. Cora hatte nicht den geringsten Zweifel, dass die Frau Elisabeth vom Staal war, auch wenn die Jahre bei ihr Spuren hinterlassen hatten. Sie wollte sie aus der Nähe sehen, um Gewissheit zu haben. Sie war wütend auf diese Frau, die vor zwölf Jahren sang- und klanglos von der Bildfläche verschwunden war und heute mit einem

Kind hier herumspazierte, während sich ihr Mann zwischen Hoffnung und Verzweiflung aufrieb.

Sie realisierte, dass der BMW die gleichen französischen Kennzeichen trug wie die Minibusse vom Vortag. Inzwischen hatte sie sich schlaugemacht. Die Zahl 90 stand für das Departement Territoire de Belfort. Das Wappen repräsentierte die Region Bourgogne-Franche-Comté.

Der BMW stoppte vor dem Toreingang des Gutsbetriebes. Es dauerte einige Sekunden, bis das automatische Tor zur Seite glitt, um den Wagen hereinzulassen. Cora hielt dicht dahinter, sodass der BMW zwischen dem Tor und ihrem Mini eingezwängt war. Sie stürmte aus ihrem Wagen und stellte sich vor die Kühlerhaube des BMW. Die Fahrerin betätigte unablässig die Hupe, um sie zu verscheuchen. Durch die Windschutzscheibe konnte Cora ihr Gesicht sehen. Es war tatsächlich Elisabeth vom Staal. Ihr Ausdruck zeigte weder Wut noch Verärgerung. Cora sah etwas anderes in ihren Augen. Die Frau hatte Angst, während sie frenetisch die Hupe betätigte.

«Elisabeth vom Staal, ich bin hier im Auftrag Ihres Mannes. Bitte steigen Sie aus und reden Sie mit mir.»

Das Hupkonzert blieb die einzige Antwort. Der Junge war von der Hinterbank nach vorne gerutscht und streckte eher neugierig als verängstigt seinen Kopf zwischen den Vordersitzen hervor. Cora erkannte, weshalb sein Gesicht ihr vertraut gewesen war. Trotz seiner dunklen Haare trug er deutlich Elisabeth vom Staals Züge. Er war zu jung, als dass Daniel vom Staal sein Vater sein konnte. Der Kleine sagte etwas zu der Fahrerin, worauf diese vehement den Kopf schüttelte.

Zwei Männer stürmten zum Tor heraus und packten Cora an den Armen, um sie wegzuzerren. «Was soll das?», fragte der eine. «Sie belästigen die Frau. Ausserdem befinden Sie sich auf Privatbesitz.»

Cora war nicht kräftig genug, um sich gegen die Klammergriffe der beiden zu wehren, und wurde unsanft zur Seite gestossen. Das Tor war ganz offen. Der Motor des BMW heulte auf, und der Wagen machte einen Satz vorwärts. Er fuhr direkt vor das Verwaltungsgebäude. Die Frau stieg aus. Sie zerrte den Jungen geradezu aus dem Fond des Wagens und verschwand mit ihm im Haus.

«Frau vom Staal, Sie müssen mit mir reden», rief Cora ihr nach, doch Elisabeth war mit dem Jungen im Bauernhaus verschwunden, ohne sich einmal umzudrehen.

Die Hände der beiden Gorillas drückten Coras Oberarme zusammen wie Schraubzwingen.

«Lassen Sie mich auf der Stelle los, Sie tun mir weh.»

«Was wollten Sie von der Frau?», wollte der Wortführer der beiden wissen.

«Mit ihr reden. Wenn Sie mich nicht auf der Stelle loslassen, zeige ich Sie an wegen grober Körperverletzung und Nötigung.»

Der Fragesteller blickte zu seinem Partner und nickte kurz. Sie liessen Cora los, die drei Schritte zurücktrat und ihre Oberarme rieb. Das würde zweifellos blaue Flecken geben. Anstatt die beiden Gorillas mit weiteren Drohungen und Vorwürfen zu verärgern, hielt sie es für klüger, einen versöhnlichen Ton anzuschlagen. «Ich muss unbedingt mit dieser Frau reden. Könnten Sie mich zu ihr lassen? Sie dürfen gerne während des Gespräches dabei sein, wenn sie das wünscht.»

«Was wollen Sie von Frau Marchand?»

«Marchand?»

«Catherine Marchand ist die Finanzchefin von ‹Naturkraft›. Warum wollen Sie sie sprechen?»

Hinter ihnen ertönte eine herrische Stimme. «Toni, Ilja, was ist hier los?» Alle wandten sich um. Ein fülliger Mittvierziger mit Dreitagebart und Halbglatze in Bluejeans und Lederjacke kam auf sie zu. Cora hatte den Mann schon gesehen. Es war einer von Joders stumpenrauchenden Stammtischgästen.

Gorilla Fragesteller, von dem sie nun wusste, dass er Toni hiess, machte seinen Bericht.

«Sie sind die Journalistin, die schon seit Tagen hier herumschnüffelt», sagte der Mann. «Was haben Sie hier verloren?»

«Das habe ich schon Ihren Handlangern erklärt. Ich möchte

zu Elisabeth vom Staal vorgelassen werden oder Catherine Marchand, wenn Ihnen das lieber ist.»

Der Chef fing an zu lachen. Toni und Ilja lachten sicherheitshalber mit. «Ihr Journis seid alle das gleiche Gesindel. Ihr vermutet überall eine Schlagzeile, wo keine ist, und belästigt friedfertige Leute. Reicht Ihnen das Unheil nicht, das Sie im Dorf angerichtet haben? Wir kennen hier keine Elisabeth vom Staal. Sie befinden sich auf Privatgelände. Machen Sie, dass Sie fortkommen, oder ich zeige Sie an, wegen Landfriedensbruch und versuchter Freiheitsberaubung.»

«Das ist absurd. Wer sind Sie überhaupt? Der Eigentümer?»

«Ich bin der Betriebsleiter.» Er zeigte zur Videokamera. «Wir haben Aufnahmen von Ihnen, wie Sie Frau Marchand bedrängen. Das reicht für eine Anzeige. Sie verschwinden auf der Stelle, oder meine beiden Mitarbeiter helfen nach. Das könnte wehtun.» Die drei grinsten anzüglich.

Es war Zeit für einen taktischen Rückzug. Cora hob beide Hände und ging zu ihrem Wagen. «Wir werden uns wiedersehen.»

***

Ungehalten schmiss sie ihr Handy auf den Nebensitz. Zum fünften Mal hatte sie lediglich Freyenfels' Combox drangehabt. Cora stand auf dem Parkplatz unterhalb der Burg, den Rücken an ihr Auto gelehnt, und blickte in das langsam sterbende frühherbstliche Grün des Waldes. Um Frust abzulassen, schloss sie die Augen, machte einige tiefe Atemzüge und zerlegte die sie umgebende nachmittägliche Stille in ihre Einzelteile. Der einsame Vogel, dessen schrille Stimme offenbar mit dem gleichen Erfolg nach seinen gefiederten Genossen rief, wie Cora gerade versucht hatte, Freyenfels zu erreichen. Das Plätschern des nahen Ibachs, das sich wie Balsam auf ihre strapazierten Nervenbahnen legte. Ein leichter Wind bewegte die Baumkronen und spielte mit ihren Haaren. Ihr war, als flüstere er ihr etwas in einer Sprache ins Ohr, die sie nicht verstand.

Sie öffnete die Augen und fühlte sich ruhiger. Die Farben des Waldes um sie herum leuchteten intensiver.

Die verstörenden Bilder des Morgens in Breitenbach und das überraschende Auftauchen von Elisabeth vom Staal hatte sie immer noch vor Augen. Der Wirbelwind der Gedanken in ihrem Kopf dagegen war verschwunden. In einer Ecke ihres Bewusstseins warteten die Erinnerungen auf ihre weitere ziel-gerichtete Verwendung.

Sie schloss den Wagen ab und ging den Weg hoch zur Ruine. Dort blickte sie eine Weile über das Tal. Bald hatte sie genug davon, auf dieses Dorf hinunterzublicken, dessen idyllischer Schein ein Leid verbarg, das sie nicht zu ergründen vermochte.

Ein Wegweiser mit der Angabe, dass das Restaurant Meltin-gerberg nicht länger als einen Fussmarsch von einer knappen halben Stunde entfernt war, veranlasste ihren Magen zu einem kleinen Luftsprung. Reste des Picknicks lagen noch im Auto. Ihr fehlte die Lust, zum Wagen zurückzugehen und sie zu ho-len. Eine kleine Wanderung würde ihr guttun. Der Pfad war schmal und stellenweise rutschig. Sie war froh, solidere Schuhe an den Füssen zu haben als vor drei Tagen.

Der Pfad führte am dicht bewaldeten Bergrücken der Geiss-flue entlang. Unter ihr rauschte ein kleines Gewässer, das un-terhalb der Ruine in den Ibach mündete.

Die körperliche Anstrengung auf dem stetig steigenden Pfad war befreiend, obwohl das Hungergefühl immer nagender wurde. Nach etwa zwanzig Minuten verliess der Pfad den Wald und führte quer über einen steil abfallenden Wiesenhang. Auf halbem Weg zum Bergkamm, wo sich ihr Ziel befand, kam sie an einer teilweise im Unterholz verborgenen alten Scheune vorbei. Von dort an wurde der Pfad breiter, sodass kleine Land-wirtschaftsfahrzeuge darauf fahren konnten.

Coras inneres Flehen, dass die Gaststätte auf dem Meltinger-berg geöffnet sein möge, war erhört worden. Ihr Hunger liess sich bereitwillig mit einer Bauernbratwurst an Zwiebelsauce, einer grossen Portion Pommes frites und einem gemischten

Salat stillen. Sie verzichtete auf ein Glas Wein, weil sie ihren erst gewonnenen klaren Kopf nicht mit Alkohol vernebeln wollte.

Körperlich gestärkt machte sie sich auf den Rückweg. Sie war nicht unglücklich, dass es bergab ging und sich ihre Körperenergie hauptsächlich der Verdauung der Bratwurst und der Pommes widmen konnte. Da sie nicht mehr von einem hungrigen Bauch vorwärtsgetrieben wurde, weckte die alte Scheune ihre Neugier, sobald sie erneut daran vorbeikam.

Aus der Nähe betrachtet relativierte sich der schäbige erste Eindruck, den sie beim Aufstieg von dem Gebäude gewonnen hatte. Das Schindeldach war kürzlich frisch gedeckt worden. Teile der Seitenwände waren ebenfalls erneuert. Das vom Wanderpfad aus nicht einsehbare grosse Schiebetor war in einwandfreiem Zustand und mit einem Vorhängeschloss verriegelt. Warum würde jemand ein Gebäude, das aus der Distanz einen halb verfallenen Eindruck erwecken sollte, mit einem massiven brandneuen Stahlschloss abschliessen wollen?

Cora betrachtete es näher. Sie trug stets Büroklammern und Haarnadeln bei sich. Die Utensilien dienten weniger ihrem ursprünglich zugedachten Zweck, sondern erwiesen sich in gewissen Situationen bei Recherchen als nützlich – leider nicht bei einem Kombinationsschloss wie diesem. Sie umrundete das Gebäude, in der Hoffnung, eine ungesicherte Tür, ein Fenster oder einen anderen Zugang zu finden, was nicht der Fall war. Zurück am Tor zerrte sie frustriert am Schloss. Zu ihrer Verblüffung gab es nach. Wer immer als Letzter das Tor verriegelte, hatte geschlampt und den Bügel nicht korrekt einrasten lassen. «Danke für die Einladung», murmelte sie, während sie das Tor öffnete, das sich dank der hervorragend geschmierten Rollen widerstands- und geräuschlos beiseiteschieben liess.

Die Scheune diente augenscheinlich zur Lagerung von Stroh und Futtermitteln. Cora überlegte, warum ein Landwirt an diesem Ort Tierfutter lagerte, wenn es weit und breit keinen Stall gab. Hier oben frassen die Tiere direkt ab Weide.

Im vorderen Teil der Scheune lagerten in Plastikfolie eingewickelte Rundballen. Auf der Folie prangte das Logo «Naturkraft». Im hinteren Teil waren Quaderballen vor den Fensteröffnungen aufgetürmt, die sie von aussen gesehen hatte. Das offene Tor war die einzige Tageslichtquelle. Ein Lichtschalter war nirgends zu sehen. Sie zog eine kleine, aber kräftige LED-Stablampe aus der Tasche, deren greller Strahl den Raum in kaltes Licht tauchte. Die Stapel aus Stroh bildeten eine Gasse, die sich weiter hinten zu einem von Ballen gesäumten Freiplatz öffnete.

Die Lagerung von Stroh an diesem Ort machte für Cora ebenfalls keinen Sinn. Es musste mühsam, von wo auch immer, herangeführt worden sein. Die Scheune war bis unters Dach voll damit. Die Stallungen von «Naturkraft» befanden sich im Tal. Möglicherweise gab es auf dem Meltingerberg weitere Unterkünfte für das Vieh.

Der Lichtstrahl glitt über die mit Stroh und Spreu bedeckten, aus rohem Holz gezimmerten Bodendielen. Erst als sie die Lampe zum zweiten Mal über den schmutzigen Boden richtete, fiel ihr etwas Dunkles auf, das zwischen Strohhalmen und Schmutz im staubgeschwängerten Licht schimmerte. Sie wischte den Boden mit den Füssen frei, bis ein rostbrauner Fleck zum Vorschein kam. Cora vergrösserte die freigekehrte Fläche mit der Hand, bis sie einen handtuchgrossen Fleck freigelegt hatte. Sie brauchte nicht lange zu raten, was für eine Flüssigkeit an dieser Stelle vergossen worden war. Die Frage war lediglich, ob es sich um tierisches oder menschliches Blut handelte. Genauso abwegig wie die Lagerung von Futtermitteln war die Schlachtung von Tieren an diesem Ort. Cora sah sich um und fand, was sie suchte, an einen Stützpfosten gelehnt. Sie wischte mit dem Reisigbesen den ganzen Boden frei und bemühte sich, dabei so wenig Staub wie möglich aufzuwirbeln. Neben dem ersten Fleck kam eine zweite kleinere ausgetrocknete Lache zum Vorschein. Der Rest des Bodens war sauber. Sie leuchtete in die Ritzen zwischen den Holzdielen. Ein grauer Belag schimmerte darunter hervor. Sie stampfte mit dem Fuss auf den Boden. Ein trockener Schlag ertönte, wie wenn Holz auf Stein oder Beton stiess. Sie ging in den vorderen Teil der

Scheune und tat dort das Gleiche. Der Widerstand war weicher – anderer Untergrund.

Zurück an der Stelle mit den Flecken ging sie in die Hocke und leuchtete erneut in die Ritzen. Zwischen den blutbefleckten Holzdielen reflektierte etwas Metallisches das Licht. Sie versuchte vergeblich, den Gegenstand mit den Fingern hervorzuklauben. Im Gegenzug erwiesen sich ihre Haarnadeln hier als hilfreich. Sie bog sich eine zurecht und angelte nach zwei Versuchen ein feingliedriges Goldkettchen aus der Spalte. Sie betrachtete es im Licht. An dem Kettchen hing ein ziseliertes keltisches Kreuz. Dort wo sich Längs- und Querbalken überschnitten, war ein kleiner Brillant gefasst. Soweit sie es beurteilen konnte, waren Kettchen und Kreuz aus reinem Vierundzwanzig-Karat-Gold gefertigt. Eine dunkle Ahnung sagte ihr, dass Schmuck und Blutfleck in einem tragischen Zusammenhang standen. Sie wickelte das Kettchen in ein Papiertaschentuch und verstaute es in der Brusttasche ihrer Weste. Auf Knien und mit der Stablampe zwischen den Zähnen fuhr sie fort, die Ritzen zwischen den Dielen abzusuchen.

Zunächst glaubte sie, dass es ein Riss war, der quer über die Holzlatten verlief. Dafür war er ihr zu gerade und zu glatt über mehrere Latten geführt. Sie hob eine an. Zu ihrer Überraschung hielt sie unvermittelt einen Holzrost von einem auf einen Meter in der Hand. Darunter war eine Vertiefung im Beton, die mit einer Holzplatte abgedeckt war. Als sie die Platte entfernte, befand sich darunter eine Stahlluke mit einem Metallring. Entgegen dem Eingangstor war dieser Zugang nicht mehr speziell gesichert. Sie hob den Lukendeckel an.

Ein leiser Pfiff entfuhr ihr, als sie hineinleuchtete. Sie hatte den Eingang zu einem stillgelegten Bunker entdeckt, ein Überbleibsel der Réduit-Strategie aus dem Zweiten Weltkrieg. Für den Fall, dass Hitler den Versuch unternehmen sollte, dieses Land zu einem Bestandteil seines kurzlebigen tausendjährigen Reiches zu machen, hatte das Schweizer Armeekommando ein gewaltiges System militärischer Verteidigungsanlagen angelegt, das sich über den gesamten Alpenraum und den Jura erstreckte. In neuerer Zeit hatten die Militärs eingesehen, dass es keinen Sinn machte, das Mittelland und damit zwei Drittel der Schweizer Bevölkerung Invasoren preiszugeben und dafür Bäume und Felsen mit ein paar Steinböcken und Murmeltieren zu verteidigen. Das Nationale Réduit wurde aufgegeben und die Gebirgsfestungen stillgelegt. Einige wurden offenbar anderen Zwecken zugeführt, ergänzte Cora in Gedanken ihr Wissen über dieses Kapitel der Landesgeschichte.

Über eine schmale Stahlleiter stieg sie durch die Luke. Entgegen ihrer Erwartung war der Raum darunter trocken und kühl. Ein Aggregat summte. Sie tippte auf eine Klimaanlage. Etwas weiter vorne war eine weitere Metalltür in die Wand eingelassen. Zu beiden Seiten des Raumes lagerten auf Holzpaletten Stapel mit in schwarze Lichtschutzfolie eingewickelten Würfeln von circa dreissig Zentimetern Seitenlänge. Sie nahm einen davon in die Hand. Er fühlte sich kompakt und schwer an, mindestens zwei Kilo. Vorsichtig schnüffelte sie daran. Ausser dem Plastikgeruch konnte sie nichts feststellen. Mit Hilfe ihres Opinel-Taschenmessers schlitzte sie die Folie auf. Der Würfel enthielt mehrere verschweisste Beutel mit einem weissen Pulver. Sie hatte den Verdacht, dass es sich weder um Tierfutter noch um Milchpulver handelte. Sie stopfte einen Beutel in ihre Jackentasche. Das angeschnittene Paket legte sie zurück auf den Stapel, sodass der Einschnitt von vorne nicht festzustellen war. Sie hatte genug gesehen und trat den Rückzug an. Kaum hatte sie die Luke geschlossen und den Holzrost darübergelegt, vernahm sie von aussen Motorengeräusche. Hastig verteilte sie mit den Füssen etwas Stroh über den Boden und beeilte sich, aus der Scheune zu kommen, nicht ohne das Tor zuzuziehen und den Bügel des Kombinationsschlosses einrasten zu lassen. Erst dann kam ihr in den Sinn, dass das womöglich ein Fehler war. Im Schutz der Hausecke beobachtete sie einen ausgemusterten Armeehaflinger, der auf dem holprigen Weg auf die Scheune zufuhr.

Die Insassen des Gefährts hatten Cora bisher nicht entdeckt. Sie musste möglichst rasch den schützenden Wald erreichen.

Das Gelände bis dorthin war offen. Wenn sie jetzt losrannte, würde man sie vom Haflinger aus unweigerlich bemerken.

Geduckt schlich sie zu den Büschen des Unterholzes und wartete. Der Haflinger fuhr vor das Eingangstor. Cora war nun für die Insassen unsichtbar.

Der Motor verstummte. Kurz darauf erklang eine dumpfe Stimme. «Du Idiot, das Tor ist ja zu. Du hast gar nicht vergessen, es zu schliessen.»

Cora biss sich verärgert auf die Lippen. Es war die Stimme des Betriebsleiters von «Naturkraft». Die Stimmen wurden leiser. Die beiden hatten die Scheune betreten. Was, wenn sie merkten, dass ein Paket angeschnitten war? Cora war nicht interessiert, die Reaktion zu erfahren, und robbte sachte rückwärts aus dem Gebüsch. Sobald sie das offene Feld erreicht hatte, rannte sie.

Atemlos vor Anspannung eher als vor Anstrengung erreichte sie die ersten Bäume des schützenden Waldes. Sie atmete auf – doch zu früh. Hinter ihr ertönte ein gellender Ruf. Sie drehte sich hastig um und sah zwei Männer auf sich zurennen.

Cora langte in die Innentasche ihrer Jacke. Der Griff ging ins Leere. Ihr Handy lag auf dem Beifahrersitz des Mini. Panik drohte von ihr Besitz zu ergreifen. Sie wagte nicht, sich vorzustellen, was die beiden mit ihr tun würden, wenn sie sie mit dem weissen Pulver erwischten. Ihr blieb ein komfortabler Vorsprung, den sie ausnutzen wollte, und sie rannte weiter. Erst als sie bei der Burgruine anlangte, blickte sie das erste Mal zurück. Ihre Verfolger waren nicht zu sehen. Die beiden schwerfälligen Männer bekundeten auf dem rutschigen Pfad wohl mehr Mühe als sie. Während sie den Fussweg zum Parkplatz hinunterlief, drückte sie so lange auf den Entriegelungsknopf der Autofernbedienung, bis die Warnblinker des Mini aufleuchteten.

Ihr Handydisplay zeigte eine Feldstärke von einem Punkt. Sie wählte und vertippte sich dabei einmal. Nach dreimal Klingeln antwortete die Gegenseite … dann war die Leitung unterbrochen. Zu wenig Netz für Sprache. Mit zitternden Händen tippte sie ein SMS und schickte es ab. Gebannt starrte sie auf das Display, bis es anzeigte, dass die Nachricht auf dem

Gegenapparat angekommen war. Ein erneuter Ruf von der Burg oben liess sie aufblicken. Die beiden Gorillas rannten den Fussweg herunter. Sie stieg in den Wagen und verriegelte alle Türen, bevor sie den Motor startete. Anstelle des vertrauten Geräuschs kam nichts. «Scheisse, Scheisse, Scheisse!», keuchte sie. «Mach schon.» Sie atmete einmal tief durch und betätigte den Startknopf erneut. Mit einem lauten Seufzer nahm sie das Aufheulen des Motors zur Kenntnis. Ihre Verfolger waren inzwischen fast bei ihr. Bevor der erste an ihrer Wagentür zerren konnte, hatte sie den Mini gewendet und gab Vollgas, sodass die Räder im Kies durchdrehten. Dann wurden die Verfolger im Rückspiegel rasch kleiner. Bevor sie um die Ecke bog, sah sie, wie Gorilla Betriebsleiter sein Handy zückte.

Weiter vorne, auf der schmalen Schlossstrasse, nahm ihre Flucht ein abruptes Ende, als zwei Riesentraktoren auf sie zufuhren.

★★★

Vlady und Austin – sechster Chat

AustinXXX: «Heute Abend, okay?»
Vlady_03: «Klaro! Wo?»
AustinXXX: «Baseltor, beim Brunnen vor der Schanze.»
Vlady_03: «Ist etwas abseits.»
AustinXXX: «Vertraust du mir nicht?»
Vlady_03: «Das ist es nicht, Mann, aber …»
AustinXXX: «Was?»
Vlady_03: «Ich weiss nicht recht.»
AustinXXX: «Wie lange chatten wir nun schon zusammen?»
Vlady_03: «Keine Ahnung, schon ewig.»
AustinXXX: «Wo ist das Problem?»
Vlady_03: «Gut, okay! Wann?»
AustinXXX: «Acht Uhr.»
Vlady_03: «Werde dort sein. C u.»

ZWÖLF

Cora hatte keine Möglichkeit, die Hindernisse zu umfahren. Wenn sie versuchte, über den Acker zu entkommen, würde sie trotz Vierradantrieb im unebenen und morastigen Grund stecken bleiben.

Hinter den Traktoren traten zwei Männer hervor. Cora sah die Baseballschläger in ihren Händen und spürte so etwas wie Todesangst. Sie rammte den Schalthebel in den Rückwärtsgang und setzte zurück. Hinter ihr war eine Weggabelung, von der eine andere Strasse Richtung Zullwil führte. Kurz bevor sie die Verzweigung erreichte, sah sie im Rückspiegel, dass ein dritter Traktor sich quer über die Strasse stellte.

Sie überlegte auszusteigen und zu Fuss über den Acker Richtung Dorf zu fliehen. Die Männer würden sie schnell eingeholt und eingekreist haben. Wenn sie die Nerven behielt, war sie vorderhand im verriegelten Auto am sichersten.

Sie wählte erneut Jäggis Nummer. Während sie auf die Verbindung wartete, versuchte sie zu schätzen, wie lange ihre Autoscheiben den Baseballschlägern wohl standzuhalten vermochten. Jäggis Anschluss war besetzt. Cora schloss die Augen. Das war's dann wohl. Sie hatte Wochen und Monate in Afrika und im Mittleren Osten verbracht und die eine oder andere heikle Situation überstanden. Nun sollte sie ausgerechnet im Schwarzbubenland ein gewaltsames Ende erfahren. Der kosmische Komiker oder wer auch immer diese verfluchte, furchtbare und wunderschöne Welt geschaffen hatte, musste sich im wahrsten Sinne göttlich über seinen eigenen Humor amüsieren.

Inzwischen war der Mini von den Männern mit Baseballschlägern und Lederpeitschen umringt. Einer von ihnen bedeutete ihr zu öffnen. «Steigen Sie bitte aus. Wir wollen mit Ihnen reden.»

«Was soll das?», rief sie durch das geschlossene Fenster. «Sie haben kein Recht, die Strasse zu versperren. Machen Sie sofort den Weg frei, oder ich rufe die Polizei.»

«Sie haben etwas, das nicht Ihnen gehört», sagte der Mann. «Lassen Sie das Fenster herunter und händigen Sie es uns aus. Dann können Sie fahren.»

Ja, klar. «Ich denke nicht daran. Ich bin Journalistin. Was Sie hier machen, ist Wegelagerei und schwere Nötigung. Geben Sie sofort den Weg frei.»

«Also gut. Meine Kollegen hier sind Zeugen, dass Sie nicht kooperieren. Ich zähle bis fünf. Wenn Sie bis dahin nicht öffnen, schlagen wir gleichzeitig alle Scheiben ein. Ihre Entscheidung.»

Cora hörte, wie der Mann langsam von fünf herunterzählte. Sie hielt den Atem an. Bei zwei schlug sie die Arme über dem Kopf zusammen und kauerte sich so tief wie möglich in den Fussraum, um sich vor den Glassplittern zu schützen.

Bei eins wartete sie auf den ersten Schlag.

Bei null hörte sie ein Martinshorn, das näher kam. Sie hob vorsichtig den Kopf.

Rechtzeitig wie die Kavallerie beim Indianerangriff in einem alten Hollywood-Western fuhren zwei Patrouillenwagen der Kantonspolizei bei der ersten Strassensperre auf. Die Besatzungen stürmten mit gezogenen Waffen heraus. Zwei Polizisten hielten eine Person in Schach, die auf einem der Traktoren geblieben war. Die anderen beiden rannten auf die Gruppe um Coras Wagen zu. Die Wegelagerer schienen keinen Wert auf eine Unterhaltung mit der Ordnungsmacht zu legen und zogen sich rasch zu Fuss über den Acker zurück.

Die Polizisten verfolgten sie nicht und steckten ihre Waffen ein. Einer von ihnen klopfte an ihr Seitenfenster.

«Frau Cora Johannis?», fragte der Beamte.

«Ja.»

«Frau Jäggi lässt Ihnen ausrichten, dass sie Ihr SMS erhalten hat. Wir haben den Auftrag, Sie nach Breitenbach zu begleiten. Sie wird in Kürze aus Solothurn dort eintreffen und will Sie sprechen.»

★★★

Jäggi hatte Cora in Empfang genommen und in ein Besprechungszimmer gebracht. Dort wartete sie seit bald einer Stunde und trank ihren vierten Kaffee in Folge, während sie die Wand mit der grossen Landkarte der Amtei Dorneck-Thierstein anstarrte. Im Grunde brauchte sie das Koffein nicht. Es diente lediglich dazu, ihren inzwischen unbändigen Drang nach einer Zigarette zu überdecken. Sie war müde und wollte nach Hause fahren, zu den Kindern.

Es klopfte kurz. Jäggi trat herein. «Entschuldige, dass es so lange gedauert hat, Cora.»

Die Polizistin hatte die Kleider gewechselt und trug einen praktischen, elegant geschnittenen Hosenanzug, darunter ein weisses Baumwollhemd. Die Aufmachung liess sie weniger mädchenhaft erscheinen als Jeans und Poloshirt, die sie am Morgen getragen hatte. Am linken Oberarm trug der Verband ihrer Wunde unter dem Stoff des Hemdes leicht auf.

Jäggi stellte eine volle Flasche Mineralwasser und saubere Trinkbecher auf den Tisch. «Trink etwas Wasser, um den Kaffee zu verdünnen.» Sie zeigte auf die halb leere Tasse in Coras Hand. «Sonst kannst du dir das Zeug bald intravenös verabreichen lassen.»

«Was geschieht weiter?», fragte Cora.

«Mike Lüthi hat angerufen. Er und Muralt sind mit der Durchsuchung auf dem Chrüzboden durch.»

«Ist das der Ort, wo die Scheune steht?»

Jäggi bejahte.

«Und?»

«Lüthi wollte am Telefon nichts sagen. Es wird nicht lange dauern, bis sie zurück sind.»

«Wer durchsucht den Gutsbetrieb?»

«Niemand, der Durchsuchungsbefehl gilt lediglich für die Scheune.»

«Warum?»

«Laut Muralt fehlt die rechtliche Grundlage. Die Tatsache, dass die Scheune auf dem Land des Gutsbetriebes ist, beweist nicht, dass die Leute von ‹Naturkraft› etwas damit zu tun haben.

Sie schwören Stein und Bein, dass sie das Gebäude seit Ewigkeiten nicht mehr nutzen.»

«Wer's glaubt», schnaubte Cora. «Und was ist das da?» Sie zeigte auf das weisse Pulver in einem Plastikbeutel und das inzwischen ebenfalls eingetütete Kettchen. Jäggi hatte sich das weisse Pulver angesehen und auf Kokain getippt. Sie war keine Expertin. Die Drogenfahndung und die Kriminaltechnik würden sich darum kümmern müssen.

«Ich weiss, was du sagen willst, Cora. Was soll's? Theoretisch könnte jedermann den Stoff dort bunkern.»

«Und jedermann hat Mittel und Möglichkeiten, einen voll klimatisierten unterirdischen Bunker zu betreiben.»

«Uns sind die Hände gebunden. Wenn wir ohne eindeutige Beweise auffahren, legen uns die ‹Naturkraft›-Leute mit einem Heer von Anwälten Steine in den Weg, bis wir aus dem Spiel sind.»

«Was ist mit Elisabeth vom Staal? Ich bin zweihundertprozentig sicher, dass ich sie erkannt habe. Ist das nichts?»

«Das hilft uns nicht viel. Selbst wenn es wirklich Elisabeth vom Staal wäre, können wir deswegen nicht mit einem Polizeiaufgebot dort auffahren. Oder hast du eindeutige Hinweise, dass sie sich gegen ihren Willen dort aufhält?»

«Natürlich nicht», sagte Cora mürrisch. «Sie ist ja regelrecht in den Hof hinein geflüchtet.»

«Siehst du? Wir können höchstens versuchen, sie als Auskunftsperson vorzuladen. Das wird frühestens morgen möglich sein.»

«Und die Baseballschläger-Typen von vorhin?»

Jäggi machte eine wegwerfende Geste. «Die Kollegen haben die Personalien der drei Traktorführer und der beiden Mitfahrer aufgenommen. Wir haben sie mit ‹Naturkraft› gecheckt. Die sauberen Herren stehen nicht auf deren Lohnliste und sind dort gänzlich unbekannt.»

«Die Traktoren?»

«Sind auf die Männer zugelassen.»

«Verdammter Mist!» Cora zerknüllte den leeren Becher und

pfefferte ihn in eine Ecke. «Entschuldige», sagte sie sofort und stand auf, um den Becher aufzuheben und in den Papierkorb zu werfen.

«Du kannst die Typen wegen schwerer Nötigung anzeigen», sagte Jäggi.

«Es lebe der Rechtsstaat.»

Sie sassen eine Weile da und starrten auf die Tischplatte.

«Hab ich mich eigentlich schon bei dir bedankt?», fragte Cora.

«Wofür?»

«Erst fängst du dir wegen mir eine Kugel ein. Und vorhin hast du mich wieder aus der Scheisse gezogen.»

«Bedank dich bei den Kollegen. Du hattest Glück, dass sie gerade in der Nähe unterwegs waren.»

«Ich schulde dir was Grosses.»

«Lad mich halt zweimal zum Essen ein.»

Cora nahm sich das vor.

Auf dem Korridor waren Stimmen zu hören. Cora erkannte den Bariton von Muralt. Die Türe wurde aufgestossen, und Lüthi trat ein, gefolgt vom Staatsanwalt. Beide machten finstere Gesichter.

«Und?», fragte Jäggi.

Lüthi schüttelte den Kopf. «Nichts.»

«Wie, nichts?», fragte Cora.

«Nichts!» Lüthi sah sie wütend an. «*Rien, niente, nada*, verstehen Sie das, Frau Johannis? Kein Stoff, kein Blut, kein heimlicher Keller, kein Garnichts.»

Cora starrte ihn verständnislos an. «Ich habe —»

«Was Sie haben, Frau Johannis», schaltete sich Muralt mit scharfer Stimme ein, «ist einen heiklen juristischen Prozess und einen ganzen Beamtenapparat für nichts in Bewegung gesetzt. Wir haben uns bis auf die Knochen blamiert.»

«Haben Sie denn die Luke unter dem Stroh nicht gefunden? Und das eingetrocknete Blut auf dem Boden der Scheune?»

«Nichts», sagte Lüthi mit einem bösartigen Lachen. «Es war alles blitzsauber, schöne saubere Bodenbretter, keine Luke. Wir

haben die ganze Scheune mit Luminol untersucht. Keine Blut-
spuren.»

«Das kann nicht sein. Ich habe das Blut und die Luke gesehen. Ich bin nicht verrückt.»

Der sichtlich genervte Lüthi wollte eine weitere wütende
Entgegnung machen. Muralt kam ihm zuvor. «Da war nichts,
Frau Johannis. Der Beton unter dem Holz war zwar da, trocken
und glatt. Keine Spur einer Luke oder einer Tür, die im Boden
eingelassen war.»

Die Blicke von Lüthi und Muralt sprachen Bände. Coras
Verzweiflung stieg und mit ihr der Pegel ihrer Stimme. «Dann
haben sie die Luke mit Schnellbeton übergossen. Sie müssen
den Holzboden rausreissen», rief sie, «den Beton wegbrechen
und –»

«Warum nicht gleich die ganze Hütte abbrechen?», fragte
Lüthi sarkastisch. Er baute sich vor Cora auf. «Ich weiss nicht,
was Sie wo gesehen haben wollen, Frau Johannis. Jedenfalls war
es nicht in dieser Scheune auf diesem verfluchten Chrüzboden.»

Jäggi, die neben Lüthi sass, stiess ihren Kollegen den Ellenbogen in die Seite und warf ihm einen zurechtweisenden Blick
zu.

Cora nahm den Pulverbeutel und das Kettchen und hielt es
in die Höhe. «Sagen Sie mir nicht, ich hätte das auch geträumt.»

«Frau Johannis», sagte Muralt. «Sie haben das Pulver und
diese Goldkette hierher gebracht und behaupten, dass Sie beides
in dieser Scheune gefunden haben. Es beweist gar nichts.»

«Wollen Sie damit etwa sagen, ich hätte …?»

«Ich will Ihnen gar nichts unterstellen. Das werden die
Anwälte von ‹Naturkraft› übernehmen, wenn wir sie bei der
gegenwärtigen Sachlage damit konfrontieren. Der Durchsuchungsbefehl galt für die Scheune Chrüzboden. Wir haben sie
durchsucht und nichts gefunden. Es gibt keinerlei Hinweise auf
ein Gewaltverbrechen, das dort stattgefunden haben könnte. Es
besteht keine Veranlassung, an dieser Stelle weiter zu suchen.»
Er zeigte auf das Paket mit dem weissen Pulver. «Es sind nur
Ihre Fingerabdrücke drauf.»

Cora war sprachlos.

«Ich könnte Sie festnehmen lassen», sagte Muralt ruhig. Jäggi, die bisher kein Wort gesagt hatte, wollte einen Einwand machen. Cora kam ihr zuvor.

«Und die vier toten Menschen wollen Sie mir auch gleich anhängen, was?»

«Führen Sie mich nicht in Versuchung, Frau Johannis.» Muralt sah Jäggi an. «Haben Sie den Bericht erhalten?»

«Ja, die Filzfasern bei den Opfern Lutschyna und Stebler sind übereinstimmend und können Zeltner zugeordnet werden. Die Hautpartikel unter Elena Lutschynas Fingernägeln hingegen passen nicht.»

«Zeltner hatte zweifellos Kontakt mit beiden Frauen. Diese Spuren machen ihn zwar verdächtig, aber es sind keine eindeutigen Tatbeweise. Zeltner war in der Region gut bekannt, und die Menschen mochten ihn. Er wurde am letzten Mittelalterfest gesehen, als er mit Amanda Stebler getanzt hat. Wir suchen weitere Zeugen. Möglicherweise ist er Elena Lutschyna begegnet, als sie auf dem Weg zur Ruine war, und die beiden haben sich freundschaftlich umarmt.» Muralt und Lüthi fixierten Cora mit ihren Blicken.

Sie lachte laut heraus. «Sie verdächtigen tatsächlich mich?»

«Warum nicht?», sagte Muralt. «Sie haben selbst zugegeben, mit Elena Lutschyna Kontakt gehabt zu haben. Sie haben zugegeben, dass Sie sie unter Druck setzten, auszusagen. Möglich, dass sie sich weigerte. Daraufhin sind Sie ausgerastet.»

«Das kommentiere ich lieber nicht.»

«Müssen Sie auch nicht», erwiderte Muralt.

Cora blickte in die Runde der drei Augenpaare, die sie unverwandt ansahen. «Den Schtäkkä-Köbi habe ich sicher auch erschossen.»

«Das können wir angesichts der qualifizierten Zeugenlage getrost ausschliessen», sagte Muralt gleichmütig.

«Und die beiden Toten vom Kaltbrunnental, gehen die ebenfalls auf mein Konto?» Cora stand auf und zog ihren Sweater aus. Sie begann, ihr Hemd aufzuknöpfen.

«Was tun Sie?», fragte Muralt.

«Ich ziehe mich aus, damit Sie mich und meine Kleider auf Kratz- beziehungsweise Schmauchspuren untersuchen können. Ich unterziehe mich sogar freiwillig einem DNA-Test. Brauche ich bereits einen Anwalt?» Sie zückte ihr Telefon.

«Hören Sie mit dem Blödsinn auf», sagte Muralt ungehalten. «Wenn ich Sie wirklich verdächtigte, hätte ich Sie bereits festnehmen lassen.» Er reichte ihr den Sweater. «Allerdings denke ich, dass Sie ab sofort die Arbeit den Profis überlassen sollten. Im Gegenzug verspreche ich auch im Namen der hier anwesenden Kollegen, dass ich nicht damit anfangen werde, Ihre Reportagen zu schreiben.»

Sieh an, der Mann hat sogar Humor. «Was ist mit Frau vom Staal?», fragte Cora.

«Was soll mit ihr sein?», fragte Muralt.

«Werden Sie mit ihr sprechen?»

«Elisabeth vom Staal gilt seit sieben Jahren als verschollen.» Er schnitt ihr mit der Hand das Wort ab, als sie etwas entgegnen wollte. «Ich habe selbst angerufen und mich nach Frau Marchand erkundigt, in der Sie Frau vom Staal erkannt haben wollen. Bedauerlicherweise ist sie am Nachmittag verreist. Sie hat sich wegen ihres Rheumas zur Kur nach Frankreich begeben.»

«Rheuma?»

«Ja, Frau Marchand ist einundsechzig Jahre alt.»

«Machen Sie Witze? Die Frau, die ich gesehen habe, war höchstens Mitte vierzig.»

«Sehen Sie mich lachen, Frau Johannis?»

Cora nahm einen Schluck aus ihrer Tasse und verzog dabei das Gesicht. Der Kaffee war kalt. Jäggi schenkte einen Becher Wasser ein und schob ihn ihr zu.

«Haben Sie wenigstens mal die Besitzverhältnisse von diesem ‹Naturkraft›-Betrieb geprüft?»

«Haben wir», meldete sich Lüthi. «Die Firma ist im Solothurner Handelsregister als Aktiengesellschaft eingetragen. Hauptaktionär, Verwaltungsratspräsident und Geschäftsleiter in

Personalunion ist ein gewisser Jean-Marc Rubin, französischer Staatsbürger. Es sind auch einige Schweizer im Verwaltungsrat. Wir haben alle überprüft. Sie sind unverdächtig. Catherine Marchand ist neben Rubin die einzige zeichnungsberechtigte Direktorin. Eine Genfer Holding ist der zweitgrösste Einzelaktionär. Diese Firma ist recht verschachtelt. Die Genfer Behörden sind uns bei der Überprüfung behilflich.»

«Das ist alles?»

Muralt zog eine dünne Akte aus der Mappe, die er vor sich auf den Tisch gelegt hatte. «Ich habe mich über Sie erkundigt, Frau Johannis.» Er schob die Akte zu Cora hinüber.

Sie warf einen kurzen Blick darauf, dann wischte sie die Papiere heftig vom Tisch. «Das glaube ich jetzt nicht», stiess sie wütend hervor. «Diese Sache hat nicht im Geringsten etwas mit dem zu tun, was hier passiert ist. Wie kommen Sie dazu, in meiner Vergangenheit zu schnüffeln?»

«Ich wollte Ihre Beweggründe verstehen, Frau Johannis», sagte Muralt ruhig, «wissen, was Sie antreibt, sich derart in diesen Fall zu verbeissen und alten Phantomen nachzujagen.»

Cora starrte ihn fassungslos an. Sie fühlte, wie eine heisse Welle aus Angst und Zorn in ihr emporstieg. Es kostete sie beinahe übermenschliche Kraft, ihm nicht die gröbsten Beschimpfungen an den Kopf zu werfen. Sie schaute zu Jäggi, deren Gesichtsausdruck eine Mischung aus Fragen und Flehen zeigte. Wenn Cora Muralt jetzt verbal an die Gurgel ging, würde es weder der Sache noch ihr dienen.

Er dachte nicht daran, von ihr abzulassen. «Sie können die Toten von damals nicht zum Leben erwecken, wenn Sie hier alle verrückt machen, Frau Johannis. Gehen Sie nach Hause und lassen Sie uns arbeiten. Wir versprechen Ihnen, dranzubleiben. Immerhin haben wir vier Morde aufzuklären.»

Cora leerte ihren Becher und stand auf. «Es tut mir leid, wenn ich Ihnen Umstände bereitet habe, und ich wünsche Ihnen viel Erfolg bei Ihren Ermittlungen», sagte sie und verliess das Zimmer.

Auf dem Parkplatz übermannte sie ein Weinkrampf. Ihr ganzer Körper begann zu zittern, sodass sie sich an ihrem Wagen abstützen musste. Sie drehte sich erschrocken um, als sie eine Hand auf ihrer Schulter spürte.

«Bist du okay?», fragte Jäggi.

«Du hast nicht zufälligerweise eine verdammte Zigarette für mich?»

«Sorry, ich bin Nichtraucherin. Warte einen Moment.» Jäggi verschwand im Innern des Gebäudes und kam kurz darauf mit einem halb vollen Päckchen und einem Feuerzeug zurück.

«Ich hab vor Jahren aufgehört.» Cora nahm einen tiefen Zug. «Heute ist ein guter Tag, wieder damit anzufangen.»

«Es tut mir leid», sagte Jäggi. «Ich muss mich für Mike entschuldigen, dass er dir gegenüber so ausgerastet ist. Und Muralt, ich wusste nicht, dass –»

Cora winkte ab und hustete Zigarettenrauch heraus. Sie war die Dinger nicht mehr gewohnt. «Elena muss sterben, bevor sie mit mir reden kann. Das Gleiche geschieht heute Morgen mit Köbi. Dann das mit dieser verfluchten Scheune. Diese Leute sind extrem gut organisiert. Ein Aufräumkommando mit Schnellbeton, der innert weniger Minuten aushärtet, war schnell zur Stelle. Kuhmist und Gülle, der die Gerüche von frischem Beton überdeckt, gibt es dort mehr als genug. Die ganze Bande geht uns durch die Lappen, weil einfach niemand richtig hinsehen will.»

«Du fängst nicht etwa wieder mit deiner Theorie vom Maulwurf an, den wir in der Kantonspolizei haben sollen?», fragte Jäggi eher belustigt als empört.

«Oder bei der Staatsanwaltschaft.»

«Muralt? Hör mit diesen wilden Verdächtigungen auf, Cora.»

Diese warf ihr achselzuckend einen müden Blick zu. «Ist bei euch ein Gospodin Wassilij bekannt? Angeblich ein weissrussischer Staatsbürger.»

«Auf Anhieb nicht. Hat er einen Familiennamen?»

Cora erzählte ihr, was ihr die Gilgenberger Frauen über den Mann gesagt hatten. «Der riecht stark nach Schlepper und Menschenhändler.»

«Gospodin ist russisch und entspricht unserer Anrede ‹Herr›», sagte Jäggi. «Mir fällt zu diesem Wassilij nichts ein. Ich gehe dem nach.»

Cora drückte die Zigarette aus. «Ich bin draussen. Muralt hat recht. Ich fahre nach Hause und kümmere mich um meine Familie.» Sie wollte Jäggi erst die Hand geben, umarmte sie dann aber. «Du bist schwer in Ordnung, Karin. Danke für alles. Ich melde mich wegen der Einladungen zum Essen.»

Cora stieg ins Auto. Bevor sie den Motor startete, klopfte Jäggi ans Seitenfenster. «Willst du gar nicht wissen, was ich über das Kettchen herausgefunden habe?»

Sie zog ein Foto aus der Innentasche ihres Sakkos. «Ihre Eltern hatten es für sie gekauft, als sie zur Miss Schwarzbubenland gewählt wurde. – Du hast diese Information nicht von mir.»

Es war ein aktuelles Porträtbild von Amanda Stebler, die Cora anlächelte. Im V-Ausschnitt ihres Pullovers waren das Kettchen und das Keltenkreuz deutlich zu sehen.

***

Vlady und Austin – siebter Chat

Vlady_03: «Ich bin da.»
AustinXXX: «Beim Brunnen?»
Vlady_03: «Yep! Ich kann dich nicht sehen.»
AustinXXX: «Bei der Reithalle.»
Vlady_03: «Okay, ich sehe dich.»

DREIZEHN

Um sie herum war nichts als schwarze Dunkelheit. Sie näherte sich einem Körper, der wie eine Insel aus einem endlosen Meer aus Blut hochragte. Sie hatte dies schon einmal gesehen. Sie wollte es nicht mehr. Dennoch zog es sie unablässig in die Mitte des Raumes, zu diesem leblosen Körper, der zusammen-gekrümmt, den Rücken ihr zugewandt, auf der Seite lag. Sie wusste seinen Namen, doch sie konnte ihn nicht aussprechen.

Sie hätte schwören können, dass die Haare dunkel gewesen waren. Jetzt waren sie blond. Elena war nicht blond. Sie drehte den Körper auf den Rücken und wischte die blutverschmierten Haare zur Seite.

Leblose Augen starrten sie an. Sie hörte nicht auf zu schreien. «Yasemin!»

«Cora, was ist denn, was hast du?», fragte Freyenfels besorgt. Er musste sie heftig schütteln, damit sie erwachte. Ihr eigener Schrei hallte in ihren Ohren nach. Jetzt erst realisierte sie, dass sie sich in seinem Bett befand. Mit einem Ruck setzte sie sich auf. Sie war nackt. Der Schweiss rann zwischen ihren Brüsten in den Bauchnabel.

Warum hatte sie wieder diesen Traum, der sie zurückführte in jene Zeit, an jenen Ort zu diesem Mädchen – Yasemin. Warum jetzt?

Mit einem Mal wurde es zu viel für sie. Tränen brachen hervor. Sie wollte nichts mehr denken. Die Erinnerungen an heute, an die tödlichen Schüsse, die Scheune auf dieser Wiese, deren Namen sie nicht mehr wusste, die Kerle, die sie beinahe zu Tode geschlagen hätten. Unbändig schluchzend klammerte sie sich an Freyenfels. Sie hielt ihn fest, als wollte sie ihn nie mehr loslassen.

Nach der Demütigung in Breitenbach hatte sie nicht gleich nach Nennigkofen fahren können. Unbeschreibliche Erleichterung hatte sie überkommen, als Freyenfels sie in Empfang genommen hatte. Er hatte reden wollen, erfahren, was passiert war. Cora hatte es nicht gewollt. Sie hatte ihn an den Händen gepackt und ins Schlafzimmer geschleppt. Er sollte nicht reden. Sie hatte nicht gefragt, sondern war über ihn hergefallen, hungrig und fordernd.

Der Hunger war zurück. Ihre Umarmung wurde härter, verlangender, als sie ihren Mund mit einem schluchzenden Seufzer auf seinen presste und sich auf seinen Schoss setzte und sich an ihm rieb, bis sich seine gewünschte Reaktion einstellte. Sie wollte das Leben spüren, es fühlen und den lauernden Tod vergessen. Es dauerte keine fünf Minuten, bis sie sich das erste Mal aufbäumte.

Kaum fünfzehn Minuten später lagen beide atemlos auf dem Rücken. Widerstrebend drehte Cora den Kopf zum Nachttisch auf ihrer Seite des Bettes, wo ihr Handy lag. Es war früher Abend. Sollte sie Mila anrufen? Sie wollte sich versichern, dass es ihr gut ging. Ab jetzt wollte sie sich mehr Zeit für ihre Tochter nehmen. Der Traum war ein Zeichen gewesen. Sie wollte nicht auch noch Mila verlieren. Ihre Aufgabe hier war getan. Morgen wollte sie zu vom Staal gehen und ihm sagen, dass sie seine Frau gefunden hatte. Das Weitere sollte er erledigen.

Freyenfels riss sie aus den Gedanken. «Willst du mir erzählen, was das war, vorhin?»

«Was?»

«Der Traum, der dich so fürchterlich gequält hat?»

«Ach, der.» Sie schmiegte sich an seine Seite und fuhr mit den Fingerspitzen über seine Brust. «Das war nichts. Nur ein Alptraum.»

«Wer ist Yasemin?»

Sie sah ihn erschrocken an. «Woher kennst du … ich meine, woher weisst du …?»

«Du hast ihren Namen herausgeschrien, immer wieder, bevor ich dich wecken konnte. Dazu hast du dauernd ‹Nein!› gerufen.»

Yasemin, Mila, alles fügte sich ineinander. Cora schob sich

von ihm weg und setzte sich auf. «Ich will nicht darüber sprechen, nicht jetzt.»

Freyenfels hatte sich auf die Seite gedreht und seinen Kopf auf den Ellenbogen gestützt. «Ich denke, jetzt wäre ein guter Moment, Cora. Du hast deine Mission erfüllt. Ich bin da, und wir beide haben Zeit. Vorhin hatte es sich angehört, als ob du eine klaffende Wunde in deiner Seele mit dir herumträgst. Vielleicht ist es Zeit, sie zu schliessen und heilen zu lassen.»

«Nein, ich muss —»

Freyenfels hielt ihren Arm fest, als sie Anstalten machte, aus dem Bett zu steigen. «Glaub mir, es wird dir helfen, wie es mir geholfen hat, nachdem ich dir meine Geschichte mit Lina und Nathi erzählt habe.»

Cora liess sich zurück auf das Bett sinken und zog ihre Bettdecke hoch bis unter den Hals.

«Yasemin war vierzehn Jahre alt damals, so alt wie Mila heute. Sie lebte mit ihrer Familie in der Gegend von Dohuk im kurdischen Nordirak. Nachdem Saddam Hussein 1991 im Zweiten Golfkrieg von den Alliierten besiegt wurde, erhoben sich die Kurden gegen ihn und gründeten die Autonome Region Kurdistan. Sie stand unter dem Schutz der USA und Grossbritanniens, die eine Flugverbotszone für die irakische Luftwaffe über der Region errichtet hatten. Ich lernte Yasemin kennen, als ich türkische Kurden 2002 besuchte, die dort lebten, nachdem sie vor der Verfolgung durch die Behörden ihres Landes geflohen waren. Ich sollte eine Reportage über ihre Lebensbedingungen machen.»

«Yasemin war Flüchtling?», fragte Freyenfels.

«Nein, sie stammte aus der Nähe von Dohuk. Eines Tages war ich unterwegs in der Siedlung, wo sie lebte. Meine Wasserflasche leckte. Yasemin hat mir sofort frisches Trinkwasser angeboten. Wie viele Kurden sprach sie erstaunlich gut Englisch. Sie hatte grüne Augen und helles, beinahe blondes Haar, ein wunderschönes Mädchen. Sie liess sich bereitwillig von mir fotografieren und freute sich riesig über die Bilder. Wir wurden Freundinnen. Sie nannte mich grosse Schwester, weil sie fand, dass wir uns ähnlich waren. Schliesslich begleitete sie mich auf meinen Touren und übersetzte für mich, bis …» Cora verstummte, als sie den Kloss in ihrer Kehle spürte. Sie wollte die heissen Tränen wegwischen, die ihr über die Wangen liefen.

Freyenfels hielt ihren Arm fest. Cora lehnte sich vornüber und vergrub ihr Gesicht in den Händen. «Ich hätte mich als westliche Journalistin nicht so auf sie einlassen dürfen. Damit habe ich sie und ihre ganze Familie dem Tod in die Arme getrieben.»

Freyenfels liess sie weinen, bis sie sich wieder aufrichtete.

«Es passierte wenige Tage, bevor ich meine Arbeit dort beendet hatte. Ich wollte ein letztes Mal eine Flüchtlingsfamilie besuchen, die mir ans Herz gewachsen war. Mein Fehler war, dass ich meinen Fahrer, der gleichzeitig mein Leibwächter gewesen war, bereits zurückgeschickt hatte. Ich bin selbst gefahren, nur Yasemin hat mich begleitet. Wir glaubten, in Sicherheit zu sein. Auf dem Rückweg sind wir Marodeuren begegnet, desertierten irakischen Soldaten, die sich mit Plünderungen und Raubüberfällen über Wasser hielten. Sie wollten meine Ausrüstung und mein Geld. Ich konnte mit ihnen verhandeln und gab ihnen alles, was ich hatte, auch die Kamera. Dafür sollten sie uns laufen lassen. Die Chipkarten mit den Aufnahmen hatte ich bereits in einem Geheimfach meines Jackenfutters verborgen. Dann wollten sie uns vergewaltigen und schlugen mich nieder. Yasemin hat mich verteidigt und sich gewehrt wie eine Löwin. Glücklicherweise tauchte eine kurdische Milizpatrouille auf, sodass die Bande das Weite suchen musste.»

«Ihr wart in Sicherheit.»

«Das dachte ich auch. Als ich mich am letzten Tag vor meiner Abreise von Yasemin und ihrer Familie verabschieden wollte, waren sie verschwunden. Nachbarn erzählten mir, dass eine Gruppe von Männern sie in der Nacht verschleppt hatte. Sie hätten arabisch gesprochen. Es müssen die Marodeure gewesen sein. Einige mutige Jungs hatten sie verfolgt und glaubten zu wissen, dass die Bande die Familie in einem leer stehenden Fabrik- oder Lagergebäude festhielten. Ich bin sofort zu den

Milizen gegangen und konnte sie nach langem Einreden überzeugen, dass sie mir halfen, die Familie zu befreien.» Coras Stimme versagte erneut.

«Ihr kamt zu spät, nicht wahr?», sagte Freyenfels.

Cora konnte nur stumm nicken. Es dauerte lange, bis sie die Stimme wiedergefunden hatte. «Als wir sie schliesslich in einem stinkenden Kellergeschoss gefunden hatten, waren sie alle tot, der Vater, die Mutter, Yasemin, ihre zwei jüngeren Schwestern und der Bruder. Sie hatten allen die Kehlen durchgeschnitten. Die Mutter und Yasemin hatten sie vergewaltigt, bevor sie sie töteten und spurlos verschwanden.» Erneut musste Cora erst ihre Stimme wiederfinden, bevor sie weiterreden konnte. «Ich gab mir die Schuld, weil ich Yasemin auf meine Streifzüge mitgenommen hatte. Wäre sie zu Hause geblieben, würde sie noch leben.»

«Es war doch ihre Entscheidung, nicht wahr?»

«Ich hätte es ihr verbieten müssen, mich weigern, sie mitzunehmen.»

«Das konntest du nicht, Cora», sagte Freyenfels. «Genauso wenig, wie ich Nathi verbieten konnte, auf Bäume zu klettern.»

«Daraufhin bin ich in die Schweiz zurückgekehrt und nahm mir eine Auszeit. Kurz danach haben die Amerikaner und Briten den Irak überfallen und die Region endgültig ins Elend gestürzt. In diesem Jahr ist Mila zur Welt gekommen.» Cora fuhr sich mit beiden Händen durch die Haare und strich ihre weissen Strähnen nach hinten. «Weisst du, Benno, das Verrückte ist, dass ich manchmal das Gefühl habe, dass Yasemin in ihr wiedergeboren wurde. In ihrem Wesen sind sich die beiden so ähnlich.»

«Dann ist es vielleicht so.»

«Kann sein. Vielleicht macht mir Mila deshalb das Leben so schwer. Das wäre meine Strafe.» Cora musste plötzlich lachen, ihr Blick wurde sanft. «Ein schöner Gedanke, irgendwie.» Sie beugte sich zu Freyenfels hinunter und küsste ihn lange.

«Hast du keinen Hunger?», fragte er, nachdem sie von ihm abgelassen hatte.

Freyenfels hatte nicht eingekauft. Sie kratzten alles zusammen, was der Kühlschrank hergab. Dazu tranken sie Gewürztraminer. Cora nippte nur daran und hielt sich vor allem an Wasser. Sie wollte nach dem Essen unbedingt nach Hause fahren.

«Du willst wirklich aufhören?», fragte er, während er ein Stück Käse schnitt, es zerteilte und ihr die Hälfte reichte.

«Es gibt hier nichts mehr für mich zu tun.» Cora biss in eine Olive. «Mein Auftrag lautete, Elisabeth vom Staal zu finden. Das habe ich ja eigentlich getan, bis auf die Tatsache, dass sie mir entwischt ist.»

«Bist du dir sicher, dass es Elisabeth vom Staal war, die du gesehen hast?»

Cora warf ihm einen langen Blick zu.

«Ich meine, du hast sie nur von Weitem gesehen. Mittlerweile ist sie ein paar Jahre älter. Das Alter und das Leben können die Menschen erheblich verändern. Du sagst, dass sie eine Sonnenbrille trug und —»

«Sie trug keine Brille, als sie sich zu mir umdrehte. Ich sah sie vor dem Hof aus der Nähe, ganz deutlich. Da waren ein paar Falten mehr. Sonst war es eindeutig und hundertprozentig die Frau, von der ich mir mittlerweile Dutzende von Bildern angesehen habe.»

«Hast du die anderen Bilder gesichtet, die dir dieser Fotograf von damals geben wollte?»

«Ich kam nicht mehr dazu. Ich schaue sie mir an, sobald ich zu Hause bin. Spielt eh keine grosse Rolle mehr.» Sie hielt die Hand über ihr Glas, als ihr Freyenfels nachschenken wollte. «Wirklich nicht, Benno. Ich will mit klarem Kopf fahren.»

«Musst du denn fahren?» Er stellte die Flasche ab und trat hinter sie. Zuerst massierte er ihren Nacken, bevor seine Hände tiefer unter den seidenen Morgenmantel glitten, den sie sich von ihm geborgt hatte. Ihr Körper übernahm seinen Rhythmus. «Musst du?»

«Nein», seufzte sie und ergab sich der Lustwelle, die sie erfasste. Sie überrumpelte ihn, indem sie unvermittelt seine Hände festhielt. «Ich will. Meine Familie … Mila braucht mich.»

«Ich brauche dich auch.»

«Du weisst, wo ich wohne. Nennigkofen ist gleich weit von Nunningen entfernt wie umgekehrt.»

«Hast ja recht.» Er küsste sie auf den Mund und setzte sich auf seinen Stuhl. «Was wirst du vom Staal sagen?»

«Was ich weiss. Wie ich es ihm sage? Keine Ahnung. Irgendwie tut er mir leid. Er ist der Betrogene in dieser Geschichte. Seine Frau lässt ihn seit Jahren im Glauben, dass sie tot ist, und spaziert stattdessen, quasi einen Katzensprung von ihm entfernt, seelenvergnügt in der Gegend herum. Armer Idiot.»

Freyenfels sah sie mit zweifelndem Blick an.

«Was ist?», fragte sie. «Bist du nicht dieser Meinung?»

«Du sagtest, die Polizei hätte die Besitzverhältnisse von ‹Naturkraft› überprüft.»

«Ja, die Mehrheit gehört diesem Rubin. Und da ist eine Genfer Holding als zweitgrösster Einzelaktionär.»

«Die ‹Comfintrade›.»

«Du kennst die Firma?»

«Sie wollten sich vor einigen Jahren an meiner Baufirma beteiligen. Ich habe abgelehnt.»

«Weswegen?»

«Die waren mir zu undurchsichtig. Ihre Finanzierung war nicht transparent und …» Freyenfels drehte versonnen sein Glas in den Händen.

«Und? Benno, sag mir, was du mir sagen willst. Mittlerweile schockiert mich nichts mehr.»

«Das vielleicht schon.»

«Sag's einfach.»

«Hat dir Muralt etwas zu den Besitzverhältnissen der ‹Comfintrade› gesagt?»

«Er erwähnte, dass es ein kompliziertes Konglomerat ist. Kann auch sein, dass Lüthi das gesagt hat. Ich weiss es nicht mehr so genau.»

«Keiner der beiden hat erwähnt, dass Daniel vom Staal im Verwaltungsrat dieser Holding sitzt?»

Cora verschluckte sich beinahe am Olivenkern, den sie gerade ausspucken wollte.

«Schon seit Jahren. An deiner Stelle wäre ich vorsichtig, wenn du ihm Informationen gibst.»

Sie sass wie vom Donner gerührt da. Freyenfels nahm ihre Hände und küsste sie. «Tut mir leid, Cora. Ich wollte dich nicht schockieren. Es muss nichts bedeuten. Angesichts der Verwicklungen ist es besser, wenn du Bescheid weisst, denke ich.»

«Was immer es bedeutet», sagte sie nachdenklich. «Es macht es mir leichter, den Fall abzuschliessen.» Sie sah auf ihre Uhr. «Ich mache mich besser auf den Weg.» Sie stand auf, als ein akustisches Signal ihres iPhones eine eingehende Nachricht ankündigte. Das Display zeigte ein MMS an. Cora öffnete das Bild. Sie benötigte einige Sekunden, um zu begreifen, was sie sah.

«Mila!», flüsterte sie und setzte sich zurück auf ihren Stuhl. Sie wählte sofort Milas Nummer. Der Anruf ging auf die Combox. Auch Julian war nicht erreichbar.

«Was ist los, Cora?», fragte Freyenfels. «Du bist ja totenblass.» Er stand auf und stellte sich neben sie.

Sie war nicht in der Lage zu reden und hielt ihm das iPhone hin. Freyenfels erstarrte, als er das Bild sah. Mila rekelte sich halb nackt in Unterwäsche, die Cora nie an ihr gesehen hatte. Dabei versuchte das Mädchen so lasziv in die Kamera zu blicken, wie es eine Vierzehnjährige fertigzubringen vermochte.

«Das ist ein Selfie», sagte er. «Warum schickt dir Mila ein Nacktbild von sich?»

«Das kommt nicht von Mila. Lies den Text darunter.»

Freyenfels tippte zurück zum Nachrichtenverlauf und sah den Absender: *«Unbekannte Nummer»*. Er las den Text vor: *«Weisst du eigentlich, was deine Tochter mit uns treibt? Wenn du dich nicht kümmerst, tun wir es eben.»*

«Was zum Teufel soll das heissen? Dass sie …», sagte er.

«Sie haben sie», sagte Cora tonlos. «Diese Schweine konnten mich nicht kriegen. Jetzt haben sie Mila.»

«Du meinst, diese Leute vom Hof haben deine Tochter entführt?»

«Was denn sonst?» Sie schlug die Hände vor ihr Gesicht. Die Bilder ihres Traumes brachen wieder über sie herein. «Ich habe meine Familie in Gefahr gebracht – Mila. Matthias wird mir das nie verzeihen.»

«Was kann ich tun, Cora?»

«Lass, Benno. Das ist meine Sache. Ich bin es Mila schuldig.» Sie verschwand ins Schlafzimmer, um sich umzuziehen.

★★★

Erst hatte sie vorgehabt, zum Hof zu fahren und so lange dort Sturm zu läuten und zu schreien, bis man ihr Mila aushändigte. Sie war sich bald der Sinnlosigkeit dieses Vorhabens bewusst und fuhr Richtung Süden. Sie musste nach Hause und sich vergewissern, was passiert war. Wo immer sie es riskieren durfte, ohne andere zu gefährden, fuhr Cora exakt so viel über der erlaubten Höchstgeschwindigkeit, dass es sie nicht den Führerausweis kostete. Sie war bereit, jede Busse zu zahlen, um so rasch wie möglich nach Hause zu gelangen. Sie atmete auf, als sie endlich auf der Autobahn war und den Tacho auf über unerlaubte hundertvierzig Stundenkilometer schnellen lassen konnte.

Vor ihrem geistigen Auge tauchte immer wieder das Bild aus ihrem Traum auf: Der Körper in dem Meer aus Blut und die toten Augen, die Cora anklagend anstarrten. Mila und Yasemin verschmolzen vor ihrem geistigen Auge zu einem Körper.

Vor ihrem Haus stand der Passat. In der Küche brannte Licht. Julian war zu Hause. Das tröstete sie etwas. Sie wäre vor Kummer und Angst um ihre Tochter in einem menschenleeren Haus wahnsinnig geworden. Ihr ritterlicher Sohn war der Einzige, der ihr darüber hinweghelfen konnte.

Als sie ins Haus trat, hörte sie Stimmen in der Küche. Julian sprach mit Lara. Coras Wahrnehmung spielte ihr einen Streich. Sie glaubte Milas Stimme zu hören. Das konnte nicht sein. Und doch: Klang und Aussprache waren ihr vertraut. Es war nicht Lara, die sprach.

«Mila!»

Sie stürmte in die Küche. Ihre Kinder sassen am Tisch, schlürften heisse Schokolade mit Doppelrahm und plauderten. Auf dem Küchenboden tat sich Van Helsing an einer Portion des fetten Rahms in seinem Fressnapf gütlich, ohne Cora auch nur eines Blickes zu würdigen. Das Bild des Friedens rührte sie dermassen, dass sie unter Tränen ihre Tochter heftig umarmte. Mila verschüttete beinahe ihre Schokolade.

«Mann, Cora!», rief sie peinlich berührt.

«Ich hatte solche Angst um dich, als …» Cora umarmte Mila erneut. «Ich bin so froh, ich dachte, du …»

«Was ist denn los? Du zerdrückst mich fast.»

Zwei bis drei Atemzüge später war Cora in der Lage, zusammenhängende Sätze zu sprechen. «Ich dachte, die hätten dich entführt.»

«Wer soll mich entführt haben?», fragte Mila verunsichert.

Cora zückte ihr Handy und öffnete das MMS mit Milas Bild und dem Begleittext. Sie legte das Handy auf den Tisch. «Das habe ich vorhin erhalten, als ich bei …» Sie räusperte sich mit Seitenblick zu Julian. «Ich war bei einem Freund. Es hat mich zu Tode erschreckt.»

Mila wurde rot bis über beide Ohren, und Tränen schossen in ihre Augen. Es war ihr anzusehen, dass sie am liebsten in ein Erdloch versunken wäre.

Cora umfasste sie mit beiden Armen. «Es ist gut, Mila. Du wirst mir das später erklären. Alles, was zählt, ist, dass du da bist und wohlauf.»

Julian hatte das Bild auf dem Handy lange angeschaut. «Dieses Schwein», stiess er hervor. «Ich hätte ihm die Fresse polieren sollen.»

Mila weinte leise an Coras Schulter. Diese sah Julian verständnislos an. «Wem wolltest du die Fresse polieren? Weisst du, wer das Bild geschickt hat?»

«Das muss dieser perverse Kinderschänder gewesen sein, den

ich vorhin mit einem Tritt in den Hintern zum Teufel geschickt habe, als er Mila begrapschen wollte.»

Cora verstand nichts mehr. «Wann, vorhin?» Und zu Mila: «Wer wollte dich begrapschen und wo? Ist er hier im Haus gewesen?» Sie sah zu Julian, der verbissen vor sich hin starrte. Mila hatte den Kopf in ihrer Schulter vergraben. «Erklärt ihr mir bitte mal, was passiert ist?»

Julian tippte Mila an. «Besser du erzählst Mam die Geschichte von Anfang an, Millie.»

Mila zog zweimal die Nase hoch und sah Cora an. Einmal mehr glaubte Cora ihr jüngeres Spiegelbild zu erkennen.

«Ich habe Riesenscheisse gebaut, Cora», sagte Mila mit klarer Stimme. Sie beichtete, sich als «Vlady_03» mit einem Typen namens «AustinXXX» in einem Chatroom getroffen zu haben, weil sie sein Profilbild cool gefunden hatte. Bei der Schilderung, wie sie die Nacktfotos mit der sexy Unterwäsche gemacht und ihm geschickt hatte, geriet sie ins Stocken.

Cora streichelte ihre Wangen. «Du hättest mit mir darüber reden können. Das weisst du schon, nicht wahr?»

Ein rebellischer Funke blitzte in Milas Augen auf. «Wann denn? Immer wenn ich dazu den Mut gefasst hatte, musstest du gerade mal wieder weg, um die Welt zu retten oder *whatever*.»

Cora war bestürzt. Mila hatte recht. Sie war dermassen mit dem Schicksal Elisabeth vom Staals beschäftigt gewesen, dass sie die verschleierten Hilferufe nicht gehört hatte, die Mila ständig ausgesandt hatte.

Sie fasste Milas Gesicht mit beiden Händen. «Du hast recht, Mila. Ich habe versagt und dich im Stich gelassen.»

Milas Blick war schneidend. Die Eigenschaft, das Gegenüber mit funkelnden Augen zu röntgen, hat sie von mir, dachte Cora. Als sie Julian vor Jahren mal mit dem Flammenblick traktiert hatte, war er so wütend geworden, dass er ihr an den Kopf geworfen hatte, dass Frauen mit solchen Blicken im Mittelalter auf dem Scheiterhaufen endeten. Cora fühlte sich ihrer Tochter nahe wie nie zuvor.

«Du bist mir nicht böse wegen dieser Bilder und so?», fragte Mila.

«Nein», sagte Cora bestimmt. «Ich bin dir nicht böse. Ich finde nicht gut, dass du das gemacht hast. Aber ich bin vor allem mir böse, dass ich nicht zugehört habe, als du mich brauchtest.»

«Das ist nicht alles.» Mila erzählte, wie sie sich mit «AustinXXX» verabredet hatte, weil er sie in echt kennenlernen wollte. «Es hat mich halt irgendwie gereizt.» Sie spielte mit dem Häutchen, das sich auf ihrer Schokoladenmilch gebildet hatte.

«Und?», fragte Cora.

«Kurz nachdem wir uns verabredet hatten, habe ich Bammel gekriegt.» Sie sah verschämt zu Cora auf. «Ich wollte eigentlich mit dir reden. War cool, was du mir letzthin gesagt hast wegen Sex und Liebe und so. Ich traute mich nicht, weil … weil ich dachte, dass du ja eh keine Zeit hast.»

So dünn war die Linie zwischen Glück und Verderben.

«Ich wollte mit Julian reden und traute mich nicht, weil … weil … Na ja, er ist auch nichts anderes als ein Kerl.»

«Vielen Dank, Schwesterchen, ich weiss deine hohe Meinung von mir zu schätzen.»

«So hab ich das nicht gemeint, Dummie.» Mila zeigte ihm den Vogel. «An dem Abend, nachdem wir uns gestritten hatten, hat mir Lara ihre Handynummer gegeben. Für den Fall, dass ich mal reden wolle, hat sie gesagt. Da hab ich sie angerufen und ihr alles erzählt.»

Cora spürte einen eifersüchtigen Stich. Selbst ausgebootet, Cora, Gratulation. Gleichzeitig war sie erleichtert und stolz auf Milas Mut.

«Was hat Lara gesagt?»

«Dass ich mit dem da reden soll.» Sie zeigte auf Julian. «Sie meinte, es sei am besten, solche Dinge innerhalb der Familie zu regeln.»

«Millie hat mich daraufhin angerufen», setzte Julian den Bericht fort. Er klopfte seiner Halbschwester auf die Schultern. «Beste Idee, die du je hattest, Millie. Es besteht berechtigte Hoffnung für dich.»

«Idiot!»

«Ich musste unser kluges Mädchen nicht lange überzeugen, bis es realisierte, worauf es sich womöglich einlässt. Mila hat mich gebeten, sie zu begleiten, sozusagen als Bodyguard, falls der Kerl nicht das war, als was er sich ausgab. Das war dann auch der Fall.»

«Es war so ein ekliger, schmieriger Typ», nahm Mila den Faden wieder auf. «Er war voll uralt, so vierzig oder fünfzig, egal. Er hat mich sofort gepackt und wollte mich auf die Schanze zerren. Julian hat im Durchgang des Baseltors gewartet und ist mir gleich zu Hilfe gekommen.»

«Ich habe den Idioten gehörig in den Arsch getreten», fuhr Julian fort. «Dann habe ich ihn fotografiert und gesagt, dass ich ihn anzeige, wenn ich ihn das nächste Mal in Milas oder unserer Nähe erwische. Und wenn er auf die Idee käme, Milas Foto ins Netz zu stellen, würde ich ihm ebenfalls die Polizei auf den Hals hetzen.»

«Dafür hat er mir mit dem Bild einen Schrecken eingejagt», sagte Cora. «Wie kommt der Kerl zu meiner Handynummer? Sie ist in keinem Verzeichnis gelistet.»

«Er hat sicher Mila und ihr Umfeld ausgekundschaftet, bevor er sich an sie ranmachte. Das MMS an dich war wohl die letzte Rache des kleinen Arschlochs. Wenn er es wieder versucht, ist er geliefert.» Er breitete die Arme aus. «Das war's. Ende der Geschichte.»

Cora nahm Milas und Julians Hand. «Ich bin stolz auf euch. Eigentlich habe ich euch gar nicht verdient.»

«Komm mal runter», sagte Julian. «Wir sind Familie. Eine bessere Mam als dich kann ich mir eh nicht vorstellen. Sogar Millie wird das früher oder später einsehen. Also, lass das mit der Selbstzerfleischung. Steht dir nicht.»

«Julian hat recht, Cora. Du nervst zwar mit deiner ständigen Nörgelei, aber diesen Mist habe ich selbst verbockt.»

«Waffenstillstand verlängert?»

Mila schüttelte den Kopf. «Nein», sagte sie, «Frieden.»

Julian sah auf die Uhr und klatschte einmal in die Hände.

«Sehr schön! Die Johannis-Familienversammlung hat Friedensverhandlungen beschlossen. Vertragsunterzeichnung und Freudenfest erst morgen, ja? Ich muss nämlich. Lara wartet.»

Cora und Mila blieben in der Küche sitzen, tranken frische heisse Schokolade mit Doppelrahm und redeten.

***

Cora wollte am liebsten ins Bett fallen, die Augen schliessen und diesen Tag hinter sich lassen. Bis auf das Gespräch mit Mila hätte sie die Erinnerung an die letzten vierundzwanzig Stunden am liebsten aus ihrem Gedächtnis gelöscht.

Sie lag mit angezogenen Beinen auf dem Sofa. Van Helsing sass auf ihrem Bauch und leckte sich die letzten Reste Doppelrahm von der Schnauze. Etwas liess Cora nicht zur Ruhe kommen. Eine Affenherde in ihrem Kopf schnatterte unablässig einen Namen: Daniel vom Staal. Was Freyenfels ihr über ihn erzählt hatte, erschütterte sie, auch wenn sie es kurzzeitig aus Sorge um Mila in den Hintergrund geschoben hatte.

Vom Staal hatte es nicht für nötig befunden, ihr zu sagen, dass er im Verwaltungsrat dieser Genfer Holding sass. Nicht dass sie von ihm erwartet hätte, dass er ihr alles über sich offenlegte. Sie hatte mit ihm über den Gutsbetrieb «Naturkraft» gesprochen. Die «Comfintrade» war eine grosse Holding mit Dutzenden von Beteiligungen, die über den ganzen Globus verteilt waren. Es war nicht von der Hand zu weisen, dass vom Staal möglicherweise nichts über den im Verhältnis zu anderen Engagements relativ kleinen Betrieb gewusst hatte. Cora gab sich damit nicht zufrieden. Als Verwaltungsrat dieser Firma musste er sich einen Überblick verschaffen. Wie konnte er sonst als erfolgreicher Wirtschaftsanwalt seine Kanzlei betreiben? Wenn vom Staal ihr seine Rolle bei «Comfintrade» verschwieg, geschah es mit Absicht. Was konnte dahinterstecken? Vor der möglichen Antwort zu dieser Frage schreckte Cora am meisten zurück. Das ärgerte sie, weil sie sich damit eingestand, dass sie die professionelle Distanz zu ihrem Auftraggeber verloren hatte.

Der zweite Gedanke, der sie beschäftigte, war das MMS. Es mochte sein, dass der Perversling, der sich an Mila herangemacht hatte, zufällig an ihre Handynummer gekommen war. Sie stand nicht im Telefonverzeichnis, geheim war sie hingegen nicht. Im Gilgenberger Umfeld musste sie inzwischen einigen Leuten bekannt sein. Sie hatte die Nummer auch Elena gegeben, als sie sich an jenem Abend für den nächsten Morgen bei der Burg verabredeten. Polizei und Staatsanwalt kannten sie ebenfalls. Es mussten mächtige Hintermänner sein, die Heckenschützen einsetzen konnten, um Zeugen zu beseitigen. Für diese Leute war es wahrscheinlich ein Leichtes, an ihre Verbindungen und an die Daten ihrer Kinder zu kommen, um ihnen und ihr einen Schrecken einzujagen.

Cora stand auf und setzte sich vor ihr Notebook. Es brachte nichts, dem Reigen schwarzer Gedanken nachzujagen, der sie in eine deprimierende Abwärtsspirale trieb.

In ihrer Mailbox lag das nach wie vor ungeöffnete Mail mit den Fotos, die sie sich seit dem Vortag ansehen wollte. Sie klickte auf das Icon des beigelegten Ordners.

Eine lange Liste mit Dutzenden von Bilddateien erschien. Sie stellte die grosse Kachelansicht ein. Die Liste verschwand, und das Programm präsentierte ihr alle Bilder im Kleinformat. Damit konnte sie zumindest eine Vorselektion treffen.

Es erleichterte ihre Arbeit, da sie eine grosse Anzahl der Aufnahmen bereits gesehen hatte und somit ignorieren konnte. Aus ihrem eigenen Verzeichnis suchte sie das Foto heraus, auf dem Elisabeth vom Staal fassungslos am Fotografen vorbeischaute. Es sollte ihr als Referenz dienen.

Cora stiess erneut auf die Porträtaufnahme, die von Elisabeth während des Festes gemacht wurde.

«Natürlich warst du das gestern», murmelte sie, während sie Elisabeths ängstlichen Ausdruck mit dem anderen Bild verglich. «Und du hattest Angst, wie damals. Weshalb?»

Sie fand mehrere Aufnahmen, auf denen Elisabeth in diesem aufgerüttelten Zustand zu sehen war. Im «Tagblatt»-Archiv hatte sie nur eine gefunden. Die Bilder auf ihrem Bildschirm waren aus unterschiedlichen Perspektiven gemacht worden. Diesmal war sich Cora sicher: Elisabeth hatte auf dem ersten Bild nicht in die Kamera geblickt, sondern daran vorbei auf etwas oder jemanden, das sich neben oder hinter dem Fotografen befand. Sie hatte in einer Gruppe gestanden, die der Fotograf umkreist und dabei ständig auf den Auslöser gedrückt hatte. Cora kämmte das Verzeichnis durch, bis sie glaubte, alle Bilder dieser Sequenz beisammen zu haben. Sie konzentrierte sich auf die Bilder, die Elisabeth von hinten zeigten.

Sie sortierte ein halbes Dutzend in Frage kommende Bilder aus. Daraufhin pickte sie dasjenige heraus, welches den Hintergrund am deutlichsten hervorhob. Sie zoomte die Gesichter der Personen so gut es ging heran und betrachtete eines nach dem anderen, von links nach rechts und zurück. Sie prüfte auch, ob dahinter etwas Auffälliges zu sehen war. Das konnte sie sogleich vernachlässigen. Der Hintergrund war meist schwarz.

Nach einer geraumen Weile hatte sie alle durch, ohne etwas Auffälliges zu bemerken. Cora lehnte sich zurück und rieb sich die Augen. Ihr Kopf schmerzte vom konzentrierten Starren auf den Bildschirm.

Sie war überzeugt, dass es eine Person gewesen sein musste, die Elisabeth vom Staal angestarrt hatte. Was sonst hätte eine solche Reaktion bei der Frau hervorgerufen? Es war wie bei einem Tausend-Teile-Puzzle, bei dem das letzte Stück fehlte.

Cora stand auf, um in die Küche zu gehen und sich eine Tasse Magentee zu machen. Die Schokolade lag ihr schwer auf. Van Helsing, der die ganze Zeit unter dem Arbeitstisch auf ihren Füssen gelegen hatte, erhob sich ebenfalls, streckte sich und verzog sich ins obere Stockwerk.

Vorsichtig das dampfende Getränk schlürfend, setzte sie sich wieder vor das Notebook. Der bittere Tee tat ihr gut. Es war, als massierte er ihren Magen von innen und weckte ihre Lebensgeister. Sogar die leichten Kopfschmerzen lösten sich auf.

Sie sah sich das Gruppenbild erneut genau an. Jetzt sah sie es: Es waren nicht die Gesichter, sondern der Hintergrund. Ihre geschärfte Wahrnehmung hatte es diesmal registriert. Vorhin hatte sie nichts als eine schwarze Fläche gesehen. Sie zoomte heran. Das Bild wurde unscharf. Ein minimal hellerer Fleck hob sich von der Schwärze ab. Es war ein Gesicht, der Schemen einer Person, direkt in der Blicklinie von Elisabeth vom Staal.

Frenetisch ging Cora durch die Icons, in der Hoffnung, Aufnahmen zu finden, die diesen Bereich ebenfalls erfassten. Sie atmete auf, als sie das passende Bild entdeckte. Der Fotograf hatte die Person zwar schräg von vorne, dafür sehr gut getroffen. Nach einem Gegencheck war Cora sicher, dass sie es war, die Elisabeth auf dem Bild anstarrte. Sie zoomte heran. Es dauerte länger, bis das Programm das hochaufgelöste Bild in voller Schärfe aufgebaut hatte.

Cora konnte erst nicht glauben, was sie sah.

Die Türklingel löste ihre Erstarrung. War Julian schon zurück? Hatte er den Hausschlüssel vergessen? Sie ging an die Tür. Durch das Struktur-Sicherheitsglas sah sie, dass es nicht Julian sein konnte. Es war eine weibliche Gestalt. Kam Patty sie etwa besuchen? Um diese Zeit? Sie öffnete die Tür.

Cora glaubte, dass die Müdigkeit ihr einen Streich spielte, und blinzelte, um das falsche Bild vor sich zu verdrängen.

Vor ihr stand Elisabeth vom Staal.

VIERZEHN

Sie sassen sich im Wohnzimmer gegenüber. Die Frau wollte nichts trinken, Cora ebenfalls nicht, auch wenn es bequemer gewesen wäre, das Schweigen mit einem gelegentlichen Griff zu Glas oder Tasse zu überbrücken.

Cora betrachtete die andere, die sich ihr zunächst entzogen hatte, um dann mitten in der Nacht in ihrem Haus aufzutauchen. Die Jahre hatten es gut gemeint mit ihr. Ihr Make-up war sparsam aufgelegt. Sie brauchte es nicht, wie Cora nicht ganz neidlos anerkennen musste. Lediglich einige Falten um Mund und Augenwinkel verrieten, dass die Zeit nicht spurlos an ihr vorübergegangen war. Gerade das war es wiederum, was sie schön und anziehend machte.

«Weshalb sind Sie zu mir gekommen?», unterbrach Cora die Stille. Sie gab sich Mühe, dabei freundlich zu klingen. Innerlich konnte sie den Groll gegen die Frau trotz ihres flehentlichen Ausdrucks nur mühsam zurückhalten.

«Bitte helfen Sie mir, Frau Johannis. Sie sind die Einzige, die das kann.» Die Stimme der Frau hatte ein rauchiges Timbre, dem nur ein Hauch des Akzentes ihrer Muttersprache geblieben war.

«Heute ...» Cora sah auf die Uhr. Es war schon nach Mitternacht. «Gestern Mittag sind Sie in Panik vor mir geflüchtet. Ihre zweibeinigen Hofhunde haben mich vom Hof gejagt, als ich mit Ihnen reden wollte. Warum sollte ich Ihnen jetzt helfen?»

«Ich habe Angst. Nicht wegen mir. Mein Leben ist verwirkt. Ich habe Angst um Kostja.»

«Wer ist Kostja? Der Junge, den Sie von der Schule abholten?»

«Mein Sohn, ja.»

«Weshalb haben Sie Angst um ihn, und warum kommen Sie damit ausgerechnet zu mir?»

Die Furcht in ihren Augen war deutlich zu sehen. «Es ... es ist wegen Wassilij, meinem Mann.»

«Wassilij? Sie meinen Gospodin Wassilij? Er ist Ihr Mann?»

«Er wird mich töten.»

Die Gelassenheit, mit der sie das sagte, sorgte dafür, dass sich Coras Nackenhaare sträubten.

«Das ist mir egal», fuhr die andere fort. «Ich habe es verdient, nach dem, was ich getan habe. Ich will nicht, dass er auch Kostja umbringt.»

«Warum sollte er das tun, um Gottes willen?»

«Sie kennen ihn und seine Leute nicht. Er glaubt, ich habe ihn verraten, nach dem, was gestern passiert ist. Er war wütend, als er davon erfuhr. Er sagt, ich hätte die Schnüfflerin, damit sind Sie gemeint, nach Gilgenberg gelockt.»

«Das stimmt nicht.»

«Er glaubt es, und das zählt.»

Cora ballte die Fäuste. Diese Frau kam in ihr Haus, zu ihren Kindern und erzählte ihr, dass ein Psychopath sie umbringen wolle.

«Wie sollte ich Ihnen helfen können? Gehen Sie zur Polizei, wenn Sie glauben, in Gefahr zu sein.»

Die Frau lachte traurig. «Die Polizei hier ist das Letzte. Sie wissen sicher von dem Fiasko mit der Durchsuchung von gestern Nachmittag? Sie werden nie etwas gegen ihn und seine Bande ausrichten können.»

Fiasko war der richtige Ausdruck. Cora wollte nicht darüber reden.

«Bringen Sie mich zu vom Staal, bitte», sagte die Frau.

«Ich? Warum gehen Sie nicht direkt zu ihm? Er ist seit zwölf Jahren auf der Suche nach Ihnen. – Wo befindet sich Ihr Sohn in diesem Moment?»

«Kostja ist in Sicherheit, mindestens für kurze Zeit.»

Cora hatte genug. Das Katz-und-Maus-Spiel dauerte ihr zu lange. Sie wollte die Frau so rasch wie möglich aus dem Haus haben.

«Warum verraten Sie mir nicht, wer Sie wirklich sind?»

Die Frau starrte sie mit aufgerissenen Augen an. «Sie wissen doch, dass ich Elisabeth vom Staal bin.»

«Was ich weiss, ist, dass Sie eine Lügnerin sind.» Cora stand auf und holte ihr Notebook, das auf dem Küchentisch lag. Sie zeigte der Frau das Porträtbild. «Das ist Elisabeth vom Staal. Die Ähnlichkeit ist tatsächlich verblüffend. Sie müssen Ihre Zwillingsschwester sein. Anders kann ich es mir nicht erklären.»

«Warum … wie haben Sie es herausgefunden?»

Cora hielt ihr das Porträt vor die Augen. «Die Narbe», sagte sie. «Über dem rechten Auge. Sie haben sie nicht.»

«Vielleicht habe ich sie entfernen lassen, mit Laserchirurgie.»

«Haben Sie?»

Die Frau senkte den Blick.

«Sie sind die andere Frau, nicht wahr? Diejenige, die Elisabeth vom Staal damals am Mittelalterfest gesehen hat. Ich habe Sie vorhin auf einem Bild entdeckt. Elisabeth hatte Sie erkannt. Verraten Sie mir, weshalb Ihr Anblick sie dermassen erschreckt und verängstigt hat?»

Die Frau hatte bisher nur einen flüchtigen Blick auf Elisabeths Bild geworfen. Sie nahm das Notebook zu sich und betrachtete die Aufnahme mit einem sehnsüchtigen Ausdruck. Sie weinte, als sie mit dem Finger zärtlich über das lächelnde Gesicht ihrer Schwester auf dem Bildschirm strich.

«Lisaweta, *moj liubimy* – mein Liebling. Es tut mir so leid.» Sie wandte sich Cora zu. «Ich bin Jekaterina, Jekaterina Kostenko. Lisaweta war meine grosse Schwester. Sie wurde dreizehn Minuten vor mir geboren.»

«Sie sagen, sie *war* Ihre Schwester?»

«Lisaweta lebt nicht mehr. Ich habe sie getötet.»

«Wollen Sie mir erzählen, was passiert ist?», fragte Cora ruhig. Innerlich hatte sie Mühe, gegen einen riesigen Gefühlsschwall zu kämpfen. Elisabeth vom Staal tot? Was für eine Rolle spielte Daniel vom Staal? Konnte es sein, dass er es womöglich die ganze Zeit gewusst hatte? Welchen Part hatte Cora in dieser Tragödie?

«Wir stammen aus einem kleinen Dorf in der Nähe von Minsk», begann Jekaterina. «Als wir achtzehn waren, durfte Lisaweta in die Stadt, um zu studieren. Ich musste zu Hause bleiben und mich um unsere Mutter und den Vater kümmern.

Später war ich Lehrerin in der Schule unseres Dorfes. Um sich ihr Studium zu finanzieren, arbeitete Lisaweta während ihrer Freizeit als Kellnerin in einer Bar. Dort lernte sie Wassilij kennen. Sie verliebte sich sofort in ihn. Er war schon damals ein brutaler Mann und mächtig. Er war der Chef einer Organisation, die mit Drogen und Frauen handelte.»

«Ihre Schwester wusste davon?»

«Ja. Sie half ihm sogar dabei. Nichts Schlimmes, Kurierdienste und solche Dinge. Während dieser Zeit schlug Wassilij sie oft. Sie musste deswegen ein paarmal ins Spital. Einmal verletzte er sie mit einem Messer.»

«Die Narbe.»

Jekaterina nickte.

«Warum ist sie bei ihm geblieben? Warum ging sie nicht zur Polizei?» Im Grunde glaubte Cora, die Antwort zu kennen.

«Sie waren nie in unserem Land, nicht wahr, Frau Johannis? Sonst würden Sie diese Frage nicht stellen. Was, denken Sie, kann die weissrussische Polizei gegen die Mafia ausrichten, sogar wenn sie es wollte? Nicht einmal die Schweizer Polizei kann etwas gegen sie tun. Wir haben schon als Kinder gelernt, dass Polizisten korrupt sind und nur denjenigen helfen, die Macht und Geld haben. Wassilij hat immer sehr gut gezahlt. – Und Lisaweta, sie hat ihn trotz allem geliebt, bis …»

«Bis?»

«Eines Tages musste sie mit ansehen, wie er eine Frau erst zusammenschlug und dann erwürgte. Sie war eines der Mädchen gewesen, die für ihn auf der Strasse arbeiteten. Es war zwei Jahre jünger als Lisaweta. Danach wusste meine Schwester, dass sie eines Tages auch so enden würde, wenn sie nicht von Wassilij fortkam. Lisaweta hatte ihr Studium und ihre Doktorarbeit beendet. Daneben plante sie heimlich ihre Flucht und legte Geld auf die Seite. Deutschland oder die Schweiz waren ihr Ziel, weil sie wusste, dass man dort gute Arbeit finden konnte, wenn man fleissig war. Sie hat es mir erst am Tag vor ihrer Abreise erzählt, meinen Eltern überhaupt nicht. Sie wollte es unserer Mutter sagen, doch sie wusste, dass diese es dem Vater nicht verheimlichen konnte. Der hatte grosse Angst vor Wassilij. Lisaweta war sicher, dass er sie an ihn verraten würde. Ich flehte Lisaweta an, mich nicht allein zu lassen oder wenigstens mitzunehmen. Sie meinte, dass ich mich um die Eltern kümmern müsse, und versprach mir, dass sie uns eines Tages zu sich holen würde, sobald sie genug Geld hatte.»

«Was passierte, als Wassilij merkte, dass Lisaweta verschwunden war?»

«Er war sehr wütend. Lisaweta hatte ihm nie verraten, wie das Dorf hiess, wo sie herkam. Er fand es trotzdem heraus und ist mit drei Männern zu uns gekommen. Er nannte Lisaweta eine nichtsnutzige Hure und schlug Vater. Er drohte, Mutter vergewaltigen zu lassen, bevor er ihr die Kehle aufschlitzen würde. Mich wollte er an einen Scheich in Dubai verkaufen, wenn ich ihm nicht verriet, wohin Lisaweta gegangen war. Wir wussten es ja nicht. Aus Angst und Verzweiflung hat Vater ihm vorgeschlagen, dass er mich anstelle von Lisaweta nehmen sollte. Wassilij war einverstanden.»

«Und Sie sind mit ihm gegangen, ohne sich zu wehren?»

«Was sollte ich sonst tun? Wassilij hätte uns alle getötet. Er hat Geld für mich an meine Eltern bezahlt und ihnen danach sogar jeden Monat welches geschickt. ‹Es sind die Eltern meiner zwei grossen Lieben›, sagte er immer. ‹Sie sollen nicht Hunger leiden.› Wassilij war nicht nur ein schlechter Mensch. Er konnte auch grosszügig sein.»

Cora wollte nichts dazu sagen. «Wie sind Sie in die Schweiz gekommen? Was ist damals am Mittelalterfest passiert?»

«Wassilij arbeitete mit einer grossen Organisation in Westeuropa zusammen, die mit Drogen und Frauen handelte. Einer der Bosse war ein Schweizer. Wassilij sollte einen Umschlagplatz für die Organisation in der Schweiz aufbauen.»

«In Gilgenberg?»

«Wassilij nannte es das Dorf der vergessenen Frauen.»

«Wassilij hat die Frauen aus Osteuropa gebracht, weil er dort seine Basis aufbauen wollte.» Cora brachte die Puzzlestücke zusammen.

«Das war seine erste grosse Transaktion. Später übernahm er mit Hilfe des Gemeindepräsidenten von Gilgenberg und mit dem Geld des Schweizers den Hof und machte den Gutsbetrieb ‹Naturkraft› draus.»

«Wer ist dieser Schweizer?»

«Ich habe ihn nie gesehen. Es soll ein reicher und wichtiger Mann sein, der viel Einfluss im Staat und in der Politik hat.»

Cora dachte daran, was Freyenfels ihr über vom Staal und die «Comfintrade» erzählt hatte. Sie fühlte sich, als stünde sie unter einer kalten Dusche.

«Wassilij befindet sich in Gilgenberg, nicht wahr? Es ist dieser Jean-Marc Rubin.»

«Stimmt.»

«Und ‹Naturkraft› ist nichts als eine Tarnung.»

«Nun ja, es ist tatsächlich ein grosser Betrieb für biologische Produkte, die hier sehr beliebt sind. Die meisten Frauen arbeiten auf dem Hof in Gilgenberg und im Leymental.»

«Aber das grosse Geld machen sie mit Drogen, die sie über das Vertriebsnetz von ‹Naturkraft› nach ganz Europa liefern. Ist es so?»

Jekaterina nickte.

«Wissen die Gilgenberger Frauen vom Drogenhandel?»

«Nein, sie arbeiten nur in der landwirtschaftlichen Produktion. Die Drogenlabore und die Lager befinden sich in den alten Bunkeranlagen im Berg und werden von Spezialisten betrieben, die Wassilij extra aus Russland, Frankreich und Deutschland hergeholt hat. Vermutlich weiss Joder davon, aber ich bin nicht sicher.»

«Könnte es sein, dass Joder der unbekannte Schweizer ist?»

«Ich weiss es wirklich nicht», sagte Jekaterina unsicher. «Der Betrieb ist sehr gross, und dann ist da noch das Geschäft mit den anderen Frauen.»

«Welche anderen Frauen?»

«Wassilij schmuggelt Frauen mit falschen Papieren aus Osteuropa nach Gilgenberg. Er deklariert sie als polnische oder tschechische Feldarbeiterinnen. Dank der Personenfreizügigkeit können sie ungehindert hier arbeiten. Sie wohnen in dem Wohnhaus auf dem Gelände des Hofes. Nach einiger Zeit vermietet er sie an die Bordelle der Region bis hinein nach Frankreich und Deutschland.»

Cora war körperlich und seelisch erschlagen. Trotzdem war an Schlaf nicht zu denken. Sie stand auf. «Ich hole mir etwas zu trinken. Möchten Sie auch?»

Jekaterina schüttelte den Kopf.

Wenig später nippte Cora an einem grossen Glas Orangensaft. «Wenn Wassilij in Gilgenberg wohnte, musste er in Erfahrung gebracht haben, dass Lisaweta die Frau eines Solothurner Regierungsrates war. Die beiden waren ständig in den Medien.»

«Er wusste es, ja.»

«Und er hat nichts unternommen?»

«Zuerst wollte er Lisaweta zurückholen. Ich sagte ihm, dass er das ganze Unternehmen gefährden würde, wenn auch nur der kleinste Verdacht auf ihn fiel. Er gab den Plan auf. Es hat ihn plötzlich nicht mehr gekümmert. Lisaweta lebte für ihn hinter diesen Bergen, als wäre sie auf einem anderen Planeten. Alles war gut.»

«Bis zu diesem Mittelalterfest vor zwölf Jahren.»

«Ich wusste aus der Zeitung, dass Lisaweta ihren Mann zum Fest begleiten würde. Ich hatte grosse Sehnsucht nach ihr und wollte sie wiedersehen. Wassilij sagte ich, ich müsse etwas in einem seiner Bordelle prüfen. Er vertraute mir.»

Jekaterina wurde still. Tränen glänzten in ihren Augen. Cora wartete, bis sie bereit war, fortzufahren.

«Lisaweta erschrak, als sie mich erkannte. Sie hatte Angst, dass ich zusammen mit Wassilij dort war. Wir hatten keine Zeit zu sprechen. Ich musste ihr versprechen, Wassilij nicht zu sagen, dass ich sie gesehen hatte. Bevor sie nach Solothurn zurückfuhr, gab sie mir ihre Telefonnummer. Zwei Wochen später rief sie mich an, und wir verabredeten uns heimlich in einem Hotel in Zürich, weit weg von Solothurn und Gilgenberg.»

Cora nickte. Elisabeth vom Staal hatte tatsächlich nicht die Absicht gehabt, ihren Mann zu verlassen.

«Wassilij wurde misstrauisch und folgte mir nach Zürich», erzählte Jekaterina weiter. «Als er Lisaweta sah, wurde er wütend und zwang sie, mit uns nach Gilgenberg zu kommen.»

«Sie kam ohne Weiteres mit?»

«Wassilij drohte, unsere Eltern umbringen zu lassen, wenn Lisaweta sich weigerte. Dann hielt er sie auf dem Gutshof fest. Ich musste ihre Gefangenenwärterin sein. Sie wehrte sich ständig gegen ihn. Er schlug sie oft grün und blau. Ich flehte Lisaweta an, ihm zu Willen zu sein. Ich hatte Angst um sie. Wassilij drohte auch, mich umzubringen, wenn Lisaweta einen Fluchtversuch unternahm.»

«Sie versuchte trotzdem zu fliehen», sagte Cora.

«Als ich einmal ihr Essen brachte, lauerte sie mir hinter der Tür auf und schlug mich zu Boden. Sie flüchtete Richtung Berg. Es gelang mir, sie einzuholen. Wir kämpften im steilen Hang. Lisaweta stürzte unglücklich und schlug mit dem Kopf auf einem Stein auf. Sie war sofort tot.»

Eine schwere Stille breitete sich im Wohnzimmer aus. Coras Augen brannten. Jekaterinas Blick war leer, als sie fortfuhr. «Nun wissen Sie alles. Ich habe meine Zwillingsschwester ermordet.»

«Es war kein Mord, sondern ein Unfall.»

«Ich habe sie trotzdem getötet. Sie war ein Teil von mir. Meine Seele ist mit Lisaweta gestorben, Frau Johannis. Mein Kind ist das Einzige, wofür es sich für mich noch lohnt zu leben. Bitte tun Sie es für meinen Sohn und bringen Sie uns zu Daniel vom Staal.»

Vom Staal war im Moment der Letzte, zu dem Cora sie bringen wollte. «Wir machen das anders. Ich kenne eine Polizistin.» Sie hob beschwichtigend die Hände, als Jekaterina etwas sagen wollte. «Ich vertraue ihr. Sie wird uns helfen. Ich rufe sie an und bringe Sie nach Solothurn auf das Polizeikommando. Wenn alles geklärt ist, können wir vom Staal anrufen.»

Jekaterina dachte lange nach. «Sie vertrauen dieser Polizistin, und ich vertraue Ihnen, Frau Johannis.» Sie machte eine entschuldigende Geste. «Jetzt bin ich doch durstig geworden. Könnte ich ein Glas Wasser haben, bitte?»

Jekaterina leerte ihr Glas in einem Zug. Cora trank ihren Orangensaft aus. Er war warm und bitter geworden. Sie vermutete, dass es nicht mehr der frischeste gewesen war. Sie ging an ihren Arbeitstisch, um einige Unterlagen zu holen, die sie Jäggi übergeben wollte. Da sie schon dabei war, versuchte sie auf der Website des Genfer Handelsregisteramtes den Eintrag über die «Comfintrade» zu finden. Die Verbindung war so langsam, dass sie aufgab. Ihr Körper wurde zusehends schwerer. Als sie zurück ins Wohnzimmer ging, stand Jekaterina an der geöffneten Haustüre.

«Wo wollen Sie hin?», fragte Cora.

«Ich muss etwas frische Luft schnappen.»

«Bleiben Sie besser im Haus.» Cora fiel das Sprechen schwer. Ihre Zunge fühlte sich an wie Blei. Sie blinzelte, weil die Gestalt vor ihr verschwamm. Sie geriet ins Schwanken und musste sich am Schuhschrank der Garderobe festhalten, um nicht zu fallen. «Ich will ... muss Jäggi ...» Cora hatte keine Kontrolle mehr über ihre Stimme. Das Handy rutschte ihr aus der Hand und schlitterte unter den Schrank.

Jekaterina konnte ihren Sturz rechtzeitig bremsen, sodass sie nicht hart auf dem Steinboden aufschlug. «Es ist nichts, Cora», sagte sie. «Nur ein Betäubungsmittel. Sie werden schlafen und nichts merken.»

«Wie?», lallte Cora. «Jekaterina, was ...»

Aus den Augenwinkeln nahm sie verschwommen wahr, dass zwei Männer zur Tür hereinkamen und sie an Armen und Füssen packten. Sie wollte sich wehren, aber ihr fehlte die Kraft. Ihr Körper gehorchte ihr bereits nicht mehr. Schwach hörte sie einen wütenden Ausruf. «He, ihr Spackos, was macht ihr mit meiner Mutter? Lasst sie gefälligst los!»

«Mila», flüsterte Cora, während sich ihr Tunnelblick verengte. Sie hatte «Mutter» gesagt – Mutter. Bevor es gänzlich schwarz um sie wurde, drang Milas Schrei dumpf bis zu ihr.

***

Coras Mund fühlte sich staubtrocken an. Sie fror, und ihr Kopf dröhnte. Um sie herum war Dunkelheit. Die Kälte des harten Bodens drang in ihren Körper ein. Ihre Hände waren auf den Rücken gefesselt. Ihre Füsse waren fest zusammengebunden. Ihr war speiübel. Sie versuchte, sich auf die Seite zu drehen. Falls sie sich übergeben musste, wollte sie nicht an ihrem eigenen Erbrochenen ersticken. Wenigstens war sie nicht geknebelt und konnte frei atmen. Sie machte ein paar tiefe Atemzüge. Die Übelkeit liess etwas nach, die hämmernden Kopfschmerzen blieben.

Um sich abzulenken, konzentrierte sie sich auf ihr Umfeld. Ein penetrantes elektrisches Summen erfüllte den Raum. Es war eine Klimaanlage. Zumindest hatte sie eine Ahnung, wo sie sich befand: Man hatte sie in den Bunker unter dieser verfluchten Scheune verschleppt. Den Namen des Ortes, den Muralt oder Lüthi genannt hatten, wusste sie nicht mehr.

Die Erinnerung kam brockenweise zurück. Jekaterina war ein Lockvogel gewesen. Cora sollte lautlos verschwinden wie damals Elisabeth vom Staal. Das war's, du kommst hier nicht mehr lebend heraus, flüsterte ihr eine hämische innere Stimme ein. Cora wehrte sich gegen die aufsteigende Panik. Solange du lebst, ist nichts entschieden, sagte sie sich. *«It ain't over till the fat lady sings»*, hatte ihr einmal ein amerikanischer Kollege gesagt, der als Kriegskorrespondent selbst einige brenzlige Situationen überstanden hatte. – Es ist erst vorbei, wenn es vorbei ist.

Sie erschrak, als sie eine Bewegung an ihrem Rücken spürte. Vorsichtig drehte sie sich auf die andere Seite. Jemand lag neben ihr. Cora rutschte ganz nahe zu ihr. Sie war kleiner als sie und wimmerte leise. Es war ein vertrauter Ton. Mila lag neben ihr.

Die Erinnerung kam vollends zurück: Mit dem letzten Funken ihres schwindenden Bewusstseins hatte sie mitbekommen, dass Mila die Entführer überrascht hatte. Sie mussten sie ebenfalls überwältigt und mitgenommen haben.

Cora war egal, was die Leute mit ihr selbst anstellten. Mit ihrer letzten Kraft und bis zu ihrem letzten Atemzug würde sie um ihre Tochter kämpfen.

«Mila», flüsterte sie und stiess ihren Kopf an Milas Schulter an. Als Antwort kam nur ein Stöhnen.

Cora rutschte näher an sie heran. «Mila, sprich mit mir.»

Endlich bewegte sich Mila. Mit ihrem Kinn strich Cora über Milas Haar. Es roch frisch nach ihrem süssen Früchte-und-Beeren-Shampoo, das sie jedes Mal fast wahnsinnig machte, wenn sie es roch. Ihr Kinn fuhr weiter über das Haar ihrer Tochter. Sie fühlte etwas Feuchtes, Klebriges. Sie führte ihren Mund zur betreffenden Stelle an Milas Hinterkopf und berührte sie vorsichtig mit der Zunge. Es schmeckte metallisch – Blut. Diese Schweine hatten Mila mit einem Schlag auf den Kopf überwältigt. Sie musste sich wie eine Furie gegen die Angreifer gewehrt haben.

«Mila, bitte sag etwas.» Sie stiess sie mit Kinn und Nase an.

«Cora?»

«Ich bin hier, neben dir.» Cora unterdrückte einen Weinkrampf vor Erleichterung.

«Was ist passiert? Wo sind wir? – Scheisse, tut mir der Schädel weh.» Eine Welle der Erleichterung durchflutete Cora. Wenn Mila fluchte, konnte es nicht so schlimm sein. «Bist du gefesselt?»

«Ja, was soll der Scheiss?»

«Wie bist du gefesselt?»

«Meine Hände sind hinter den Rücken gebunden. Und die Füsse sind auch gefesselt.» Nach einer Weile wurde sie kleinlaut. «Das hier ist kein Spass, nicht wahr?»

«Nein, Mila, das ist ernst. Ich drehe mich mit dem Rücken zu dir und versuche, an deine Fesseln heranzukommen, halt still.»

Es war vergeblich. Das Kabel, das Milas Hände umschloss, lag so satt, dass Cora in der Dunkelheit keine Chance hatte, es zu lockern.

«Ich schaff's nicht. Versuch du es mal bei mir.»

Ein metallisches Geräusch, gefolgt vom Knirschen und Quietschen eines schlecht geölten Scharniers, liess sie innehalten. Cora erkannte das Geräusch der laut polizeilicher Durchsuchung inexistenten Luke, die sie gestern selbst schon geöffnet hatte.

Das aufflammende Licht traf ihre Augen wie ein greller Blitz. Auch Mila stöhnte auf.

Schritte kamen auf sie zu. Die Deckenlampen leuchteten Cora direkt in die Augen. Es dauerte ein paar Sekunden, bis sie die Personen erkennen konnten, die sich im Gegenlicht vor ihr und Mila aufbauten. Mit einem Blick erfasste Cora den ganzen Raum, den sie bereits kannte. Das Palett mit den in schwarze Plastikfolie gewickelten Paketen stand noch da. Zusätzlich lagen in einer Ecke einige Säcke mit Schnellzement und eine Betonmischmaschine.

«Toni, nimm ihnen die Fesseln ab – nur die Hände», sagte eine kalte Stimme auf Französisch. Trotz der Zwangslage fühlte sich Cora erleichtert, endlich ihre Arme und Hände bewegen zu können.

«Könnte ich bitte einen Schluck Wasser haben für meine Tochter?»

Der Mann, der den Befehl gegeben hatte, ihre Fesseln zu lösen, beugte sich zu ihr herunter. Sie erkannte ihn, es war der Mann, den sie mit Joder am Freitag im «Schlosshof» gesehen hatte. Jean-Marc Rubin alias Wassilij – Gospodin Wassilij. Nun sprach er akzentfreies Deutsch. «Was hast du gesagt?», fragte er leise.

«Ich möchte gerne ein wenig Wasser für –» Der Schmerz des brutalen, mit dem Handrücken ausgeführten Schlages schleuderte Cora auf den Rücken.

«Cora!», schrie Mila. «Ihr Schweine, lasst sie in Ruhe.»

«Halt deinen Mund, oder du fängst dir auch eine», herrschte der Mann sie an. Mila fing an zu weinen.

Cora befühlte mit der Zunge ihre Unterlippe und schmeckte Blut. «Lasst meine Tochter in Ruhe. Sie hat euch nichts getan.»

«Wassilij, quäl sie nicht. Du hast es mir versprochen.» Es war Jekaterinas Stimme. Cora hatte sie bisher nicht gesehen, weil sie hinter den anderen gestanden hatte. Insgesamt waren sie vier. «Bitte, lass mich ihnen zu trinken geben», insistierte sie.

Wassilij schnellte hoch und ging mit erhobener Faust auf Jekaterina los, die erschrocken zurückwich. «Wann begreift ihr verfluchten Hurenweiber endlich, dass ihr nur reden sollt, wenn man euch etwas fragt?» Er liess die Faust sinken. «Du bist schlimmer als deine Schlampe von Schwester, die in ihrer Felsspalte am Bättwilerberg verrottet.» Er zeigte auf die beiden Gefangenen. «Die brauchen nichts mehr zu trinken. Hast du das endlich begriffen?»

«Nein, Wassilij, das lasse ich nicht zu. Ich hätte nie mitgemacht, wenn ich gewusst hätte, dass du sie umbringen willst. Du hast versprochen —»

«Was habe ich dir vorhin gesagt?» Wassilij erhob erneut die Faust gegen Jekaterina.

«Wassilij!», rief Cora. «Was soll das? Lass sie in Ruhe und halte dich an mich. Das willst du doch, na los.»

Er drehte sich zu ihr um. «Die Schnüfflerin, die sich so schlau vorkommt. Wühlt im Dreck, und was kommt dabei heraus? Die arme kleine hübsche Elena, mit der ich grosse Pläne hatte, musste sterben, weil du sie fast zum Reden gebracht hast.»

«Du hast Elena umgebracht?»

«Es gibt viele Leute, die so was erledigen können.» Wassilij kam mit seinem Gesicht so nahe an Coras, dass sie seinen süsslich-sauren Atem riechen konnte. «Weisst du was, Schnüfflerin? Es ist mir ein besonderes Vergnügen, dir ein Loch zwischen deine arroganten Augen zu schiessen.» Er zeigte zu Mila. «Deine Kleine behalte ich als Entschädigung für die Unkosten, die du uns verursacht hast. Sie wird sich gut verkaufen lassen.»

Cora sass wie gelähmt da. «Mila hat euch nichts getan. Lasst sie frei und behaltet mich dafür. Macht mit mir, was ihr wollt. Lasst Mila gehen, bitte.»

«Die Frau Journalistin kann ja ganz andere Töne anschlagen. Weisst du, ich bin Geschäftsmann. Wegen dir habe ich einen Haufen Geld verloren. Das muss ich kompensieren. Deine Tochter wird mir dabei helfen.»

Wassilij beugte sich zu Mila, die vor ihm zurückwich, so gut sie konnte. «Nicht wahr, Kleine? Du wirst eine Menge Geld für mich verdienen.» Er strich mit einer Hand über Milas Gesicht, während er mit der anderen ihren Rücken streichelte. «Meine Kunden mögen frisches junges Fleisch.» Er strich über ihr Haar. «Mach dich bereit, Toni», sagte er zu einem der beiden Männer hinter ihm. Cora erkannte ihn. Es war einer der Gorillas von gestern Nachmittag. Toni nestelte grinsend an seinem Hosenbund.

«Was hat er vor?», fragte Cora erschrocken.

«Toni bereitet die Mädchen auf ihren Job vor. Er war mal Pornodarsteller in Frankreich, als man in der Industrie damit gut verdienen konnte. Er hat eine Menge Begabungen und wird gleich mal deine Tochter zureiten. Du darfst dabei zusehen. Wenn sie gut ist, lasse ich sie leben, wenn nicht …» Er zielte mit dem Finger auf Milas Stirn und machte ein poppendes Geräusch.

«Nein!», schrie Cora.

Mila starrte mit stummer Fassungslosigkeit von Wassilij zu Cora. In ihren Augen stand die nackte Angst.

Wassilij lachte dreckig. «Cora Johannis, du bist für dein Alter ganz gut erhalten, sogar ein richtig geiler Fick. Dein grosser Fehler ist, dass du glaubst, schlauer zu sein als alle anderen. Das ist schlecht fürs Geschäft. Bei deinem Geschwätz würden die Kunden nicht mal mit Viagra einen hochkriegen.» Wassilij streichelte erneut Milas Wangen. «Du wirst mir viel Freude bereiten, Kleine.»

Er schrie auf, als Mila so fest sie konnte in die Stelle zwischen seinem Daumen und Zeigefinger biss und nicht mehr losliess. Wassilij brüllte vor Schmerzen. Erst als er Mila mit der anderen Hand eine schallende Ohrfeige versetzte, liess sie von ihm ab.

«Arschloch!», rief sie.

«Du verfluchtes kleines Luder», sagte Wassilij mit schmerzverzerrtem Gesicht. «Das hättest du nicht tun sollen. Schade um dich, du hättest mir einiges einbringen können.»

Er streckte die Hand nach dem Obergorilla aus. «Gib mir deine Pistole.»

«Wassilij, bitte, nein!»

«Tut mir leid, Schnüfflerin. Du hättest deine Kleine besser erziehen sollen. Jetzt ist es zu spät.»

Er lud die Waffe durch und legte auf Mila an, die ganz an die Wand gerutscht war und mit gelähmter Ungläubigkeit in den Lauf der Pistole starrte. «Mama?»

«Wassilij, ich flehe dich an, töte mich. Lass mein Kind leben.»

«Keine Angst, du bist gleich nach ihr dran. Ihr seid bald wieder zusammen.»

«Wassilij!», rief Jekaterina. «Nicht das Kind!»

Er drehte sich um und richtete die Waffe auf Jekaterina. «Halt endlich den Mund, sonst bist du die Nächste.»

Er wandte sich zu Mila um und zielte erneut auf ihren Kopf. Die beiden Gorillas schauten dem Ganzen mit einem Interesse zu, als würde es sich um einen Boxkampf handeln.

Die Pistole war genau auf die Stirn der vor Todesangst gelähmten Mila gerichtet. Wassilij achtete nicht mehr darauf, was um ihn herum geschah. Er realisierte erst, dass es ein fataler Fehler war, als Jekaterina sich auf ihn stürzte und versuchte, ihm die Waffe zu entreissen. Dabei löste sich ein Schuss. Milas Kopf wurde gegen die Wand geschleudert, bevor sie reglos zusammensank. Blut floss aus der klaffenden Kopfwunde.

«Mila!», schrie Cora verzweifelt und rollte auf ihre Tochter zu. Es gelang Jekaterina nach einem kurzen Gerangel, dem überrumpelten Wassilij die Waffe zu entreissen. Sie zögerte nicht, als sie die Pistole auf ihn richtete und zweimal abdrückte. Wassilij stolperte rückwärts über einen Stapel seiner Drogenpakete und blieb liegen. Beide Kugeln hatten ihn in der Brust getroffen. Jekaterina richtete die Waffe auf die beiden Gorillas, die sie blödsinnig anstarrten. Der Obergorilla hob eine Hand, als wolle er sie beruhigen. Er war nicht bewaffnet. Jekaterina schoss dreimal. Zwei Kugeln trafen ihn in den Bauch, und eine schlug in Tonis Brustkorb ein. Jekaterina liess die Pistole fallen, als hätte sie sich daran verbrannt.

Cora hatte keine Stimme mehr. Sie lag neben dem reglosen Körper ihrer Tochter. «Mila, Schatz, bitte, bitte wach auf! Das kann nicht sein. Bitte, Gott!»

Jekaterina legte eine Hand auf ihre Schulter. «Ich war zu spät. Es tut mir leid, Cora. Ich wollte das nicht.»

«Das kann doch nicht sein. Nicht Mila. – Bitte.»

Jekaterina hatte die Pistole wieder aufgehoben. Sie kniete vor Coras Füssen und zerrte an ihren Fussfesseln. «Wir müssen uns beeilen. Der Schweizer kann jeden Moment hier sein. Wir haben wenig Zeit.»

«Ich lasse Mila nicht allein hier zurück.»

«Du kannst deiner Tochter nicht mehr helfen. Du musst dich retten.»

«Ich gehe nicht ohne sie.»

Jekaterina zitterte vor Angst und Verzweiflung. «Bitte, Cora, der Schweizer –»

«Ist schon da.»

Die beiden fuhren herum. Coras Hirn konnte in ihrer Verwirrung und Trauer um Mila nicht gleich erfassen, wen sie vor sich sah. Sie sprach den Namen automatisch aus: «Benno?»

Freyenfels zielte mit einer Pistole auf Jekaterina. Er war lautlos die Leiter heruntergeklettert.

«Es tut mir leid um deine Tochter, Cora. Das hast du nicht verdient, nach deiner Geschichte mit Yasemin. Wassilij ist … war ein Monster. – Fallen lassen, Jekaterina!»

Jekaterina reagierte nicht sofort. Freyenfels drückte ab. Die Kugel traf sie in den Bauch. Jekaterina krümmte sich zusammen und ging in die Knie. Freyenfels machte drei Schritte auf sie zu. «Das machen wir mit Verrätern», sagte er und schoss ihr in den Kopf, dass die Wucht des Geschosses sie nach hinten auf den Rücken schleuderte. Unter ihr breitete sich eine Blutlache aus, während ihre gebrochenen Augen Cora anstarrten.

Freyenfels richtete die Pistole auf Cora. «Ich bin untröstlich, wirklich. Ich wollte, dass du unsere gemeinsame Zeit so in Erinnerung behältst, wie sie war. Du solltest im Glauben sterben, dass vom Staal dahintersteckt.»

Cora richtete sich auf, so gut es ihre gefesselten Füsse erlaubten, bis sie vor ihm kniete.

«Keine Bewegung, Cora.»

«Leck mich, Benno!» Ihre Stimme triefte vor Schmerz und Abscheu. «Mach schon, bring es zu Ende.» Sie zeigte auf die leblose Mila. «Da liegt mein Kind. Meinst du, es spielt für mich eine Rolle, was mit mir passiert?» Sie spuckte und traf ihn am Hosenbund. «Sag mir, warum?»

Freyenfels liess die Waffe sinken. «Gilgenberg hat mir damals das Liebste in meinem Leben genommen: Lina und Nathi. Ich konnte nicht einfach so damit weiterleben. Ich musste sie vergessen. Macht und Geld sorgen dafür, dass man andere Menschen vergisst.»

«Das ist alles? Deswegen all das Leid und die Toten?»

«Wofür würde es sich sonst lohnen? Weshalb gibt es Leute, die Drogen nehmen und trinken? Das hier war meine Droge, damit ich vergessen konnte, Cora.» Er zögerte kurz, bevor er weiterfuhr. «Na ja, da war noch der Umstand, dass die Geschäfte mit meiner Handelsfirma und den Immobilien schlechter liefen. Ich hatte mich verspekuliert. Da kam Wassilij mit seinem Geschäftsmodell gerade wie gerufen.» Er hob die Waffe.

«Sag mir, wer Elena umgebracht hat», sagte sie. «Wassilij?»

«Nein, das war ich. Ich habe dich in der Nacht davor beobachtet, wie du zu ihr in den Schuppen gegangen bist, und euch belauscht. Elena hatte am Vortag etwas über den Tod von Amanda und ihrem Freund mitbekommen, was sie nicht hätte hören dürfen. Am nächsten Morgen wartete ich auf sie im Palas der Burgruine. Elena mochte mich und dachte, es wäre eine zufällige Begegnung. Wir sind zum Aussichtsfenster hochgeklettert. Sie schöpfte keinen Verdacht. Ich konnte sie ohne Weiteres hinunterstossen. Sie wollte sich noch an mir festhalten. Glücklicherweise sind die Ermittler bisher nicht auf die Idee gekommen, bei mir eine DNA-Probe zu nehmen.»

«Und Amanda Stebler und ihr Freund? Wie habt ihr es mit ihnen gemacht?»

Freyenfels zeigte auf die beiden reglosen Gorillas. «Das waren diese Idioten. Amanda und ihr Freund waren so mit sich selbst beschäftigt, sie hätten nie Verdacht geschöpft, was in der Scheune wirklich los war. Trotzdem hat Toni Amanda niedergeschlagen. Der junge Mann wehrte sich. Toni hat ihn niedergestochen und Amanda die Kehle durchgeschnitten, als sie wieder zu sich kam. Es blieb ihm nichts anderes übrig. Später haben die beiden die Leichen in der Höhle im Kaltbrunnental deponiert, damit die Polizei nicht über Gebühr bei uns herumschnüffelte.»

«Ihr seid Monster», stiess Cora hervor.

«Da siehst du, wie weit eine unglückliche Liebe einen Menschen treiben kann.»

«Warum musste Köbi sterben?»

«Er ist mit Elena zur Burg gekommen und hat gesehen, dass ich dort auf sie wartete. Nachdem ich mit ihr fertig war, stand er wieder da. Ich wusste nicht, was er gesehen hatte. Ich musste ihn beseitigen. Er musste gespürt haben, dass etwas nicht stimmte, und ist davongerannt. Als ich erfuhr, dass er mit dir reden wollte, musste ich dafür sorgen, dass er das nicht mehr konnte.»

«Hast du in Breitenbach auf uns geschossen?»

Freyenfels lachte. «Sieh mich an, Cora. Sehe ich aus wie ein Scharfschütze? Nein, das hat Wassilij erledigt. Er war mal bei den Speznas, den Elitekämpfern der russischen Armee, und einer ihrer besten Scharfschützen, damals in Tschetschenien. Er hat das für mich übernommen.»

«Und du glaubst, dass du damit durchkommst?» Sie spürte nichts als Wut und Verachtung für diesen Mann und für sich selbst, weil sie mit ihm ihre intimsten Gefühle geteilt hatte.

«Bis jetzt hat es mit deiner Hilfe sehr gut geklappt. Ich werde dich nicht so schnell vergessen.» Er hob die Pistole wieder an. «Es wird Zeit für dich. Tut mir leid.»

Cora hatte keine Tränen mehr. Sie hatte alle für Mila vergossen. Ihr letzter Gedanke galt Julian. Vielleicht war es besser so, sie hatte allen nur Unglück gebracht: Yasemin, Elena, Mila. Sie sah zu Freyenfels hoch, als er die Pistole auf ihre Stirn richtete.

Mit einem scharfen Klicken ging das Licht aus. Aus den Augenwinkeln sah sie die Umrisse eines zylinderförmigen Gegenstands, der hinter Freyenfels durch die Luke fiel. Instinktiv liess sie sich fallen und krümmte sich zusammen. Ein ohrenbetäubender Knall und ein Lichtblitz erfüllten Sekunden später den Raum.

Geblendet und taub durch die Explosion konnte sie nur dumpf Rufe und Kommandos hören. Leuchtfinger von Taschenlampen zuckten gespenstisch durch die raucherfüllte Luft. Im fahlen Licht erkannte Cora eine vermummte Gestalt in Schutzhelm und Kampfmontur, die auf sie zukam. Es war eine Szene wie in einem apokalyptischen Alptraum.

«Sicher!», hörte sie etwas deutlicher eine Stimme. Ein paar Sekunden später spürte sie eine Berührung. Jemand schnitt ihre Fussfesseln durch.

«Cora?»

Langsam hob sie den Kopf. Jäggi blickte auf sie herunter.

«Bist du in Ordnung?»

Cora schüttelte den Kopf, während ihre Tränen erneut begannen, über ihre Wangen zu rinnen. «Ihr seid zu spät. Wassilij hat Mila erschossen.»

Jäggi ging zu Mila und sank vor dem Mädchen auf die Knie. Sie tastete ihre Halsschlagader ab und untersuchte die Kopfwunde.

«Notarzt!», rief sie.

«Kommt jeden Moment», antwortete eine Stimme von oben.

Jäggi half Cora aufzustehen. «Lass uns rausgehen.»

★★★

Cora sass auf der Kante des geöffneten Heckraums eines Polizeivans. Ein Sanitäter hatte ihre wund gescheuerten Hand- und Fussgelenke versorgt und verbunden. Sie schlürfte heissen Tee. Trotz der warmen Decke um ihre Schultern fröstelte sie. Sie schlang sie mit einer Hand enger um ihren Körper, während sich die andere am heissen Becher wärmte. Die Morgendämmerung zeichnete sich als heller Schimmer am Horizont ab und schickte einen leichten kühlen Wind als Vorboten über die Höhe des Meltingerbergs. Die offene Hecktüre in ihrem

Rücken vermochte Cora vom Luftzug abzuschirmen, nicht vor der Kälte.

Sie nahm das Treiben um sich herum wie durch eine Mattscheibe wahr. In diesem Augenblick wurden zwei Rettungsbahren mit den beiden schwer verletzten Gorillas an ihr vorbeigeschoben.

Mila war bereits in einer Ambulanz unterwegs. Wassilijs Kugel hatte sie an der Schläfe gestreift und die Kopfhaut geschrammt, was die heftige Blutung verursacht hatte. Man würde sie im Spital Dornach versorgen und wahrscheinlich nach wenigen Tagen Beobachtung entlassen können.

Cora fühlte nichts anderes als Dankbarkeit gegenüber dem Schicksal, dem Leben und, ja, für diesmal auch Gott, obwohl sie nach wie vor nicht zu seinen eifrigen Gläubigen gehörte.

Einige Meter von ihr entfernt redete Jäggi mit einem Mann in Zivil. Als er zu ihr hinübersah, erkannte sie Staatsanwalt Muralt. Er lächelte und winkte ihr zu. Sie winkte zurück. Muralt entfernte sich.

Jäggi kam zu ihr. Sie zog ihre Weste aus und warf sie in den Van. «Muralt lässt dich grüssen und wünscht Mila gute Besserung», sagte sie, als sie sich neben Cora setzte.

«Danke. Wohin geht er?»

«Zum Gutsbetrieb. Unsere Sondereinheit hat den Hof mit Hilfe der Baselbieter Kollegen gestürmt. Mike nimmt ihn gerade zusammen mit den Leuten von der Drogenfahndung auseinander. Sie haben weitere Drogenlager gefunden plus ein vollständig eingerichtetes Produktionslabor. Das Wohnhaus war voll belegt mit jungen Frauen. Nachschub für die Bordelle der Organisation. – Ich habe Muralt gesagt, dass wir uns bei dir entschuldigen sollten. Er wird deshalb später mit dir reden.»

«Wie seid ihr eigentlich darauf gekommen, dass Wassilij uns hierher verschleppt hat?»

«Dein Sohn hat mich angerufen. Wohl nicht lange, nachdem sie dich und Mila geholt haben, ist er mit seiner Freundin nach Hause gekommen und hat Kampfspuren und Blut auf dem Fussboden vorgefunden. Er versuchte dich anzurufen. Dein

Handy hat unter eurem Schuhschrank geklingelt. Die letzte Nummer, die du angewählt hattest, war meine.» Jäggi machte eine Pause. «Später kam ein zweiter Anruf über die Alarmzentrale herein. Es war eine Frau. Sie erzählte uns, was mit dir passiert war und was sie mit dir vorhatten.»

«Jekaterina», sagte Cora.

«Sie hat ihren Namen nicht geahnt. Die Alarmzentrale hat den Anruf an mich weitergeleitet. Die Frau hat gebeten, dich daran zu erinnern, dass du dich um ihren Sohn kümmern sollst. Sie hat auch gesagt, was wir auf dem Gutshof finden würden.»

«Muralt war damit einverstanden, die Kavallerie zu mobilisieren.»

Jäggi zwinkerte ihr grinsend zu. «Wenn es sein muss, habe selbst ich meine Beziehungen.»

«Verstehe. Der Ätti.»

«Ist ganz nützlich, mit den richtigen Leuten verwandt zu sein, wenn es schnell gehen muss.»

«Was ist mit Freyenfels?»

«Verpackt, verschnürt und auf dem Weg ins Untersuchungsgefängnis Olten.»

«Er hat Jekaterina, Elisabeth vom Staals Schwester, kaltblütig hingerichtet. Wenn ich daran denke, dass ich mit ihm … Ich könnte kotzen.»

Jäggi strich mit den Händen über Coras Rücken. «Wir machen alle Fehler.»

Zwei Bestatter trugen einen Zinksarg an ihnen vorbei. Cora stand auf und streifte die Decke ab. «Jekaterina Kostenko?», fragte sie. Die Bestatter nickten. «Ich möchte sie sehen, bitte.»

Jäggi machte eine zustimmende Geste. Die Bestatter stellten den Sarg ab und öffneten ihn. Einer zog den Reissverschluss des Leichensackes so weit zurück, dass der Kopf der Toten sichtbar wurde.

Cora kniete hin und blickte in Jekaterinas blasses Gesicht. Ihre Augen waren geschlossen. Wäre das hässliche schwarze Loch auf ihrer Stirn nicht gewesen, hätte man meinen können, sie schliefe. «Danke, Jekaterina», sagte Cora und streichelte den Kopf mit dem Handrücken. «Ich wünsche dir, dass du zusammen mit Lisaweta deinen Frieden finden kannst.» Sie trat vom Sarg zurück, damit ihn die Bestatter wieder verschliessen konnten. Cora blickte ihnen nach, bis der Sarg verstaut und der Leichenwagen abgefahren war.

Sie drehte sich zu Jäggi um. «Ich möchte jetzt zu Mila, und dann bleibt uns nur noch eines zu tun.»

Epilog

Bevor Cora das Innere der Solothurner St.-Ursen-Kathedrale betrat, warf sie einen Blick zurück. Die grosse Freitreppe und der Kronenplatz davor waren schwarz von Menschen, die trotz des wechselhaften, mit Regenschauern durchsetzten Wetters ausharrten. Zu beiden Seiten der Treppe hatte eine Eventfirma grosse Monitore aufgestellt, die die Trauerfeier aus dem Innern der Kathedrale übertragen würden.

Drei Wochen zuvor waren in einer gross angelegten gemeinschaftlichen Suchaktion der Solothurner und Basellandschaftlichen Kantonspolizei zusammen mit dem schweizerischen Grenzwachtkorps und der französischen Gendarmerie Nationale die sterblichen Überreste von Elisabeth vom Staal alias Lisaweta Kostenko in einer Felsspalte des Bättwilerberges, eines Ausläufers der Blauenkette im Solothurnisch-Elsässischen Grenzgebiet, geborgen worden. Anhand der zahnärztlichen Unterlagen konnten sie eindeutig der verschollenen Regierungsratsgattin zugeordnet werden. Die forensische Untersuchung bestätigte die Aussagen ihrer Zwillingsschwester. Elisabeth vom Staal war durch einen heftigen Schlag mit einem Stein oder Felsbrocken zu Tode gekommen.

Die Schwestern Kostenko lagen nebeneinander vor dem grossen Marmoraltar aufgebahrt, umringt von einem Meer von Kerzen, Kränzen und Blumengestecken. Cora hatte vom Staal die Nachricht vom Tod seiner Frau überbracht. Er hatte sie mit grosser Traurigkeit und Fassung entgegengenommen. Auf sein Verlangen sollten die Schwestern im Familiengrab der vom Staals auf dem Friedhof von St. Kathrinen beigesetzt werden.

Was im Kanton Rang und Namen hatte, nahm am Gottesdienst teil. Cora erkannte die amtierenden Mitglieder der Solothurner Regierung in corpore, einige alt Regierungsräte, den Kantonsratspräsidenten und die vollständige Fraktion der

Liberalen Partei. Die beiden Solothurner Standesvertreter im eidgenössischen Parlament sowie einige Nationalräte waren ebenso anwesend.

Drei Bankreihen hinter ihr hatte Cora Karin Jäggi erblickt und mit einem freundlichen Kopfnicken begrüsst. Die Polizistin sass zwischen einem älteren Herrn, vermutlich ihrem Vater, und einem gut aussehenden dunkelhaarigen Mann mit grau melierten Schläfen. Das musste dieser Dominik Dornach sein, ihr Vorgesetzter und Freund vom Staals. Cora vermutete es an der Art, wie der alt Regierungsrat den Mann begrüsst hatte. Neben Dornach sass Mike Lüthi.

Cora hatte sich mit ihren Kindern auf Geheiss vom Staals in die erste Bankreihe gesetzt. Zwischen ihr und Daniel vom Staal sass der kleine Kostja. Vom Staal hatte ihn in seine Obhut genommen. Cora hatte sich zunächst gewehrt, als er sie einlud, neben ihm zu sitzen. Vom Staal hatte darauf bestanden. Mila sass zwischen ihr und Julian. Cora und Julian hielten während der ganzen Zeremonie ihre Hand. Mila weinte hemmungslos während des ganzen Gottesdienstes. Sie trauerte um Jekaterina, die ihr das Leben gerettet hatte und dafür sterben musste. Von Zeit zu Zeit neigte sich Cora zu ihr hinunter und flüsterte ihr tröstende Worte zu.

Nach der Messe hatte sich vom Staal vor der Ausgangstür postiert, um die Beileidsbezeugungen entgegenzunehmen. Cora und die Kinder waren die Ersten, die kondolierten.

«Ich danke Ihnen», sagte vom Staal, als sie ihm die Hand reichte.

«Wofür?», fragte Cora. Sie hatte ihn seit dem Tag, als sie ihm die Todesnachricht überbracht hatte, nicht mehr gesprochen.

«Dank Ihnen können wir jetzt beide zur Ruhe kommen, Elisabeth und ich.»

Cora wusste nicht, was sie dazu sagen sollte. Es hatte ihr leidgetan, dass sie an ihm gezweifelt hatte, nachdem sich herausgestellt hatte, dass er bereits vor Jahren sein Verwaltungsratsmandat bei der «Comfintrade» niedergelegt hatte, weil er den Leuten nicht traute.

«Ich wünsche Ihnen alles Gute, Herr vom Staal», sagte sie und wandte sich zum Gehen.

«Cora?»

Erstaunt über die vertrauliche Anrede drehte sie sich wieder zu ihm um. «Ja?»

«Würdest du dich neben mich stellen?», fragte er.

Cora zögerte. Julian und Mila stiegen bereits die Stufen der Freitreppe zum Platz hinunter. «Ich weiss nicht, ob das angemessen ist.»

«Ich weiss es», erwiderte er.

Glossar

20 Minuten – grösste Schweizer Gratis-Tageszeitung

alt Regierungsrat – ehemaliges Mitglied der Solothurner Kantonsregierung

A-Post – prioritäre Briefpost (Schweiz)

Ätti (Dialekt) – Vater

Baselbiet (umgangssprachlich) – Kanton Basel-Landschaft

Bürgergemeinde – öffentliche Körperschaft der in einer Schweizer Gemeinde heimatberechtigten Bürger

Busbillett – Busfahrschein

Car – Reisebus

Cheminée – offener Kamin

Chlöpfer – grossfruchtige, süsse Kirschen

Combox – Voicemail-Dienst der Swisscom

C u! (Internetjargon, engl.: see you) – Bis dann!

Dessert – Nachtisch

Dufourspitze – höchster Gipfel der Schweiz, 4634 m. ü. M.

ennetbirgisch – jenseits des Gebirges liegend

Feldweibel – Polizeidienstgrad (Solothurn), Feldwebel

Führerausweis – Führerschein

Garagist – Besitzer einer Autowerkstatt

Gelber Riese – Bezeichnung für die Schweizerische Post AG

Gemeindepräsident – Bürgermeister

Gipfeli – Croissant, Hörnchen

Grenzwachtkorps – schweizerische Grenzschützpolizei

Kantonsrat – Parlament des Kantons Solothurn

Kaput – Militärmantel

Klus – enger Taldurchbruch, Schlucht

Landammann – Regierungspräsident (Kanton Solothurn)

LOL (Internetjargon, engl.: laughing out loud) – lautes Lachen

Mineralwasser nature – stilles Mineralwasser

Nationalrat – Volksvertreter der Grossen Kammer im eidgenössischen Parlament

Nuttendiesel – salopp für Champagner

Occasionshändler – Gebrauchtwagenhändler

Pic, Pix (engl.) – Bild, Bilder

Polizeikommando – Polizeipräsidium

Rapport – Berichterstattung, Sitzung

Saubannerzüge – vandalistische Streifzüge

Schämpis – salopp für Champagner

Schwarzbuebe-Kirsch – bekannter Kirschenschnaps aus dem Schwarzbubenland

Seconda / Secondo – in der Schweiz geborene Nachkommen von Zuwanderern der ersten Generation

Standesvertreter – Vertreter der Kleinen Kammer im eidgenössischen Parlament (Ständerat)

Stange – kleines Bier ab Zapfhahn

Tailleur – eng geschnittenes Damenkostüm

Trottoir – Gehsteig

Verwaltungsrat – Aufsichtsrat

Yep (engl.) – umgangssprachlich für *yes* – ja

Zustupf – finanzielle Unterstützung

Anmerkungen und Dank

Als Kind begleitete ich oft meinen Vater, wenn er in seiner Funktion als Gehilfe des kantonalen Vermessungsamtes, dem heutigen kantonalen Amt für Geoinformation, unterwegs war. Besonders gerne fuhr ich mit, wenn im Schwarzbubenland die Verläufe der Bezirks-, Kantons- und nationalen Grenzen neu zu vermessen und die Grenzmarken zu kontrollieren waren. Die Berge, Wälder, Klusen und natürlich die unzähligen Burgen der Bezirke Dorneck und Thierstein hatten stets etwas Wildes und Geheimnisvolles für mich. Sie stimulierten meine Phantasie für Abenteuergeschichten. Es lag auf der Hand, früher oder später einen Krimi zu schreiben, dessen Handlung sich in einer der schönsten Landschaften des Kantons Solothurn abspielt.

Das in der Handlung erwähnte Dorf Gilgenberg und der Bio-Gutsbetrieb «Naturkraft» sind reine Fiktion. Die Burgruine Gilgenberg existiert hingegen und liegt auf dem Gebiet der Gemeinde Zullwil, deren Bewohner in keinster Weise mit den im Buch erwähnten Personen und Ereignissen in Gilgenberg in Verbindung gebracht werden können.

Auf unseren Fahrten über die Höhen des Schwarzbubenlandes hat mir mein Vater oft von seiner aktiven Militärzeit im Zweiten Weltkrieg erzählt, als er mit seiner Einheit im Schwarzbubenland und dem angrenzenden Baselbiet die Grenze bewachte. Besonders beeindruckt hat mich sein Wissen über die damals geheimen Bunkeranlagen des Nationalen Réduits, von denen er den einen oder anderen getarnten Zugang zu erkennen glaubte. Der in der Geschichte erwähnte Bunker im Meltingerberg existiert, soviel ich weiss, allerdings nur in meiner Phantasie.

Einmal mehr durfte ich auf die Hilfe der Solothurner Kantonspolizei zählen, wo mir Major Niklaus Büttiker bereitwillig erläuterte, wer wo und wie zuständig ist, wenn das Verbrechen zwischen Passwang und dem Grenzgebiet mit Frankreich, in den Exklaven Hofstetten/Mariastein und Kleinlützel zuschlägt.

Ich danke meinen Probelesern Tim Felchlin, Michelle Käch und Lucrezia Cadetg für ihre tiefschürfenden und scharfsinnigen Anmerkungen zum Manuskript; dem Lektorats-Team des Emons-Verlags um Dr. Christel Steinmetz und ihren Kolleginnen und Kollegen in Köln für ihre warmherzige Unterstützung. Ebenso dankbar bin ich meiner Lektorin vor Ort, Irène Kost. Dr. Michael Wenzel von der Editio Dialog Literary Agency in Lille stand mir auch diesmal mit Rat und Tat zur Seite.

Meine Frau Catherine assistierte mir bei meinen Streifzügen über die Hügel und durch die Wälder des Gilgenberger Landes und des Kaltbrunnentals. Sie ist keine Freundin überschwänglicher Dankesbezeugungen in der Öffentlichkeit, deshalb wiederhole ich mich einfach, indem ich mich für ihre Geduld und liebevolle Treue bedanke.

Ihnen, liebe Leserin, lieber Leser, danke ich für Ihre Aufmerksamkeit und vor allem für die ermutigenden und konstruktiven Rückmeldungen, die ich als Beweis dafür nehme, dass meine Bücher gelesen werden.

Christof Gasser

Christof Gasser
SOLOTHURN TRÄGT SCHWARZ
Broschur, 352 Seiten
ISBN 978-3-95451-783-1

*«Geschliffene Dialoge, rasante Verfolgungsjagden, viel Lokal-
kolorit, globale Politik – der Krimi hat alles, was man sich als Leser
wünscht.»* Schweiz am Sonntag

www.emons-verlag.de

Christof Gasser
SOLOTHURN STREUT ASCHE
Broschur, 320 Seiten
ISBN 978-3-7408-0050-5

«Christof Gasser gelingt es, die Leser an die Protagonisten zu bin-
den und ein nicht zu unterschätzendes Suchtpotenzial zu schaffen.
Also genau die Komponenten, die spannende und niveauvolle
Gesellschaftskrimis auszeichnen.» Solothurner Woche

www.emons-verlag.de